Aharon Megged:
Das fliegende Kamel mit dem goldenen Höcker
Roman

Deutsch von Barbara Linner

Deutscher
Taschenbuch
Verlag

dtv

Ungekürzte Ausgabe
November 1993
Deutscher Taschenbuch Verlag GmbH & Co. KG,
München

Titel der hebräischen Originalausgabe:
›Hagamal hameofef vedabeshet hasahav‹

ISBN 3-446-15886-3
Umschlagtypographie: Celestino Piatti
Umschlagbild: Alexander Schütz
Satz: Fotosatz Amann, Aichstetten
Druck- und Bindung: C. H. Beck'sche Buchdruckerei,
Nördlingen
Printed in Germany · ISBN 3-423-11765-6

Das Buch

»Unmöglich! wiederholte ich. Der Teufel mag Schliche ersinnen, wie sie kein Sterblicher je ersinnen könnte, aber auf literarischem Gebiet?! Es ist doch unmöglich, daß ihm eine solche Allegorie einfällt, einen Literaturkritiker über der Behausung eines Schriftstellers einzuquartieren, damit er sozusagen auf dessen Kopf herumtrampelt! ... Wenn das wahr ist, dachte ich, bedeutet das mein Ende.« Es mag vielerlei Gründe geben, die einen Schriftsteller vom Schreiben abhalten, was aber ist furchtbarer als die Vorstellung, einen Literaturkritiker im wahrsten Sinne des Wortes »über sich« zu haben? Von diesen Qualen kann Kalman Keren, der Ich-Erzähler des Romans, ein Lied singen, nachdem im Stockwerk über ihm Professor Schatz eingezogen ist, der gefürchtete Kritikerpapst. Schatz seinerseits fühlt sich ebenfalls von »oben« bedroht, und zwar von den Hasen, die sich der Schriftsteller auf dem Dach als Haustiere hält. Ein kalter Krieg bricht aus, in dem die bunt gemischte Nachbarschaft des Tel Aviver Mietshauses und nicht zuletzt auch Naomi, die schöne Frau des verhaßten Kritikers, Partei ergreifen. – Eine bunte und lebendige »Comédie humaine«, die Aharon Megged mit großem Spaß am Fabulieren aufrollt.

Der Autor

Aharon Megged wurde 1920 in Włocławek (Polen) geboren und wuchs in Palästina auf. Einige Jahre lebte er im Kibbuz. Mitarbeit an diversen Literaturzeitschriften. 1968–1971 war er Kulturattaché an der israelischen Botschaft in London. Er veröffentlichte zahlreiche Romane und einige Theaterstücke. Seine Werke, für die er mehrere Preise erhielt, wurden in verschiedene Sprachen übersetzt. Megged lebt in Tel Aviv.

Ein überflüssiges Vorwort

Dieses Buch schreibe ich nicht freiwillig. Es quält und peinigt mich, fast könnte man sagen, es steckt mir wie eine Gräte im Hals. Tatsache ist, daß ich – aus einer Hochstimmung heraus – ein anderes Buch schreiben wollte, über das ich im folgenden vielleicht noch einige Worte sagen werde. Ein bestimmter Vorfall jedoch, geringfügig, aber ärgerlich – wie Vogeldreck, der einem auf den Kopf fällt, während man in Gedanken versunken die Straße entlanggeht, oder das Klingeln des Telefons mitten im stürmischen Liebesspiel –, hinderte mich am Schreiben, lähmte mich. Er verbannte die zweiundzwanzigeinhalb eng beschriebenen Seiten in die Schublade, wo sie nun darauf harren, erniedrigt und beleidigt, offenen Mundes, da sie mitten im Satz unterbrochen wurden (»Der Salon war wie ein erleuchteter Palast, und Licht flutete in seine Augen, doch als er sie neben dem gedeckten Pessachtisch erblickte, unter dem Kupfervogelleuchter, tödliche Blässe auf ihrem Gesicht...«), daß sich der Zorn irgendwann legt; und er zwang mich dazu, aufzuhören. Und anzufangen.

Das heißt, mit diesem Buch hier.

Wenn also nicht freiwillig, fragt der Leser, warum schreibt er es dann? Ja, das ist die Frage. Aber um sie zu beantworten, müßte man die Motive des Schreibens generell erklären! Was ist dieser Trieb im Menschen, der ihn dazu drängt – jawohl, manchmal auch gegen seinen Willen! –, Ereignisse, die in der vollen Pracht ihrer Blüte stehen, mitten aus dem Leben zu reißen und sie aufs Papier zu bannen, horizontal, in geraden Zeilen; sie zu pflücken und zwischen zwei Buchbände zu pressen, bis sie vertrocknet und verschrumpelt sind wie Dörrobst; sie in Sätzen, Wörtern und Buchstaben – Dingen, die jeglicher Wirklichkeit entbehren – breitzutreten und sich dabei auch noch der

Illusion hinzugeben, neues, erhabeneres, edleres Leben in etwas zu hauchen, das die Natur ohne Überheblichkeit oder Anmaßung schuf; sozusagen, als ob man die rohe Materie in reines Gold verwandeln würde. All das und noch viel mehr wäre zu erklären, aber weder habe ich die Lust noch das Talent dazu, ich überlasse das den Literaturgelehrten und ihrer Wissenschaft, die darin bewanderter sind als die Schriftsteller, und ziehe es vor, an dieser Stelle der Reihe nach zu beschreiben, was sich abgespielt hat, denn das fällt mir leichter, auch wenn es Zweifel hervorrufen sollte.

Und weiter: Wenn das Vorwort überflüssig ist, wie der Autor sagt, weshalb schreibt er es dann – fragt der Leser. O ja, ich sehe den emsigen Rezensenten bereits vor meinem geistigen Auge, einen geschickten und geübten, den Kunden gefälligen Handwerker, wie er zum Redakteur der literarischen Abteilung der Zeitung kommt, um seinen Anteil an Büchern in Empfang zu nehmen, worunter sich auch dieses Buch befindet. Er schlägt es auf, überfliegt es, und wie Balzac, der sich rühmte, ein Buch nicht erst lesen zu müssen, um über seinen Inhalt im Bilde zu sein, begnügt er sich mit der Ansicht der äußeren Hülle – dann wirft er einen zweifelnden, säuerlichen Seitenblick auf seinen Brotgeber und sagt: »Haben Sie nichts Gescheites für mich?« »Wie wäre es trotzdem?« drängt ihn der Redakteur, der es zuvor bereits mit zwei anderen Schreiberlingen versucht hat, die sich jedoch ebenfalls mit Nachdruck weigerten. Der Herr Autorenschreck aus der degenerierten Nachkommenschaft Zoilos' des Heckenschützen, dem es unangenehm ist, einfach abzulehnen, öffnet nochmals das Buch, überfliegt zehn Zeilen auf Seite 15, absorbiert acht Zeilen auf Seite 75, und erneut überzeugt er sich davon, daß seine Sinne, auf die er sich immer verlassen kann, ihn auch diesmal nicht getrogen haben: Nein, das ist nichts für ihn. Dieser barocke, verwickelte und verschnörkelte Stil, so etwas Künstliches, obendrein veraltet... und worum geht es da überhaupt? Nachbarschaftsbeziehungen in einem Haus... wie banal und abgedroschen, das Ganze... nicht wert, die Feder zu benetzen, geschweige denn, sie zu schärfen. Er will das Buch schon wieder auf den Tisch zurücklegen, diesmal mit einer energischen Bewegung – Nein! Soll der Redakteur ein anderes Opfer finden! –, aber plötzlich, während er es noch einmal von hinten durchblättert und wieder auf die Überschrift »Ein überflüssiges Vorwort« stößt, glimmt in ihm der Funke einer begeisternden Idee auf, und er sagt sich: Wenn der Schriftsteller mich überlisten will, machen wir das gleiche mit ihm, und schon sieht er die Überschrift seines Artikels – alles in allem nicht länger als 35, höchstens 40 Zeilen – vor sich auf der Seite prangen, giftsprühend und durchtrieben, augenfällig und herzerwärmend und ein vernichtender Schlag: »Ein überflüssiges Buch!«

»Gut, in Ordnung«, sagt er zum Redakteur und klemmt sich das Buch unter den Arm.

In diesem Fall nun, der äußerst selten eintritt, kreuzen sich unsere Pfade. Denn ich stimme ihm zu: ein überflüssiges Buch. Sollte er sich aber darauf versteifen, mich unbedingt nochmals übertrumpfen zu wollen, nur um nicht in direkter Nachbarschaft mit mir auf vergleichbarem Boden zu stehen und um sich einen Ehrenplatz auf der Wandtafel der Literatenmörder zu erobern – Ein Königreich für eine Überschrift! –, dann bleibt ihm nichts anderes übrig, als seinen Artikel damit zu krönen: »Trotz allem, ein überflüssiges Buch!«

Auftakt im Treppenhaus

Der Auftakt fand im Treppenhaus statt, und nicht zufällig, wie sich nachher erweisen sollte.

Folgendermaßen begann es:

Es dämmert – ein früher, langsam niedersinkender Abend, über der Straße noch Licht, matt von Hitze und Staub, während drinnen bereits Schatten an den Wänden wachsen – an einem Tag im Juni. Ich betrete das Treppenhaus, drücke auf den Lichtschalter und sehe, vor mir, jemanden die Treppe hinaufgehen –

Ich bleibe auf der dritten Stufe stehen: Ist das die Möglichkeit? Kann es sein, daß er das ist? Schatz?

Ich gehe noch fünf Stufen weiter hinauf und erreiche den ersten Treppenabsatz. Unterdessen gelangt der Unbekannte, der von hinten Schatz so ähnlich sieht – von hochaufragender Statur und mit einem Haarschopf in der Form des Schlußbuchstabens seines Namens – und, ohne sich umzudrehen, weiter hinaufgeht, auf die Höhe des dritten Absatzes. Er fährt, ohne zu zögern, mit seiner Hand die Biegung des Geländers entlang, und die Silhouette des Gesichts, das von unten in einem spitzen Winkel von 25 Grad, von einem Schatten verdeckt, zu sehen ist, überzeugt mich davon, daß es wirklich –

Ob er zu mir hinaufgeht? Er macht nämlich vor keiner der beiden Türen im zweiten Stock halt, sondern geht weiter mit festem Schritt wie jemand, der mit der Örtlichkeit vertraut ist und sein Ziel kennt –

Aber das kann doch nicht sein! sage ich zu mir selbst. Es ist unmöglich, denn sollte es sich tatsächlich um Schatz handeln, würde er nicht zur Wohnung eines Schriftstellers hinaufsteigen, dessen Existenz er nicht anerkennt, dessen reales Vorhandensein er sozusagen leugnet; es kann nicht sein, daß er beschlossen hat, seinen berühmten Stolz zu überwinden, und – wie Rabbi Yehoschua, der zu Rabban

Gamaliel geht – mit Stock und Säckel in der Hand zu mir kommt, um mich um Verzeihung zu bitten, um zu sagen, daß er sich in mir getäuscht hat, einen Fehler gemacht hat, falsch von mir gedacht hat –

Aber während ich mir das noch sagte – staunend, bereit, ihm seine Sünden nachträglich und im voraus zu vergeben, all seine Entschuldigungen abzuschneiden und zu sagen, genug, genug, Irren ist menschlich; von meinem Stuhl aufzustehen und ihn auf die Stirn zu küssen, komm, laß uns Frieden schließen, selig sind, die... noch während ich das also zu mir sagte, war der Lichttakt im Treppenhaus zu Ende, und es herrschte Dunkelheit. Seine Hand – ich spürte es – tastete über die Marmorfliesen, um den Lichtschalter zu finden. Meine Hand –

Und hier, im Augenblick der Dunkelheit, wäre die Gelegenheit, ein paar Worte über diesen Menschen zu sagen, über Schatz, der ungefähr in meinem Alter ist – um die Vierzig –, der in etwa meine Statur hat und mit dem gleichen Handwerkszeug wie ich arbeitet, auch wenn ich längs ackere und er quer, wenn man so sagen will; nur ein paar Worte, denn eigentlich kenne ich ihn bloß von seiner Kehrseite. Das heißt, von seiner Rückseite. Noch genauer gesagt, von seinem Nacken her. Denn was seine Vorderseite anbelangt... Eigentlich hätte ich derjenige sein müssen, der ihn auf der Straße nicht grüßt, denn schließlich bin ich der Beleidigte; tatsächlich aber war er es, der an mir vorbeiging, als ob er mich nicht sehen würde: den Blick geradeaus gerichtet, mit strengem, unversöhnlichem Gesicht und geradem, entschlossenem Schritt, der von Trotz und Stolz kündete... Sein Gesicht kannte ich also nur *en passant*, als flüchtigen Lufthauch, denn ich hatte ja keine Möglichkeit gehabt, es zu betrachten – nach dem Motto »Und du wirst meine Rückseite sehen, aber mein Antlitz darf niemand schauen!«; was dagegen seinen Nacken betraf –

Es war anläßlich einer Trauerfeier zum Jahrestag des Hinscheidens eines Dichters, der bei allen – jung wie alt –

beliebt war, besonders nach seinem Tod. Der Saal war voll, und ich, mit Verspätung eingetroffen, fand in einer der letzten Reihen noch einen freien Platz. Ich richtete meinen Blick – über die vielen greisen und wenigen jugendlichen Häupter hinweg – auf das Podium. Ein junger Professor las aus einer Forschungsarbeit, die mit Zitaten und Interpretationen gespickt war. Die Sätze waren lang und verwickelt, mit bandwurmartigen Fremdwörtern, und ich, zu träge, sie zu verfolgen und in ihre Abgründe vorzudringen, ließ meinen Blick über die Köpfe mit und ohne Haare schweifen, auf der Suche nach bekannten Gesichtern. Hier und da, zwischen den verwitterten Profilen von Schriftstellern, die ihre Vergangenheit vor sich hertrugen und in ihren Anzügen Schulter an Schulter dasaßen, in brüderlicher Eintracht, wie um ihr Besitztum vor Eindringlingen zu schützen, entdeckte ich ein paar frischere Gesichter, einige dünnere Hälse, ein paar rebellische Nasen; ich versuchte, den Blick meines Freundes Michael Hochhauser auf mich zu lenken, der am anderen Ende in einer der vorderen Reihen saß, aber sein Blick blieb ans Rednerpult gefesselt und sein Gesichtsausdruck war, wie so oft, eine Maske der Unschuld – er glich einem Schüler, der dem Lehrer im Unterricht hingebungsvoll lauscht, um dann in der Pause eine wüste Beschimpfung über ihn loszulassen.

Wer seinen Blick in die Ferne richtet, übersieht das Naheliegende. Als ich nämlich meinen Blick von seiner Wanderschaft durch den Saal zurückholte, um ihn wieder dem Redner zuzuwenden, der sich immer weiter im Dickicht seiner Interpretationen verstrickte, da sah ich auf dem Platz vor mir, angewachsen wie ein Baum am Ufer, doch mit ganz und gar nicht verwelktem Haupt, den aufrechten Rücken Schatz', dem ich meinen Atem fast in den Nacken blies. Hin und wieder, ohne seinen Blick vom Podium zu wenden, zischelte er etwas zwischen den Zähnen in die Ohren der jungen Frau, die zu seiner Rechten saß und deren langes schwarzes Haar von einem ausgefallenen, breitrandigen Hut bekrönt war, und dem Lächeln, das um ihre Lippen spielte, konnte ich entnehmen, daß diese Flüsterkommentare spitze Sticheleien waren, die sich gegen den Redner oder gegen seinen Vortrag richteten. Ich konnte meinen Blick nicht von dem Nacken vor mir losreißen. Der Streifen Fleisch zwischen dem kurzgeschorenen, geradlinigen Haaransatz und dem weißen Hemdkragen war von winzigen Wunden übersät, scharlachrot und wie von Würmern angenagt. Stammten sie von Wanzen, die ihn nachts im Bett gebissen hatten? Oder von dem Rasiermesser, mit dem er sich den Bart abschabte? War es die Krätze? Ein Ekzem? Eine Infektion? Eine Flechte? Zwischen den kleinen Wunden sprossen aus der bleichen, gereizten, leicht aufgedunsenen Haut kurze schwarze Haarborsten, je ein roter Fleck prangte auf beiden Seiten der Furche, die diese Blöße in der Mitte durchzog, wodurch sie wie eine geohrfeigte Backe aussah oder als wäre sie gerieben worden, und darunter, in Kragennähe, war ein leichter Kratzer. Dieser entblößte, gepunktete und zerkratzte Hals hatte etwas Frostiges an sich, und während ich diese Male studierte – die sich direkt vor meinen Augen tummelten wie Notizen auf der Rückseite eines Heftes –, dachte ich mir, wie man den Charakter aus den Handlinien lesen kann, so kann man ihn sicher auch aus so obstinaten Flecken herauslesen.

Es vergingen höchstens zehn Sekunden im Dunkeln. Ich als Hausbewohner war natürlich der erste, der den Lichtschalter fand – auf dem Absatz des zweiten Stockwerks – und mit einem Knopfdruck das Licht wieder anmachte.

Schatz – jetzt, nachdem ich mich an den Anblick seines Nackens erinnert hatte, bestand für mich kein Zweifel mehr daran, daß es tatsächlich Schatz war – ging weiter die Treppe hinauf.

In den vierten Stock? Ich blieb in höchstem Erstaunen

neben meiner Wohnungstür im dritten Stockwerk stehen. Aber im vierten gab es doch nur eine Wohnung, die seit etwa einem halben Jahr leer stand, seit ihr Besitzer, der Apotheker Dr. Klausner, verstorben war! Ob er sich in der Hausnummer geirrt hatte und im nächsten Moment umdrehen und die Treppe wieder herunterkommen würde?

Ich stand da, die Türklinke in der Hand, und lauschte.

Von oben hörte man ein gedämpftes Summen. Die Tür, die Wohnungstür von Klausner, die ein halbes Jahr lang weder auf- noch zugemacht worden war, öffnete sich; das heißt, sie wurde geöffnet, und eine angenehme Frauenstimme sagte: »Gut, daß du zurückkommst, das Waschbekken...« – und die Tür schloß sich wieder.

Ich betrat meine Wohnung und ließ mich auf den Stuhl im Arbeitszimmer sinken. Das kann nicht sein! sagte ich mir. So weit treibt nicht einmal der Teufel sein böses Spiel mit mir! Er? Dort? Über mir? Gemietet, gekauft? Will er da wohnen?

Aber diese Wohnung – und alle Hausbewohner wußten das! – stand nicht zum Verkauf und war auch nicht zu vermieten, denn Dr. Klausner hatte keine Nachkommen, und auf Anordnung des Gerichts war für den Besitz des Verstorbenen ein Treuhänder eingesetzt worden.

Ich hob meine Augen zur Zimmerdecke und lauschte. Doch. Das Geräusch von Schritten war zu hören, die die Wohnung von einem Ende zum anderen durchquerten, und sogar ein Quietschen, als ob Möbel gerückt würden.

Unmöglich! wiederholte ich. Der Teufel mag Schliche ersinnen, wie sie kein Sterblicher je ersinnen könnte, aber auf literarischem Gebiet?! Es ist doch unmöglich, daß ihm eine solche Allegorie einfällt, einen Literaturkritiker über der Behausung eines Schriftstellers einzuquartieren, damit er sozusagen auf dessen Kopf herumtrampelt! Und auch noch einen Kritiker, dessen erstes Buch gegen die Allegorie zu Felde zog!

Wenn das wahr ist, dachte ich, bedeutet das mein Ende.

Keine einzige Zeile mehr wird in diesem Zimmer geschrieben werden, wenn die Schritte des Kritikers über meinem Kopf herumtrampeln!

Grauenhaft, entsetzlich! Mir stand der Schweiß auf der Stirn. Die totale Vernichtung!

Ich hielt den Atem an. Das Gurgeln von Wasser war zu hören. Es ergoß sich ins Klobecken, donnerte rauschend und tosend das Rohr hinunter, das von ihm zu mir und von mir nach unten führte, in die Kanalisation.

Grauenhaft! stöhnte ich. Jedesmal, wenn er oder seine Frau – seine Frau? – von ihren Öffnungen, den kleinen wie den großen, Gebrauch machten, würde ich Ohrenzeuge sein, würde hören, wie ihre Exkremente ins Becken plumpsten und durch die Rohre in den Hauswänden hinunterglitten!

Ob das ein vorsätzlicher, bösartiger Plan von Schatz ist, überlegte ich, um auf gewaltsamem Weg zu erreichen, was ihm durch bloßes Übersehen nicht gelungen ist? Ob er, nachdem er sich davon hatte überzeugen müssen, daß das Ignorieren meiner Person meine Quellen nicht zum Versiegen brachte, nun beschlossen hatte, mich zu zertrampeln?

Oder –

Vielleicht wollten sie nur hier übernachten?

Vielleicht waren sie entfernte Verwandte des Verstorbenen und waren gekommen, um seine Wohnung auszuräumen, damit sie vermietet werden konnte?

Vielleicht wollten sie seine Möbel abholen?

Oder vielleicht bildete ich mir alles nur ein?

Ich stand auf und ging hinunter zu der Wohnung, die unter der meinen liegt, und klingelte an Viktorias Tür.

»Ist jemand in die Wohnung von Klausner eingezogen?« fragte ich.

»Warst du heute nachmittag nicht zu Hause?« lächelte Viktoria, strahlend wie immer.

»Ich bin gerade erst heimgekommen...«

»Komm doch rein.« Sie machte die Tür sperrangelweit auf, ihr geblümter Hausmantel mit den leuchtenden Rosen enthüllte einige Handbreit ihrer üppigen Brust.

Ich sagte, daß ich es eilig hätte. Ich sei nur auf einen Sprung vorbeigekommen.

Viktoria berichtete mir, daß das Haus den ganzen Nachmittag voller Leute gewesen sei, die Kisten, Koffer, Bündel und Bücher treppauf und treppab geschleppt hätten, eine Menge Bücher...

»Ich habe gehört, es ist ein Professor«, sagte sie, »da kriegst du einen Nachbarn nach deinem Herzen!«

»Nach deinem Herzen...« Viktoria und ihre »literarischen« Ausdrücke...

»Aber die Wohnung...« stammelte ich, »der Treuhänder...«

»Der Treuhänder ist derjenige, der sie ihnen verkauft hat«, sagte Viktoria.

»Ich sehe eine dunkle Wolke auf deinem Gesicht...«

»Dunkle Wolke«, sagt sie...

»Sie scheinen mir wirklich nette Leute zu sein... sehr ruhig und diskret...«

Ich kehrte in meine Wohnung zurück. Der gedämpfte Klang von Schritten war von oben zu hören.

Tränen stiegen mir in die Augen.

In Trauer und Sehnsucht gedachte ich des verstorbenen Dr. Klausner.

In memoriam Dr. Klausner

Dr. Klausner war ein ungewöhnlicher Mensch. Er ähnelte einem der russischen Gutsbesitzer bei Tschechow, auf deren Gesichtern der milde Glanz eines herbstlichen Sonnenuntergangs ruht, obgleich seine große Liebe Dostojewski galt. Wenn er die Treppe herunterkam oder hinaufging, waren seine Schritte ganz leise, als ob er darauf achten würde, nicht gehört zu werden, nicht zu stören. In seiner Wohnung, in der er nach dem Tod seiner Frau etwa zwölf Jahre lang allein lebte, herrschte völlige Stille. Kein Hauch rührte sich, keine Maus regte sich. Er traf mich immer an, wenn ich meine Wohnung verließ oder gerade nach Hause kam, blieb kurz stehen, fragte, was es Neues in der Literatur gebe, ob irgendwelche interessanten Bücher herausgekommen seien, und wenn ich ihm antwortete, bedachte er mich mit einem traurigen Lächeln, als ob er sagen wollte: Was ist das schon gegen Dostojewski. »Lesen Sie noch mal *Die Brüder Karamasow*«, pflegte er zu sagen, wenn ich geendet hatte. »Erinnern Sie sich an die Szene mit Fjodor Pawlowitsch, wie er auf die Straße rennt, betrunken, schreiend vor lauter Freude, nachdem er erfahren hat, daß Adelaida, die Mutter seines kleinen Sohnes Mitja, in der Dachmansarde gestorben ist? Genial, nicht wahr? Aber fragen Sie sich selbst, warum es genial ist! Weil er nachher nämlich weint! Weint und weint und weint!« Tränen standen in seinen grauen Augen. »Der Kontrast!« Er streckte mir seinen Finger entgegen. Oder ein andermal: »Diese Szene mit Rogoschin am Ende des *Idioten*, als Rogoschin Fürst Myschkin zu sich nach Hause mitnimmt, am Abend, den Vorhang im Zimmer aufzieht und ihm Nastasja zeigt, die tot auf dem Bett liegt, nachdem er sie ermordet hat... und danach – hören Sie nur, wie genial das ist! – legen sich die beiden zusammen auf das andere Bett, und Myschkin streichelt sein Gesicht... das Gesicht des Mörders...! Es erscheint einem unmöglich, nicht wahr? Unannehmbar! Was ist das, eine Farce? Ist dieser Schriftsteller denn verrückt geworden? Aber es ist die Wahrheit! Wahrheit, voll und ganz die Wahrheit! Keine naturalistische Wahrheit! Die naturalistische Wahrheit bleibt auf der Oberfläche! Sondern die tiefgründige Wahrheit! Dessen, was sein könnte! Denn nur wer sich wahrhaft auf die menschliche Seele versteht – ist fähig, so zu schreiben!«

Einmal, auf dem Gehsteig vor der Haustür, sagte er zu mir: »Schreiben Sie Tragödien!« Und als ich darüber lachte, sagte er: »Wissen Sie, weshalb man heutzutage keine Tragödien mehr schreibt? Weil die Menschen unserer Zeit oberflächlich sind. Zwei Dinge sind für eine Tragödie nötig: Tiefe und großer Glaube. Die heutigen Menschen jedoch haben weder Tiefe, noch glauben sie an irgend etwas. Deshalb schreiben sie Komödien und Romane, einfach so, weder kalt noch warm. Wenn die Menschen nicht bereit sind, für etwas zu sterben... für eine Idee, ein Prinzip, irgend etwas, das ihnen sehr, sehr teuer ist – dann gibt es keine Tragödie, verstehen Sie? Wenn es keine geheiligte Sache gibt – dann gibt es keine großen Höhenflüge und auch keinen großen Absturz, Sie verstehen? Bei Dostojewski dagegen...«

Es schien, als hätte er sein ganzes Leben lang immer wieder und ausschließlich Dostojewski gelesen, er kannte ihn nahezu auswendig; als ich jedoch das erstemal zu ihm kam, fand ich in seiner Bibliothek neben Dostojewski Tolstoi, Tschechow, Gogol, Turgenjew, Goethe, Homer, und neben alten Ausgaben der Gedichte Tschernichowskis standen Schneur, Frug, Herzls Tagebücher und ähnliches – sogar eine komplette englische Taschenbuchausgabe der Werke Agatha Christies. Als ich mein Erstaunen darüber ausdrückte, meinte er: »Das ist für mich wie Schach. Als meine selige Frau noch lebte, spielten wir immer Schach. Heute... vor dem Einschlafen habe ich es gerne...« Einen Moment später lächelte er und sagte: »Unterschätzen Sie Agatha Christie nicht. Es geht nicht nur um Verbrechen und Detektivrätsel. Es steckt noch etwas anderes dahinter: die dunkle Seite des Lebens. Ja, wie bei Chesterton. Natürlich ist es nicht Dostojewski, aber trotzdem...« Ich betrachtete sein feines Gesicht, in dessen Runzeln sanftes Licht eingefangen war, das sich in seinen Brillengläsern brach, und ich fragte mich, was ihn zu der »dunklen Seite« hinzog – wollte er die »Sünde« verstehen, die er nicht kannte? Oder die er kannte und bezwungen hatte?

Sein Wohnzimmer war eine Art Allerheiligstes zum Gedenken an seine Frau. Offenbar war dort alles so geblieben, wie es zu ihren Lebzeiten gewesen war: Der große, schwere Tisch in der Mitte des Zimmers war von einer melierten Plüschtischdecke bedeckt, auf der vier strahlend weiße Spitzendeckchen lagen, auf jeder Seite eines und ein größeres in der Mitte, darauf eine grünliche Vase, schmal und hoch wie ein Schwanenhals, und darin drei schillernde Pfauenfedern. Auf der alten Anrichte lagen, in wundersamer Ordnung, winzige, kunstvoll gearbeitete Silberlöffel und in ihrer Mitte ein silberner Dreispänner. Auf dem Flügel stand eine Marmorbüste von Beethoven, daneben eine Vase mit Immortellen, und an dem offenstehenden Tastendeckel lehnte ein Notenheft: Brahms' Klavierkonzert Nr. 2, op. 83. In der Ecke, neben dem schweren Vorhang, der vom Fenster herabfiel – dahinter sah man undeutlich den Wipfel der hohen Pappel im Hof –, stand ein runder, einbeiniger Mahagonitisch, mit Schnitzereien verziert, und darauf ein Bild seiner Frau Zoya im Brautschleier. Sie war sehr schön: das Gesicht einer Zigeunerprinzessin. Schwarzes Haar, strahlende, bezwingende Augen, und ein leichtes, unbescheidenes Lächeln umspielte ihre bogenförmigen Lippen – das Lächeln einer Frau, die um ihre Macht über die Männer weiß. Vor dem Porträt lagen ausgebreitet: eine Haarbürste mit Elfenbeingriff, ein Kamm aus Elfenbein und eine Puderdose aus Silberfiligran.

»Denken Sie daran, der Mensch ist ein Mysterium! Ein Geheimnis, das wir nie zur Gänze werden enträtseln können!« sagte Dr. Klausner, während er zwischen dem Vorhang und dem Tisch mit dem Bild seiner Frau stand; und er belegte die unvorhergesehenen Rätsel der menschlichen Seele mit der Geschichte, die Fürst Myschkin Rogoschin erzählt – über den Bauern, der seinen besten Freund ersticht, weil er ihm seine silberne Uhr rauben will; in dem Moment, bevor er ihm das Messer an die Kehle setzt, erhebt er die Augen zum Himmel, bekreuzigt sich und sagt: »Verzeih mir, mein Gott, um Jesu willen!« –, und Dr. Klausner fügte hinzu: »Große Literatur ist dergestalt, daß man das Paradox begreift, verstehen Sie? Das Paradox, das in jedem einzelnen von uns vorhanden ist!«

Er ging zum Flügel hinüber, und während er den Rand der Partitur berührte, als ob er sie umblättern wollte, sagte er: »Kennen Sie dieses Konzert von Brahms? Eines seiner heitersten Werke. Voll Freude. Vor allem der letzte Satz, das Rondo...« Und mit wiegendem Kopf summte er die ausgelassen dahinplätschernde Melodie. »Schauen Sie, das war das Lieblingsstück meiner seligen Frau. Sie spielte es jeden Samstagabend. Und sie war eine tragische Persönlichkeit. Wirklich tragisch...!«

Als die Szenen zwischen mir und meiner damaligen Frau Lili Federman immer heftiger wurden, drang das Geschrei natürlich auch zu ihm hinauf. Lili ließ ihrem Zorn die Zügel schießen, sie schäumte vor wilder Wut, und man konnte sie nicht zum Schweigen bringen. Je mehr ich versuchte, sie zu beruhigen, indem ich flüsterte: »Die Nachbarn, die Nachbarn...« – um so mehr fühlte sie sich zu den wüstesten Beschimpfungen provoziert, bei denen selbst die Wände schamrote Ohren bekamen. In jenen Tagen grüßte mich Klausner im Vorbeigehen nur mit einem Kopfnicken und gesenkten Blicks, als ob er sich für mich schämte, als ob er, und nicht ich, etwas auf dem Kerbholz hätte. Eines Abends zu vorgerückter Stunde, als ich völlig betrunken nach Hause kam und an der Tür klingelte, weigerte sich Lili, mir aufzumachen. Ich fand die Schlüssel nicht, hämmerte heftig an die Tür und schrie: »Mach auf, wenn du nicht aufmachst, trete ich die Tür ein...« und ähnliches. Ein paar der Nachbarn wurden wach, öffneten ihre Türen einen Spalt, horchten und sagten nichts. Als ich jedoch mit den Fäusten weiterhämmerte und sogar mit dem Kopf gegen die Tür schlug, kam Klausner in einem getupften, von einer Kordel zusammengehaltenen Morgenmantel die Treppe herunter, ergriff mich am Arm und sagte: »Kommen Sie, kommen Sie zu mir hinauf.«

»Setzen Sie sich, ich mache Ihnen einen Kaffee, beruhigen Sie sich!« Er plazierte mich an den Tisch in der kleinen blankgeputzten Küche. Als er sich zu mir setzte und die beiden Tassen vor uns standen und als die heiße Flüssigkeit die Nebel in meinem Kopf ein wenig vertrieben hatte, sagte er: »Nicht mit Gewalt... mit Gewalt erreichen Sie gar nichts... Die Frau, verstehen Sie, ist ein delikates und sehr kompliziertes Wesen... wie eine kleine goldene Uhr... winzige Rädchen, ein diffiziler Mechanismus... Haben Sie je einen Uhrmacher bei der Arbeit gesehen? Mit der Lupe, mit einem Miniaturschraubenzieher, mit der Pinzette... Wäre das Handwerkszeug nur ein bißchen größer, würde er nur Zerstörung damit anrichten...«

Er sah mich mit müden Augen lächelnd an und sagte: »Zoya und ich, zum Beispiel... zweiundvierzig Jahre lang zusammen... Alle dachten: wie die Turteltauben... Aber dem war nicht so... kompliziert.« .

Dann erzählte er mir, wie sie zehn Jahre lang in einer Art *ménage à trois* gelebt hatten. Zoya liebte einen bekannten Maler, »einen sehr guten Menschen«, den auch er schätzte und verehrte. Zuerst, als er davon erfuhr, war es eine große Tragödie für ihn, er dachte beinahe daran, seinem Leben ein Ende zu setzen. Er sagte zu Zoya, daß sie sich trennen müßten, und wollte sofort nach der Trennung Selbstmord begehen. Aber Zoya hing sehr an ihm, sie wollte ihn nicht aufgeben und sagte, wenn er sie verlasse, werde auch sie ihrem Leben ein Ende setzen. Und so waren sie zu dritt zusammen, da der Maler sich sehr häufig bei ihnen aufhielt. »Er war ein ausgezeichneter Schachspieler, wir spielten ein-, zweimal die Woche. Meistens schlug er mich, manchmal aber auch ich ihn...« Er lächelte müde. Und seine Eifersucht bezwang er, wenn sie auch nicht aufhörte, in ihm zu schwelen. Aber dann entdeckte er, daß der Maler doch »kein ganz so guter Mensch« gewesen war, wie er gedacht hatte, denn er hatte noch andere Frauen... Und er hatte das Gefühl, als ob der Maler nicht nur Zoya, sondern auch ihn betrogen hätte... »Hier haben Sie Ihr Paradox. Das Leben ist voll von solchen Paradoxa...«

»Die Hauptsache ist, daß alles offen gesagt wird«, sagte er, »direkt und offen. Wenn alles offen und direkt zugeht, dann versteht man, daß es die Natur des Menschen ist, voller Widersprüche. Aber Widersprüche sind gottgewollt, und man ist auch fähig zu verzeihen, sich auszusöhnen.«

Als er seine Geschichte beendet hatte, dämmerte schon der Morgen, und er sagte: »Sie können hier ein paar Stunden schlafen, auf dem Sofa. Nach dem Schlaf beginnt das Leben wieder neu...«

Ein andermal erzählte er mir von einem weiteren »Paradox«. Er hatte einen älteren Bruder, der nach der Revolution aus Rußland floh und nach Belgien emigrierte. In den dreißiger Jahren machte er Bankrott und beschloß, nach Palästina zu gehen und sich einen Orangenhain zu kaufen. Geld hatte er keines, daher nahm er einen Kredit auf, und er, Dr. Klausner, bürgte für ihn. Er unterschrieb alle Schuldscheine. Ein Jahr nach Ausbruch des Krieges verschwand der Bruder. Er reiste nach Australien und hinterließ keine Spur. Dr. Klausner mußte alle Wechsel einlösen. Der Orangenhain warf in den Kriegsjahren keinen Profit ab, und er mußte Zoyas Schmuck verkaufen, um die Schulden zu begleichen. »Volle acht Jahre dauerte es. Zoya weinte in der Nacht. Sie sagte: ›Wenn dein Bruder dich verrät, wie kann man irgendeinem Menschen noch trauen! Wölfe sind sie, alle miteinander!‹ Und auch ich... es verzehrte mich...! Nicht deshalb, weil ich zahlen mußte, jeden Monat, sehr, sehr viel! Das war sehr schwer für uns...! Sondern weil ich verzweifelt war... Und es erreichten uns Gerüchte, daß er reich geworden war dort in Australien, durch den Handel mit Armeerestbeständen... Und ich schrieb ihm viele Male und erhielt nie eine Antwort... Wie war das möglich? Ich dachte, wie kann ein Mensch zu solcher Unmenschlichkeit verkommen... Aber fünf Jahre nach dem Krieg erhielt ich einen Brief von einem Rechtsanwalt aus Melbourne, der mir mitteilte, daß mein Bruder an einer unheilbaren Krankheit gestorben war und mir die Hälfte seines Vermögens vermacht hatte... viel mehr als die Schulden, die ich für ihn bezahlt hatte... Da sehen Sie, daß man den Glauben an die Menschen niemals ganz aufgeben soll...«

Er war ein merkwürdiger Apotheker. Ihm tat es um das Geld der Kunden leid, auch wenn er sie nicht kannte. Wenn jemand hereinkam, um ein Medikament gegen Schnupfen zu kaufen, pflegte er zu sagen: »Weshalb wollen Sie Geld verschwenden, es nützt sowieso nicht viel... Und überhaupt, ein Schnupfen ist nichts Schlimmes, es ist eine Art Entwässerung...« Oder er drängte sie, das billigere einheimische statt des teuren ausländischen Medikaments zu kaufen; oder er riet ihnen zu Hausmitteln nach Großmutters Rezept... Ein ungewöhnlicher Apotheker. Und die Ruhe, die dort oben immer herrschte!

Viele kamen, um ihn auf seinem letzten Weg zu begleiten. Unter ihnen waren Stammkunden der Apotheke und viele alteingesessene Tel Aviver. Ich half den Sarg tragen. Der Sarg war sehr leicht. Als ob der Körper eines Kindes darin läge.

Wer hoch hinauf will, muß unten anfangen

Als ich am Morgen erwachte – aus den Abgründen und Untiefen eines unruhigen Schlafes –, fühlte ich mich wie ein Flüchtling in einem Durchgangslager. Das Haus war nicht mehr mein Zuhause. Die Wohnung, die sozusagen meine Festung gewesen war, war gestürmt und preisgegeben worden. Ich war wie ausgesetzt. Nackt und bloß. Keinem Hausbewohner möchte ich das je wünschen.

Ein Mensch weiß nie, welches Mißgeschick ihn erwartet. Welche teuflischen Hindernisse sich ihm auf seinem Pfad entgegenstellen, wenn er sich hinsetzen und in Frieden schreiben will. Kaum ist es einem gelungen, unter größten Mühen, nach Tagen und Nächten voll unterdrücktem Stöhnen, Herzbeschwerden und Magenkrämpfen, einen Mühlstein von Zaudern und Zweifeln aus seinem Weg zu räumen und den ersten Satz auf die leere Seite niederzuschreiben, kaum glaubt einer, der Stift werde nun wie geschmiert übers Papier fliegen, da...

Vor ungefähr zwei Jahren wohnte im Nachbarhaus, meinem Fenster gegenüber, ein alleinstehendes Mädchen, dunkel, mager und scharfsichtig, eine Angestellte bei Pazgas, glaube ich, die jeden Abend, wenn sie heimkam und sich der Hausarbeit zuwandte, eine Platte auflegte – und die Lieder des italienischen Sängers Roberto Fiori brausten machtvoll und stürmisch, voller Leidenschaft und Seelenschmerz aus ihrer Wohnung zu meiner hinüber und machten es sich mit ihrem Überschwang an Gefühl bei mir gemütlich. Doch damit nicht genug. Ich hörte auch noch ihre Stimme, die die nostalgischen Ergüsse begleitete, während sie die Fußböden scheuerte oder das Geschirr abspülte *»S'è amor quel che sento... amor ha un cuor, che non ode, ne vede...«* Meine Hand hielt inne. Sie konnte den Stift zu keiner einzigen Zeile mehr bewegen. Ich ging zu dem Mädchen hinüber und flehte: »Stellen Sie doch bitte

Ihren liebeskranken Italiener etwas leiser, denn ich...« Sie betrachtete mich mit einem liebenswürdigen Lächeln und sagte: »Ja, ja, natürlich, Sie haben recht...« Doch am nächsten Tag begann es von vorn: *»La mia donna cara...«* – herzzerreißend, himmelschreiend, okkupierte es mein Zimmer. Stunden. Und an den Samstagen von morgens bis abends.

Ich resignierte. Ich hatte auch nicht das Herz, sie ihrer kleinen Freuden zu berauben. Roberto Fiori war die Nachtigall ihrer Sehnsüchte, die Heimstatt ihrer unerhörten Gebete; zu den Klängen seiner heißen latinischen Liebe schmolz sie dahin, ihre Schwingen trugen sie zu den Weiten des Mittelmeers, nach Florenz, Neapel, Sizilien... Ich setzte mich erst zum Schreiben hin, wenn sich Robertos Sturm gelegt hatte, in den späten Abendstunden.

Bis eines Tages ein Ritter aus Fleisch und Blut daherkam – aus einem Moschav im Lachisch-Distrikt, laut Erzählungen der Nachbarn – und sie von ihrer Einsamkeit und Sehnsucht und mich von den Qualen der florentinischen Liebe erlöste. Ein gebrechliches altes Paar, bedürfnislos und verbraucht, zog an ihrer Stelle ein.

Plagen dieser Art, die, ausgehend von gewissen Besitztümern des einen, den anderen schädigen, liegen in der Natur der Dinge. Doch jetzt – eine Invasion in meinem eigenen Haus –

Ich lag da und starrte an die Decke, aufmerksam auf Geräusche von oben lauschend, und dachte daran, was mich erwartete. Mich mit dieser Situation abfinden, mich daran gewöhnen, daß Tag und Nacht die Schritte eines bösen Geistes über meinem Kopf hin und her wanderten, auf deren Widerhall ich ständig lauschen würde wie Hamlet auf die Schritte seines Vaters – nein, das könnte ich nicht. Der Mensch kann sich Situationen anpassen, die ihm durch höhere Gewalt aufgezwungen werden – ein Leben im Gefängnis, sogar im Konzentrationslager. Aber hier – das war keine höhere Gewalt! Einer von uns beiden mußte weichen. Und dieser eine – der würde nicht ich sein! Weil ich der Ansässige war und er der Eindringling, der Usurpator! Seit fast fünf Jahren wohnte ich in dieser Wohnung, die seit meiner Heirat mit Lili Federman mir gehörte und auch nach meiner Scheidung in meinem Besitz blieb! Ich war an sie gewöhnt und sie an mich, in ihr schwebten die Buchstaben meines letzten Buches, das ich geschrieben hatte, und die Träume von den Büchern, die ich noch schreiben würde. Und an die Nachbarn war ich gewöhnt und sie an mich, ich kannte Speisers kleinen Laden, den Paternosterbaum gegenüber meinem Fenster, die Taube, die jeden Morgen mit ihren Flügeln an die Latten des Fensterladens schlug... Es war nur recht und billig, daß er wich, und wenn er das nicht freiwillig tun würde –

Ich lag da und sann darüber nach, wie ich ihn dazu bringen konnte, zu verschwinden. Das Gesetz, das wußte ich, würde mir keine Hilfe sein. Und ohne Gesetz... Es gibt Präzedenzfälle: Personen zum Beispiel, die den Sabbat heiligen und von ihrer profanen Nachbarschaft gestört werden, schikanieren diese, bis sie ihnen das Leben völlig vergällt haben...

Ich stand auf, um mich anzuziehen, und trat auf den Küchenbalkon hinaus, um die Socken von der Wäscheleine zu nehmen.

Als ich meinen Kopf zum Fenster hinausstreckte, fiel mir ein kalter Wassertropfen aufs Haupt.

Ich sah nach oben, und meine Augen nahmen einen Büstenhalter wahr, der an einer Wäscheleine hing, und darüber den Kopf einer Frau, deren Finger ihn mit Wäscheklammern befestigten.

Im gleichen Moment fiel noch ein Tropfen von oben herunter, vom Träger des Büstenhalters – diesmal auf meine linke Backe –, und der Kopf der Frau verschwand.

Ich war wie betäubt: das Kapitel der Erniedrigungen begann bereits am Morgen des ersten Tages! Schmutzwasser von Frau Schatz' Büste tropft auf meinen Kopf, klatscht mir ins Gesicht!

Wie Spucke!

Ich ging hinein und zog mich an. Während des Anziehens wurde mir bewußt, daß meine Wohnung nun – im Gegensatz zu dem, was ich am Morgen beim Aufwachen verspürt hatte – diesen Eindringlingen nicht eigentlich preisgegeben war, sondern sie war belagert; und die bitterste aller Sorgen war nicht, wie man es noch in ihr aushalten konnte, sondern wie man hinauskam!

Denn die Reihenfolge meiner morgendlichen Verrichtungen ist folgende: mit dem Abfalleimer hinunter zur Tonne im Hof und die Zeitung aus dem Briefkasten nehmen; hinauf zum Dach, um die Hasen zu füttern; hinunter – nach einem leichten Frühstück – auf die Straße, um in die Bibliothek zu gehen.

Und nun drohte mir bei all diesen Gängen Schatz von Angesicht zu Angesicht zu begegnen.

Und so, dachte ich, ist das Heim des Menschen nicht mehr seine Festung, sondern seine Falle!

Geleitet von einem Gefühl der Vorsicht, das sich von dem Augenblick an, als der Tropfen auf meinen Schädel gefallen war, verschärft hatte, öffnete ich – mit dem Abfalleimer in der Hand – die Tür nur einen Spalt und horchte. Die Luft war rein.

Ich rannte hinaus, flog die Treppe hinunter. Ich entleerte den Eimer. Ich ging zum Briefkasten, öffnete ihn und nahm die Zeitung heraus. Ich stieg langsam wieder die Treppe hinauf und überflog unterdessen die Schlagzeilen auf der ersten Seite, insbesondere die über einen Mord- und Selbstmordfall »mit romantischem Hintergrund«, der sich in der Nacht im Norden der Stadt, nur ein paar Straßen von hier, ereignet hatte. Als ich den Absatz des ersten Stockwerkes erreichte, blieb ich einen Moment stehen, um ein paar Zeilen dieses aufregenden Artikels zu lesen – besonders aufregend deswegen, weil das

Verbrechen (oder die Tragödie) sich so nahe meinem Wohnort ereignet hatte –, da hörte ich, wie oben eine Tür zuschlug, und gleich darauf das Trappeln von Schritten auf der Treppe.

Als ich meinen Kopf hob –

Ja, er war es; kam hochaufgerichtet herunter, eine schwarze Aktentasche in der Hand, leichtes Jackett, grünes Gesicht, scharfer, stechender Blick.

Ging an mir vorbei, als ob ich nicht da wäre.

Das Blut schoß mir ins Gesicht; was für eine grenzenlose Frechheit! In meinem eigenen Haus!

Ich folgte der hinuntereilenden Gestalt mit meinem Blick – sie verschwand über den Hof, und eine ganze Weile konnte ich mich nicht vom Fleck rühren.

So eine Unverschämtheit! Als ob er der Hausbesitzer wäre! Und ich – ein Fremder, der zufällig hier übernachtet hatte!

Als ich meine Wohnung betrat, hatte ich mich noch nicht beruhigt. Der Gedanke ließ mich nicht los, daß die größte Demütigung darin bestand, daß er die Treppe hinuntergegangen war und ich hinauf, so daß sich die Beleidigung sozusagen von oben nach unten über mich ergossen hatte. Er, auf mich hinuntersehend, und ich, meinen Blick zu ihm erhoben –

Diese Beleidigung schreit nach Rache, sagte ich mir.

Eine Sache der Ehre, sagte ich mir.

Erst nach einer langen Weile ging ich hinauf, um die Hasen auf dem Dach zu füttern.

Als ich den Absatz des vierten Stockwerks erreichte, machte ich auf Zehenspitzen einen Umweg, um den Namen an der Klingel zu lesen. Ja, das schöne, glatte Emailleschild, auf dem der Name Dr. M. Klausners eingraviert gewesen war, in blauer verschnörkelter Schreibschrift – war verschwunden. An seine Stelle war ein einfaches Papierschild getreten und darauf mit Schreibmaschine geschrieben: Naomi und Naphtali Schatz.

Die Würfel waren also gefallen.

Ich wandte mich mit einem Seufzer ab und stieg die fünf Stufen bis zum Dach hinauf. Als ich die Tür öffnete, die in den Angeln quietschte, hörte ich auch von unten das Geräusch einer knarrenden Tür. Ich hielt inne und warf einen Blick ins Treppenhaus hinunter. Ja, das war die Tür der okkupierten Wohnung, die sich eine Handbreit geöffnet hatte. Der Umriß einer Gestalt war zu sehen. Derselbe Kopf, der einen Augenblick über dem an der Leine hängenden Büstenhalter aufgetaucht war: schwarzes glattes Haar, neugierige Augen, ein glänzender Hals... das war alles, was ich erhaschen konnte, denn sofort wurde die Türe wieder geschlossen.

Das war Naomi.

Ich betrat den Hasenstall, der sich auf dem Dach genau über der Wohnung des verstorbenen Dr. Klausner befand. Ich öffnete den Futtersack, steckte den Löffel hinein und verteilte das Futter in die Tröge. Die sechs weiblichen und der männliche Hase rührten sich nicht in ihren kleinen Verschlägen, während ihre wie Amethyste glitzernden Pupillen meine Bewegungen verfolgten und ihre Schnurrhaarborsten ungeduldig zitterten.

Hasen

Der Leser wird sich sicher wundern, was ein Mensch wie ich, dessen Geschäft das Schreiben ist, mit Hasen im Sinn hat; und er wird mit hinterhältigem Mißtrauen fragen, ob ich dieses Tier hier nicht als Symbol eingefügt habe; wie man seinen späteren Interpretatoren einen Brocken hinwirft, damit sie ihre Zähne hineinschlagen, darauf herumkauen und das Ganze wiederkäuen können, oder wie man einem Hund Sachen vor die Nase hält, die er unterscheiden lernen soll. Hasen, werden sie sagen, sind nicht wörtlich gemeint! Ein Symbol für Furchtsamkeit, für das Fehlen von Mut, Eigenschaften, über die sich der Autor lustig machen will; oder vielleicht ein Symbol für die Natur in der sterilen Stadt; oder für die Existenz der Natur ganz allgemein – oder die Sehnsucht danach. Und vielleicht läßt sich das Wort »Hase« auf eine biblische Quelle zurückführen, oder es ist eine Zusammensetzung aus »Habe« ohne -be und »Masse« ohne Mas-, was den wiedergekäuten Materialismus der Massen implizieren würde, wie es bereits bei...

Um die Wahrheit zu sagen, die Sache verhält sich äußerst einfach: Ich erhielt die Hasen von Schemaryahu Harel, der schon seit dem Gymnasium mein Freund ist.

Dr. Schemaryahu Harel, der Professor für Biologie ist, hatte einen Hasenstall daheim, dessen kleine, zarte Bewohner er sich vom biologischen Institut ausgeliehen hatte, um damit seiner Frau und seinen zwei Töchtern eine Freude zu machen. Vielleicht wollte er auch nur eine Delikatesse auf den Tisch bringen. Als er sich für ein Forschungsjahr nach Amerika begab, wollte er die Leihgabe – genauer gesagt, die dritte Generation davon – an den Besitzer zurückgeben, das heißt das Institut. Da ich ihn häufig besuchte und auch mir die Tiere ans Herz gewachsen waren und da ihre Pflege keiner großen Mühe bedarf, sagte ich zu ihm, er solle sie bei mir lassen, und er übergab sie mir.

Auf dem Dach des Hauses, genau über der Wohnung des verstorbenen Dr. Klausner, gibt es zwei Räume, die miteinander verbunden sind, von denen der eine als Lager für allen möglichen Trödel dient und der andere einst eine Waschküche war – zu einer Zeit, als Waschmaschinen noch selten waren. In diesem Raum – der über einen Wasserhahn, ein großes Becken und einen Abfluß verfügt – brachte ich, mit Zustimmung der übrigen Hausbewohner, die Gitterkäfige mit den zehn Hasen unter. Nach zwei

Wochen waren noch sieben übrig, sechs Weibchen und ein Männchen.

Drei starben, offenbar aufgrund von Umstellungsschwierigkeiten. Den sechs Weibchen gab ich folgende Namen: Amelia, Amira, Adina, Alisa, Afra und Agatha, und das Männchen nannte ich Zebulon. Auf den ersten Blick sahen sich alle Weibchen ähnlich, alle hatten sie ein schneeweißes Fell; ich lernte jedoch, zwischen ihnen zu unterscheiden und sie an ihrer Art zu erkennen: Amelia war fleißig, Adina sehr zart, Alisa hatte ein heiteres Gemüt, Amira war etwas verschlagen, Afra eher unscheinbar, Agatha gierig. Je mehr ich mich mit ihnen abgab und sie beobachtete, desto besser lernte ich auch ihre Eigenheiten und jeweilige Verfassung kennen. An einem Zwinkern der Augenlider, einem Flattern der Ohren, Kräuseln der Mäuler, Beben der Nüstern und Schnurrhaare, einem Wackeln ihrer Stummelschwänze erkannte ich, ob sie bei guter oder schlechter Gesundheit waren, satt oder hungrig, zufrieden oder schlecht gelaunt, und bei den Weibchen – ob sie läufig waren oder nicht.

Es ist kein großer Aufwand: Zweimal am Tag gebe ich ihnen ihre Rationen. In der Frühe eine Mischung aus Körnern und Maismehl und gegen Abend ein Konzentrat in der Form von Bohnen, das ich einmal im Monat von einem Großhändler am Kikar Hamoschavot mitbringe. Und natürlich Wasser. Sie sind saubere Geschöpfe, machen nicht viel Mist, ihre Exkremente fallen durch den Gitterboden der Käfige auf Tabletts, die ich einmal oder öfter pro Woche entleere. Wenn ich merke, daß eines der Weibchen läufig ist – man kann das leicht an ihrem scharfen Geruch erkennen –, setze ich es in Zebulons Käfig, und dieser erfüllt geschickt und geübt seine Pflicht – es ist eine Sache von ein paar Sekunden. Im Moment war Agatha schwanger, ihr Bauch war bereits angeschwollen, und es war zu erwarten, daß sie in zehn bis zwölf Wochen werfen würde.

Die kleinen Hasen sind ein Problem. Hasen sind bekanntermaßen sehr fruchtbar. Alle drei Monate können sie sechs bis sieben Junge haben. In dem halben Jahr, seit sie in meiner Obhut waren, hätten sie auf ein paar Dutzend anwachsen können. Ich begnügte mich mit sieben. Wären es mehr gewesen, hätte ich ihnen zwei bis drei Stunden am Tag widmen müssen; das wäre mir zuviel gewesen. Wenn die jungen Hasen entwöhnt sind und auf eigenen Füßen stehen, sammle ich sie in einem Korb ein und bringe sie dem biologischen Institut als Geschenk. Sie sind die Zinsen aus meinem Fonds, die ich den Bedürfnissen der Allgemeinheit opfere.

Der Zeitverlust, der mir durch ihre Pflege entsteht, wird durch das Vergnügen reichlich wettgemacht. Manche Leute hängen sich einen Papageienkäfig ins Zimmer, andere stellen sich ein Aquarium mit Goldfischen hinein, viele ziehen zu ihrem Vergnügen Katzen und Hunde groß – Tiere, die Unmengen von Fleisch vertilgen und häufig wahre Quälgeister sind, die kratzen, beißen und die Gäste terrorisieren. Bei mir sind es eben die Hasen auf dem Dach. Wenn ich des Schreibens müde bin, auf ein Hindernis stoße, das schwer zu überwinden ist, steige ich zum Dach hinauf, betrete den Hasenstall, setze mich auf einen Schemel, der dort steht, und verfolge Amelias oder Amiras Bewegungen; beobachte ihre kurzen Hoppler, ihre Sprünge auf den Sägespänen; das eigenartige Zittern ihrer zarten Barthaare, die offenbar auf Gerüche oder Geräusche reagieren; ihr unablässiges Mümmeln oder den Ausdruck ihrer Augen, der alle Augenblicke wechselt: Neugierde, Verwunderung, Erwartung, Sehnsucht nach wer weiß was, vielleicht auch Dankbarkeit. Mit dem Hasen sind allerlei alte Vorurteile verknüpft, zu deren weltweiter Verbreitung Fabelschreiber wie Äsop, La Fontaine und Krylow viel beigetragen haben: Der Hase sei feige, heißt es, er laufe immer davon, fürchte sich vor jedem raschelnden Blatt, sei schadenfroh, rühme sich erlogener Großtaten, sei undankbar…

Aus meiner Kindheit ist mir eine schändliche Fabel von Krylow im Gedächtnis geblieben, in der von den Tieren des Waldes erzählt wird, die den Bär jagten und erlegten, und als sie sich versammelten, um die Beute aufzuteilen, kam auch der Hase, um seinen Teil zu fordern, obwohl er sich nicht an der Jagd beteiligt hatte, denn als bekannter Feigling hatte er sich abseits gehalten. Und die Tiere, in ihrer großen Güte, gaben ihm ein Stückchen vom Ohr des Bären... Diese Fabel ist von Anfang bis Ende eine lügnerische Verleumdung, Rufmord, sozusagen, und zeugt zudem von erschreckender Ignoranz! Der Hase ist überhaupt nicht imstande, seinen Teil von einem Bären zu fordern! Erstens ist er Vegetarier und verabscheut Fleisch. Zweitens fordert er nie etwas von anderen Geschöpfen, schon gar nicht von solchen, die nicht seine Artgenossen sind; nach etwas gierig zu schnappen, ist nicht seine Art. Und drittens, wenn er sich an der Jagd nicht beteiligte, dann nicht aus Feigheit, sondern aufgrund seiner hohen moralischen Prinzipien und der vornehmen Gesinnung, die in ihm steckt! Jedem, der sich auch nur ein wenig mit Hasen befaßt, wird sofort ihre wunderbare Höflichkeit auffallen, ihre Zurückhaltung, ihr Seelenfrieden und ihre Bescheidenheit. Und ihre langen Ohren sind kein Zeichen von Einbildung, wie uns La Fontaine in seiner sardonischen und höhnischen Fabel weiszumachen versucht – von dem Hasen, der sich einbildet, daß seine Ohren Hörner sind –, sondern sie sind ihr Verteidigungssystem: eine Art Radar, der sie vor Gefahr warnt und Befehle an ihre Läufe aussendet, das heißt der Schutzschild friedliebender Geschöpfe!

So studierte ich also meine sieben Hasen auf dem Dach, in den Atempausen zwischen einem Kapitel und dem nächsten oder wenn ich mitten in einem Absatz an einem toten Punkt angelangt war, und ich empfand Teilnahme und Freude dabei und lernte, daß das Leben auch außerhalb des menschlichen Dunstkreises voll zahlloser Nuancen und Feinheiten ist. Und somit wurde mir zugleich eine antianthropozentrische Lektion erteilt, wenn ich so sagen darf.

Und zum Schluß muß ich erwähnen, daß sich niemals – ich betone: niemals! – auch nur einer der übrigen Hausbewohner über die Hasen auf dem Dach des Hauses beschwert hat. Im Gegenteil: Ab und zu kommen sie herauf, um sich an ihrem Anblick zu erfreuen, hätscheln sie wie Babys, und manche – und darin zeichnet sich besonders Viktoria aus – bringen ihnen sogar Gemüsereste aus der Küche mit.

Ich fütterte die Hasen, ging in meine Wohnung hinunter, nahm ein leichtes Frühstück ein und machte mich auf den Weg in die französische Bibliothek, um an meiner Übersetzung von Rabelais weiterzuarbeiten.

Die Hebraisierung Rabelais'

Na und? sagte ich mir, als ich in der französischen Bibliothek in einer Ecke saß, die mir Marcelle reserviert hatte, umgeben von Wörterbüchern und Nachschlagewerken. Was macht es schon, wenn Schatz im gleichen Haus wohnt wie ich? Warum soll mich das überhaupt stören? Wenn er meine Existenz ignoriert, warum kann ich seine nicht ignorieren? Und mit meiner Arbeit weitermachen, als ob nichts passiert sei?

Das sagte ich mir, während ich mir den Kopf zerbrach, um ein treffendes hebräisches Wort für Gargantuas *braguette* im achten Kapitel zu finden, das von den Kleidern berichtet, die für den zweiundzwanzig Monate alten Giganten genäht wurden; das heißt für jenen speziellen Posten seiner Kleidung, der wie ein Feigenblatt sein »natürliches Geschlecht« bedeckte und dessen unsere keuschen Vorväter in den Gettos von Rom, Frankfurt und Amsterdam nicht bedurften, weshalb sie ihm in der heiligen Sprache auch kein Wort gaben. Etwa sechzehn ein Viertel Ellen Tuch, so wird in diesem Kapitel gesagt, waren vonnöten, um ebenjenen edlen Teil Gargantuas zu bedecken, der da war »wie ein Füllhorn, immerzu strotzend, protzend und feurig, stets grünend und blühend, jederzeit fruchtbar, überströmend voll Blüten und Früchten, voll aller Wonnen, ein Augenschmaus!« – und seine Bedeckung wurde dementsprechend großzügig bemessen. Der Länge und der Breite nach und »wohlgefüllt«. Wie sollte ich diese *braguette* also übersetzen, damit es präzise und anmutig war und gut auf der Zunge lag? Hodensack? Aber Sack war zu schwach. Schwengelhalter? Eine zu vulgäre Kombination. Penisfutteral? Ein zu komplizierter Ausdruck. Vielleicht Gliedbeutel? Aber ist das ein kurzes, einfaches Wort, das sich natürlich anhört? Und wie sollte ich noch ein weiteres hebräisches Wort für das Glied selbst finden – das hier so dringend benötigt wurde –, nachdem ich es bereits Ständer, Schwanz, Latte, Bohrer, Stöpsel, Würstchen, Pfahlrohr, Samensproß und sogar Kraftturm, Rammelborn und Manneszier genannt hatte? – Standen bei Rabelais nicht immerhin achtunddreißig Kosenamen für ebenjenen gierigen Körperteil, der dem Manne zu eigen ist?

Und einmal mehr verfluchte ich den Tag, an dem ich diese Fronarbeit auf mich genommen hatte, bei der ich in einem Schneckentempo von zehn Zeilen pro Tag vorankrieche – was bedeutet, daß ich in zwölf Jahren das Ende erreicht haben werde.

Das bittere »Peterprinzip«! Ein Mensch erringt Erfolg auf einer bestimmten, verhältnismäßig niedrigen Stufe – man befördert ihn weiter hinauf, er übernimmt etwas, was eine Nummer zu groß für ihn ist und seine Fähigkeiten übersteigt! Gargantuös! Ich habe einmal aus dem Französischen ein frivoles Theaterstück von Félicien Marceau übersetzt, eine Bettkomödie, und ich vollbrachte dabei wahre Kunststücke, was die unzüchtigen Ausdrücke anging, zum Beispiel: Tal des Hinterteils, aufgerissener Schlund, Landkarte der Unzucht, Unterleibswut, die Pohügel, das rückwärtige Doppelteil und ähnliches mehr. Bei der Premiere war ein bedeutender Mann vom Institut für klassische Übersetzungen zugegen, der von der Übersetzung sehr beeindruckt war und die ganze Vorstellung hindurch unaufhörlich lachte. Am Schluß kam er zu mir und fragte mich, ob ich bereit sei, *Gargantua und Pantagruel* zu übersetzen. Ich fühlte mich geschmeichelt. Zudem brauchte ich nach meiner Scheidung von Lili Federman Geld. Ich sagte, ganz bescheiden, daß ich es mir ein paar Tage überlegen müsse. Als er nach einer Woche anrief, sagte ich zu, weil ich nicht die Stärke besaß, abzulehnen.

Der Mensch begeht Fehler in seinem Leben. Eine solche Übersetzung ist ein Gewaltmarsch über Stock und Stein. Eine Wanderung durch Schluchten und Felsspalten. Ein Klettern auf abschüssigen Hängen. Auf Schritt und Tritt stolpert man beim Gehen oder fällt hin. Jedes dritte Wort ist eine Fallgrube. Die Füße wollen nicht mehr, die Knie sind wundgescheuert, die Nase blutet. Um Rabelais zu übersetzen, muß man sich im Französischen des Mittelalters und der Renaissance auskennen, in provenzalischem und normannischem Französisch; man muß das Idiom der Herbergen, Märkte, der Dirnen und Raufbolde, der Priester und Gelehrten verstehen und nachempfinden; man muß Kenntnisse in Latein, Griechisch, Deutsch, Italienisch, Arabisch, Hebräisch (ein paar hebräische Wörter und Sätze, richtige und entstellte, sind in diesen fünf Büchern verstreut!) und Baskisch besitzen; man muß sich mit Theologie, Jurisprudenz, Medizin, Philosophie, Astrologie, allen Naturwissenschaften, allen Handwerken und Künsten auskennen. Und um diese vielschichtige und schattierungsreiche archaische Sprache, deren Orthographie nicht weniger archaisch ist, ins Hebräische zu übersetzen, muß man das biblische und das rabbinische Hebräisch, das Hebräisch der Mischna und der Midraschim und der Haskala beherrschen und in allen Spezialbegriffen der Dichtung bewandert sein, die in jüngster Zeit neu gebildet wurden! Ob es dem gewitzten Autor, einem Meister an Inspiration und Humor, der auf einen Schlag etwa drei Dutzend Bezeichnungen für Essen aus dem Ärmel schütteln kann – ob es ihm selbst wohl gelungen wäre, in der Sprache der Bibel oder der Haggada die Speisen und Getränke samt Zubehör und Verwendung aufzuzählen, wie sie im vierten und fünften Kapitel von *Gargantua* vor uns Revue passieren? Ob der scharfsinnige und trickreiche Übersetzer des *Geizigen* und anderer Stücke Molières dreihundertzweiundzwanzig hebräische Entsprechungen für die unzüchtigen Ausdrücke und unflätigen Redewendungen Rabelais' gefunden hätte, die zur Hälfte auch noch mit Doppeldeutigkeit gesegnet sind? Ja, es ist leicht, den »Duc de Francrepas« mit »Herzog Grandenbrot« zu übersetzen, oder den »Conte de Mouillevent« mit »Graf Feuchtwind«, aber wo ist der Sprachriese, der die hebräischen Wörter in der Spalte mit den einhundertelf Spielen im zweiundzwanzigsten Kapitel des ersten Buches findet? Wie will er allein die Namen der Kartenspiele übersetzen?

Für Übersetzer ist die Arbeit ihrer Kollegen in anderen Sprachen oft hilfreich. Auch ich versuchte, die englische Übersetzung von Le Clercq, die ich zur Hand hatte, zu Rate zu ziehen, entdeckte jedoch sehr schnell, daß sie mich nur in die Irre führte. Überall, wo Rabelais springt, leichtfüßig und anmutig voraneilt, schleppt Le Clercq sich schweren Schritts dahin, als ob er Ketten an den Füßen hätte. Er ist von unnötiger Langatmigkeit, umständlich, flicht seine grobgestrickten Interpretationen und Erklärungen in den Text ein, versucht, schlauer zu sein als sein Meister, und fügt seine eigenen schwerfälligen Scherze hinzu. Bereits in den Eingangsversen, »An die Leser«, konnte ich sehen, wie grob er sein Werk zusammengezimmert hatte: Bei Rabelais – 71 Wörter in zehn Zeilen, und bei ihm – 83 Wörter in elf

Zeilen! Wo Rabelais in der ersten Zeile ganz einfach schreibt:

A mis lecteurs, qui ce livre lisez –

übersetzt Le Clercq:

Dear friends and readers who may scan these tomes –;

und die letzte Zeile im Original, die ein geflügeltes Wort wurde, weil sie so federleicht ist:

Pour ce que rire est le propre de l'homme,

– was heißt: denn Lachen ist des Menschen höchstes Gut (oder: denn das Lachen ist es, was den Menschen ausmacht) – verwandelt sich in der englischen Übersetzung in einen schwergewichtigen philosophischen Grundsatz, bar jeglicher Anmut:

For laughter is the essence of mankind.

Oder: Im fünften Kapitel des ersten Buches, das von Anfang bis Ende eine ausgelassene, lärmende Zecherei darstellt, die aus einer Serie von kurzen Ausrufen, ein, zwei Worten, besteht, rufen die Säufer im Original:

Tire!
Baille!
Tourne!
Brouille!

– was heißt: Schenk ein! Her damit! Geh reihum! Gieß Wasser drein! – da übersetzt Le Clercq:

Draw my wine, boy!
Give me my glass!
Fill mine up!
Water in mine, please!

Nein, mögen einen die guten Geister davor bewahren, sich mit so einer Übersetzung behelfen zu müssen!

Aber das Hebräisch der Übersetzung muß so reich wie die Sprache des Originals sein! Üppig, zuweilen überschäumend, zuweilen tobend und rasend, ein Ausbruch buffonesken Gelächters und dennoch gelehrt, voll von klassischen und populären Konnotationen auf allen Ebenen. Kann man im Hebräischen solche Ketten von Verben,

Substantiven und Adjektiven bilden, alle Bereiche der materiellen und geistigen Welt betreffend, wie sie bei Rabelais zu finden sind? Es gibt sie natürlich, ganze Packen von Segenssprüchen und Fluchworten im Deuteronomium, Ansammlungen von Bezeichnungen für Geräte, Materialien, Gegenstände, Kleidung, Plagen und Krankheiten, die in der Bibel in den Kapiteln über das Stiftzelt, Menora, Altar und Priestergewand, Opfer und rituelle Schlachtung, Reinigung und Unreinheit, Tempel und ähnliches stehen; und in der Mischna kann man Hunderte Spezialausdrücke finden – die den erforderlichen, archaisch-esoterischen Klang haben – für Werkzeuge und Handwerk, für profane und heilige Geschäfte, Gewichte und Maße, für Körperfunktionen und Beischlafgewohnheiten ebenso wie für Absonderlichkeiten und Phantasien, von Floheiern bis zu Einhörnern; aber was ist mit den darauf folgenden, späteren Sprachschichten – denn schließlich haben wir es hier mit dem sechzehnten Jahrhundert zu tun?

In meiner Not wende ich mich an die Dichter; zuallererst an Immanuel den Römer, durch dessen Werk – entstanden zweihundert Jahre vor Rabelais – der freie Geist der hebräischen Renaissance weht, so wie Rabelais' Werk vom Geist der französischen Renaissance durchdrungen ist. Nur in seinen gesammelten Dichtungen, im *Buch der Lust*, in den *Heiligen- und Klagegesängen*, im *Lied des Handwerks*, im *Buch des Weines* und so fort, kann man eine so freudig-jubelnde Fülle an kunstvollen Ausdrücken finden, sie sind gespickt mit Geheimnissen, Anspielungen und Wortspielen, sie scherzen und sticheln, sie tanzen und spotten, und die Reime sind frech und mutwillig wie in *Gargantua und Pantagruel*; nur dort, wo das Hebräische, das immer mehr zum Jammern, Weinen und Klagen als zum Lachen neigte, seine Fesseln abwirft und seiner schöpferischen Kraft freien Lauf läßt, kann man Zeilen finden, die sich mit den Schilderungen der Gelage bei Rabelais vergleichen lassen:

»Ein Teil spuckt seine Seele aus,
ein Teil erbricht sich und läßt Winde los,
ein Teil läßt Wasser zwischen den Schenkeln ab
und verrichtet seine Notdurft vor aller Augen,
ein Teil der Runde erhebt sich,
wirft die Kleider ab und geht nackt einher...«

Da sitze ich also in der französischen Bibliothek und zerbreche mir den Kopf darüber, wie ich einen passenden Ausdruck für *l'exiture de la braguette* finden soll – Wölbung des Gliedbeutels? Schwellung des Gliedbeutels? Oder doch Gliedtasche? Gliedtaschenbuckel? Ich durchstöbere den Haufen an aramäischen Wörtern in meinem Gedächtnis in der Hoffnung, in dieser esoterischen Sprache eine Lösung zu finden; vielleicht hilft ein Hauch von Altertum... ein wenig Würze... Vielleicht benutze ich das Wort *parmaschtak*, einen Ausdruck, den ich zufällig in der Mischna gefunden habe für ein männliches Glied von einer Elle Länge...

Woher kann er so gut Französisch? fragt sich der Leser; denn schließlich ist diese Sprache hierzulande lange nicht so verbreitet wie das Englische in dieser oder das Russische in der älteren Generation!

Und woher kann ich Hebräisch? Obwohl ich erst mit dreizehn Jahren nach Israel gekommen bin?

Also dann, hier einige Auszüge aus meinem Curriculum vitae.

Ein kurzer Lebenslauf

Ich wurde in Czernowitz geboren, am 22. Juni – dem längsten Tag des Jahres – 1940. Sechs Tage vor dem Einmarsch der Roten Armee in die Stadt.

Die Familienlegende erzählt, daß meine Mutter, als sie

zum erstenmal meine auf ihrer Brust ruhenden Hände erblickte, dieselben so schön fand, daß sie begeistert ausrief: *»Mon Dieu, quelles mains!«*

Als mein Vater, der neben ihr stand, die Worte »Kel-Men« aus ihrem Munde vernahm, sagte er: »Wenn das so ist, nennen wir ihn Kalman!« Und so kam ich zu meinem Namen, der mich bis heute im Guten wie im Schlechten begleitet hat.

Mein Vater, Yisrael Korngold, der von Jugend an Zionist war und als Besitzer eines Schuhgeschäfts im Stadtzentrum auch zur »Bourgeoisie« zählte, wurde zusammen mit ein paar Dutzend anderen zionistischen Aktivisten verhaftet, etwa zwei Wochen, nachdem sich die sowjetischen Herren in der Stadt etabliert hatten. Zu seinem Glück war der Untersuchungsrichter, vor den man ihn stellte, ein jüdischer Kommunist, der mit ihm das Tarbut-Gymnasium besucht hatte, und nach fünf Tagen wurde er wieder freigelassen. Sein Schuhgeschäft wurde beschlagnahmt, und er wurde zum Verkaufsleiter ernannt.

Als ich genau ein Jahr alt war, fand der große deutsche Angriff auf die sowjetisch besetzten Gebiete statt; zwei Wochen später zog sich die Rote Armee aus Czernowitz zurück, und an ihre Seite trat das Schreckensregime Antonescus. Judenfeindliche Erlasse und Verfolgungen lösten einander ab, und über die Hälfte der Juden wurde nach Transnistrien verschickt, in Arbeitslager, wo sie durch Hunger und Folter umkamen.

Aber das Glück blieb meinem Vater treu, und dank seiner guten Beziehungen zum Bürgermeister der Stadt, Popovici, erhielt er eine offizielle Bestätigung, daß seine Arbeit als Schuster für die Stadt »lebenswichtig« sei; er konnte in der Stadt bleiben, und so wurden wir alle gerettet.

Drei Zimmer unserer weitläufigen Wohnung wurden konfisziert, um dort Offiziere der rumänischen Armee unterzubringen, und in den verbleibenden zwei wohnten wir zusammen mit einer jüdischen Zahnärztin, die aus ihrem Haus im Villenviertel der Stadt vertrieben worden war. Sie war eine Frau mit strengem Gesichtsausdruck, groß, grobknochig und männlich, und meine Mutter sprach französisch mit ihr.

Czernowitz hatte vor dem Krieg zur Hälfte aus Juden bestanden; die meisten waren gebildete Leute, die die Stadt als einen Ableger von Wien, Berlin oder Paris betrachteten. Für meine Mutter war sie ein Ableger von Paris. Sie konnte sechs Sprachen: Deutsch, Rumänisch, Russisch, Französisch, Jiddisch und ein wenig Hebräisch. Aber mehr als alle anderen liebte sie Französisch. Vor ihrer Heirat hatte sie Schauspielerin oder Opernsängerin werden wollen, und nachdem es ihr nicht gelungen war, sich diesen Wunsch zu erfüllen, arbeitete sie mit all ihrem spielerischen Talent an ihrem Französisch. Die Zahnärztin war für sie ein Geschenk des Himmels, und während ihrer Plauderstunden schien sie den Krieg, die Sorgen, die Not und die drangvolle Enge zu vergessen. Sie pflegte beim Sprechen ihre Lippen aufzuwerfen, ihre Worte mit Augenzwinkern und anmutigen Gesten zu begleiten; ihre Stimme wurde schmeichelnd, melodiös wie die einer trillernden Lerche, und manchmal stand sie auch mitten unterm Reden auf und ging im Zimmer hin und her, als ob sie sich auf einer Bühne befände. Ich sah ihr hingerissen zu, folgte mit schmachtenden Blicken den Bewegungen ihrer Lippen und Hände, trank die wohlklingenden Worte, die ihrem Mund entströmten. Meine Mutter war eine sehr schöne Frau mit heiterem Gesicht und blondem Haar, und ich war in sie verliebt. Es versteht sich von selbst, daß ich auch ins Französische verliebt war.

Die große Liebe meines Vaters war das Hebräische. Er war ein unheilbarer Optimist – ein optimistischer Narr, würde ich heute sagen, wenn ich an sein Ende denke. Als die Leute von der Eisernen Garde die Straßen unsicher machten, die Träger des gelben Sterns zusammenschlugen und sie zu den Lastwagen schleiften, die sie in die Zwangslager brachten, kam er am Abend nach Hause, erschöpft und ausgehungert nach zwölf Stunden Arbeit in der Schuhhandlung – und tat sein Bestes, um uns Mut zu machen. Der Satz, den er immer im Munde führte, war, so erzählte mir meine Mutter: »Schlimmer kann es nicht werden.« Was bedeutete: Von jetzt an muß es besser werden. Auch als das Haus sich leerte, weil wir alle schönen Dinge für eine Handvoll Graupen oder ein Glas Milch verkaufen mußten – zuerst Mutters Klavier, dann das Silberbesteck und die Kristallkelche und schließlich auch mein wunderschönes hölzernes Schaukelpferd mit dem langen Flachsschwanz –, gelang es ihm, seine gute Laune zu bewahren, und ein Lächeln – wenn auch etwas verzerrt – nistete sich unter seinem kurzen blonden Schnurrbart ein. An den Abenden – daran erinnere ich mich noch gut – las er Mutter, die mich auf dem Schoß hielt, aus einem großen Buch vor: *Vayehi hayom* – »Der Tag wird kommen«, von Bialik.

Seine Büchersammlung war sein ganzer Stolz: es befanden sich seltene Exemplare darin, beginnend mit Büchern aus der Zeit der jüdischen Aufklärung, gesammelte Ausgaben des *Haschiloach, Hazefira, Luach achiassef, Hame'orer, Revivim, Laschon vesefer*; und bis zum Ausbruch des Krieges erhielt er mit der Post Bücher aus Palästina – die Gedichte Rachels, Schlonskis, Fichmans, Romane von Ya'ari-Poleskin, Avigdor Hame'iri, Kabak, Zarchi, Agnon. Vieles davon habe ich bis heute aufbewahrt, in dem Raum neben dem Hasenstall auf dem Dach.

Ich würde nicht sagen, daß ich die Leuchte von Czernowitz war, im Alter von drei Jahren konnte ich noch keine Seite der Gemara auswendig, aber als ich vier war – damals waren die Russen bereits in die Stadt zurückgekehrt und hatten sie der ukrainischen Republik angegliedert –, konnte ich schon das Alphabet auf der ersten Seite des Gebetbuchs lesen, und mit fünf Jahren konnte ich Levin Kipnis' Kindergedichte lesen, die mir mein Vater beigebracht hatte.

Unter dem neuen Regime erhielt mein Vater eine Stelle als Buchhalter in einer staatlichen Lederwarenfabrik. Er wollte die Stadt verlassen, die sich mit Flüchtlingen aus allen umliegenden Gebieten gefüllt hatte, und einen Weg für uns finden, um nach Palästina zu gelangen, aber meine Mutter hinderte ihn daran, in der Hoffnung, ihren alten Traum verwirklichen zu können: Sie hoffte, am neuen Volkstheater angenommen zu werden. So blieben wir noch vier Jahre in Czernowitz, ohne daß sich ihr Wunsch erfüllt hätte.

Als ich neun Jahre alt war, zogen wir nach Bukarest. Der Bruder meiner Mutter, Stefan Kaminsky – ein breitschultriger Mann mit elegantem Anzug und einem strahlenden selbstsicheren Lächeln –, war Mitglied des Zentralkomitees der rumänischen kommunistischen Partei, und nachdem Gheorghiu Dej an die Macht gekommen war, wurde er Vizeminister für Handel und Industrie. Er besorgte uns eine Wohnung mit zweieinhalb Zimmern in einem barokken Haus an der Allee des 6. März. Sie war spärlich möbliert; denn die ehemaligen Besitzer, die man enteignet hatte oder die ins Exil gegangen waren, hatten nicht viel mitnehmen können. Meinem Vater besorgte er eine bedeutende Stellung als Inspektor in der Leichtindustrie. Ich wurde in eine privilegierte Schule gesteckt, in der die Kinder von hohen Beamten, Parteimitgliedern, lernten. Als dritte Unterrichtssprache konnte man zwischen Englisch und Französisch wählen, und ich wählte natürlich Französisch.

Die fünf Jahre in Bukarest sind mir als eine gute Zeit in Erinnerung geblieben. Es fehlte uns nicht an Essen, ich bekam die besten Noten, und an den Abenden versenkte ich mich in die Romane von Jules Vernes, Hector Malot und Flaubert. Schon damals entdeckte ich in mir literarische Neigungen. Zu meinem eigenen Vergnügen übersetzte ich

Gedichte von Francis Jammes und *La fin du capitaine Harvey* von Victor Hugo ins Rumänische, und ich schrieb eine humoristische Geschichte über einen angeklebten Pferdeschwanz, in den Fußstapfen von Alexandre Dumas' *Un nez gelé*.

Meine Mutter, die die Hoffnung aufgegeben hatte, Schauspielerin oder Opernsängerin zu werden, wandte sich dem Spiritismus zu. Ein paar Frauen hoher Beamter versammelten sich jeden Dienstag abend bei uns zu Hause, wenn mein Vater in der Regel wegen irgendwelcher Sitzungen abwesend war, und hielten unter der Regie meiner Mutter Séancen ab. Der »Geist«, der sich aus dem Jenseits manifestierte, sprach meist Französisch, und auch die Buchstaben auf der Tafel, über der das wandernde Glas kreiste, fügten sich zu französischen Wörtern zusammen. Ich beobachtete diese Séancen immer heimlich durchs Schlüsselloch, und ich war wie verzaubert, sowohl von dem Französischen, das hier zu einer Art Geheimsprache wurde, als auch von der Welt der Geister, die meine Phantasie entflammte.

Die Geheimsprache meines Vaters war Hebräisch, dem er im verborgenen die Treue bewahrte. Von seiner ganzen großen Sammlung waren ihm nicht mehr als etwa fünfzig Bücher geblieben, die er unter größten Mühen nach Bukarest gebracht hatte, und er las sie immer wieder in den Stunden seiner Muße. Ohne große Lust, jedoch aus Achtung vor seiner Hingabe, kam ich seinem Drängen nach und wurde von ihm jeden Sonntag zwei Stunden in dieser alten und esoterischen Sprache unterrichtet, die in mir utopische, wenn auch skeptische Phantasien von einem sonnengesegneten Land irgendwo im Osten hervorrief. Ich erinnere mich an einen zerfledderten alten Band, *Der Hebräische Stil*, dessen erste und letzte Seite herausgerissen waren, das war mein erstes Lehrbuch, und heute noch kann ich »Ich habe einen Garten und einen Brunnen habe ich« auswendig, außerdem die zweite Strophe von A. D. Lifschitz' Wiegenlied: »Du stehst am Anfang, Liebste / Hebräisch, meine Sprache / dein Name zeugt von Israel / dem Baum mit reicher Wurzel«; und an die Zeilen aus dem Gedicht von Sara Schapira: »Zu Tau und Regen werden meine Tränen fließen / Zion, deine Hügel / nicht Feuer, nicht Sonne, unser Blut wird röten / Zion deine Himmel«. Allmählich nahm mich der Zauber dieser Sprache gefangen wie der Zauber seltener Vögel im Zoo, und die Worte formten sich vor mir, die Buchstaben, von denen jeder in seinem eigenen Glanz erstrahlte. Heute noch überkommt mich das gleiche Gefühl wie damals, als wir jenes Gedicht lasen, ich empfinde die Zärtlichkeit von Tau und Regen, die verzehrende, wüstenhafte Trockenheit der Hügel Zions, das geheimnisvolle, schlangengleiche Zischen von Feuer und Sonne, die stumme Drohung des sich rötenden Blutes, den sehnlichen und unwiderstehlichen Klang Zions. Später lasen wir – aus einem kleinen Sammelband mit »Heimatgedichten« – noch andere Gedichte, von Schlonsky, Schalom, Braudes und Altermann. Während der Schulstunden, wenn der Lehrer geometrische Lehrsätze in lateinischen Buchstaben an die Tafel schrieb, amüsierte ich mich damit, gereimte hebräische Wörter in mein Heft zu schreiben.

Zum Französischen, würden Psychologen in Anbetracht meiner bisherigen Ausführungen sagen, hatte ich also eine erotisch-ödipale Beziehung, zum Hebräischen aber eine Beziehung wie zu einer väterlichen Autorität.

Im Sommer 1953, als ich dreizehn Jahre alt war und ein hervorragendes Schulzeugnis meine Zimmerwand schmückte, fand ein großes Ereignis statt: das Internationale Festival der Friedensbewegung. Die Straßen wurden mit Flaggen dekoriert, Blumen, Transparente, riesige Bilder von Lenin, Stalin, Gheorghiu Dej; aus den Lautsprechern dröhnten Volks- und Revolutionslieder von früh am Morgen bis weit nach Mitternacht. Etwa 30000 Jugendliche aus siebzig verschiedenen Staaten und Nationen überfluteten die Stadt und nahmen sie mit ihren Liedern, ihren Tänzen, ihren farbenfrohen Gewändern, mit ihrem Lachen und ihrem Frohsinn in Besitz. Ein Geist von Freiheit, Brüderlichkeit und Fröhlichkeit beherrschte die Stadt. Alle umarmten und küßten sich, tauschten Grüße in allen Sprachen aus, tanzten unermüdlich auf den Plätzen und in den Parks. Mein Vater erhielt Urlaub, um an Aufmärschen und Paraden teilzunehmen, wie Tausende von anderen Arbeitern und Beamten. Meine Mutter und ich standen auf dem Balkon unserer Wohnung im dritten Stock und winkten der Menge zu, die in breiten Reihen in kilometerlangen Kolonnen aufmarschierte, in machtvollem Chor *»Pace si Prietenie!«* – Frieden und Brüderlichkeit! – rief und aus tausend Kehlen sang. Wir sahen meinen Vater, der uns mit einem Strauß roter Gladiolen zuwinkte, und warfen ihm Küsse zu. Als er am Abend nach Hause kam, völlig erschöpft, den Duft der Blumen in seinen Kleidern, verkündete er uns unter Freudentränen, daß auch eine Delegation aus Israel eingetroffen sei.

Während der zehn Tage, die das Fest dauerte, war mein Vater in Höchststimmung. Er fehlte bei keinem einzigen Auftritt der israelischen Delegation. Er rannte, mich hinter sich herzerrend, von einem Ende der Stadt zum anderen: vom Palast der Jugend bis zum Kulturpark, vom Stadion des 23. August zum Floreasca-Palast, vom Stalin-Park zu den Cismigiu-Gärten und so fort. Mit tränenglänzenden Augen wartete er auf die Jungen und Mädchen in ihren bestickten Hemden, die, gelenkig und leichtfüßig, Hirtentänze, Pioniertänze oder jemenitische Tänze vorführten und hebräische Lieder sangen, begleitet von Trommeln und Tamburinen. Seine Lippen bewegten sich, als ob er jedem einzelnen ihrer Worte folgte, die an sein Ohr drangen, und manchmal atmete er tief durch, um nicht in Tränen auszubrechen. Am Ende jeder Vorstellung eilte er hinter die Kulissen, drängte sich an die Tänzer und Sänger heran, drückte ihnen die Hände und murmelte einige Worte auf hebräisch, obwohl ihm die Erregung den Hals zuschnürte. »Die sind vom Emek, aus Ein Charod, aus Nahalal...« flüsterte er mir zu, während er mich fest an der Hand hielt, und ich betrachtete die sonnengebräunten, schnurrbärtigen, lachlustigen jungen Männer, die langhaarigen jungen Mädchen mit den mandelförmigen Augen, in denen ein zurückhaltendes Lächeln lag, das zugleich jedoch vom vornehmen Stolz einer privilegierten, exklusiven Gemeinschaft zeugte, und ich dachte, daß sie alle glücklich wären, aus einem glücklichen Land kämen und daß ich, auch wenn ich dieses Land je erreichte, nie mit ihnen auf einer Stufe stehen würde; es würde mir immer verwehrt bleiben, mich ihnen zu nähern, die Hand eines dieser gertenschlanken jungen Mädchen mit den hocherhobenen Köpfen zu berühren.

Als mein Vater erfuhr, daß sich bei der Delegation auch ein Schriftsteller befand, ein junger Schriftsteller, von dem ihm zwei Erzählungen aus einer Anthologie auf mysteriöse Weise in die Hände gelangt waren – Geschichten über irgendeinen Fischereikibbuz, wenn ich mich recht erinnere –, ruhte und rastete er nicht, bis er ihn gefunden hatte. Und als er ihn gefunden hatte, nahm er sich seiner an und wich ihm nicht mehr von der Seite. Er ließ ihm keine Ruhe, bis er zu uns nach Hause kam.

Meine Mutter empfing ihn mit großen Ehren, servierte ihm Delikatessen, Pflaumenwein und Salami und zeigte ihm ihr Klassenfoto mit dem Lehrer Bernizky, der zwei Jahre vor Kriegsausbruch nach Palästina immigriert war. Mein Vater saß voller Verehrung vor ihm und fragte ihn über das Leben dort aus, über Tel Aviv, Jerusalem, Netanya, über Ben Gurion und andere Persönlichkeiten, nach dem Befinden von Schriftstellern wie Fichman, Melzer, Orland und anderen, deren Namen er kannte. Seine Fragen verstand ich, die Antworten des Schriftstellers jedoch nur teilweise, was auch daran lag, daß er so leise sprach. Er war ein Mann um die Dreißig mit langer Nase, langen Locken und traurigem Blick, und während ich ihn betrachtete, fragte ich mich, ob er wohl traurig war, weil Schriftsteller immer traurig sind. Er war der erste Schriftsteller den ich je getroffen hatte. Mein Vater legte seine Hand auf meine Schultern und sagte: »Er kann schon Hebräisch lesen!« Der Schriftsteller lächelte mir zu und sagte: »Vielleicht wird er eines Tages auch Hebräisch schreiben...«

Er wußte nicht, was er da prophezeite. Und als ich mich etwa zwölf Jahre später mit meiner ersten Geschichte an ihn wandte, damit er sie in der Zeitung, die er herausgab, veröffentlichte, erinnerte er sich nicht an mich, und als ich ihm seine eigene Prophezeiung ins Gedächtnis rief, lachte er freundlich, aber meine Geschichte blieb trotzdem einige Wochen lang bei ihm liegen, ohne daß er sie gelesen oder irgendwie reagiert hätte.

Mein Vater, der arme Narr! Er hatte keine Ahnung, daß seine Liebe zum Hebräischen ihm zum Verhängnis werden sollte! Es kam ihm überhaupt nie in den Sinn – in der Euphorie, in der er sich befand –, daß er beobachtet wurde! Als die Festlichkeiten vorüber waren und sich die Straßen mit einem Schlag leerten wie Wasserläufe in der Wüste, als die überströmende Fröhlichkeit der Jugend, die Tänze und Lieder verklungen waren und die Stadt zu ihrem grauen Einerlei zurückgekehrt war – da klopfte es eines Nachts an unsere Tür, und man beorderte ihn zum Verhör. Fünf Tage saß er in Untersuchungshaft. Meine Mutter rannte in heller Panik von einem Amt zum nächsten und wandte sich dann an ihren Bruder um Hilfe, der sie kühl abfertigte. Er teilte ihr lediglich mit, daß ihr Mann angeklagt sei, Beziehungen zu einem ausländischen Agenten zu haben, und daß er sich außerstande sehe, irgend etwas für uns zu tun. Der israelische Schriftsteller – so sagte er ihr – sei kein Tänzer und auch kein Sänger, weder ein Sportler noch ein Basketballspieler gewesen, er sei geschickt worden, um zu spionieren und um gegen die Regierung zu hetzen. Mein Vater wurde ohne Prozeß ins

Zuchthaus überführt. Die flehentlichen Bitten meiner Mutter, ihn dort besuchen zu dürfen, waren vergebens. Wir zehrten unsere Ersparnisse auf und verkauften die antike Kommode und das Klavier, das nicht einmal uns gehörte. Erst nach vier Monaten kam Stefan Kaminsky vorbei und verkündete uns, daß es ihm gelungen sei, die Freilassung meines Vaters zu erwirken, unter der Bedingung, daß wir innerhalb von achtundvierzig Stunden das Land verließen.

Über Triest gelangten wir, völlig mittellos, nach Haifa. Dort empfing uns Elkana, der Bruder meines Vaters.

Elkana war 1933 nach Palästina eingewandert. Er war zwei Jahre älter als mein Vater, aber Junggeselle. Auf seinem breiten, heiteren Gesicht lag immer ein Ausdruck großäugigen Erstaunens. Er hatte eine Diamantenschleiferei in Netanya, und mein Vater begann dort zu arbeiten, nachdem er das Schleifhandwerk erlernt hatte.

Meine Mutter sprach Französisch mit der algerischen Nachbarin in der Wohnsiedlung, in der wir von der Jewish Agency eine Wohnung erhalten hatten.

Im Gymnasium war ich der einzige Rumäne in der Klasse. Mein rollendes R und meine etwas blumige Rhetorik trugen mir den Spott meiner Mitschüler ein. Auch die Lehrer, die meine Aufsätze lasen, sagten, daß meine Sprache »zu literarisch«, »nicht lebendig genug« sei. Ich war ziemlich einsam und fühlte mich fremd in meiner Umgebung, aber meine Statur – von jungen Mädchen wurde ich nicht gleichgültig betrachtet – sowie irgendein Gefühl von vager höherer Bestimmung bewahrten in mir den Stolz, der mich davor schützte, trübsinnig zu werden.

Ich schloß mit Auszeichnung ab.

Im dritten Jahr meines Militärdienstes – bei der Artillerie – wurde mein Vater von Dieben ermordet; er war dabei, die Tür der Schleiferei abzusperren, die zur Hälfte ihm gehörte, als sie kamen und ihm den Schädel einschlugen.

Es war am Abend vor Pessach, und sein Blut spritzte über die Mesusa, die im Türstock eingelassen war.

Elkana, der wegen des Todes meines Vaters Schuldgefühle hatte, schickte mich auf seine Kosten zum Studium der französischen Literatur nach Frankreich.

Ich verbrachte zwei Jahre an der Universität in Lyon; zwei bewegte Jahre, die von großem Einfluß auf meine Zukunft sein sollten. Ich verliebte mich in eine einheimische katholische Studentin – Yvette –, ein wunderbar zartes Mädchen mit olivenfarbener, fast durchscheinender Haut und hoher Stirn, von zartem, einfühlsamem Charakter. Am Ende verließ sie mich, aber noch Jahre später lebte sie in meinem Herzen; und in Lyon begann ich auch damit, Geschichten zu schreiben.

Als ich nach Israel zurückkehrte, fand ich meine Mutter mit einem reichen Winzer aus Zichron Ya'akov verheiratet, der zehn Jahre älter war als sie. Vom Balkon ihrer schönen Villa am Kamm des Karmels blickte sie über die Fischteiche in der Ebene, übers Meer, auf die grünen Schilfteppiche und die fliegenden Fischreiher, während sie mit träumerischer Langsamkeit mehlige Lokumwürfel aus einem Schälchen nahm und in den Mund steckte. *»Mon Dieu, quels cheveux!«* rief sie, als ich sie das erstemal dort besuchte mit meinen langen Haaren.

Ich mietete mir ein kleines Dachzimmer in Tel Aviv, das im Sommer der glühenden Sonne und im Winter der Kälte ausgesetzt war.

Als ich vierundzwanzig war, wurde meine erste Geschichte, »Der Verstoßene«, veröffentlicht.

Fünf Jahre später erschien mein Buch *Grüne Fenster*, und sechs Jahre darauf *Schmetterlinge*. *Das fliegende Kamel mit dem Goldhöcker* kam vor eineinhalb Jahren heraus.

Vor fünf Jahren heiratete ich Lili Federman, und zwei Jahre später ließ ich mich von ihr scheiden. Aber das ist ein Kapitel für sich.

Die Frau auf dem Dach

Der rumänische Schriftsteller Mihail Sadoveanu (eine seiner Erzählungen, deren Held ein Jude ist, heißt *Kalman*, und ich habe den Verdacht, daß mich mein Vater, entgegen der Familienlegende, nach dieser Erzählung benannte) erzählt von einem Bauern namens Pompiliu, der, immer wenn er aus seinem Haus auf die Dorfstraße hinaustrat, sich nach allen Seiten umschaute, nahe an Häusern und Zäunen entlangging und sich hin und wieder in irgendeinem Durchgang versteckte, nur um das Dorfoberhaupt, Dimitri Tatarescu, nicht zu treffen. Tatarescu schuldete ihm achtzig Lei, und Pompiliu wich ihm aus, um ihn nicht an seine Schulden erinnern zu müssen.

Schatz schuldete mir gar nichts, und ich war kein untertäniger Bauer; aber Morgen für Morgen, wenn ich zum Dach hinaufgehen mußte, um die Hasen zu füttern, machte ich die Tür zuerst nur einen Spaltbreit auf, horchte, streckte meinen Kopf vor, spähte, horchte nochmals, ob sich nicht etwa auch die obere Tür öffnete – nur um nicht auf meinen Peiniger zu stoßen. Erst wenn ich mich davon überzeugt hatte, daß kein Grund zur Befürchtung bestand, stieg ich, immer zwei Stufen auf einmal nehmend, zum vierten Stock und von da zum Dach hinauf.

Am zehnten Tag nach der Invasion, als ich die Tür zum Speicher öffnete, erblickten meine Augen im vollen Tageslicht – neben einem breiten Bettlaken, das auf der Leine flatterte – die neue Nachbarin, von der ich bisher wenig mehr als die Silhouette gesehen hatte. Während sie zwei Wäscheklammern an einem Paar purpurroter Männerunterhosen befestigte, lächelte sie mir zu und warf mir ein »Guten Morgen« hin. Ich machte zwei Schritte in ihre Richtung und erwiderte ihren Gruß. Sie befestigte zwei weitere Wäscheklammern an den beiden Enden des zweiten Paars – blau, und ebenfalls Männerunterhosen – und sagte: »Sie müssen Kalman Keren sein. Ich bin Naomi Schatz, Ihre Nachbarin von oben.«

Ein offenes, aufrichtiges Lächeln, das Sympathie ausdrückte – wenn meine Sinne mich nicht trogen –, lag auf ihrem gebräunten Gesicht, das von einer glatten Linie schwarzen Haars eingerahmt war. »Ich hoffe, die Wäscheleinen sind für alle Hausbewohner da« – sie beugte sich über den Wäschekorb, während sie mir ihr Gesicht schräg entgegenhielt.

»Ja, ja, aber sicher! Es ist Ihr gutes Recht, sie zu benutzen!« versicherte ich eilig. Und mit einer Handbewegung zur offenen Tür des Stalls hin sagte ich, daß ich nur kurz gekommen sei, um die Hasen zu füttern.

»Oh, Ihnen gehören sie!« Nun wandte sie mir ihr Gesicht wieder von vorn zu, während sie ein drittes Paar Unterhosen, leuchtend gelb, neben die anderen zwei hängte. »Wir haben uns schon gefragt, wem sie wohl gehören...«

Dieser familiäre Plural – »wir« haben »uns« gefragt –, diese Sprache der Einmütigkeit, eines Bundes, eines Bettes, brachte mich für einen Moment in Verlegenheit, minderte für einen Augenblick die angenehme Überraschung, die sie mir mit ihrer freimütigen, einfachen, ungehemmten Art bereitet hatte.

»Stören sie Sie?« fragte ich; und ich spürte einen bitteren Geschmack auf meiner Zungenspitze, als ich das »Sie« aussprach, in dem Bewußtsein, daß sich zwei Personen dahinter verbargen.

»Überhaupt nicht!« lachte sie über die Wäscheleine hinweg, zwischen dem gelben und dem blauen Unterhosenpaar hindurch.

Der Anblick der drei Paar Unterhosen, die nebeneinander hingen und in der Morgensonne in ihren psychedelischen Farben glitzerten, erheiterte mich: Ich hatte den neuen Nachbarn getroffen, und wieder nicht von Angesicht zu Angesicht, sondern von Angesicht zu Kehrseite.

Mochte er mir den Glanz seines Gesichtes auch vorenthalten, so enthüllte sich meinen Augen doch sein Hinterteil, ohne daß er es wußte. Hier lagen seine intimen Teile offen vor mir, hier stand er mit heruntergelassenen Hosen, wie man so schön sagt, mit seinem »Gliedbeutel«, um mit Rabelais zu sprechen. Wenn der gebügelte, gestärkte und zugeknöpfte Kritiker das wüßte, daß ich hier stand und aus nächster Nähe seine farbenprächtige Intimsphäre studierte, die in aller Öffentlichkeit auf der Leine flatterte...

Und während ich diese Zeilen schreibe, geht mir ein philosophischer Gedanke zum Thema »Offenbarung und Verhüllung« durch den Kopf, den ich dem Leser nicht vorenthalten möchte; Bialik schrieb in seinem berühmten Artikel »Offenbarung und Verhüllung in der Sprache«: »Kein Wort enthält die vollständige Negierung irgendeiner Frage, was enthält es also? deren Verhüllung«, und er behandelt den wesentlichen Unterschied zwischen der Sprache der Prosaisten und der Sprache der Poeten. Aber was ist mit den Kritikern, über die er überhaupt nichts zu sagen hat? Nun, der wesentliche Unterschied zwischen Schriftsteller und Kritiker besteht meiner Ansicht nach darin, daß der Schriftsteller, je mehr er sich verhüllt – sich versteckt, verkleidet, verschiedene Masken aufsetzt, sich andere Gestalten zulegt –, desto mehr von sich selbst offenbart; während der Kritiker, je mehr er enthüllt – bei anderen, versteht sich, bei seinem »Material«, den Schriftstellern –, sich selbst desto mehr verhüllt; und in der Öffentlichkeit achtet er immer peinlich darauf, sich in voller Bekleidung zu präsentieren – geschäftsmäßiger Anzug, gestärkter Kragen, Krawatte...

Siehe da, welch tiefsinnige Gedanken der Anblick von Unterhosen auf einer Wäscheleine erwecken kann!

»Ich hoffe, daß wir Sie nicht stören!« Sie hob ihre sonnengebräunten Arme, um ein zweites Laken über die Leine zu breiten, und zwei kastanienbraune Haarbüschel unter ihren Achselhöhlen flirrten vor meinen Augen.

»Aber nein, ganz und gar nicht...«

Wie hätte ich ihr sagen können – ihr, die aufrecht vor mir stand, mit entblößten Armen, sonnenüberflutet, wie eine Wäscherin vom Lande, mit schwarzem Leibchen und rotem Rock und lächelnd –, daß ich von dem Tag an, an dem sie ihre Zelte über meinem Kopf aufgeschlagen hatten, nicht mehr fähig gewesen war, auch nur eine einzige Zeile zu schreiben? Oder sollte ich mich über die Brotkrümel beklagen, die auf meinem Küchenbalkon landeten, wenn sie ihre Tischdecke ausschüttelte – Krümel von Schatz' Tisch?

»Sie arbeiten zu Hause, nicht wahr?«

»Ja... das heißt, nicht am Morgen...«

Und trotzdem ist es seltsam, dachte ich, daß dieser sauertöpfisch dreinblickende Professor, dessen Eremitengesicht nie ein Lächeln erwärmt hat, unter seinen asketischen Kleidern blaue, gelbe und rote Unterhosen trägt, wie eine Schmetterlingslarve...

»Ich habe Ihr Buch gelesen.« Sie lächelte mir über die Wasserscheide des schneeweißen Lakens hinweg zu. *»Das fliegende Kamel und...«*

»Mit dem Goldhöcker«, sekundierte ich.

»Sehr hübsch«, sagte sie.

»Sehr hübsch...« Ein solches Kompliment dröhnt mir in den Ohren, und ich möchte dem, der es mir macht, am liebsten eine Handvoll Dreck in den Mund stopfen und nichts mehr von ihm sehen... Aber hier und jetzt, aus dem Munde der Frau von IHM... Weiß sie nichts von seinem Haß gegen mich? fragte ich mich verwundert. Oder vielleicht teilte er ihr überhaupt nichts von den Angelegenheiten oberhalb seiner Gürtellinie mit...

»Danke«, erwiderte ich, und um mich vor weiterer Verwirrung zu retten, sagte ich, daß ich die Hasen füttern müsse.

»Kann ich sie anschauen?« Sie trat auf die andere Seite der Wäscheleine.

»Aber bitte!«

Wir traten in das Dämmer des Hasenstalles hinein, in dem es säuerlich nach Körnern, verfaultem Gras und Exkrementen roch. Die Nüstern der Hasen bebten vor Aufregung und Ungeduld. »Wieso halten Sie Hasen?« fragte sie.

Während ich die Futtermischung aus dem Faß schüttete und den Hasen hinstreute, erzählte ich, wie ich zu den Hasen gekommen war und wie ich sie versorgte.

»In der ersten Nacht wußten wir nicht, was es ist«, sagte Naomi. »Wir hörten ein Rascheln von oben und dachten, vielleicht sind Diebe auf dem Dach... die Armen, sie haben gar keine Sonne hier...« Sie ging in die Hocke, und mit einem Strohhalm, den sie in der Hand hatte, kitzelte sie die Schnurrhaare einer Häsin.

Ich hockte mich neben sie und zählte ihr die Namen der Weibchen auf: Amelia, Adina, Alisa... und beschrieb ihre einzelnen Merkmale. Sie fand das Ganze sehr lustig. Sie sagte, es sei wie bei Agnon, in der Geschichte »Ido und Enam«, wo die Namen der Helden alle mit dem gleichen Buchstaben beginnen: Gamzu, Ginat, Greiffenbach, Gemula... »Die Literaturkritiker werden eines Tages noch seitenlange Abhandlungen über die Namen Ihrer Hasen verfassen...« Wieder lächelte sie mir zu. Ich sagte ihr, daß das Leben von Hasen, ungleich dem von literarischen Helden, sehr viel kürzer sei, so daß sie diese Welt bereits verlassen hätten, bis es den Kritikern gelungen sei, sie mit einem Kommentar zu bedenken. »Und das ist das einzige Männchen, Zebulon heißt er« – ich deutete auf den Hasen, der in seinem separaten Käfig nervös das Futter beschnupperte. Sie betrachtete ihn nachdenklich, lächelte, dann lachte sie und sagte: »Eine wahre Allegorie! Wie in Agnons Geschichte ›Der Treuschwur‹, mit Reichnitz' sechs Töchtern, die die sechs Wochentage sind, und Schoschana, Ehrlichs Tochter, die der Schabbat ist! Wunderschön! Und bei Ihnen gibt es noch ein männliches Wesen, das Zebulon heißt... Welcher Kritiker würde da nicht zugreifen: Die Weibchen, die mit A anfangen, und das Männchen, das mit Z beginnt...«

»Ich sehe, Sie kennen sich bei Agnon aus«, sagte ich.

»Ich habe ein wenig Literatur studiert«, sagte sie bescheiden.

So, so! sagte ich mir. Du warst also eine Studentin von Schatz, und er hat dich aus deiner Bank geholt. Zu sich ins Bett.

Der Schweißgeruch, der ihren Achselhöhlen entströmte, mischte sich, ein wenig schwindelerregend, mit dem säuerlichen Geruch nach Hasenfutter und Kot. Unter ihrem schwarzen Leibchen zeichneten sich ihre zarten Brüste ab, nicht groß, wie die eines heranwachsenden Mädchens, und der Saum ihres roten Rocks, der ihre Knie und Waden umhüllte, streifte die Sandalen. Ihr Ellbogen – gebräunt, gerundet, mit Grübchen geschmückt – war dem meinen nahe, berührte ihn fast, so daß mich in diesem von der Sonne aufgeheizten Halbdunkel für einen kurzen Augenblick das heftige Verlangen übermannte – das der ausgehungerten Phantasie eines Mannes entstammte, der seit einigen Monaten keine Frau mehr berührt hatte –, ihren Hals zu umfassen, ihr Gesicht mit Küssen zu bedecken, sie auf diesen Betonboden zu legen, ihren weiten Rock zu heben –

»Es macht ziemlichen Spaß, sich um die Tiere zu kümmern«, sagte ich.

»Tierrre«, imitierte sie mein rollendes R. »Sie sind sicher aus Rumänien, nicht wahr?«

»Geboren in Czernowitz«, sagte ich, »vor dem Krieg war das Rumänien. Heute liegt es in der Ukraine.«

Sie sah mich an und lachte: *»Schi-bu-kin*... was heißt das?«

»Schibukin?« fragte ich erstaunt.

»Im Buch. Es gab viele Ausdrücke, die ich im Wörterbuch nachschlagen mußte...«

Ich entschuldigte mich und erklärte ihr, daß ich die Sprache nicht im Land, sondern aus dem Munde meines Vaters gelernt hätte, dessen Hebräisch, wie ein Antiquitätenladen, voller Raritäten gewesen sei, die nicht mehr in Gebrauch sind. Ich sagte, ich wisse, daß meine geschriebene Sprache zu »literarisch« sei. »Es heißt ›Scheidung‹«, sagte ich, »im Aramäischen.«

»Ich dachte, daß Sie viel älter sind, als ich das Buch las.« Sie errötete.

»Ach ja?« Ich lachte.

»Am ersten Tag, als wir hier einzogen, habe ich Sie die Treppe hinaufgehen sehen... Das ist Kalman Keren? sagte ich mir...«

»Enttäuscht?«

»Im Gegenteil«, lachte sie, und ihre Röte vertiefte sich.

Ich kitzelte Zebulons Nase mit einem Strohhalm und sagte: »Und Sie – natürlich im Lande geboren.«

»Ein Charod.« Sie kitzelte Agathas vorwitzige Nüstern mit ihrem Strohhalm.

Als ob ein Dorn mein Herz durchbohrt hätte. Ich war sprachlos. Dieser sich maßlos überschätzende Schatz, diese städtische Leseratte, dieser lichtlose, freudlose Schreibtischtäter und Bankdrücker, dieser asketische Savonarola: nicht genug, daß er zu einem Lehrstuhl gekommen ist, zu Amt und Talar, zum schwarzen Strumpfbandorden, nein, er erhält obendrein auch noch die köstlichste Frucht, die Auslese des Landes – Ein Charod! –, und er hat sie gepflückt, der Schuft pflückte die blühende Lilie im Tal, um sie in seinem Zimmer zwischen Pergamente zu pressen!

Ein Charod!... Nicht daß ich dort gewesen wäre, nicht das war es, was mich so beeindruckte und mit Neid erfüllte... aber der Name... allein schon der Name... Sofort stiegen in meiner Erinnerung jene Stunden auf, als ich mit meinem Vater im Floreasca-Palast saß und – verzaubert, jawohl, verzaubert – den langhaarigen Mädchen zusah, die auf der Bühne tanzten, mit Ährengarben in den Händen und Lorbeerkränzen auf dem Kopf, leichtfüßig, mit wehenden Kleidern; sie ernteten Getreide, lasen Trauben und brachten Gaben dar zum Fest der Erstlingsfrüchte, umringt von Flöten, Trommeln und Tamburinen; kühne junge Männer hoben sie schwungvoll hoch und wirbelten sie herum, und alle sangen und stampften und hüpften im Kreis und in Spiralen, und mein Vater, mit Tränen in den Augen, flüsterte: »Die sind aus Ein Charod, aus Degania, aus den ältesten Kibbuzim...« Und dann waren wir hinter die Bühne gegangen, und meine Sehnsucht war begleitet gewesen von dem Bewußtsein, daß es mir nie vergönnt sein würde, ihnen nahe zu kommen, sie zu berühren...

Als ich *Das fliegende Kamel* schrieb, reiste ich kreuz und quer durchs Land, um Eindrücke zu sammeln, aber in Ein Charod hielt ich nicht an. Ich fuhr daran vorbei, mein Blick schweifte vom Autobusfenster zu dem Hügel hinüber, in meiner Phantasie flog ich mit dem brennenden Wüstenwind dorthin und beschloß in meinem Herzen, nicht an der Haltestelle auszusteigen, nicht die baumgesäumte Straße hinaufzugehen, die zu den Häusern und Wiesen führte – um die jungfräuliche, reine Erinnerung nicht zu trüben...

»Sind Sie dort aufgewachsen?« fragte ich niedergeschlagen.

»Bis zu meinem neunten Lebensjahr. Danach trennten sich meine Eltern, und ich zog mit meiner Mutter in die Stadt... Eigentlich bin ich eine Städterin.« Sie stand auf und streckte sich.

»Ja, Zeit zu gehen.« Ich stand mit ihr auf.

»Ich würde sie gerne fotografieren.« Sie warf einen Blick auf die Hasen.

»Aber bitte...! Ist das... Ihr Hobby, Fotografieren?«

»Ein Viertel meines Lebensunterhalts...« sagte sie lachend.

Und sie erzählte mir, daß sie arbeitete – Teilzeit, drei Stunden pro Tag, nachmittags –, in einem Grafikbüro, wo unter anderem Buchumschläge und Illustrationen gemacht wurden, hauptsächlich für Kinderbücher; und es war ihr eingefallen, daß Bilder von diesen Hasen sich vorzüglich zur Illustration eines Buches eignen würden, das in Kürze erscheinen würde.

»Aber gerne!« sagte ich. »Ich dachte nicht, daß diese Hasen jemals in Büchern auftauchen würden! Zu guter Letzt erfüllen sie sogar noch irgendeinen Zweck! Einen literarischen zumindest!«

»Übrigens«, sagte sie, als wir in den weißgekalkten Speicherraum hinaustraten, dessen grelles Licht uns blendete, »der Umschlag Ihres Buches ist wirklich gelungen. Gut, daß man als Illustration kein fliegendes Kamel genommen hat, was allzu simpel gewesen wäre, sondern ein Schachbrett mit zwei Türmen, die lange Schatten werfen, um die Aura des Buches auszudrücken, das heißt seine formalen Qualitäten ...«

Auf meinem Weg zur französischen Bibliothek durchliefen mich widerstreitende Gefühle: einerseits – Freude, Freude über dieses überraschende Willkommen, das mir, ohne daß ich es im mindesten erwartet hatte, bereitet worden war. Ich hatte mir eine Verbündete im Hauptquartier des Feindes – nein, nicht erworben, sondern sie hatte sich gefunden. Eine Art Agentin in seinem Lager. Andererseits – herzzerreißender Kummer. Denn diese trillernde Lerche, dieses an Schönheit und Vernunft vollkommene Objekt der Begierde – sicher sieben Jahre jünger als er, wenn nicht mehr –, war eine Gefangene im Käfig dieses arroganten, blaugesichtigen Menschen. War sie nicht, trotz allem, die Seine? Hatte sie nicht in der ersten Person Plural gesprochen?

Aber davon abgesehen, sie selbst ...

Es versteht sich, daß es mir an jenem Vormittag nicht gelang, auch nur eine einzige Zeile Rabelais zu übersetzen.

Eigentlich – gemäß dem üblichen Ablauf eines gut gemachten Romans, dessen Handlungsräder sich auf den Bahnen von Ursache und Wirkung drehen, angetrieben von der Logik der inneren Psychologie oder in Schwung gebracht von der leichten, eleganten Hand des Verfassers, der die Erwartungen des Lesers spürt und ihm willfährig süße Leckerbissen vorsetzt –, eigentlich also müßte ab hier nun eine heimliche Liebesaffäre zwischen dem Helden – dem Schreiber dieser Zeilen – und Schatz' Frau in Szene gesetzt werden, die in der Intimität von Schatz' eigenem Zimmer vor sich zu gehen hätte, in den Vormittagsstunden, wenn Schatz nicht zu Hause ist, wenn er irgendwo in einem klimatisierten Saal scharfsinnige Ausführungen über die impliziten Zusammenhänge komplexer Texte macht und kein Schatten eines Verdachts ihn auch nur streift; oder im Zimmer des Helden, im dritten Stock; oder im schwülen Hasenstall, der aphrodisische Gerüche verbreitet; eine wilde, heimliche Affäre, voll fesselnder Schilderungen von sich in brennender Lust umschlingenden Körpern, die mit einem tiefen Seufzer der Befriedigung wieder voneinander lassen, und ähnliches mehr; eine Affäre, die in ihrer tiefsten Bedeutung einerseits die Paarung zwischen dem im Exil Geborenen und der Tochter Israel, andererseits die Rache des Schriftstellers am Kritiker symbolisieren würde. Da dieses Buch jedoch kein »gutgemachter Roman« ist, sondern die Dinge beschreibt, wie sie wirklich sind, wie sie sich tatsächlich abgespielt haben, wird sich der Leser mit Geduld wappnen müssen. In der Realität deckt sich der chronologische Ablauf der Ereignisse nicht immer mit der Entwicklung der Bedeutungen.

»Die Rache des Schriftstellers am Kritiker...« Aber der verblüffte oder vor Ungeduld erboste Leser fragt: Welche Rache? Warum? Wie erklärt sich die Feindschaft zwischen ihnen? Was hat der Kritiker dem Schriftsteller angetan, oder der Schriftsteller dem Kritiker, daß zwischen ihnen eine solche Feindschaft herrscht, die den Drang nach Rache auslöst?

Eine genaue und eindeutige Antwort darauf – habe auch ich nicht. Denn noch heute (und trotz Naomis Erklärungen, einige Wochen nach der Begegnung auf dem Dach, auf die im Laufe der Erzählung noch genauer eingegangen werden wird) kann ich nicht begreifen, weshalb Schatz zwei Wochen nach dem Erscheinen meines Buches *Das fliegende Kamel mit dem Goldhöcker* an mir vorbeiging und es nicht für nötig befand, auch nur mit der Wimper zu zucken, obwohl er mich sah und erkannte, sondern einfach geradeaus weiterschritt, mit hocherhobener Nase, hochmütig und erzürnt, als ob ich mich an ihm versündigt hätte; und weshalb er, etwa zwei Monate darauf, auf die andere Straßenseite hinüberwechselte, als ich auf ihn zuging, und beinahe unter die Räder eines Autos kam, das mit furchterregendem Kreischen zum Stehen kam; und weshalb er in diesem Haus, wenn ich die Treppen hinauf- oder hinunterging –

Aber zuerst sollte ich vielleicht kurz erzählen, was es mit dem Buch *Das fliegende Kamel mit dem Goldhöcker* auf sich hat.

Also, die Geschichte vom fliegenden Kamel hat ihren biographischen Ursprung – wie der Ursprung meines Namens – in einer Familienanekdote. Meine Mutter erzählte sie in Bukarest allen unseren Gästen, sobald die dampfenden Teetassen und die Gläser mit Erdbeerkonfitüre vor ihnen standen, die sie eigenhändig eingemacht hatte.

Als Elkana, der Bruder meines Vaters, 1933 nach Palästina kam, ging er in Netanya auf Arbeitssuche. Am dritten Tag nach seiner Ankunft wurde er an den Strand geschickt, um einen Wagen mit Sand zu beladen. Er stand da und machte es wie der Besitzer des Wagens: Er fuhr mit der Schaufel in den goldenen, rieselnden Sandhaufen und schippte den Sand auf den Wagen. So schippte er eine ganze Weile. Da er an körperliche Arbeit nicht gewöhnt war, liefen ihm Bäche von Schweiß übers Gesicht, und an seinen Händen platzten Blasen auf. Jedesmal, wenn er innehielt, um sich ein wenig auszuruhen und den Schweiß abzuwischen, kam der Besitzer des Wagens zu ihm und befahl ihm, weiterzumachen. Plötzlich erblickte er eine Kamelkarawane, die sich, von einem Araber geführt, an dem feuchten Küstenstreifen entlangbewegte. Er sah den grobkörnigen, mit Muschelschalenstückchen versetzten glitzernden Sand in den Säcken, die auf den Höckern der Kamele ruhten – die ersten Kamele, die er im Heiligen Land sah –, und seine Augen leuchteten auf: Die blitzenden Muschelstückchen erschienen ihm wie Gold. Er ließ die Schaufel sinken und rief begeistert: *»Oi, Gold!«* Der Wagenbesitzer warf ihm einen vernichtenden Blick zu und sagte auf jiddisch: »Hör zu, Korngold, wenn deine Seele nach Gold dürstet – flieg doch rüber zu den Kamelen!« Und entließ ihn auf der Stelle. Was machte Elkana? Er ging hin und verkaufte seine goldene Uhr, die er aus Rumänien mitgebracht hatte, ein Bar-Mizva-Geschenk, und kaufte sich dafür ein Kamel. Auf diesem Kamel brachte er den groben Sand zu den neuen Gebäuden, die in der jungen Siedlung errichtet wurden. Er war so erfolgreich mit seinem Unternehmen, daß das Geld, das er anhäufte, ausreichte, um die Diamantenschleiferei aufzumachen, mit der er reich wurde. So brachte ihm das Kamel Glück und Gold.

Diese Geschichte, die ich hörte, als ich noch ein Kind war, blieb mir im Gedächtnis haften. In meiner Phantasie veränderte ich sie laufend: Ich sah meinen Onkel ein mit Gold beladenes Kamel führen oder auf ihm reiten – und es veränderte so lange Aussehen und Form, bis sich am Ende die Geschichte darauf entwickelte, die ich vor mehr als drei Jahren zu schreiben begonnen hatte: *Das fliegende Kamel mit dem Goldhöcker.*

Der Held der Geschichte ist Kinka, ein naiver Fünfundzwanzigjähriger, der im Jahre 1889 mit einer Pioniergruppe aus Rumänien nach Palästina einwandert. Auf ihrem Weg von Yafo nach Rischon LeZion bleibt Kinka hinter der Gruppe zurück und wandert allein im Sand umher. Vom Gehen erschöpft, setzt er sich in den Schatten eines Wüstenstrauchs und döst ein. Als er die Augen wieder öffnet, sieht er vor sich ein Kamel liegen. Er begreift, daß ihm ein Wunder widerfahren ist, erhebt sich und steigt auf. In dem Moment, in dem er sitzt, breitet das Kamel zwei Flügel aus, die im Inneren seines Höckers zusammengefaltet waren, erhebt sich in die Lüfte und trägt seinen Reiter in die Weiten des Negev. Dort landet es in einem Beduinenzeltlager, legt sich hin und will nicht mehr aufstehen. Die Beduinen laufen zusammen, und als sie den merkwürdigen jungen Mann vor sich sehen, einen »Moskowiter« in europäischer Kleidung und mit einem weißen Strohhut auf dem Kopf, der ihre Sprache nicht versteht und dem das Land fremd ist, beschließen sie, ihm das Kamel wegzunehmen und ihn zum Teufel zu jagen. Aber das Kamel weigert sich, aufzustehen. Sie schlagen und treten es, zerren an ihm herum, brüllen es an – es steht nicht auf. Sie befehlen Kinka, es zum Aufstehen zu bringen. Und tatsächlich, in dem Moment, in dem er am Zügel zieht, steht das Kamel auf und gehorcht. Als die Beduinen das sehen, verstehen sie, daß das kein gewöhnliches Kamel ist, sondern ein Geist. Sie bitten Kinka eindringlich, bei ihnen zu bleiben, und erweisen ihm große Ehren. Drei Jahre lang lebt Kinka unter den Beduinen, arbeitet bei ihnen mit seinem Kamel, pflügt und drischt, schleppt Lasten, lernt ihre Sprache und ihre Sitten und ist wie einer von ihnen. Bis eines Morgens... Es ist das Kamel, das die Gefahr wittert, die dem Leben seines Herrn droht, denn der Sohn des Scheichs plant, ihn umzubringen, aus Eifersucht, wegen der Sache mit Fatima – Kinka steigt in den Sattel, um loszureiten, da breitet das Kamel wieder seine Flügel aus und erhebt sich in die Lüfte, gleitet wie ein Adler dahin und überwindet die Entfernungen im Flug – und landet auf der Tenne von Yavniel. Fünf Jahre lang verbringt Kinka mit seinem Kamel bei Yavniel –

Aber ich werde hier nicht die ganze Geschichte erzählen, die sich über 273 Seiten erstreckt, kreuz und quer durchs ganze Land und über achtzig Jahre hinweg, in denen Kinka nicht altert, sondern immer derselbe junge Mann von fünfundzwanzig bleibt. Ich werde hier nur das Wesentliche vom Schluß der Geschichte bringen, damit diejenigen, die es nicht gelesen haben – aber das können nicht viele sein, denn das Buch war ein Bestseller und erschien in mehreren Auflagen –, verstehen, wovon im folgenden die Rede ist:

1969 arbeitet Kinka mit seinem Kamel bei einer archäologischen Grabung, wo er Steine wegschafft, in einem arabischen Dorf in der Gegend von Hebron, wo die Überreste einer Synagoge aus der Epoche des Zweiten Tempels gefunden wurden. Eines Tages entdeckt er unter einem der Steine einen Schatz von Goldmünzen. Er kann der Versuchung nicht widerstehen, nimmt die Münzen an sich und versteckt sie im Höcker des Kamels. Seit Jahren benützt er diesen Höcker als eine Art Sparbüchse, und jedesmal, wenn er von seinem Bruder aus Amerika eine Goldmünze erhält, steckt er sie durch ein Loch, das er gebohrt hat, dort hinein. Bisher waren es wenige Münzen, die nicht viel wogen, nun dagegen ist es eine große Anzahl mit erheblichem Gewicht, und sie füllen den ganzen Höcker aus. Als Kinka auf das Kamel steigt und es anstößt, damit es sich aus seiner Ruhelage erhebt, weigert es sich, aufzustehen. Das ist das erstemal in den achtzig Jahren, daß Kinka so etwas passiert. Er schimpft das Kamel, versucht es zu überreden, fleht es an – und als das alles nichts nützt, hebt er seinen Stock und schlägt es. Dreimal schlägt er das Kamel, auf die Flanken, auf die Rippen und auf den Hals. Beim drittenmal läßt das Kamel ein furchterregendes

Schnauben ertönen, begleitet von einem rollenden Wiehern göttlichen Zorns, und sein Schmerz und seine Qual lassen die umliegenden Berge erbeben; dann steht es auf, breitet seine Flügel aus, erhebt sich ganz langsam mit seinem Reiter in die Lüfte und trägt ihn nach Jerusalem. Es umkreist den Tempelberg und landet direkt auf der Kuppel des Felsendoms. Als es sich niederläßt, kippt Kinka aus dem Sattel, und durch die Wucht des Falls rollt er den Tempelberg hinunter, immer weiter, bis er am Fuß der Klagemauer zum Halten kommt. Er schreit: *»Gold!«*, aber die Betenden an der Mauer verstehen *»Gewalt!«*. Sie laufen zu dem blutüberströmt Daliegenden, finden ihn jedoch leblos vor.

Was wurde nicht alles über dieses Buch geschrieben, das mir innerhalb der israelischen Literatur zu kometenhaftem Aufstieg verhalf! Man verglich es mit Mendele Mocher Seforims Geschichte *Mein Pferd* und mit den Kapiteln über Balak, den Hund, in Agnons *Gestern, Vorgestern*, mit Voltaires *Candide* und *Zadig*, mit *Gullivers Reisen* und *Don Quichotte*... Es wurde geschrieben, es sei eine fabel(!)hafte Mischung aus hebräischen und arabischen Volksmärchen. Es wurden Bileams Eselin erwähnt und Al-Buraq, das fliegende Pferd Mohammeds, das ihn einer Legende zufolge vom Himmel hinunter zur Klagemauer brachte. Ein Dr. Amnon Bar-Am – der, wie ich später erfuhr, Professor für Anthropologie an der Hebräischen Universität ist – machte sich die Mühe und schrieb eine komplette Studie über die folkloristischen Elemente in diesem Schelmenroman, und er offenbarte mir Dinge, von denen ich keine Ahnung hatte, wie zum Beispiel: daß die Geschichte über Yocheved aus Tiberias, die aus Liebe zu Kinka verrückt wird und nach ihrem Selbstmord auf einem moslemischen Friedhof begraben wird (Seite 72–75 im Buch), dieselbe Geschichte ist, die unter den Juden Ramles zur Zeit des Kalifen Hischam (im achten Jahrhundert) weit verbreitet war, über die Tochter des Karäer-Rabbis Avraham Ben

Ya'akov, die sich in den Sohn des Statthalters verliebt, sich in einem tiefen Brunnen ertränkt und ebenfalls auf einem moslemischen Friedhof begraben wird; oder: daß der Satz, den Kinka einige Male äußert – »Alles, was der Mensch macht, macht er für sich selbst« –, seinen Ursprung in der Geschichte von Ya'akov Yosef von Polonnoye hat – Verfasser der *Toldot Ya'akov Yosef*, der ihn wiederum aus dem Munde des Ba'al Schem Tov gehört hat –, über einen Bettler, der jedem, der ihm eine Münze gibt, zumurmelt: »Alles, was der Mensch macht, macht er für sich selbst...« und der das auch zum König sagt, worauf dieser wütend wird und befiehlt, ihm einen vergifteten Hahn vorzusetzen, und so weiter.

Eine Kritikerin mit namenkundlichen Neigungen widmete die Hälfte ihres Artikels der Untersuchung von Wurzel und Bedeutung des Namens »Kinka« (sie konnte ja nicht wissen, daß es sich um den Spitznamen meines Onkels Elkana handelte): Erstens – so entdeckte sie – ist das K von Kinka der Anfangsbuchstabe meines Vor- und Familiennamens, und dies bezeugt meine vollständige Identifikation mit meinem Helden; zweitens – sagte sie – komme »Kinka« von »Kinkos«, einer griechischen Sekte, die in anderen Sprachen »Kyniker« genannt werden, ursprünglich Enthaltsamkeit und Genügsamkeit predigten und in einer späteren Periode so weit verkamen, daß sie alle moralischen Werte mißachteten – daher der »Zynismus« –, und so verläuft auch die Entwicklung meines Helden, erst ist er unbescholten und bescheiden, dann zynisch; und drittens – und diese neue Eröffnung schockierte mich so sehr, daß ich zu glauben begann, irgendeine mysteriöse Kraft lenke meine Feder! –, drittens war »Keynuqa'a« der Name einer jüdischen Familie in Arabien, in Medina, zur Zeit Mohammeds, und sie waren Goldschmiede! Im Jahre 624 – zitierte sie aus den Quellen – brach im Basar der Stadt ein Streit zwischen der Sippe der Keynuqa'a und den Moslems aus, die Keynuqa'a zogen sich in ihre Befestigungen zurück, ergaben sich nach fünfzehn Tagen Belagerung, und nachdem sie sich verpflichtet hatten, ihre Waffen abzuliefern, ließ man sie gehen, und sie wanderten nach Edrai in Transjordanien. Auch Kinka – schrieb sie – trifft in verschiedenen Lebenslagen mit Arabern zusammen, lebt unter ihnen und flieht vor ihnen, verhandelt mit ihnen und verteidigt sich gegen sie, und seine Beziehung zu ihnen ist, wie die der Keynuqua'a, ambivalent.

Ein anderer Kritiker, ein Psychologist, analysierte das Buch in all seinen verborgenen Schichten, diskutierte die realistischen und surrealistischen, die realen und phantastischen Elemente darin und gelangte zu zwei überraschenden Schlußfolgerungen. Erstens, daß Kinka homosexuell ist – der Beweis dafür: sein Zurückschrecken vor den Frauen, die sich in ihn verlieben, seine übermäßige Sympathie für Beduinenjünglinge und seine seltsame, tragische Beziehung (getarnt als ideelle und politische Seelenverwandtschaft) zu dem Kommandanten der Hagana (später Kommandant eines Panzerregiments der israelischen Armee), Emanuel Broschi, die sich über fünfundzwanzig Jahre hinzieht. Zweitens: das Kamel – das »Wüstenschiff« – ist ein archetypisches Symbol für Kinkas psychische und soziale Situation: Einsamkeit, Erschütterung, Entfremdung; er trägt einen »Höcker« von Schuld- und Pflichtgefühlen, den er nie loswerden kann, während das Gold im Höcker seine Sehnsucht nach Glück, nach erotischer Befriedigung symbolisiert; und daraus »ergibt sich zwangsläufig«, daß das Verbergen des Goldes im Höcker, das Hineinstechen der Münzen durch ein von ihm gebohrtes Loch symbolisch den homosexuellen Verkehr darstellt.

Ein Artikel von Chefziba Givati mit dem Titel »Die Bedeutung des Vogels in dem Roman *Das fliegende Kamel*« hatte über dreitausend Wörter, während die Episode im Buch, über den Vogel, der auf dem Höcker des Kamels landet, Kinka auf seinem Weg begleitet und ihm jiddische Lieder vorsingt, nur rund sechshundert Wörter zählt!

Die größte Tat vollbrachte der Kritiker Schomron Schavit, der seinen langen Artikel (elf Seiten in einer Monatsschrift!) mit der Überschrift krönte: »Das Ende des zionistischen Traums?« Seiner Meinung nach ist das ganze Buch nichts anderes als eine Allegorie des »Aufstiegs und Falls des Zionismus«. Das fliegende Kamel ist der utopische Traum, beflügelt von der Phantasie, ins Land der Väter zurückzukehren, in das Land des Ostens; der Traum landet, wie das Kamel, auf dem Boden rauher Wirklichkeit und ist gezwungen, sich damit zu arrangieren. Er landet und steigt auf, steigt auf und landet, und Kinkas Wanderschaft mit dem Kamel, achtzig Jahre hindurch, in allen Teilen des Landes und mit Aufenthalten an allen wichtigen Stationen auf dem Weg des Zionismus, symbolisiert den schwankenden Kurs zwischen edlen Bestrebungen und Zwängen der Realität (die Zwischenüberschrift dieses Abschnitts lautet: »Ideal und rauhe Wirklichkeit«); das Deponieren der Goldmünzen im Kamelhöcker symbolisiert den Anfang des Entartungsprozesses des Zionismus durch Materialismus und Gewinnstreben (Zwischenüberschrift: »Vom Zionismus zum Zynismus«); das Verbergen des Schatzes in diesem Höcker symbolisiert die vollständige Pervertierung des zionistischen Ideals nach den Eroberungen und die räuberische Gier im Gefolge des Sechs-Tage-Kriegs; das schwere Gold »versenkt« das »Wüstenschiff«, so wie übermäßige Fracht ein Schiff auf See zum Kentern bringt (Zwischenüberschrift: »Der gestrandete Kapitalismus«); und die unvermeidliche Folge davon ist, daß das Kamel zu seinen Ursprüngen zurückkehrt, in seine natürliche Heimat, daß es auf der Kuppel der Moschee landet und seinen Reiter abschüttelt, der seinen Traum verraten hat; und Kinka rollt an den Ort, an dem orthodoxe, mit Kaftanen bekleidete Juden beten, für die Israel das Heilige Land ist und nicht der verfluchte zionistische Staat, der ohne Hoffnung ist. Im letzten Abschnitt des Artikels (»Kinkas Welt«) hinterfragt Schavit das Bewußtsein des Helden und beleuchtet seine Stellung in der Wirklichkeit, in der er sich bewegt. Er vergleicht ihn mit Don Quichotte, mit Candide und mit Fieldings Joseph Andrews und weist darauf hin, daß Kinka, im Gegensatz zu diesen drei Helden, ein »beobachtender und unbeteiligter« Held ist (»the uninvolved observer«), daß jedoch sein Unbeteiligtsein »passiven Widerstand« ausdrückt (hier ergeht er sich lang und breit über die ambivalente Bedeutung von Kinkas vielzitiertem Spruch: »Nur was der Mensch nicht hat, kann man ihm nie wegnehmen«); und gerade in dieser Passivität »liegt eine außergewöhnliche Stärke, die den Gleichmut des Lesers erschüttert und ihn dazu anregt, alle Konventionen in unserer Gesellschaft neu zu überdenken.«

Achtundzwanzig Artikel wurden innerhalb von sechs Monaten nach der Veröffentlichung des Buches geschrieben.

Aber Schatz – kein Wort!

Der gleiche Schatz, der jeden neuen hebräischen Roman sofort zu besprechen pflegte, ihn mit Lobeshymnen überschüttete oder mit Schimpf und Dreck bewarf, aber nun – kein Wort!

Nein, kein einziges Wort!

Sogar Professor Yehoyachin Schuster, der nur äußerst selten vom erhabenen Roß seiner hehren Forschung ins trübe Tal der »Morastliteratur«, wie er sie zu nennen pflegt, hinabsteigt, brach diesmal sein aristokratisches Schweigen und veröffentlichte in seiner Monatsschrift einen großen Artikel über dieses Buch.

Aber Schatz – kein Wort!

Der Artikel von Professor Schuster war vielleicht der interessanteste von allen, gerade weil er sich überhaupt nicht mit dem Inhalt des Romans befaßte, sondern die spezifischen Eigenheiten von Sprache, Stil und Semantik behandelte.

Dieser tiefschürfende und virtuose Artikel, in dem sich

die Zahl der bibliographischen Anmerkungen auf 56 belief, ließ meine Aktien in akademischen Kreisen in die Höhe schnellen. Meinen letzten drei Büchern (inklusive dem letzten) waren sie mit kühler Distanz begegnet. Auf den ersten drei Seiten des Artikels diskutiert Professor Schuster die »starke assoziative und konnotative Kapazität«, die sich im Titel des Romans, speziell in der substantivischen Zusammensetzung »Goldhöcker« verbirgt. Das Wort »Höcker«, führt er aus, findet sich in der Bibel nur ein einziges Mal – »Und ihre Schätze auf dem Höcker von Kamelen« (Jesaja 30, 5) –, und es steht dort im Kontext des »Landes der Trübsal und Angst«, wo »Ottern und feurig fliegende Drachen sind«, was im Leser bestimmt abstoßende Assoziationen zu seinem Land und seinem Schicksal hervorruft, noch bevor er bei der eigentlichen Geschichte angelangt ist. Danach verweilt Professor Schuster bei der phonetischen Dissonanz von »Höcker« und »Gold«: das verstärkte K von »Hök-ker« bezeichnet mit seinen harten Konsonanten Dürre und Härte, der Klang weist zu den semitischen Sprachen, in die heimatliche Wüste des Kamels, während »Gold«, ein Wort mit einer weichen, langen Silbe und zwei abrundenden Konsonanten am Schluß, Zartheit, Hoffnung und Sehnsucht ausdrückt. Die Zusammensetzung der beiden Wörter erzeugt eine »konnotative Harmonie der Gegensätze«. Ebenso weist Schuster auf verborgene etymologische Wurzeln und immanente Beziehungen zwischen den beiden Begriffen hin.

Auf den folgenden sieben Seiten beschäftigt sich der Artikel mit einem einzigen Satzzeichen: dem Strichpunkt (;). Professor Schuster stellt fest – etwas, was ich selbst überhaupt nie bemerkt habe –, daß die Häufigkeit des Strichpunktes in meinem Buch das dreieinhalbfache der Durchschnittsmenge in der hebräischen Literatur der letzten Generation beträgt: durchschnittlich zwölf auf jeder Seite! Dieser – sozusagen statistischen – Tatsache schreibt er eine suggestive Bedeutung zu, und er leitet die Haltung des Autors gegenüber seinem Text daraus ab: Wie die Häufung von drei Pünktchen (...) in einem Text von intensiver emotionaler Beteiligung des Verfassers zeugt (wie zum Beispiel bei Brenner) und die seltene Verwendung von Ausrufezeichen, Fragezeichen und Kommas von einer sakramental-ironischen Erzählhaltung (wie zum Beispiel bei Agnon) –, so zeugt die Vielzahl der Strichpunkte bei mir (und er führt viele Beispiele an) von der Absicht des Erzählers, sich vor dem Leser als »distanzierter Chronist« auszugeben; eine Haltung, die, wie er sagt, »die ironische Stärke eines scheinbar narrativ-funktional-emotionslosen Texts verdoppelt.« Diese Art der Interpunktion bezeichnet er als »distributive Indifferenz« – ein Begriff, der seither in Kritikerkreisen in hohem Kurs steht.

Der dritte Teil des Artikels enthält eine grafische Darstellung des Romanverlaufs. Mittels dreier Kurven, die Schuster von Punkt A (der den Anfang des Romans darstellt) zu Punkt B (der den Schluß darstellt) zieht, zeigt er, daß die Entwicklung im Roman parabolisch verläuft; das heißt wie eine Welle, die aus umgekehrten Parabeln zusammengesetzt ist, deren Fokusse in den Stationen der kognitiven Entwicklung des Helden liegen und deren Scheitelpunkte die Tangente der objektiven Wirklichkeit berühren. Die Aufeinanderfolge der Ereignisse in der Geschichte und ihre Zielrichtung kann, seiner Meinung nach, auf eine einfache Formel gebracht werden. Sie stellt die Beziehung zwischen Fokus und Scheitelpunkt dar, das heißt, zwischen inneren und äußeren Variablen; und diese Formel lautet:

$$Y^2 = \frac{2\,px}{\beta}$$

Dabei ist Y = Kinka, x = die israelische Realität, p = die Entfernung zwischen ihnen, und β = die Einstellung des Erzählers. Professor Schuster zeigt auf, daß der parabelförmige Verlauf der Geschichte nicht zufällig oder willkürlich, sondern korrelativ sowohl zur Form des Kamelhökkers als auch zur Form der gewellten Sanddünen ist, die im Buch beschrieben werden, ebenso wie zur gekrümmten Flugbahn einer Gewehrkugel, die den kombattiven Aspekt der jüdischen Besiedlung Palästinas und des Aufbaus des Staates Israel symbolisiert.

Der letzte Teil des Artikels verfolgt eine Metapher, die den Roman, nach Ansicht Schusters, wie ein Leitmotiv von Anfang bis Ende durchzieht: die Metapher des Steines. Er zitiert dazu den Eröffnungssatz des Romans (»Kinka fiel zurück; als er die Entfernung zwischen sich und der Gruppe vor ihm immer mehr wachsen sah, fragte er sich nach dem Grund dafür, und es fiel ihm ein, daß er auf einem glatten Stein, der ihm im Weg lag, ausgerutscht war; erst jetzt wurde ihm bewußt, daß seine zwei mittleren Zehen im linken Schuh schmerzten«) sowie den Schlußsatz (»Seine blutüberströmte Stirn war der Mauer zugewandt, aber das zerquetschte rechte Ohr ruhte auf einem glatten Stein, als ob er auf den Klang der sich nähernden Schritte lauschte«), und er bemerkt, daß das Wort »Stein« im Singular oder Plural, dazwischen nicht weniger als 128mal auftaucht. Professor Schuster zählt etwa ein Dutzend dieser »Steine« auf (der Stein, den ein arabischer Junge in Jenin Kinka nachwirft; der Stein, der im Steinbruch von Gilbo'a über seinen Fuß rollt; der Stein, auf dem er und Pessia in Chanita sitzen; der Stein, an dem sich das Kamel in Qadesch Barnea das Knie verletzt; der Stein, unter dem sich die verborgenen Münzen befinden; und andere) und setzt sich mit den semantischen Charakteristika von »Stein« in ihren textlichen und assoziativen Zusammenhängen auseinander; so kann er zeigen, daß dieser »Stein« im Verlauf des Romans einen Bedeutungswandel erfährt, von einem »Stein des Anstoßes« im Eröffnungssatz zu einem »Meilenstein« im dritten Kapitel wird und dann zu einem »Mühlstein«, »Eckstein«, »Prüfstein« und so fort – bis hin zur implizierten Bedeutung von »Grundstein« (in der Episode der Omar-Moschee und in dem verschleierten Habakuk-Zitat – »Der Stein schreit aus der Mauer« – am Schluß). Was heißt – nach Professor Schuster –, der Stein wandelt sich vom Gegenstand zur Metonymie, von der Metonymie zur Metapher und von der Metapher zum Symbol.

Soweit Professor Yehoyachin Schuster, aber Schatz – kein Wort!

Etwa acht Monate nach Erscheinen des Buches, nachdem sich die Wellen der Kritik bereits gelegt hatten und ich mich sozusagen auf meinen Lorbeeren ausruhte – da sprang mir eines Freitagmorgens die Überschrift in einer der Literaturbeilagen in die Augen: »Das wiederkäuende Kamel«, unterzeichnet von einer Verfasserin, deren Namen ich noch nie gehört oder in irgendeiner Zeitung gesehen hatte: Schulamit Nahor.

Der Artikel war in vulgärer Sprache und arrogantem Ton, voll Spott und Feindseligkeit abgefaßt. Diese Schulamit konnte nicht verstehen, weshalb um dieses Buch so ein Lärm gemacht wurde, wie es zu den Lobpreisungen kam, die ihm »dubiose Gelehrte« hatten angedeihen lassen, und weshalb es sich im Kreise der Leser solcher Popularität erfreute. Sie fand es »nicht weltbewegend«. (Genau so! Wörtliches Zitat!) Es hatte sie gelangweilt, und sie konnte es nur mit Mühe zu Ende lesen. Sie hatte überhaupt nichts Neues darin entdeckt, weder was den Inhalt noch was die Form betraf, und alle »Wahrheiten« darin waren für sie schlicht banal. Kurzum: Ein Kamel fliegt nicht, und in einem Höcker ist kein Gold, und das ganze Buch ist vergleichbar einem »trostlos herumliegenden wiederkäuenden Kamel«.

Drei Nächte lang raubte mir dieser Artikel den Schlaf, und vier Tage lang verdarb er mir beim Mittagessen den Appetit. Ich ging nicht aus dem Haus und wollte keine Menschenseele sehen. Ich fragte mich, wer diese Schulamit Nahor sei und woher diese immense Feindseligkeit rührte, die sie gegen mich an den Tag legte. Der Name ist ein Pseudonym, sagte ich mir, aber Schatz konnte sich unmöglich dahinter verbergen, denn das war überhaupt nicht sein Stil!

Nein. Es war nicht Schatz. Erst nach zwei Wochen erfuhr ich, daß Schulamit Nahor – kein Pseudonym – seine Schülerin war, eine Studentin im dritten Semester an der Fakultät für hebräische Literatur.

Während ich mich noch von diesem Schock erholte, mich mit all dem Lob tröstete, mit dem mich unsere besten Kritiker überhäuft hatten, mit den Dutzenden von Leserbriefen, die ich erhalten hatte, alle voller Bewunderung, und mir schließlich sagte, daß diese Schlampe – die sicher nicht nur Schatz' Studentin, sondern auch seine Bettgefährtin war – es nicht wert war, daß ich auch nur einen flüchtigen Gedanken an sie verschwendete, wer würde sich schon an ihren Namen erinnern – da traf mich der zweite Schlag: ein Artikel mit dem Titel »Das goldene Kamel des Keren«.

Die Verfasserin (wieder weiblichen Geschlechts!) war keine andere als Dr. Elischeva Tal-Blumfeld!

Im Unterschied zum vorigen war dieser Artikel (dessen ironischer Titel ihm in Anspielung auf den *Goldenen Esel des Apuleius* gegeben worden war) in seriösem, analytischem Ton geschrieben und nahm zum gesamten Buch Stellung: zu seinem Inhalt, Stil, den Figuren und vor allem zu seinem Helden. Ich werde hier nicht alles wiederholen, nur so viel: Frau Tal-Blumfeld gelangt in der Zusammenfassung ihrer detaillierten Analyse zu der Schlußfolgerung, daß alles, was die anderen Kritiker anerkennend als »Einflüsse« bezeichnet hatten, in Wirklichkeit »Imitationen« seien; ich hätte die *Blechtrommel, Hundert Jahre Einsamkeit, Zadig, Tristram Shandy* (ein Buch, das ich nie gelesen habe) und Apuleius' *Metamorphosen* nachgeahmt; im Gegensatz zum Goldenen Esel der *Metamorphosen* fehle es meinem Buch aber an »authentischer Kohärenz«, und es leide an einem »Hökker des Eklektizismus«.

Dieser Schlag schmerzte mich hundertmal mehr als der erste, nicht nur, weil der Artikel mit Sachkenntnis und Autorität geschrieben war und weil Dr. Elischeva Tal-Blumfeld eine renommierte Wissenschaftlerin war, die viele Studenten um sich scharte – sie war auch Autorin des bekannten Buches *Das Reale und das Irreale in der Literatur* –, sondern hauptsächlich deswegen, weil ich geglaubt hatte, sie wäre eine Freundin von mir: Ich hatte sie drei- oder viermal getroffen, wir hatten uns angenehm und zwanglos unterhalten und uns gut verstanden, und einmal, als wir in einem kleinen Café saßen, schien mir sogar – aufgrund ihrer koketten Art zu reden, ihrem Lachen und dem Funkeln in ihrem Blick –, daß sie versuchte, mich zu einem Liebesabenteuer zu verführen (obwohl ich mindestens zehn Jahre jünger bin als sie. Oder vielleicht gerade deswegen). Und jetzt, auf einmal... ausgerechnet von ihrer Seite... Es war, als ob sie mich betrogen hätte.

Ich schluckte die Beleidigung hinunter und unterdrückte das bittere Gefühl in meinem Inneren, das dieser unerwartete Schlag in mir zurückließ. Zehn Tage nach Erscheinen des Artikels jedoch konnte ich mein stolzes Schweigen selbst nicht mehr aushalten, es fraß mich von innen her auf. Also rief ich sie an. Ich sagte ihr, daß ich ihren lehrreichen Artikel mit großem Interesse gelesen hätte, eine Sache aber habe mich irritiert: Wie sei es möglich, ein Buch zu imitieren, das man nicht gelesen hat? Denn ich hätte *Tristram Shandy* nicht gelesen. »Du hast es nicht gelesen?« sagte sie betreten. »Ich war mir sicher... Es ist ein Klassiker... und in zwei deiner Kapitel ist die Ähnlichkeit wirklich verblüffend!« Als ich ihr nochmals versicherte, daß ich es nicht gelesen hatte, sagte sie: »Es tut mir wirklich leid! Ich werde eine Richtigstellung veröffentlichen, gleich nächste Woche!« Und sie fügte hinzu, mit irgendwie vertraulicher Stimme: »Bist du böse? Wegen des Artikels...?« Was für eine Frechheit! dachte ich. Sie möchte auf beiden Hochzeiten tanzen! Mir ein Messer in den Rükken stoßen und den Ruhm der Kritik einheimsen, und dann will sie mit einem feuchten Händedruck auch noch die Sympathie des Opfers dazuhaben! »Nein«, sagte ich mit einem Lachen. »Aber ich fand es etwas seltsam, daß du mich, einfach so, des Diebstahls bezichtigst...« »Diebstahl?!« rief sie mit ihrer hellen, herzlichen Stimme. »Was für ein Unsinn! Ich habe ›Imitationen‹ geschrieben... Aber die ganze große Literatur ist voller Imitationen! Fielding imitierte Richardson, Smollet imitierte La Sage, Defoe imitierte Cervantes... Wie viele Schriftsteller haben den Cervantes imitiert und imitieren ihn noch? Und die *Reisen des Benjamin aus Tudela*, ist das nicht eine armselige Imitation des *Don Quichotte*? Und *Tristram Shandy* selbst? Das ist doch eine illustre Gesellschaft! Ich dachte nicht, daß dich das verletzen würde!« Ich sagte ihr, es gehe über meinen Verstand, wie ein einziges Buch, wie *Das fliegende Kamel* eine Imitation von so vielen und so unterschiedlichen Büchern sein könne. »Genau das ist ja das Originelle daran!« lachte sie mit ihrer glockenhellen Stimme. »Und übrigens, ich habe die Lektüre deines Buches sehr genossen! Ich habe es in einem Zug durchgelesen, und an vielen Stellen mußte ich wirklich lachen! Wie lange hast du daran geschrieben?« Ich fragte sie, warum sie das nicht in ihrem Artikel geschrieben habe, das mit dem »sehr genossen«. »Aber das steht schon in dreißig anderen Artikeln!« sagte sie lachend. Ich sagte, daß ich, als ich den Artikel las, das Gefühl gehabt hätte, sie sei von Schatz' Ansichten beeinflußt worden. »Schatz?!« rief sie. »Dieser aufgeplusterte Gockel? Ich rede nicht mal mit ihm! Ich grüße ihn kaum, wenn wir auf dem Gang aneinander vorbeigehen! Wie kann man diesen Miesling überhaupt ertragen!«

»Miesling«, sagte sie, statt »Fiesling«.

Als die dritte Auflage des Buches herauskam, wurde ein Interview mit mir gemacht, das sich über zwei Zeitungsseiten erstreckte. Ich werde ein paar Auszüge daraus bringen,

Oder nein, besser nicht.

Nach meiner Begegnung mit Naomi auf dem Dach – eine Begegnung, die ein Versprechen in sich barg, wie mir scheinen wollte – sah ich sie acht Tage lang nicht wieder. Zweimal hörte ich ihre Schritte auf der Treppe. Ich eilte zum Spion in meiner Tür und erhaschte einen Blick auf ihr geblümtes Kopftuch und den Einkaufskorb, der an ihrem Arm baumelte, und das andere Mal ihren abwärts eilenden Rücken – aber von Angesicht zu Angesicht sah ich sie nicht. Täglich wartete ich darauf, daß sie mit ihrem Fotoapparat in der Hand auftauchen und mich nochmals darum bitten würde, die Hasen fotografieren zu dürfen, aber sie erschien nicht, und mit Enttäuschung, sogar mit einem gewissen Groll, dachte ich: Schatz hat ihr verboten, mich zu besuchen, nachdem sie ihm von unserer Begegnung erzählt hat.

Es braucht nicht eigens erwähnt zu werden, daß ich in jenen Tagen der dreiundzwanzigsten Seite meines Buches (wozu ich im weiteren Verlauf noch etwas sagen werde) keinen einzigen Satz hinzufügte, und damit blieb sie zur Hälfte so glatt und weiß, wie sie vor der Invasion gewesen war. An den Abenden hörte ich jetzt über meinem Kopf nicht nur Schritte und Knarren, sondern auch das Rattern der Schreibmaschine meines gelehrten Obermieters; mit unglaublichem Eifer raste sie dahin, spuckte fast ohne Feuerpause Salven aus, klingelte am Zeilenende und jagte weiter. Das Fenster des unermüdlichen Professors stand der Abendluft offen, sein Schreibtisch befand sich am Fenster; mein Fenster, ein Stockwerk tiefer, war wegen der Hitze ebenfalls geöffnet, und auch mein Schreibtisch stand am Fenster. Die aggressiven Töne, die unter den Tasten des Hämmerers oben herausquollen, schossen wie Fledermäuse, im Sturzflug die heiße, stehende Luft zerteilend, zu meinem Fenster hinunter.

Ich saß im Sessel, mit zusammengepreßten Lippen, verkrampft, mein Gesicht brannte vor ohnmächtiger Wut: Mir, dem Sklaven meines Schreibens, waren in meinem eigenen Zimmer die Hände gefesselt, und ich mußte mir das Geklingle seines Schreibmaschinenwagens anhören, das sich in unregelmäßigen Intervallen wiederholte. Jedes Klingeln bedeutete: eine weitere Kette von Wörtern hatte sich auf der weißen Seite des emsigen Schmierfinks in Reih und Glied zur Zeile formiert. Ich zählte Zeile für Zeile, Zeile um Zeile, und wenn das Rattern für einen kurzen Moment aussetzte (jetzt arbeiten seine kleinen grauen Zellen! dachte ich), wußte ich: Das ist nicht der Schlußpunkt! O nein! Er wird nicht rasten und nicht ruhen, dieser übereifrige Mitternachtsstreber! Sondern er wird die eine Seite aus der Maschine ziehen, eine neue an ihrer Stelle einspannen, und weiter, immer weiter wird sich der Strom seiner Sätze den Jordan hinunterergießen...

Wie konnte ich mich an meinen Schreibtisch setzen und schreiben – wo ich seine Salven nicht einmal erwidern konnte? Denn ich stamme offenbar aus einem anderen Zeitalter und beackere mein Feld noch mit einem veralteten, primitiven Gerät, das sich Federhalter nennt, ziehe ganz langsam meine Furchen, wie ein rumänischer Bauer, der hinter einem Ochsengespann hergeht! Wie konnte ich schreiben, wenn ich das Gefühl hatte, daß jeder Satz, den ich zu Papier brachte, wie in einer Camera obscura, auf dem Kopf stehend, oder verzerrt, wie in einem konkaven Spiegel, auf seinem Blatt im Zimmer über mir erscheinen würde! Oder daß er vom mechanischen Gehirn des oben Sitzenden irgendwie registriert würde! Wie konnte ich – solange das Rattern auf meinen Kopf und meine Ohren einhagelte, meine Gedanken übertönte und ablenkte und mich dazu verleitete, Wörter in diesen Geräuschen zu entziffern – wonach? nach dem Rhythmus? nach der Anzahl der Anschläge? – und mich zu fragen: Was, zum Teufel, schreibt er da in diesem Augenblick?

An dieser Stelle sollte man vielleicht etwas über Naphtali Schatz' Theorien sagen, wie sie in seinen zwei Büchern – geschrieben im Abstand von drei Jahren – dargelegt sind, das eine *Gegen die Allegorie* und das zweite *Der Raum mit drei Spiegeln*.

Gegen die Allegorie war Schatz' Erstlingswerk, das ihm sofort nach Erscheinen – vor vier Jahren – eine herausragende Stellung im Kreise der jungen Kritikergeneration sicherte. Auf den ersten Blick scheint es, daß eine Attacke auf die Allegorie in den siebziger Jahren des zwanzigsten Jahrhunderts eine Kuh schlachten heißt, die schon längst verendet ist, von der nur noch die Kadaverreste auf dem Feld einen schwachen Gestank verbreiten. Denn wer schreibt nach Orwell heutzutage noch Allegorien? Schatz' große Innovation war jedoch, daß er in die Kategorie der »Allegorie« exemplarische Werke wie *Die Auferstehung* von Tolstoi, *Die Verwandlung* von Kafka, *Der Bär* von Faulkner, *Die Pest* von Camus, *Die Blechtrommel* von Grass mit einschloß und sie dann – nach eingehender und detaillierter Analyse – ausmusterte! Schatz vertrat seine zentrale Idee mit der Scharfsinnigkeit und der glühenden Überzeugung eines Polemikers oder eines gerissenen Rechtsanwalts, und er führte genügend Beweise an, die zeigten, daß er sich in allen Epochen und Literaturen bestens auskannte. Im Widerspruch zu dem bekannten Spruch Chestertons: »Alle große Literaur ist allegorisch« sagte Schatz: Jedes literarische Werk, das – ob vom Verfasser beabsichtigt oder nicht – eine Idee illustriert, und jedes Werk, das den Leser dazu verleitet, eine »Moral« daraus zu ziehen – negiert sich selbst, zerstört seine ästhetische Autonomie, ohne die es keine unabhängige und authentische Literatur geben kann.

Es war, wie gesagt, sein Erstlingsbuch, sein Jungfernwerk, und an der darin sich aussprechenden Unreife hätte sich so mancher die gesündesten Zähne ausbeißen können; aber es war sein jugendliches Credo, frech und rebellisch, und seine gutgezielten Tritte zerschmetterten nicht nur zahlreiche Götzenstatuen im heiligen Tempel der Weltliteratur, sondern er metzelte auf den letzten dreißig Seiten auch etwa zwei Dutzend hebräischer Schriftsteller nieder – wie Kadaver blieben sie auf dem Schlachtfeld liegen – und erwarb sich dadurch viele Anhänger in der jungen Generation, deren Knospen, noch grün, taufrisch und vielversprechend, gerade erst aus der israelischen Erde hervorsprossen.

(Ich muß übrigens darauf hinweisen, daß mein Name in diesem Buch überhaupt nicht erwähnt wurde, obwohl einige Kritiker in meinen ersten beiden Büchern »allegorische Elemente« entdeckt hatten.)

Der Raum mit drei Spiegeln (der etwa ein Jahr nach meinem *Fliegenden Kamel* herauskam) war in gewisser Hinsicht die Fortsetzung und Weiterentwicklung seines ersten Buches, wenn auch viel länger als sein Vorläufer (286 Seiten gegenüber 155), ausgereifter und komplexer. Die Hauptthese in diesem Buch behandelt das »absolute« literarische Werk, dessen Kennzeichen die hermetische und in sich geschlossene Textart ist, weshalb man es mit einem Raum mit drei Spiegeln vergleichen kann.* »Spiegel können niemals Fenster sein«, schreibt Schatz, und demnach wendet sich ein hermetischer Text nicht nach außen und ist nicht durchlässig, sondern gänzlich auf sich selbst gerichtet, autark. Der »Raum«, in dem sich der Text bewegt, enthält drei Spiegel: zwei einander gegenüber an den Wänden und einer an der Decke. Die zwei einander gegenüberliegenden erzeugen die »doppelte Ironie«: der Text, der scheinbar Stoffe der Realität verarbeitet, ist tatsächlich eine unabhängige, quasimusikalische Komposition und wird in zwei Spiegeln gleichzeitig reflektiert, das heißt unendlich verviel-

* Auch eine Antithese zu Stendhals bekanntem Wort, wonach der Roman ein Spiegel ist, der sich entlang der Hauptstraße bewegt und das Sichtbare zu beiden Seiten widerspiegelt (Anm. d. Verf. – K. K.).

facht (mithin »ironisiert«). Der Spiegel an der Decke reflektiert das Geschehen in den beiden einander gegenüberliegenden Spiegeln nochmals auf eine ganz eigene Weise und drückt so die Anwesenheit des anonymen Lesers im Text aus. In einem solchen »absoluten« Text – sagt Schatz – gibt es keine außertextliche Bedeutung, sondern in jedem Leser entsteht ein Echo, und die Lektüre ist ein Abenteuer im grenzenlosen Gebiet der Möglichkeiten des Verstehens. Nachdem Schatz die Theorien von Richards, Empson, Barthes und Roman Jakobson zur Beziehung Realität-Literatur-Leser angeführt und sie mit einer Virtuosität widerlegt hat, die Anerkennung verdient, analysiert er ausführlich zwei Werke, die er als Musterexemplare der »absoluten Literatur« präsentiert: »Die Bibliothek von Babel« von Borges und Agnons »Ido und Enam«.

Der zweite Teil des Buches ist eine kritische Studie zahlreicher Werke der Weltliteratur und der hebräischen Literatur mit dem Ziel, zwischen den »autonomen« und den »äußerlichen« Elementen zu differenzieren. Hier ist nicht der Ort, eine Zusammenfassung dieser Analysen zu geben, nicht einmal auszugsweise. Es soll nur soviel gesagt werden, daß Schatz einen neuen Begriff prägte, den man »reductive sub-treasurability« nennt und der seitdem in der Kritik fast zu einem Standardausdruck geworden ist und wie Kümmel über die Laiber unzähliger Artikel gestreut wird. Aus einer gewissen, mir unverständlichen Laune heraus arrangiert Schatz die zur Diskussion gestellten Werke in Dreier- und Vierergruppen (»Um drei, ja um vier Frevel willen... will ich sie nicht schonen«, wie es beim Propheten Amos heißt), alphabetisch, nach dem Verfasser. So handelt er zum Beispiel unter B – Borges, Böll, Bellow – als viertes Rad am Wagen irgendeinen hebräischen Schriftsteller ab, dessen Name mit B beginnt; oder: Gogol, Grass, Gombrowicz – und einen israelischen Schriftsteller mit G; oder: Kleist, Kafka, Kundera – und einen hiesigen mit K; und so fort.

Ich muß hier erwähnen, daß, ungeachtet der Tatsache, daß ich selbst nicht nur mit einem, sondern sogar mit zwei K gesegnet bin und obwohl jeder unbestechliche und unvoreingenommene Leser meines letzten Buches mich als – sei es noch so bescheidenes – Glied in die Reihe der K-Schriftsteller eingeordnet hätte, mein Name in diesem Buch nicht ein einziges Mal genannt wird.

Das sind die zwei Bücher, die Naphtali Schatz geschrieben hat, neben einer endlosen Flut von Artikeln in Zeitungen und Zeitschriften über zeitgenössische Literatur und Literaten, alle scharf und bestechend, alle von unerbittlicher Strenge, von denen sich einige durch ihre Tiefe, andere durch ihre Konsequenz auszeichnen, die man bösartig oder wohlwollend auffassen kann, was vom jeweiligen Betroffenen oder Nutznießer abhängt.

Es nimmt also nicht wunder, daß ich, während ich in meinem Sessel saß – da ich solcherart in Bedrängnis geraten war und wegen der hämmernden Salven, die von oben auf mich herunterhagelten, nicht einmal selbst schreiben konnte –, mich mit nach oben verdrehten Augen fragte, was uns nun von der Klaue dieses Aasgeiers wohl noch blühen mochte.

Aber kehren wir zu den Ereignissen in ihrer chronologischen Reihenfolge zurück.

Acht Tage lang, wie gesagt, hatte ich Naomi seit unserer Begegnung auf dem Dach nicht mehr gesehen. Am neunten Tag, als ich gegen drei aus der französischen Bibliothek zurückkehrte und das Haus betrat, wurde ich von einem dünnen Wasserrinnsal empfangen, das die Treppen herabkroch, sich wie eine Schlange in Serpentinen am Geländer entlangwand. Vor meiner Tür hatte sich bereits eine kleine Pfütze gebildet, deren Rand meine Schwelle berührte. Da das Wasser von oben kam, stieg ich hinauf, um nachzusehen, ob vielleicht jemand den Wasserhahn im Hasenstall aufgedreht und dann vergessen hatte, ihn wieder zuzudrehen. Als ich in den vierten Stock kam, sah ich, daß das Wasser aus Schatz' Wohnung herausdrang. In dem Wissen, daß er zu dieser Tageszeit nie zu Hause war, läutete ich, läutete noch einmal, aber niemand rührte sich. Naomi war also bereits zur Arbeit gegangen. Ich legte mein Ohr an die Tür und vernahm ein kontinuierliches, gluckerndes Geräusch von fließendem Wasser. Ich stand da und fragte mich, was ich tun sollte. Die beiden würden nicht vor sechs Uhr zurückkommen, und bis dahin würde das Wasser die Treppe hinunterströmen, immer weiter ansteigen und auch in meine Wohnung eindringen.

Ich ging zu Viktoria hinunter – sie ist eine Art Hausmeisterin, die alle Vorgänge im Haus im Auge behält –, um mich mit ihr zu beraten. Auch sie war nicht daheim. Ich ging wieder in mein Stockwerk hinauf und sah, daß das Wasser tatsächlich anstieg, und als ich meine Tür öffnete, mußte ich feststellen, daß es sich bereits in den Gang geschlängelt hatte und nach meinem Wollteppich leckte.

Wenn Not die Mutter der Erfindung ist und Notwendigkeit der Vater der Tat, dann ist Mangel der Antrieb des Gedächtnisses. Während ich noch so dastand und das Wasser langsam immer weiter auf meinen Teppich zukriechen sah, den ich eilig aufrollte, erinnerte ich mich, daß sich irgendwo bei mir der Schlüssel zur oberen Wohnung befand. Der selige Dr. Klausner hatte ihn mir selbst gegeben, weil er untertags die meiste Zeit in seiner Apotheke war und mir unbedingt vertraute: für den Fall, daß während seiner Abwesenheit der Gasableser, der Elektriker oder der Installateur käme, und für den Fall, daß ihm, Gott behüte, etwas zustoßen sollte, denn er war nicht der Gesündesten einer. Ich wühlte in den Schubladen des Küchenschranks herum, und tatsächlich, da war der Schlüssel.

Sollte ich hineingehen oder nicht? Ein wahrhaft talmudisches Problem: Wer ohne die Erlaubnis des Besitzers vier Fuß auf seines Nachbarn Grund setzt, um eine Überschwemmung zu verhindern – was sagt das Gesetz dazu? Wenn es sich um Errettung aus Lebensgefahr handelt, sagt die Schrift in aller Klarheit: erlaubt. Wenn es nun aber um Wasser geht, dessen Natur es ist, zu fließen und Schaden an Eigentum zu verursachen...

Ein paar Minuten mühte ich mich mit dieser Erörterung ab, dann sagte ich mir: Wenn Schatz Abend für Abend durch das Fenster die Grenzen meines Grundes verletzt und mir unermeßlichen Schaden zufügt – dann darf ich seine Grenze dieses eine, einzige Mal überschreiten, und zwar durch die Tür, um Schaden zu verhindern...

Ich schloß die Tür auf und trat ein. Eine dünne Wasserschicht bedeckte den Fußboden im Gang, und die Ausläufer waren ins Wohnzimmer vorgedrungen, hatten den Teppich durchtränkt und die auf dem Boden liegenden Bücher durchnäßt. Auf Fußspitzen stieg ich dem gurgelnden Geräusch nach und gelangte ins Bad. Der Wasserhahn der Badewanne war offen, und das eingelaufene Wasser – in dem bunte, durchsichtige Wäschestücke schwammen – schwappte über die Ränder. Ich drehte den Wasserhahn zu und floh schleunigst ins Trockene.

Das also ist Schatz' Königreich! sagte ich mir, während ich am Eingang zum Wohnzimmer stand.

Was für ein verblüffender Gegensatz zwischen der Wohnung jetzt und zu Zeiten ihres früheren Besitzers, gesegnet sei sein Andenken! Damals hatte eine fast jenseitige Atmosphäre geherrscht, jedes Stück lag und stand an seinem seit Menschengedenken vorherbestimmten Platz, die Möbel ohne ein Stäubchen, die gestickten Deckchen ohne eine Falte, und über allem schwebte eine Aura vornehmer, erinnerungsdurchtränkter Stille. Nun aber herrschte Hektik, Unordnung und Chaos: Bücher und Broschüren, Zeitungen und Hefte lagen über das ganze Zimmer verstreut, dichtgedrängt oder vereinzelt füllten sie die Regale, die zwei Wände vom Boden bis unter die Decke ausfüllten, und bedeckten die beiden Tische – einen Arbeitstisch am Fenster und einen niedrigen Teetisch in der

Mitte des Zimmers – sowie Stühle, die an der Wand standen, und einen Ledersessel und sogar den Boden, der von einer dünnen Wasserschicht überflutet war. Auf einem hohen Hocker neben dem Regal lag hoch aufgestapelt ein Haufen Zeitschriften, und ich ging aus Neugier hinüber, meine Schuhsohlen mit Wasser benetzend, um zu sehen, welche es waren. Von oben angefangen lagen da:

British Journal of Aesthetics, Nr. 17, 1963
Virginia Quarterly Review, Nr. 2, 1970
L'arc, Nr. 26
Modern Fiction Studies, VII, Vol. 1
Bulletin of Bibliography, XXIX, Nr. 5
Etudes sur le temps humain
Kenyon Review, Nr. 3, 1973
Revue d'Arts Dramatiques, 1968
The Journal of Aesthetics and Art Criticism, 1975
Esprit, 1963
Review of Comparative Literature, XVIII, Nr. 3
Journal of the Linguistic Circle of New York, Vol. I.
Memoirs and Proceedings of the Manchester Literary and Philosophical Society, Vol. 104, Nr. 61–62

Neben dem Regal an der Wand lehnte ein hüfthoher Stapel hebräischer Zeitungen, dessen unterste Exemplare schon vergilbt waren. In der Ecke zu Füßen des Schreibtischs lagen drei Bücher, und mein Blick fiel auf ihre Rükken: *Gesammelte Werke M. J. Berdyczewski*. Das Wasser fing bereits an, ihre Kanten zu netzen, und ich eilte – man könnte sagen, reflexartig – hinüber, auf meinen durchnäßten Schuhspitzen trippelnd, um sie vor dem sicheren Untergang zu bewahren. Ich hob sie vom Boden auf und legte sie auf den Tisch.

Während ich dies tat, fiel ein Stück Papier aus einem der Bücher, flatterte zu Boden und wurde naß. Ich fischte es aus dem Wasser und überflog es. Da stand:

- Fluch des Hauses Natan Halevi Parallele zum Fluch der Atriden in der Orestie.
- Reinkarnation von Sünde und Wahnsinn von Generation zu Generation (Wahrsagung Kassandras).
- Dämonisch-destruktive Fundierung von Eros als durchgängiges Thema im Werk Berdyczewskis.
- Thema »Geschwisterliebe« als mythischer Archetyp (Siehe *Der Erwählte, Bekenntnisse des Hochstaplers F.K.* von Thomas Mann).
- Vereinigung der Gegensätze im doppelten Wahnsinn:

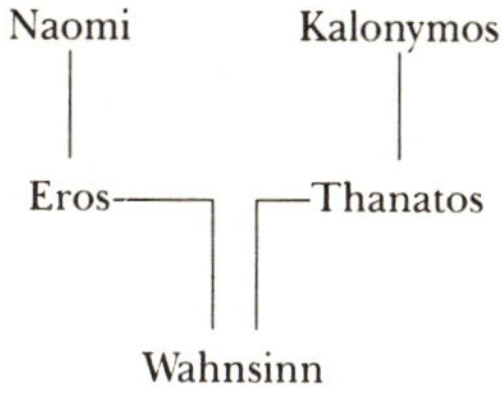

- Ketzerei und Schönheit zwei gegenüberliegende Spiegel.
- Resignation: Versinken im degenerierten Alltag: Kalonymos wird Lehrer für Kinder »im leeren Raum«, »mit totem Herzen«. Naomi indifferente Hausfrau mit beschränktem Verstand, Reinkarnation eines beschränkten Tiers.

Als ich die befleckte Seite, deren Buchstaben ein wenig verlaufen waren, neben die Schreibmaschine legte – meine Feindin und Gegenspielerin, die Abend für Abend ihre Salven auf mich niederprasseln ließ; die die Eingeweide so vieler Bücher hier im Zimmer durch den Wolf drehte, um Hackfleisch für Artikel daraus zu machen –, sprang mir die Überschrift auf der obersten Seite eines wohlgeordneten Häufchens Papier ins Auge: »Schlüssel zu einer möglichen hebräischen Ästhetik.« Mein Blick glitt automatisch weiter, um das darunter Geschriebene zu lesen:

»Die Frage nach der Existenz verschiedener linguistischer Ästhetiken hat, wie die Frage nach der Existenz verschiedener linguistischer Poetiken, schon Wissenschaftler wie R. L. Jenkins[1] und P. M. Speigel[2] beschäftigt, wenn sie mit abweichenden literarischen Modellen konfrontiert waren, die von einer Sprache in die andere durch suggestive Synchronisation übermittelt wurden. Jenkins fand heraus, daß das funktionale Wahrnehmen eines literarischen Textes als Medium der Konkretion von Strukturen der Wirklichkeit notwendigerweise zur Reduktion ästhetischer Werte führt. Die Frage, mit der wir uns hier befassen wollen, ist die, ob semantische und phonetische Analysen von hebräischen Texten verschiedener Epochen eine kohärente ästhetische Gesetzmäßigkeit offenbaren werden, anhand deren man...

Ich stand da, erstaunt und erregt angesichts dieses Wissensschatzes, der sich vor meinen Augen auftat wie in Aladins wundersamer Schatzhöhle, völlig unerwartet –

Auf der anderen Seite der Schreibmaschine stand ein Bild in einem Holzrahmen – ich erkannte es sofort: Bakunin! Der breite Bart, wie bei Marx, das auf die Schultern fallende Haar, die vor Klugheit sprühenden Augen! Und darunter, auf russisch: Michail Alexandrowitsch Bakunin. Was hat er mit Bakunin zu tun? fragte ich mich. Ist einer der Dämonen Dostojewskis in ihn gefahren? Plant er eine Revolution?

Als ich den Kopf wandte, geriet das Schlafzimmer in mein Blickfeld, dessen Tür offenstand.

Das breite Ehebett war aufgeschlagen. Eine dünne rosa Decke lag in einer Ecke zusammengeknüllt, als ob sie dort hingeworfen worden wäre. Auf einem Kissen lag ein kurzes, blaues Nachthemd mit winzigem gelben Blümchenmuster, das dem Sonntagskleid eines achtjährigen Mädchens ähnelte. Daneben lagen auf einem zweiten Kissen violette Schlafanzughosen, die vom Bett auf den Boden herabhingen. Inmitten dieses Schlachtfeldes tummelten sich die zerfledderten Seiten einer fremdsprachigen Zeitung – *New York Review of Books*? *Times Literary Supplement*? –, die mitten unter der Lektüre im Stich gelassen worden war. Auf dem weißen Toilettentisch stand ein runder, nach innen gewölbter Spiegel mit Metallfuß, in dem sich der rechteckige Spiegel des gegenüberliegenden Kleiderschranks verzerrt widerspiegelte.

An der Wand rechts vom Bett hing ein riesiges Plakat von der Aufführung *Der Widerspenstigen Zähmung*, an der linken Wand ein riesiges Plakat von *Pygmalion*; und ich fragte mich, ob Naphtali Schatz sich als Petruchio sah, der seiner dickköpfigen Katharina eine Lektion erteilte, oder als Professor Higgins, der seiner bäuerlichen Naomi Doolittle Bildung eintrichterte.

Ich wandte mich zur Tür.

Bevor ich hinausging, musterte ich nochmals das Wohnzimmer. In meinen Augen hatte es Ähnlichkeit mit Fausts Studierstube, nachdem Mephisto sich heimlich hineingeschlichen und hinterhältig und mutwillig ein Tohuwabohu darin angerichtet hat.

Um Viertel nach sechs hörte ich die Schritte meiner zwei Nachbarn die Treppe hinaufsteigen. Sie verharrten einen kurzen Moment an meiner Tür, ein paar erstaunte Worte beim Anblick der Wasserpfütze auf den Fliesen wurden laut, dann gingen sie weiter hinauf, und die Wohnungstür wurde aufgeschlossen.

Von oben drangen die entsetzten Rufe der beiden an mein Ohr: Wie? Woher? O Gott...! und das Geräusch aufgeregten Durcheinanderlaufens; und als sich die Tür hinter ihnen geschlossen hatte – ein Crescendo von Schreien, Knarren, Gerücke und Geschiebe. Die Satzfetzen, die durchs Fenster zu mir hereinwehten, machten deutlich, daß ein Streit zwischen ihnen ausgebrochen war: »Zu! Alle! Ja, auch im Bad... Komm, schau's dir an... Schau selber...« Ich hörte die ärgerliche Stimme Naomis; und seine Stimme, streng und anklagend: »Doch nicht von selbst... Erkläre mir bitte... Kein Wunder... Höhere Gewalt?« Und ihre Stimme, vom anderen Ende der Wohnung her, die zeigte, daß sie sich mit Nachdruck verteidigte: »Ich hätte es gehört... Nein, ich habe nichts offengelassen... Ja, sicher! Bevor ich weggegangen bin...« Und wieder seine Stimme in ihre Richtung: »Wer hat es eingelassen...? Von unten? Grundwasser?!« Und einen Moment später, in Erwiderung auf einen Satz, der mir entgangen war: »Geplatzt? Hier? Unter dem Fußboden?! Was soll der Unsinn!« Und schließlich, als ob beide es aufgegeben hätten, das Rätsel lösen zu wollen – wie Wasser in ein Zimmer fließen kann, wenn alle Wasserhähne zugedreht sind –, verstummte das Geschrei, und es waren nur noch Geräusche von Möbelrücken, Aufwischen und Auswringen zu hören.

Ich hatte bereits beschlossen, Naomi des Rätsels Lösung zu enthüllen, wenn sie mich im Treppenhaus oder im Hof ansprechen würde, aber am nächsten Tag, als ich gegen Abend nach Hause kam, hörte ich Klopfen und Hämmern im vierten Stock, und als ich meinen Blick nach oben richtete, sah ich einen fremden Menschen in Arbeitsmontur an der offenen Tür stehen, Hammer und Schraubenzieher in der Hand, der ein neues Schloß für meine von Mißtrauen gepeinigten Nachbarn einbaute.

Drei Tage danach, um drei Uhr nachmittags, als ich meinen Briefkasten leerte, sah ich einen Schlüsselbund im Schlüsselloch des Schatzschen Briefkastens stecken. Ich stand da und kämpfte mit mir: Steckenlassen? Herausziehen?... Aber aus einem bürgerlich-moralischen Gefühl heraus, das unausrottbar in mir verankert ist, sagte ich mir, daß es nicht anständig sei, die Schlüssel einfach so steckenzulassen – der zerstreute Professor oder seine Frau hatte sie sicher vergessen –, denn Fälle von Raub und Einbruch sind in der letzten Zeit in unserer Stadt häufig geworden, und jeder vorbeikommende Penner könnte die Schlüssel herausziehen, sich zu der Wohnung im vierten Stock Zutritt verschaffen und alle Wertgegenstände ausräumen. Ich zog also den Schlüsselbund aus dem Schlüsselloch und sagte mir in dem Wissen, daß Schatz zu dieser Tageszeit nie zu Hause war: Ich werde ihn Naomi zurückbringen, eine gute Tat vollbringen, die von ihr vielleicht sogar belohnt wird.

Ich ging hinauf und klingelte an der Tür. Keine Antwort.

Das bedeutete, daß Naomi bereits gegangen und keiner daheim war. Einen Moment lang war ich mir unschlüssig, was ich tun sollte, aber ein innerer Dämon trieb mich. Ich schloß auf und trat ein. Ich legte den Schlüsselbund auf den Papierstapel des »Schlüssel zu einer möglichen hebräischen Ästhetik« unter Bakunins Bild – und ging hinaus.

Um halb sechs hörte ich von meinem Zimmer aus die selbstsicheren, kräftigen Schritte Schatz' die Treppe hinaufgehen, vor seiner Wohnungstür haltmachen. Danach das gedämpfte Summen der Türklingel, nochmal und ein drittes Mal. Für ein oder zwei Augenblicke herrschte Schweigen, und dann – wie eine Geröllawine – eilige Schritte die Treppe hinunter. Es verging etwa eine Viertelstunde, und wieder vernahm man die Schritte, die die Treppe heraufkamen, entschlossen und energisch. Wieder das Summen der Klingel, dreimal, und danach – wieder der lawinenartige Abgang.

Eine Stunde später – wieder Schritte. Diesmal waren es die Schritte von vier Füßen, zwei leichten und zwei schweren, die hinaufgingen. Die Tür oben wurde mit einer Schlüsseldrehung geöffnet und zugeschlagen.

Nur bruchstückhaft drangen die Verhandlungen zwischen Ehemann und Eheweib an meine gespitzten Ohren, aber soviel konnte ich den Bruchstücken entnehmen: daß sich in Schatz' hermetisch-rationaler Festung Risse aufgetan hatten und die Winde der Mysterien eingedrungen waren. Er erinnerte sich deutlich – jeder Zweifel war ausgeschlossen! –, daß er die Schlüssel dabeihatte. Er erinnerte sich sogar, daß er den Briefkasten damit aufgesperrt und gesehen hatte, daß keine Post da war... Wie also dann...? Nein, er ließ sie nie auf seinem Arbeitstisch...! Aber du wirst doch nicht glauben, daß sich ein Gegenstand an zwei Orten gleichzeitig befinden kann... Das in etwa hielt Naomi ihm als Argument entgegen, und ich hörte, wenn ich mich nicht irre, die Namen von Newton und Einstein, die als Zeugen angerufen wurden; sogar die »Vierte Dimension« wurde erwähnt.

Ach, die Mysterien der Schöpfung! Die übernatürlichen, übersinnlichen Kräfte, die heute, Ende des zwanzigsten Jahrhunderts, wie Teufel in unserer aufgeklärten Welt herumspuken – fliegende Untertassen, Kreaturen aus dem Weltraum – wie im finsteren Mittelalter; sie brechen ein in verschlossene Wohnungen wie in unverschlossene Gehirne, die von Zweifeln an der Gültigkeit der Newtonschen Gesetze zerfressen werden; sie verleiten gelehrte Professoren, verwirrte Jugendliche, Gottsucher, törichte Jungfrauen dazu, Spekulationen über das Transzendentale anzustellen...

Dann aber – ob mich meine Ohren trogen? – hörte ich, daß auch der Namen Freuds in die Debatte geworfen wurde: Verlust eines Schlüssels... ein Fall von Versagen... unbewußte Wünsche... Worauf deutet all das hin?

Das weiß nur der Teufel.

Die Hausgemeinschaft

Ich hätte dieses Buch mit einer Beschreibung des Hauses, in dem ich wohne, beginnen müssen – Avigdorstraße 39, Tel Aviv. Von Jugend auf brachte ich Schriftstellern wie Victor Hugo, Dickens und Balzac große Bewunderung entgegen, die, bevor sie sich in die stürmischen Wogen der Handlung stürzen, den Leser an der Hand nehmen und ihn in aller Gemütlichkeit zum Ort der Ereignisse führen; und ihm, wie altgediente Touristenführer, ganz langsam, Stück für Stück, lang und breit, in aller Gründlichkeit erklären – zwar manchmal ermüdend, aber dennoch lohnend –, was er vor Augen hat: das Stadtviertel, die Straßen, das Haus, seine Zimmer, seine Bewohner, in Kreisen von außen nach innen auf das Zentrum zusteuernd. Balzac zum Beispiel, im *Vater Goriot* – ein Buch, das mir seit meinem dreizehnten Lebensjahr in Erinnerung ist –, widmet die zwölf oder fünfzehn ersten Seiten der Beschreibung der Herberge Madame Vauquers in der Rue Neuve-Sainte-Geneviève, zwischen dem Quartier Latin und dem Faubourg Saint-Marceau; in dem Gebiet »zwischen den Steinbrüchen des Montmartre und den Höhen von Montrouge«; und indem er seinen Leser in dieses Viertel versetzt, breitet er vor ihm die Gassen und Kanäle aus, die alten, zerbröckelnden Häuser und die Luxusvillen, die dazwischen stehen, das Kopfsteinpflaster und den Maueranstrich; und während er den Leser in die Herberge hineingeleitet, zeigt er ihm, geduldig und ausführlich, alle Zimmer in den drei Stockwerken mit allem, was darin ist – jedes Möbel, jeden Gegenstand, jeden Teller, jedes Bild an der Wand, jeden Kamin im Winkel und jedes fleckige Wachstuch auf dem Tisch (ein sehr düsteres Bild, wie man sich erinnert, das den Gestank von Fäulnis, Mißgunst und Bösartigkeit verbreitet); danach beschreibt er die armselige Herbergswirtin und jeden einzelnen ihres guten Dutzends Gäste; und erst am Schluß dieser fünfzehn Seiten gelangt er zu Père Goriot selbst, dem Helden der Geschichte.

Diese Methode hat einen großen Vorteil: Der Leser – auch wenn ihm angesichts der Vielzahl von Einzelheiten, die die Handlung nicht vorwärtsbringen, manchmal der Geduldsfaden reißt – weiß gleich am Anfang der Geschichte ganz genau, wo er sich befindet, und wenn er dann von der Handlung mitgerissen ist, muß er seine Vorstellungskraft nicht mehr damit vergeuden, die Stadt, manchmal die ganze weite Welt abzuwandern, um herauszufinden, an welchem Ort ihn der Schriftsteller willkürlich abgesetzt hat. Die egozentrischen Verfasser der meisten Bücher, die innerhalb der letzten Jahrzehnte erschienen sind, haben hingegen viel weniger Rücksicht auf ihre Leser genommen, so daß diesen häufig erst nach Erreichen der dreiundfünfzigsten Seite zu ihrem großen Erstaunen klar wird, daß man sich in San Francisco befindet und nicht in Westberlin, wie sie anfangs dachten.

Also, auch wenn ich bereits bis zu Seite zweiundneunzig meines Buches vorgedrungen bin – das Buch schwillt an und wächst wie ein ungewolltes Kind im Bauch einer Schwangeren –, so ist es dennoch nicht zu spät, das Haus zu schildern, in dem ich wohne und in dem sich die Geschichte dieser angespannten Beziehungen zwischen dem dritten und dem vierten Stock abspielt; wobei es Momente gab, in denen mir schien, die Mauern des Hauses müßten bersten vor lauter Spannung. Ich muß diese Schilderung also auf der Stelle nachreichen, denn etwa zwei Wochen nach den vorher geschilderten Ereignissen fand eine Eigentümerversammlung statt, und dazu muß der Leser wissen, wer wer ist.

(Nebenbei bemerkt, eröffnet sogar Proust, der nach allgemeiner Auffassung, anders als die drei oben zitierten, ein moderner Schriftsteller ist, seine *Wiedergefundene Zeit* mit einer ausführlichen Beschreibung des Orts des Geschehens: der Salon, das Schlafzimmer, die Tapeten und die Bilder an den Wänden, die Szenerie, die man vom Fenster aus sieht...)

Ich werde mit der Straße beginnen. Die Avigdorstraße ist eine kleine, ruhige Straße im alten, nördlichen Teil der Stadt, das heißt in dem Gebiet, dessen südliche Begrenzung die Linie zwischen Regierungsgebäuden und Meer bildet und dessen nördliche Grenze der Fluß Yarkon ist. Die Häuser in dieser Straße sind drei- oder vierstöckig und wurden noch vor der Staatsgründung erbaut. Deshalb besteht der Großteil der Bewohner aus älteren Immigranten aus europäischen Ländern, die Bäume, die vor den Häusern stehen – Feige, Paternosterbaum, Poinciana, Maulbeerbaum, Palme –, sind höher als die Strommasten, und ihre Kronen stoßen an die Hochspannungsleitungen. Dies birgt ein Gefahrenmoment in sich, und jeden Herbst kommen Arbeiter von den Elektrizitätswerken oder von der Stadtverwaltung und sägen die höchsten Äste ab, weil sie die Leitungsdrähte zerstören oder bei einem Sturm auf die parkenden Autos fallen könnten. Die Bewohner der Straße kennen einander im großen und ganzen, wenn nicht beim Namen, dann vom Sehen, und wenn sie aneinander vorbeigehen, nicken sie grüßend mit dem Kopf oder ziehen kurz die Augenbrauen hoch. Einige von ihnen haben Hunde, die sie in den Morgenstunden oder in der Abenddämmerung spazierenführen, wie Herr Gutman zum Beispiel, ein kleiner, kahlköpfiger Mann, der, mit kurzen Khakihosen bekleidet, genau um sechs Uhr morgens seine Zwillingspudel zum Zacharia-Park führt, in einer Hand das Ende der Hundeleine, in der anderen, direkt an seinem Ohr, das Transistorradio, aus dem »Wie schön sind deine Zelte, Jakob« und die Frühnachrichten tönen; oder Frau Danziger, eine große, hochaufgerichtete Frau, deren wolliger Schnauzer mit dem langen Schnurrbart in der Abenddämmerung hinter ihr hertrödelt und sie dazu zwingt, alle zwei Schritte stehenzubleiben und auf ihn zu warten, wenn er an einen Zaun pinkelt oder an den Exkrementen eines Artgenossen schnüffelt, und das gibt ihr Gelegenheit, ihm auf deutsch Vorhaltungen zu machen. Tag für Tag trifft man diesen oder jenen Bewohner der Straße in Speisers Laden, der eine Art Nachbarschaftsklub darstellt oder das, was in früheren Zeiten der Dorfbrunnen war: Während Herr Speiser – ein neugieriger und redseliger Mensch, der alle seine Kunden seit langen Jahren kennt und über alle Ereignisse Bescheid weiß – das Stück Käse abwiegt oder die hauchdünne Wurstscheibe, kann man aus seinem Munde erfahren, wer sich mit der Einkommenssteuerbehörde gestritten hat und wer mit seinem Nachbarn aneinandergeraten ist, wer ins Ausland gefahren ist und wessen Tochter sich von welchem Mann scheiden läßt. So kam es, daß Speiser mich zwei Tage nach Schatz' Einfall in unsere stille Straße und mein Haus ausfragte, wer er denn sei und was er mache; und vier Tage später fragte er mich – während er zusammenrechnete, was ich ihm schuldig war –, ob die Lage des Professors denn wirklich so dürftig sei, daß seine Frau auf Kredit einkaufen müsse, denn sie habe darum gebeten, nur einmal im Monat, immer am fünften, bezahlen zu dürfen.

Nun werde ich das Haus beschreiben, in dem ich wohne, Nummer 39, ein Stockwerk nach dem anderen.

In dem kleinen Garten vorm Haus, gesäumt von Jasminsträuchern, stehen zwei hohe Dattelpalmen mit schütteren Kronen, die jeweils fünf oder sechs zerzauste Palmwedel tragen. In der Mitte des dazwischenliegenden Rasens ragt eine Kaktuskolonie auf. Frau Chedva Porat aus dem zweiten Stock hegt und pflegt den von Flechtgewächsen überzogenen Kalksteinhügel, der den Kakteen Nahrung gibt, mit größter Hingabe.

Im Erdgeschoß, der geräumigen Eingangshalle gegenüber, führen drei Stufen hinunter ins Tiefparterre zur Zahnarztpraxis von Dr. Bschizovski. Wenn die Tür geöffnet wird, dringt ein Geruch von Äther und Jod heraus, der sich im ganzen Treppenhaus verbreitet. Die Einrichtung dieser Praxis – die ich selbst zu meinem Leidwesen auch hin und wieder aufsuchen muß – ist wenigstens vierzig Jahre alt. Vom Becken neben dem groben Bohrerzug, dessen ehemals weiße, altersschwache Gelenkteile nun schon gelb sind, steigt immer ein leichter Gestank auf, wie vom Brackwasser eines Abwasserkanals, und ein verdächtiger Schaum läuft aus der Düse, wenn der dünne, unablässig sprühende Wasserstrahl mit einem nervenaufreibenden ungleichmäßigen Pfeifton anschwillt. Die in einer Reihe auf einem ebenfalls gelbstichigen und fleckigen Marmortablett angeordneten Sonden sind alle stumpf- und krummnasig und defekt und lassen beim Stochern in kranken Zähnen ein schüttelfrosterregendes Knirschgeräusch hören. Die Reißzange sieht aus wie ein grober Schraubenschlüssel. Der Patientenstuhl seufzt und ächzt, wenn er durch Pedaldruck hoch- und niedergefahren wird. Dr. Bschizovski ist ein Geizhals wie Harpagon, und um den Hals der Unglücklichen, die sich auf seine Guillotine setzen, hängt er fleckige, viereckige Packpapierstücke, die unzählige Male verwendet werden. Wenn man im Wartezimmer in den Zeitschriften blättert, findet man sich um einige Jahre zurückversetzt, man liest von Watergate, von der Baader-Meinhof-Bande, von den prahlerischen Ansprachen Idi Amins und vom Vietnamkrieg.

Im ersten Stock, direkt über der Praxis, wohnt der Zahnarzt mit seiner Frau. Obwohl sie beide schon 1937 ins Land gekommen sind, sprechen sie polnisch miteinander. Sein Hebräisch hört sich ebenfalls wie Polnisch an, und die Grammatik enthält von beiden Sprachen etwas. Seine Frau beherrscht nur etwa hundert Höflichkeitsfloskeln. »Schalom, Herr Keren«, sagt sie zu mir. »Kein Treppenwasch heute?« Gemeint ist, daß sie sich darüber beklagen will, daß der arabische Putzmann die Treppe nicht aufgewischt hat. Sie hat breite Schultern, einen breiten Brustkorb und einen kurzen Hals, und wenn sie das Haus verläßt, sogar an einem gewöhnlichen Werktagsmorgen, sieht sie immer aus, als ob sie ins Konzert gehen würde: Ihre blonde Perücke – die sie um etwa zehn Jahre jünger macht – weist zwei Schmachtlöckchen auf, die in schöner Symmetrie zu beiden Seiten an ihren Schläfen kleben; eine gelbliche Puderschicht überzieht ihr Gesicht, und ihr Parfüm weht wie eine Schleppe hinter ihr her und zieht noch lange, nachdem sie das Haus verlassen hat, durchs Treppenhaus, so daß man immer weiß, ob sie ausgegangen ist oder in ihren Gemächern weilt. Über der Brustwehr ziert ihr Kleid eine Stoffblume in welkem Rosa. Mit dem liebenswürdigen Lächeln, mit dem sie ihre Nachbarn begrüßt, beweist eine Großfürstin dem gemeinen Volk ihre Gunst. An jedem Samstagabend versammelt sich in ihrer Wohnung eine große, polnischsprechende Gesellschaft zum Kartenspielen bis weit nach Mitternacht.

Dieser Wohnung gegenüber wohnt Herr Menachem Ben-Ze'ev. Er ist etwa sechzig Jahre alt, Direktor einer Zweigstelle der Vereinigten Mizrachi-Bank und Schriftgelehrter. Früher, als er noch jünger war, war er Direktor einer staatlichen Religionsschule in Cholon und Lehrer für Bibel und Literatur gewesen; und heute noch verfolgt er die Veröffentlichungen in den Literaturbeilagen und liest die Bücher junger wie alter Autoren. Wenn er mich an seiner Wohnungstür oder im Hauseingang trifft, hält er mich auf, um sich lange mit mir zu unterhalten, das heißt: Er redet meistens, und ich spiele den stummen Zuhörer. Am liebsten redet er über Fehler, die er in Artikeln oder Büchern findet. »Sie haben sicher den Artikel von A. in *Haarez* über Spinoza gelesen«, sagt er, »ein Mann, von dem man sagt, er sei Experte und kenne die Quellen, wie kann er also schreiben, daß Spinoza von Rabbi Chasdai Kreskas beeinflußt wurde, was die drei Grundprinzipien des Glaubens angeht! Was für ein schrecklicher Ignorant! Erst einmal stellte Kreskas sechs Glaubensartikel auf, nur Rabbi Joseph Albo postulierte drei: das Dasein Gottes, die göttliche Offenbarung von Sinai, Lohn und Strafe. Zweitens gibt es bei Spinoza keine drei Prinzipien, und den Gedanken mit dem göttlichen Willen hat er nämlich von Ibn Gabirol übernommen...«; oder er faßte mich am Hemdaufschlag: »Hören Sie, sagen Sie Ihrem Freund, dem ehrenwerten Schriftsteller M., er soll Hebräisch lernen, bevor er Romane schreibt. Er sollte lieber nachschauen, bevor er Zitate bringt, von denen er nicht weiß, ob sie aus der Bibel oder aus dem Talmud sind, wie zum Beispiel...«

Über meine Bücher verlor er nie ein Wort, und ich fragte mich immer, ob sein Schweigen bedeutete, daß er sie nicht gelesen hatte oder daß er sie nicht mochte; einmal aber sagte er etwas über Schatz zu mir, das mir wie Öl hinunterlief: »Ich habe seinen *Raum mit drei Spiegeln* gelesen« – er rückte die Kippa auf seinem kahlen Haupt zurecht, ein ironisches Lächeln glitzerte in seinen Augen und erhellte sein rundes Gesicht –, »es ist wohl eher gewieft als besonders weise, mehr Geschwätz als neue Erkenntnis. Die ganze Sache mit der Verdreifachung findet sich bereits im Midrasch Tanchuma, Seder Yitro. Dort sagt Rabbi Yehoschua, Sohn des Rabbi Nechemia, daß alles dreifach ist: das Gesetz ist dreifach, der Kommentar ist dreifach, das Gebet ist dreifach, die Heiligkeit ist dreifach, Israel ist dreifach und sogar der Kuppler ist dreifach... So ist das, und damit wird Schatz zu einem Kuppler der Kritik... und was er über die Spiegel schreibt – Schall und Rauch! *Einen* Spiegel gibt es! Wenn er poliert ist, ist er die Manifestation des Heiligen Geistes! Wenn er schmutzig ist, hilft alle Schlaumeierei nichts!« Und eines Tages, etwa drei Wochen, nachdem sich Schatz in unserem Hause niedergelassen hatte, flüsterte er mir zu: »Sagen Sie mal, dieser Professor, der da wohnt, über Ihnen, ist ihm irgendein Unglück zugestoßen, oder betrauert er die Zerstörung des Tempels? Er geht an mir vorbei, grüßt nicht, mit galligem Gesicht... Aber auch wenn er es mit den Trauerriten ganz genau nimmt, sollte er wissen, daß im Schulchan Aruch gesagt wird: ›Wenn andre, die es nicht wissen, nach deinem Befinden fragen, so antworte ihnen...!‹«

Seine Frau habe ich nur wenige Male gesehen. Sie ist eine hochgewachsene, schöne Frau mit traurigem Gesichtsausdruck, still und bescheiden, die wegen ihrer Kränklichkeit die meiste Zeit ans Haus gefesselt ist. Sie haben zwei verheiratete Söhne, beide erfolgreiche Rechtsanwälte.

Über der Wohnung Ben-Ze'evs, im zweiten Stockwerk, befindet sich die Wohnung von Viktoria und Albert Azolai.

Albert ist Polizeibeamter, Unter- oder Oberinspektor, und die meiste Zeit tagsüber und am Abend außer Haus. Er ist ein höflicher Mann, energisch und verschlossen – soweit ich das nach seinem Aussehen beurteilen kann, wenn er auf der Treppe an mir vorübergeht. Sein Haar ist kurz geschoren, schwarzgrau meliert, und er trägt einen schmalen, nüchternen, unauffälligen Schnurrbart. Seine Stimme ist heiser, beherrscht und dringt durch keine Tür und kein Fenster.

Viktoria verdient ein eigenes Kapitel, zum einen wegen ihres schillernden Charakters, zum anderen wegen der nicht ganz einfachen Beziehung, die zwischen uns besteht. Vorläufig möchte ich nur soviel sagen: Viktoria – geboren in Tiberias, in der zehnten Generation im Lande ansässig – ist eine überströmende Frau: überströmend an gutem Willen, Leidenschaft, Lachen und Singen. Sie ist eine exzellente Köchin, was die Gerüche kundtun, die aus ihrer Küche dringen und zu meiner Wohnung emporsteigen – der Duft von gekochtem und gebackenem Fisch, von Braten, Gewürzen, Suppen und Backwaren. Auch ihre klingende Stimme steigt zu meinem Fenster hinauf, wenn sie sich nostalgischen Liedern hingibt wie »Ich wünscht' mir einen Vogel« oder »Land meiner Liebe« oder »Kehr zurück zu mir«, und wenn ihre Stimme jubiliert wie bei »Schön ist das Land Isra-eel, es blüht das Land Isra-eeel«, erbeben über mir die Bäume in den beiden Höfen, und die Vögel in den Wipfeln fliegen auf. Mehr als jeder andere Hausbewohner wacht sie über das Haus und hat ein Auge auf alles, was hier passiert. Sie hat natürlich auch ihre »Schattenseite« – die jeder hat, sogar wenn er einen volkstümlichen Charakter besitzt, damit er nicht eindimensional oder zweidimensional wird –, aber diese Seite werde ich dem Leser später offenbaren, wenn ich zum Thema unserer gegenseitigen Beziehungen komme.

Viktorias Wohnung gegenüber befindet sich die Wohnung von Chedva Porat.

Chedva – sie wird von allen nur beim Vornamen genannt – ist etwa fünfundfünfzig Jahre alt und Kindergärtnerin. Ihr dunkles Haar ist von grauen Fäden durchzogen, über ihren munteren Augen liegt ein Kummerschleier, und in ihren schöngeformten Mundwinkeln deuten sich feine Falten an. Über ihre Lebensgeschichte wurde ich von Viktoria informiert: Als sie jung war, war sie Mitglied in einem Kibbuz in Negev, und dort heiratete sie einen jungen Mann, einen der Begründer des Kibbuz. Etwa ein Jahr nach der Heirat verließen sie ihren Kibbuz und zogen in die Stadt. Der junge Mann, der mit der Umstellung nicht zurechtkam und wohl auch seine Arbeit als subalterner Angestellter in irgendeinem Ministerium haßte, verließ eines Tages Tel Aviv und seine junge Frau, sagte nicht, wohin er ging und ob er je zurückkehren werde. »Er ließ sie als Strohwitwe zurück«, sagte Viktoria. Einige Jahre später »fiel die Arme auf einen anderen jungen Mann herein, einen völlig gewissenlosen Typen, wie es nur ein Künstler sein kann. Sie bekam ein Kind von ihm, und er wollte nichts davon wissen, der gemeine Hund.« Diesen Sohn – Yaron, »ein wunderbarer Junge« – zog sie alleine groß, und während seines Militärdienstes kam er bei einem Hubschrauberunglück im Sinai ums Leben. Trotz aller Schicksalsschläge gelang es ihr aber, sich eine gesunde Seele zu bewahren, sie verschrieb sich der Arbeit im Kindergarten, wurde dessen Leiterin und pflegte ihren Kaktushügel im Vorgarten.

»Ich habe zu ihr gesagt: Pflanzen Sie doch Gladiolen! Sie wachsen hier ganz exzellent! Was fürs Herz! Nein, nur Kaktusse will sie. Kaktusse mit Stacheln! Sie beschneidet sich selbst, verstehst du?« Viktorias Augen funkelten, als sie mir von Chedva erzählte.

»Ist dir aufgefallen, daß sie beim Sprechen blinzelt? Warum blinzelt sie? Alles, was dem Menschen widerfährt, hinterläßt Spuren in seinen Augen, wie die Buchstaben in einem Buch. Die Augenlider sind die Jalousien, die das Licht hereinlassen und aussperren. Und bei ihr, sie versucht die Buchstaben vor dem Licht zu verbergen.«

Viktoria sieht Zeichen und Omen. Einmal sagte sie mir, daß Chedva im Zeichen des Krebses geboren sei, und Leute mit diesem Sternzeichen würden vom Leid gestählt und hätten große Selbstachtung.

Wenn ich Chedva treffe, leuchtet ihr Gesicht auf, und sie beschenkt mich mit einem Lächeln, das etwas Vertrauliches an sich hat: als ob sie mich seit vielen Jahren kennen würde oder als ob sie mir ihr Herz ausschütten wollte. Auch ich hege aus irgendeinem Grund ein warmes Gefühl für sie, vielleicht, weil ich weiß, was sie durchgemacht hat. »In ihr hast du Stoff für einen großen Roman!« sagte Viktoria einmal zu mir.

Im dritten Stockwerk, über der Wohnung der Azolais, befindet sich meine Wohnung.

Diese Wohnung mit zweieinhalb Zimmern wurde am Vorabend meiner Hochzeit mit Lili Federman erworben, vor ungefähr fünf Jahren, und zwar durch die vereinten Bemühungen ihrer Eltern und Nuriel Jakobsons, dem Mann meiner Mutter aus Zichron Ya'akov. Am Abend unserer Scheidung, vor etwa drei Jahren, zahlte Nuriel – der über die Scheidung viel glücklicher als über die Hochzeit war – mehr als die Hälfte von dem, was sie in die Wohnung investiert hatten, an die Familie Federman, und damit gehörte die Wohnung mir – ich sollte »ohne Sorgen schreiben« können. Lili, deren bohemehafte Lebensart sich hauptsächlich in ihrer Aufmachung erschöpfte – lange Kleider, die auf allen Märkten zwischen Indien und Zululand zu Hause waren –, hatte dafür gesorgt, daß auch die Wohnung bohemehaft aussah. Die soliden Möbel, die wir als Hochzeitsgeschenk erhalten hatten, ersetzte sie durch Gegenstände, die hauptsächlich als Zierde dienen und wenig Nutzen haben: Lederkissen anstelle von Polstersesseln, eine rustikale Holzpritsche anstelle eines weichen Sofas, eine japanische Papierlampe anstelle einer einfachen Deckenlampe, eine alte Truhe statt eines richtigen Tisches, Kupferteller vom Trödelmarkt, Flickenteppiche; und im Schlafzimmer – rote Wollvorhänge, gefertigt aus arabischen Satteltaschen, die sie in der Altstadt von Jerusalem gefunden hatte, eine schäbige grüne Samtüberdecke mit einem großen Kitschbild von Bauchtänzerinnen im Schatten einer Kokospalme. Nur in meinem Arbeitszimmer durfte sie nichts anrühren. Die Einrichtung blieb bescheiden und zweckmäßig: Schreibtisch, Stuhl, Sessel, Regal. Nachdem sie, als sie das Haus verließ, außer persönlichen Gegenständen nichts mitnehmen wollte und ich weder die Energie noch den Willen besaß, mich mit einer Neugestaltung der Inneneinrichtung zu befassen, blieb die ganze Wohnungspracht, wie sie war.

In dieser Wohnung schrieb ich *Das fliegende Kamel mit dem Goldhöcker.* In ebendieser Wohnung schreibe ich jetzt *nicht* mein neues Buch, über das ich im weiteren Verlauf noch etwas sagen werde.

In der mir gegenüberliegenden Wohnung wohnt ein seltsamer, einsamer und verbitterter Mensch namens Heinz Hirsch. Obwohl wir Tür an Tür wohnen, sehe ich ihn nur sehr selten. Er verläßt das Haus früh am Morgen, fährt mit dem Fahrrad zu seiner Bienenzucht hinaus, die zwischen den Obstplantagen des Scharon gelegen ist und seinen Lebensunterhalt darstellt, und kehrt gegen Abend zurück. Er ist ein gebildeter Mann, in deutscher und englischer Literatur beschlagen – wovon ich mich anläßlich der wenigen Sätze, die wir im Lauf der Zeit miteinander wechselten, überzeugen konnte –, aber schweigsam und cholerisch. Manchmal, wenn jemand in der Nachbarschaft Radio oder Fernseher mit erhöhter Lautstärke laufen läßt, höre ich ihn; wie ein schrecklich wütendes, verwundetes Tier im Käfig schreit er: »RUHE BITTE!!!« Man kann es ihm schwerlich verübeln: Er hatte einen sonderbaren Sohn, halb Genie, halb Psychopath, den er sehr liebte, und eines Tages, vor ein paar Jahren – nachdem er wegen eines zweifelhaften Falls von Gehorsamsverweigerung aus der Armee entlassen worden war –, verließ er das Haus und ist seitdem spurlos verschwunden.

Über mir, wie bereits bekannt, ist Schatz' Domizil.

Noch eine Wohnung gibt es im vierten Stock, aber es wohnt niemand darin. Früher einmal – so erzählte mir

Viktoria –, bevor ich in dieses Haus eingezogen bin, wohnte ein Seemann darin, einer der Gründer des Marinekorps, später Kapitän in der Handelsflotte, der die Wohnung hin und wieder für ein oder zwei Nächte aufsuchte, wenn sein Schiff hier angelegt hatte. Seit etwa zehn Jahren ist er nicht mehr gesehen worden. Es kursierten Gerüchte, daß er an einer Küste im Fernen Osten sein Schiff im Stich gelassen und eine reiche Filipina geheiratet habe. Ein anderes Gerücht besagte, daß er sich einer Forschungsexpedition zum Südpol angeschlossen habe und auf der Reise an Kälte und Hunger gestorben sei. Da er nicht verheiratet war und keine Kinder hatte, wurde die Wohnung von niemandem benutzt.

Auf dem Dach – der Hasenstall. Wäscheleinen. Neben dem Hasenstall gibt es noch einen kleinen, abgesperrten Raum, der als Speicher für allerlei Trödel dient. Dort bewahre ich die wenigen Bücher auf, die ich von meinem Vater geerbt habe. Alte Bücher, durch deren vergilbte Seiten die Würmer ihre gewundenen Gänge gegraben haben.

Intermezzo

Eines Morgens, so gegen zehn – war es eine Woche nach der Überschwemmung? Zehn Tage? –, als ich zum Dach hinaufstieg, um die Hasen zu füttern, blieb ich auf der Schwelle stehen, erschrocken, bestürzt, meinen Augen nicht trauend, mit stockendem Atem, glühendem Gesicht, geblendet:

Auf einer grauen Decke, die in der südwestlichen Ecke des flachen weißen Daches ausgebreitet war, lag auf dem Rücken, mit geschlossenen Augen –

Ja, sie. Sie und keine andere!

Unglaublich!

Völlig nackt – bis auf einen schmalen Bikinistreifen um ihre Lenden –, preisgegeben der Sonne, dem Licht, den Vögeln des Himmels!

Ich stand da wie angewurzelt, wagte nicht, auch nur mit der Wimper zu zucken oder zu atmen, und konnte meinen Blick nicht von ihr wenden.

Oh, so etwas hätte ich mir nie träumen lassen! In meinen wildesten Phantasien – wie man so sagt – hätte ich mir so etwas nicht ausmalen können!

Ich stand wie vom Donner gerührt angesichts dieser strahlenden Vision, wie Moses vor dem brennenden Dornbusch! Nein, wie David beim Anblick Batschevas – »eine Frau, schön anzusehen« – beim Bade auf dem Dach!

Die zwei reifen Feigen ihrer Brüste – flach gerundet, um die Brustwarzen herum schwellend – glänzten in ihrer Pracht auf der bronzegetönten, elastischen Haut ihres Körpers. Zwei blasse Streifen, die sich von ihnen weg zur Wölbung der Schultern hochzogen, bezeichneten die Trägerlinien des fehlenden Oberteils. Ihre Bauchdecke war nach innen gewölbt ganz entspannt, und in der Mitte, wie eine angedeutete Aufforderung, das Auge ihres Nabels, das wie zwinkernd gefaltet war. Ihre Knie waren aufgestellt, ein wenig gespreizt, und so bot sich dem Auge des erregten Betrachters die ganze Pracht und Herrlichkeit ihrer Beine dar, von den gewölbten Fußsohlen und den anregenden Fesseln hinauf zu den rundgeformten Kniescheiben, hinunter entlang der Kurven der vollendeten Oberschenkel mit den Grübchen und Mulden in ihren sanften, zärtlichen Rundungen, hin zum Mysterium ihrer Lenden, verborgen im Schatten ihrer Geheimnisse. Ihr Kopf ruhte auf einem blauen Handtuch, das auf der Decke lag, und ihr Haar lag in weitem Fächer darüber gebreitet. Sonnenstrahlen tanzten über ihre geschlossenen Lider, die zu flattern schienen, während sie das Licht einsogen. Ihre Arme lagen lose zu beiden Seiten, und die Haarbüschel in ihren Achselhöhlen waren wie Nester von

Vögeln, die im nächsten Moment auffliegen und sich über das üppige Feld ihrer strahlenden Brust schwingen würden.

Ich war gefesselt, verzaubert, konnte mich nicht vom Fleck rühren. Mein Blick glitt vom Gesicht zum Hals, verweilte auf dem prachtvollen Busen, blieb an den knospenden Brustwarzen hängen, streichelte die Senke des Bauches, den blendenden Hautstreifen ihrer Lenden, floß hinunter in die Vertiefungen der samtigen Oberschenkel, suchte das Geheimnis zwischen den leicht gespreizten Beinen zu ergründen, strebte darauf zu, um es zu entschlüsseln, das verborgene Paradies zu öffnen –

Bis eine Bewegung von ihr, als sie sich langsam auf den Bauch drehte, mich von der Türöffnung vertrieb und in die Flucht schlug.

Mein Leben mit Lili (1)

Nachdem ich nun schon einmal vom Weg abgewichen bin und fast wie nebenbei vom Traktat der Schäden zum Traktat der Frauen gekommen bin, kann ich nicht mehr länger umhin, etwas über die Zeit meiner Ehe mit Lili Federman zu sagen.

Mein Leben mit Lili war ein doppelter Irrtum: aufgrund eines Irrtums heiratete ich sie, und aufgrund eines Irrtums wurde ich von ihr geschieden.

Ich traf sie zum erstenmal in einem kleinen Theatercafé an einem Abend, an dem eine experimentelle Schauspielgruppe die *Zofen* von Genet aufführte. Das Publikum bestand aus zwanzig bis dreißig Personen, die zum Teil auf den Hockern saßen, die um die niedrigen Tische herumstanden, und zum Teil auf den Matten, die davor lagen. Ich und mein Freund Michael Hochhauser setzten uns an einen der Tische und nippten am Bier, und noch bevor die Vorstellung begonnen hatte, wurde mein Blick von einem Mädchen gefesselt, das auf einer Matte saß, die langen Beine seitlich angezogen, und zwischen den Fingern eine lange Zigarettenspitze hielt. Auf dem Kopf trug sie ein blaues Barett, das schräg auf ihrem langen blonden Haar thronte und in dessen Mitte eine rote Blüte knospte. Das Barett zusammen mit der langen Zigarettenspitze, aus der sie hin und wieder den Rauch einsog, um ihn durch die Lippen, zu einem perfekten kleinen Ring gerundet, wieder auszustoßen, verliehen ihr das originelle Aussehen einer jungen Frau, die versucht, wie eine Wiener Femme fatale um die Jahrhundertwende auszusehen. Hin und wieder richtete sie ihren Blick auf mich, ließ ihn ein paar Sekunden auf mir ruhen, ruhig, unbefangen, mit einem kleinen Lächeln, als ob sie fragen würde, wer ich sei oder oder ob ich nicht vielleicht derjenige sei, der … Ich beugte mich zu meinem Freund Michael und fragte, wer die mit dem Barett dort links sei. »Du kennst Lili Federman nicht?« lächelte er. »Ach, das ist sie?« sagte ich. Aus irgendeinem Grund – und ich verstehe heute noch nicht, was es war, das mir meinen Verstand so sehr trübte oder ganz abhanden kommen ließ – war ich mir in diesem Augenblick sicher, daß sie wirklich berühmt war: Tochter des bekannten Federman, Hotelbesitzer und einer der reichsten Männer im Land.

Die Vorstellung der *Zofen* begann, die Gestalten bewegten sich und sprachen, in dem Lichtkreis vor uns auf dem Boden, aber meine ganze Aufmerksamkeit galt dem Mädchen – vierundzwanzig oder vielleicht fünfundzwanzig Jahre alt –, das die langen Beine jetzt gekreuzt hatte und in der einen Hand immer noch die Zigarettenspitze, in der anderen einen Aschenbecher hielt. Auch ihre Arme waren lang, und ihr Blick war auf die Vorstellung konzentriert, sie schien vollkommen davon gefesselt, von jeder Bewegung, jeder Geste. Während ich sie so betrachtete, von der

Seite, und nur sporadisch ein Auge auf Claire und Solange warf, die böse Pläne schmiedeten, beschloß ich, daß ich in sie verliebt war.

Der Leser wundert sich: Er beschloß, daß er verliebt war? Ja! sage ich darauf, sowohl aus meiner persönlichen Erfahrung heraus, als auch generell gesprochen – das ist tatsächlich möglich! Der Mensch kann sich selbst dazu bringen, verliebt zu sein! Sich selbst sagen: Ich bin verliebt! Und in seiner Brust einen kleinen Funken entfachen, der sich entzündet, bis er lichterloh brennt oder zumindest Glut erzeugt. Es hängt von den Umständen ab. Von der Situation eines Menschen zu einem bestimmten Zeitpunkt, unter bestimmten Umständen. Ich muß meine Situation erläutern – wie sie war, zu jener speziellen Zeit und unter jenen speziellen Umständen.

Ich befand mich damals in einem wahren Höhenrausch des Schreibens: Ich schrieb eine ganze Serie von Geschichten, die ich nachher unter dem Titel *Schmetterlinge* zusammenfaßte. Und zur gleichen Zeit war ich in einer erbärmlichen Lage. Mein erstes Buch *Grüne Fenster*, das sechs Jahre zuvor herausgekommen war, hatte zwar einige zurückhaltende Worte des Lobs bei seinem Erscheinen geerntet (einer der Kritiker, der darauf hinwies, daß der Autor »ein Neueinwanderer aus Rumänien« sei – obwohl ich damals bereits seit vierzehn Jahren im Sabra-Land war –, schrieb: »*Grüne Fenster* von Kalman Keren bietet eine neue, bisher unbekannte Kern-Sicht in das Leben in unserem Land, die Kern-Sicht eines entfremdeten jungen Mannes, der draußen steht und durch eine Barriere undurchdringlicher Fenster getrennt ist von denen, die sich drinnen im Haus befinden, die nur mit sich selbst beschäftigt und in ihre Nichtigkeiten vertieft sind...«), war aber schnell in Vergessenheit geraten. Ich arbeitete vier Nächte in der Woche als Korrektor in einer Zeitungsredaktion, und ich wohnte in einem kleinen Dachzimmer in der Hirschbergstraße. Alles, was ich wollte, war, mich dem Schreiben zu widmen, vier bis fünf Stunden pro Tag schreiben zu können. Aber diese Stunden fanden sich nicht. Ich wachte immer gegen neun oder zehn Uhr auf, und da war das Zimmer von der Sonne, die von allen Seiten hereinschien, bereits so aufgeheizt, daß meine Hände, wenn ich mich an den Tisch setzte, feucht waren von Schweiß. Gegen Abend, wenn der Schatten des Nachbarhauses die gespeicherte Hitze etwas milderte, kam Michael Hochhauser bei mir vorbei und blieb ein bis zwei Stunden. Und obwohl Michael mein Freund ist, mein einziger Freund, hatte ich ihn im Verdacht, daß er absichtlich kam, um mich vom Schreiben abzuhalten. Er neigt nämlich zu leichter Bösartigkeit, weil er neidisch ist, sogar auf mich, seinen Freund. Kurz und gut, ich schrieb vielleicht ein oder zwei Stunden am Tag und war gezwungen, »meine Eselin an den Weinstock zu binden«, um es biblisch auszudrücken. Und nun, wie ich in dem dämmrigen, rauchigen Café saß, ab und zu an meinem Bier nippte und mit einem Ohr Genets Sätzen lauschte – die Übersetzung war so schlecht, daß die Pointen nicht herauskamen, alles Wesentliche war deformiert worden –, sandte ich meine vom Alkoholdunst vernebelten Blicke zu dem Mädchen hinüber, das dort links auf dem Boden lagerte, und meine Phantasie entzündete sich an dem Gedanken, daß ich sie ohne große Anstrengung mit ein wenig Werbung gewinnen könnte. Mich mit ihr anfreunden und sie danach zur Frau nehmen. Und durch sie würden alle meine Probleme gelöst werden: Ich müßte nicht mehr in der Nacht arbeiten, ich müßte überhaupt nicht mehr für meinen Lebensunterhalt arbeiten, die Nächte und Tage würden ganz und gar zu meiner Verfügung stehen, ich könnte sechs, sieben, zehn Stunden am Tag schreiben. Mit anderen Worten: Ich würde von meinem reichen Schwiegervater ernährt werden, Herrn Federman, dem Hotelbesitzer.

Der sensible Leser, der die Literatur und ihre Schöpfer schätzt, rümpft nun sicher seine Nase: So materialistisch ist ein Schriftsteller?! So zynisch?! Eine Frau wegen ihres Geldes zu heiraten?! Aber er soll doch in den Biographien von Schriftstellern blättern! Wie viele unter den von ihm so hochgeschätzten Weltgrößen – darunter auch Juden – heirateten reiche Frauen, nur um sich vom Joch des Broterdienens zu befreien! Nur damit sie sich hinsetzen und ohne Sorgen schreiben konnten! Soll ich sie hier aufzählen? Oh, das Notizbuch auf meinem Tisch würde nicht genügen, sie alle zu fassen! Den gesamten Ruhm ernteten natürlich sie, und die Welt vergaß die Frauen, die sie ernährten, verwöhnten, auf all ihre Launen eingingen, ihren Stolz päppelten, ihren Größenwahn unterstützten, unter ihrem Verfolgungswahn litten, ihren Weg mit Gold pflasterten! Nein, ich war – in den Spielen meiner Phantasie – keine Ausnahme in dieser vollkommen unromantischen literarischen Tradition! Oder vielleicht doch vollkommen romantisch – denn sie brachten die Liebe der Kunst zum Opfer!

Am Ende der Vorstellung, nach einem dünnen Applaus, rief mein Freund Michael, dem meine Versuche, Lili Federmans Blick einzufangen, nicht verborgen geblieben waren und der sich noch nie durch feine Umgangsformen ausgezeichnet hatte, laut zu ihr hinüber, sie solle an unseren Tisch kommen, und als sie herkam und sich zu uns setzte, sagte er: »Darf ich bekannt machen, das ist Kalman Keren, er brennt darauf, dich kennenzulernen.« Lili stützte ihre Ellbogen auf den Tisch, ihr Kinn in die Hände sah mir direkt in die Augen, lächelte und sagte: »*Grüne Fenster?*«

Und schon hatte sie mein Herz erobert! Schon war ich bereit, sie zu küssen! Denn wer, wie viele Menschen in diesem Lande hatten die *Grünen Fenster* gelesen und die Botschaft meines Buches vernommen? Ja, in diesem Moment war ich bereit, meine Hand nach ihrem Hals auszustrekken, ihr Gesicht an mich zu ziehen und sie zu küssen!

Ich muß gleich dazusagen: Lili Federman war nicht

schön. Um genau zu sein: Sie war nicht einmal hübsch. Ich hatte das von weitem in dem dämmrigen, verrauchten Raum und in den Wachträumen meiner Phantasie nicht wahrgenommen, jetzt aber wurde es mir klar, als ihr Gesicht nicht mehr als zwei Handbreit von meinem entfernt war. Ihre hellblauen Augen waren wäßrig, und ein rötlicher Ring umgab ihre entzündet wirkenden Lider. Ihre Lippen waren blaß und dünn. Auf ihren bleichen Wangen waren ein paar Narben, Überbleibsel irgendeines Hautausschlags. Darüber hinaus – was mir erst bewußt wurde, als sie aufstand – war sie flachbrüstig. Nur die Brustwarzen hoben sich ein wenig unter dem Stoff des weißen, langen Kleides ab, das ihr bis auf die Knöchel fiel. Aber all diese Mängel wurden durch ihren Charme wettgemacht: Charme lag in ihrem intelligenten Lächeln, Charme in dem blauen Samtbarett, wie es auf ihrem schulterlangen, blonden, feinen Haar thronte, Charme in ihren langen Fingern, und vor allem lag Charme in der völligen Abwesenheit jeglicher Verlegenheit: Sie schämte sich nicht für ihre mangelnde Schönheit und versuchte nicht wie andere Mädchen, ihr Gesicht zu verstecken oder mit Schminke zu tarnen; es war, als wollte sie sagen: So hat Gott mich geschaffen, und wenn er sich seines Werkes nicht schämt, so gibt es für mich auch keinen Grund, mich zu schämen!

Lili fragte mich nach meiner Meinung zu der Aufführung, und ich, der ich nur am Rande bruchstückhaft einige Sätze aufgeschnappt hatte, die mit ihrer Ungenauigkeit meine Ohren beleidigt hatten, sagte, die Übersetzung habe Genet entstellt, seine Feinheiten wie Derbheiten gleichermaßen verwässert, seine treffsichere Diebessprache sei hier zu hilflosem Geplänkel verkommen. »Im Original«, sagte ich, »sagt Claire über alle Herrinnen: ›Ihr seid unsere Zerrspiegel, unser ekelerregender After, unsere Schande, unser Abschaum...‹, und hier haben sie gesagt: ›Ihr seid unsere verkrümmten Spiegel, unsere schmutzigen Gesäße, unser Abfall...‹« »Du kannst Französisch?« Lili sah mich interessiert, mit verhaltener Verwunderung an. Hier warf sich mein Freund Michael zu meinem Fürsprecher auf, intervenierte zu meinen Gunsten und sagte, daß ich fast gebürtiger Franzose sei, rumänisch-französischer Abstammung wie Ionesco, daß ich die Sorbonne mit Auszeichnung absolviert hätte, daß ich Rimbaud und Apollinaire, Voltaire und Molière, Malot und Malraux übersetzt hätte... Ich unterbrach ihn und sagte bescheiden, daß ich zwei Jahre in Lyon verbracht hätte und Genet sehr gut im Original kennen würde. »Magst du Genet?« fragte sie, und das Lächeln wich nicht von ihrem Gesicht. »Magst du Bénédictine?« gab ich zurück.

Mein Freund Michael, auch wenn er in Sachen Literatur ein mißgünstiger Neider sein mag, ist großmütig, wenn es um Frauenangelegenheiten geht. Er stand auf und verabschiedete sich, um uns uns selbst zu überlassen.

Zu später Stunde, nachdem ich etwa die Hälfte meiner Kenntnisse über Genet vor ihr ausgeschüttet und sie mit Geschichten aus dem *Tagebuch eines Diebes* unterhalten hatte, über seinen Freund Stilitano, den Dieb, Zuhälter und Drogenhändler, begleitete ich sie zum nächsten Taxistand. Als wir uns dem Stand näherten, sagte sie: »Hast du noch etwas außer *Grüne Fenster* geschrieben?« Ich sagte, daß ich gerade an meinem zweiten Buch schriebe, einer Sammlung von Geschichten. Plötzlich glomm in mir ein Funke von Heldenmut auf, und ich sagte: »Würdest du eine Geschichte hören wollen?« »Jetzt?« lachte sie. »Ja, wenn es für dich nicht zu spät ist... Ich wohne nicht weit weg...« Sie zögerte einen Moment, aber gleich darauf wurde auch sie vom Geist übermütiger Abenteuerlust mitgerissen, und sie sagte: »Ja! Warum eigentlich nicht?«

Ich machte uns Kaffee. Ich setzte mich aufs Bett, Lili hockte sich auf einen Schemel mir gegenüber, und ich las ihr die erste Erzählung aus den *Schmetterlingen* vor: die Geschichte eines komischen Typen, eines jungen Juden aus Budapest, Insektensammler, der in den zwanziger Jahren auf der Suche nach seltenen Flügeltieren (Pterygota) ins Yezre'el-Tal kommt; während sich um ihn herum die Pioniere mit der Trockenlegung der Fiebersümpfe abmühen, jagt er Mücken, Heuschrecken, Zikaden, Libellen, Ameisenlöwen, bestimmt sie und spießt sie in seinem Kasten auf. Die fleißigen Sumpftrockenleger sind von seiner Tätigkeit so fasziniert, daß sie von ihrer Arbeit abgelenkt werden; abends kommen sie in sein Zelt und sehen sich an seiner Sammlung satt, und es gibt Morgenstunden, in denen sie den Pickel oder die Hacke weglegen und gemeinsam mit ihm irgendeiner rosaflügeligen Libelle hinterherjagen. Das geht so lange, bis ihn der Leiter der Arbeitsgruppe hinauswirft und alles wieder in geordnete Bahnen zurückkehrt. Lili lachte viel, dann wurde sie ernst, und als ich fertiggelesen hatte, sagte sie nur ein einziges Wort: »Toll!«, was in meinen Augen mehr wog als zehn lobende Artikel der Kritik.

Als sie aufstand, stand auch ich auf und küßte sie. Lili erwiderte mit einem Kuß auf den Mund, einem Kuß, der nicht wie der meine ein kurzer Dankeskuß war, sondern sich viel länger hinzog, als ich mir hätte träumen lassen. Und noch bevor ich meine Lippen von den ihren gelöst hatte, begann sie ihr langes Meßgewand abzustreifen. Im nächsten Moment – ohne daß ich es beabsichtigt oder erwartet hätte – stand sie nackt vor mir.

Ha, unsere Prima Nox!

Ja, unsere erste Liebesnacht war ein totales Fiasko.

Trotz all meiner Bemühungen – Berührungen, Umarmungen, Streicheln und Küssen, zuerst stehend im Licht, dann auf dem Bett im Dunkeln – streikte meine Schildwache und wollte nicht strammstehen. Obwohl auch sie ihre besten Tricks anwandte, um meine Lust zur Leidenschaft werden zu lassen, hatte die Lust keine Lust dazu. Mein Heldenmut verlor sich. Ob es der Anblick der flachen Brust mit ihren zwei rosafarbenen, länglichen Brustwarzen im Lampenlicht war, der mich abhielt? Oder ihre bedrückende Größe (sie war größer als ich)? Oder die vorsätzliche Hast, die sie an den Tag legte, an die ich nicht gewohnt war?

So wird man für seine Sünden bestraft! sagte ich mir, als ich dalag, beschämt, erniedrigt und schlaff an Lilis Seite, die tröstend meine Haare streichelte, meinen Kopf zwischen ihren Brustwarzen. Nicht die Tochter hast du begehrt, sondern ihres Vaters Geld und Gut, und dafür sollst du gestraft werden! Denn kalt und seelenlos sind Geld und Gut, vergelten die Liebe des sie Begehrenden nicht, sondern werden ihn bezwingen und werden fällen sein Horn! Weil du dein Hoffen auf ein wankendes Schilfrohr gestützt hast, so soll deine Kraft wie ein wankendes Schilfrohr sein!

Als Eos ihre rosigen Finger durch das Fenster meines Dachzimmers sandte und den Venushügel der Tochter Federmans berührte, goldenen Glanz über den dreieckigen Haarbusch ausgießend, stand sie auf, zog ihr weißes Kleid an, beugte sich über mich, küßte mich, lächelte und ging.

O Nacht, o Nacht der Nächte, Nacht der falschen Götter! O Morgengrauen eines bitteren Tages!

Den ganzen Tag ging ich wie ein Kranker umher, wie in einem Fiebertraum. Mein eigenes Versagen machte Lilis Charme in meinen Augen nur noch größer. In meiner Vorstellung war sie siebzigmal schöner, als sie es in der Nacht gewesen war, von Angesicht zu Angesicht, Brust an Brust. Vor meinen Augen schwebten das blaue Barett mit der roten Blüte, die lange Zigarettenspitze, ihre schlangenartigen Arme, ihr feingesponnenes goldenes Haar... Wie hatte ich sie verlieren können? Wie konnte ich nur – in dem Moment, in dem sie mich begehrte?! Ich litt Tantalusqualen: Sogar ihres Vaters goldene Äpfel waren praktisch in meiner Reichweite gewesen, und ich hatte sie nicht gepflückt!

Nein, ich konnte mich mit dieser beschämenden Niederlage nicht abfinden; ich muß es noch einmal versuchen! sagte ich mir. Und wenn es das letzte Mal wäre!

Abend für Abend – oder genauer, Nacht für Nacht, denn es war immer schon Mitternacht, wenn ich aus der Zeitungsredaktion kam – suchte ich das kleine, schummrige Theatercafé auf, in der Hoffnung, sie dort zu finden. Eine Woche später, am Samstagabend, als ich am Tisch saß – war sie plötzlich da, kam durch die Tür herein, groß, lächelnd ... Sie kam sofort her und setzte sich neben mich, unbefangen, ohne jede Verlegenheit, wie eine alte Freundin. Nach etwa einer Viertelstunde sagte sie zu meiner großen Überraschung und zu meinem Entzücken, daß sie gern noch eine Geschichte aus den *Schmetterlingen* hören würde.

Wieder saßen wir in meinem Zimmer. Ich stellte eine Flasche Wein und zwei Becher auf den Tisch. Als ich zu Ende gelesen hatte, sagte sie: »Wunderbar!«

Ich stand auf und küßte sie. Ich löschte das Licht. Ich zog ihr das Kleid aus und legte sie auf mein Bett. Als ich meine Augen schloß und mit der Zunge in ihren Mund eindrang, beschwor ich – wie ich es ein paar Tage zuvor beschlossen hatte – Louise herauf, die Leidenschaft meiner drei letzten Monate in Lyon, nach meiner Trennung von Yvette, die sanftgliedrige Louise, begehrliche und begehrenswerte Louise, meine lustspendende Louise. Immer, wenn ich an die Nächte mit ihr denke, wird meine Lust zu lodernder Leidenschaft. Und wenn ich Wortspiele nicht scheuen würde – die, wie man weiß, die niedrigste Form literarischen Humors sind –, würde ich sagen: Gedenk' ich ihrer Glieder, hebt auch mein Glied sich wieder!

Wir hatten unser Vergnügen. Beide.

Ruhig und zufrieden lag ich an ihrer Seite, und Tage des Glücks strahlten vor mir auf: eine geräumige, lichterfüllte Wohnung im siebten Stock eines luxuriösen Wohnturms in der Innenstadt; vom breiten Fenster meines büchergefüllten Arbeitszimmers aus ist der nahe Boulevard zu sehen und in der Ferne das Meer; ich sitze am Morgen an meinem bewußtseinserweiternden Schreibtisch und schreibe, schreibe und schreibe, sechs, sieben Stunden... die Hausangestellte werkelt in der Küche... am Abend, im Salon, haben wir Whiskygläser mit Eis in den Händen...

Ach, die Streiche Pucks, der die Lider der Schlafenden mit Blumenmet bestreicht und die Augen der Sehenden erblinden läßt! Oder... war das Puck?

Nach kaum einer Woche – einer Woche voller Liebe und Vergnügen, Treffen bei Tag und bei Nacht, Liebesspielen, bei denen Lili eine ausnehmende Aktivität an den Tag legte – entdeckte ich die bittere Wahrheit:

Lilis Vater war nicht der namhafte Federman, der mit weltlichen Gütern gesegnete Hotelbesitzer, sondern ein Mendel Federman aus dem gemeinen Volk, Sachbearbeiter in der Zweigstelle einer Krankenkasse, ein anständiger Mensch zwar – alter Gewerkschaftler –, aber keinesfalls wohlhabend.

Lili selbst – das hatte ich schon vorher erfahren, der Tatsache aber keinerlei Bedeutung beigemessen, weil ich mir sagte: Ja, so machen sie es, die reichen Töchter, um ihre Unabhängigkeit zu beweisen oder um gegen ihre Eltern zu rebellieren – verdiente ihren Lebensunterhalt als Verkäuferin in Steimatzkys Buchladen.

Aus der Traum.

Aber ich konnte schon nicht mehr zurück. Lili hängte sich an mich. Ihre langen Arme umschlangen mich. Ebenso ihre Beine. Ich versprach Liebe. Und am wichtigsten – ihr intelligentes Lob meiner Geschichten! Ihre Bewunderung! Ein Kompliment, das man einer schönen Frau macht, netzt wie Morgentau die Blüte ihrer Seele, und genauso wirkt es auf den Schriftsteller, wenn man seine Geschichten lobt.

Im Herbst des gleichen Jahres wurde die Hochzeit ausgerichtet, im »Saal der Ingenieure«, sehr zur Freude des bescheidenen Herrn Federman und seiner Frau – Lili war ihre einzige Tochter, sie liebten sie und hatten befürchtet, keinen Mann für sie zu finden – und zum Mißvergnügen meiner Mutter und ihres Mannes, Nuriel Jakobson, denen die ungraziöse Braut mit den wäßrigen Augen nicht gefiel. Ihre bohemehafte Lebensart rief Zweifel und Befürchtungen bei ihnen hervor. Mein Freund Michael – vor sich auf dem Teller seine Viertelportion Huhn, in der Hand sein fünftes Glas Kognak 777 – sagte: »Du weißt gar nicht zu schätzen, was für ein Glückspilz du bist, Korngold!« (Er bestand immer darauf, mich bei meinem nichthebraisierten Namen zu nennen, trotz all meiner Proteste.) »Begreifst du eigentlich, was das heißt, als Schriftsteller eine Frau in Steimatzkys Buchhandlung zu haben? Traumhaft! Du wirst der absolute Bestseller!«

Mendel Federman hob alle seine Ersparnisse von der Bank ab, Nuriel Jakobson gab seinen Teil dazu – widerwillig –, und so wurde die Zweieinhalbzimmerwohnung in der Avigdorstraße 39 erworben und möbliert.

Zwei Jahre lebten wir unter einem Dach als Mann und Frau. Wenn ich so zurückschaue und darüber nachdenke...

Aber hier muß ich innehalten und zu der dramatischen Handlung zurückkehren, die sich zwischen dem dritten und vierten Stock abspielt – zum größten Teil im Treppenhaus –, deren Fortsetzung den Leser sicher viel brennender interessiert als der Blick durchs Schlüsselloch in die Zimmer einer Familie, die sowieso schon auseinandergefallen ist.

Ich werde später, wenn es noch irgendeine Lücke geben sollte, etwas über jene zwei Jahre sagen und auch über die Scheidung, die, ebenso wie die Heirat, auf einem Irrtum beruhte.

Die Eigentümerversammlung

Die Eigentümerversammlung war für Dienstag abend in der Wohnung von Viktoria Azolai angesetzt, und es standen zwei Punkte auf der Tagesordnung: 1. Anstieg der Instandhaltungskosten; 2. Teeren des Dachs. Begonnen wurde nicht um halb neun, wie festgesetzt worden war, sondern erst um Viertel nach neun.

Um acht Uhr vierzig waren in Viktorias Wohnzimmer bereits folgende Hausbewohner versammelt – Dr. Bschizovski und seine Frau, Herr Menachem Ben-Ze'ev und seine Frau, Chedva Porat, Viktoria und ich. Viktoria entschuldigte sich für ihren Mann, der Nachtdienst hatte, und sagte, daß wir nicht auf Heinz Hirsch zu warten brauchten, da er sowieso nie zu einer Eigentümerversammlung komme, aber als sie ihn morgens gesehen habe, habe er ihr versprochen, alle Entscheidungen zu akzeptieren. Wir saßen also in den Sesseln und auf dem grünen Plüschsofa herum, probierten die Süßigkeiten, die die Hausfrau in Kristallgefäßen und auf Silbertabletts vor uns hingestellt hatte, und die Mandeln und Pistazien in der großen Kupferschale, und warteten auf das Eintreffen von Schatz und seiner Frau. Viktorias Wohnzimmer ist eine Augenweide, und sogar wenn man untätig darin herumsitzt, langweilt man sich nicht: Persische Teppiche bedecken den Fußboden von Wand zu Wand, zwei geschnitzte, mit Einlegearbeiten aus Elfenbein verzierte Damaszenertische stehen in den Ecken, auf der antiken Anrichte aus Walnußholz sind kupferne Ziergegenstände aufgereiht – eine Menora, Kerzenleuchter, Parfümflakons; und die Wände zieren ein Gobelin mit dem Porträt des Rambam, ein Bild des Grabes von Rabbi Meir Ba'al Ha-Ness, an dessen Eingang ein Jude mit prachtvollem Bart zu sehen ist, und Familienfotos, darunter Albert in seiner Polizeiuniform.

Herr Ben-Ze'ev sagte: »Herr Schatz ist Akademiker, wir müssen ihm also das akademische Viertel zugestehen.« Frau Bschizovski, stark parfümiert und festlich gekleidet wie immer, in einem braunen Kleid mit weißem Spitzenkragen, eine rote Rose an ihrer Brustwehr, sagte: »Herr Schatz ist Professor?« Viktoria erwiderte: »Ein berühmter Professor! Eine große Ehre für unser Haus!« »Ich nicht lesen Hebräisch, so ich nicht wissen, Verzeihung!« lachte Frau Bschizovski entschuldigend, während ihr Blick uns alle nacheinander streifte. »Sie müssen es lernen, Frau Bschizovski!« ermahnte sie Viktoria. »Man kann einfach nicht in unserem Land leben, ohne die Sprache zu können! Der sprechen kann, gewinnt das Leben, steht geschrieben!« »Mein Leben schon enden sowieso!« lachte Frau Bschizovski. Ihr Mann warf einen Blick auf seine Uhr, tippte mit dem Finger auf das Glas und sagte: »Vielleicht fangen wir an?« »Warten wir noch fünf Minuten«, sagte Chedva, »sie sind schließlich neu!« Herr Ben-Ze'ev gab zum Thema Verspätung eine erbauliche Geschichte zum besten: die Geschichte eines Jersualemer Yeschivastudenten, eines rituellen Schreibers, der zum Nachmittagsgebet dauernd zu spät kam. Da er einer der zehn für das Gebet vorgeschriebenen Männer war, mußten sie immer alle warten, bis er eintraf. Wenn sie ihn fragten, weswegen er zu spät komme, sagte er nur: Ich habe religiösen Pflichten nachzukommen. Alle fragten sich, mit welchen Pflichten er so beschäftigt sein könnte, daß er immer zu spät kam, bis er ihnen einmal, als sie in ihn drangen, Aufklärung gab: Er verzierte Buchstaben für Mesusa-Texte. Jedesmal, wenn er ihnen Krönchen aufsetzte, schmolz sein Herz angesichts ihrer Schönheit dahin, und er wurde von sündigen Gedanken erfaßt. Er verzierte das »schin« von »schadai«, dem Unnennbaren Allmächtigen Namen – und dachte an »schadayich kemigdalot« – »Brüste wie Türme« im Hohenlied Salomons; er schmückte das »ayin« von »schema« – und mußte an »aynayich yonim« – »Augen wie Tauben« denken, er malte das »dalet« von »echad« – und wurde an »Liebe lieblicher als Wein« erinnert, und das ging so weiter und so fort. Dafür erlegte er sich auf, wenn er mit dem Schreiben einer Mesusa fertig war, die zwei Bibelverse noch einmal für sich selbst ohne jede Verzierung abzuschreiben und sie nochmals zu lesen, und damit würde er sich wieder auf die Schrift konzentrieren und den bösen Trieb überwinden. Deshalb kam er immer zu spät.

»Es sieht so aus, als ob auch unser Professor sich deshalb verspätet«, sagte Herr Ben-Ze'ev lächelnd zu mir, »zuerst schmückt er die Buchstaben aus, und der böse Trieb überwältigt ihn, dann schreibt er sie nochmals in ihrer schlichten Form...«

»Eine schöne und lehrreiche Geschichte«, sagte Viktoria, »aber da wir gerade von verdienstvollen Pflichten reden, muß ich erwähnen, daß der Professor bis heute seinen Anteil der Gebühren vom letzten Monat noch nicht bezahlt hat!«

»Zerstreut, wie alle Professoren!« sagte Chedva.

»Vielleicht könnte Herr Keren ihn daran erinnern...« Herr Ben-Ze'ev lächelte wieder zu mir hinüber.

Im gleichen Augenblick jedoch klingelte es an der Tür, und herein kamen Naphtali und Naomi Schatz.

Viktoria stellte ihnen die Versammelten einen nach dem anderen vor. Als die Reihe an mich kam, sprang Schatz' Blick über mich hinweg, als ob er sich verbrannt hätte, und als Herr Ben-Ze'ev vorgestellt wurde, sagte dieser: »Ich habe Ihren Artikel über Musil gelesen, Musil besuchte nicht, wie Sie geschrieben haben, die Militärakademie in Wien, sondern die in Eisenstadt, der Stadt Baron Esterházys und Akiva Eigers.« »Sie irren sich«, sagte Schatz mit zornfunkelndem Blick, »es war Wien.« »Ich würde nachschauen«, lachte Ben-Ze'ev. »Bestimmt!« Schatz warf ihm einen finsteren Blick zu und setzte sich auf den leeren Sessel neben Frau Bschizovski. Naomi setzte sich auf das Sofa und nahm sich eine Handvoll Pistazien aus der Schale.

»Können wir anfangen?« Viktoria musterte den Kreis der Versammelten; ihr Gesicht nahm einen offiziellen und feierlichen Ausdruck an, als sie sagte: »Zunächst einmal möchte ich die neuen Hausbewohner willkommen heißen. Es ist uns eine große Ehre. Ich habe gehört und auch gelesen, daß Professor Schatz einer unserer bedeutendsten Experten auf dem Gebiet der Literatur ist, er hat einige berühmte Bücher geschrieben, viele Artikel... Unser Haus, so möchte ich sagen, füllt sich mit Weisheit... Wir haben einen bedeutenden Schriftsteller, jetzt haben wir auch einen Gelehrten... Ich wünsche ihm, daß ihm die Muse in unserem Haus wohlgesinnt sei... und daß sein Leben in unserer Mitte ihm und uns allen zum Segen gereichen möge!«

Schatz, kerzengerade auf seinem Stuhl sitzend, die Hände gefaltet auf den Knien, den Blick auf ihr Gesicht gerichtet, zuckte nicht mit der Wimper, lächelte nicht, bedankte sich nicht für ihren Willkommensgruß.

»Und jetzt zu Punkt eins unserer Tagesordnung.« Viktorias Gesichtsausdruck wurde geschäftsmäßig. »Sie alle wissen, daß die Preise für Putzmaterialien und die Arbeitslöhne im letzten Jahr gestiegen sind...«

Schatz' Blick schweifte über die versammelten Gesichter, und als er bei mir angelangt war, sah er hastig weg und betrachtete angelegentlich das Porträt des Rambam an der Wand zu seiner Rechten. Ich sah ihn nun zum erstenmal aus der Nähe, nicht en passant, sondern en face, »in voller Lebensgröße«, wie man sagt.

Verrät das Gesicht eines Menschen etwas über sein Innenleben? Das Gesicht Schatz' ähnelte dem des Dogen Lorenzo auf einem Gemälde Bellinis: halb asketischer Mönch und halb Herrscher, der seine Leidenschaften unter einer Maske von Frömmigkeit verbirgt. Welches Feuer, kalt wie Eis, brannte in seinem Innersten und brachte ihn dazu,

Kreuzzüge gegen die Ungläubigen zu führen? Und wer sind diese Ungläubigen? – Ich studierte seine strengen, scharfen Gesichtszüge.

»Kein Treppenwasch und mehr Geld?« sagte Frau Bschizovski. »Ich verstehe nicht!«

»Fragen Sie Ihren Mann«, sagte Viktoria, »wieviel eine Füllung letztes Jahr kostete und wieviel sie heute kostet. Mehr als das Doppelte. Habe ich recht, Herr Bschizovski?«

»Wir zahlen Einkommenssteuer, Gewerbesteuer und Umsatzsteuer«, brachte Herr Bschizovski vor. »Der Araber, der hier saubermacht, zahlt nichts dergleichen! Warum sollen wir ihm noch mehr geben?«

Chedva sagte: »Aber er muß eine Familie ernähren... Heutzutage eine Familie zu ernähren...«

»Araber haben alles auch so...« sagte Frau Bschizovski und lachte.

Als mein Blick zu Naomi hinüberglitt, glitt auch ihr Blick zu mir herüber, und für einen Augenblick trafen sich unsere Blicke. Sie saß leicht vornübergebeugt da, ihr Haar fiel zu beiden Seiten ihres Gesichts herab, und ihre Augen, ihre Nase und ihr Mund lugten wie hinter einem geteilten Vorhang hervor. Als mein Blick auf die zwei sanften Rundungen unter ihrem zitronenfarbenen Strickkleid fiel, konnte ich nicht umhin, mich zu fragen, ob sie noch ein bißchen brauner geworden waren, seit sie meine Augen geblendet hatten. Ob sie noch öfter auf dem Dach gelegen hatte? Wann? Zu welchen Stunden? Hatte sie damals die Fühler meines ihre Nacktheit betastenden Blicks gespürt und beschlossen, nicht mehr dort hinaufzugehen? Hatte Schatz es ihr verboten? Ach, der Blaubart in den Büschen Ein Charods! Ich erstickte einen begehrlichen Seufzer in meiner Brust.

Frau Ben-Ze'ev sagte: »Seien wir vernünftig, meine Herrschaften! Schließlich und endlich bestimmen nicht wir die Gesetze der Wirtschaft, und wenn die Löhne im ganzen Land steigen...«

Nein, ich werde die Einzelheiten dieser Diskussion auslassen. Ein Schriftsteller, der sich darauf einläßt, eine Eigentümerversammlung zu beschreiben – oder ein Fest, ein Soldatengespräch, eine Freitagabendzusammenkunft im Wohnzimmer –, läuft Gefahr, im trüben Wasser des vereinfachenden, niederen, flügellahmen Naturalismus zu paddeln, der sich aus der Imitation statt aus der Kreation herleitet. Einigen bedeutenden Kritikern zufolge war der Naturalismus eine der zehn Plagen der israelischen Literatur der letzten zwei Generationen, und erst in den vergangenen zwanzig Jahren hatte sie ihn abgeschüttelt, wie eine Ente sumpfiges Wasser von ihren Federn schüttelt und die Flügel ausbreitet, um sich in die Höhe zu schwingen. Ich werde also meinen Fuß nicht in diesen Sumpf setzen, sondern nur soviel sagen, daß mit einer Mehrheit von sieben zu zwei Stimmen der Beschluß gefaßt wurde, den Anteil der Instandhaltungskosten, der auf die Hausbewohner entfiel, um fünfzig Prozent zu erhöhen, und Viktoria ging sofort zum zweiten Punkt der Tagesordnung über: das Teeren des Dachs.

Und hier muß ich – wenn auch im Widerspruch zu dem eben Gesagten – einige Einzelheiten der Debatte schildern, da sie direkt mit dem Drama zu tun haben, welches Thema dieses überflüssigen Buches ist.

Sofort nachdem Viktoria das Problem aufs Tapet gebracht hatte – das Teeren des Dachs in Hinblick auf den Winter, Kosten bei dreitausend israelischen Pfund, die zu gleichen Teilen von allen Mietern getragen werden sollten –, bat Schatz zum Erstaunen aller ums Wort, das ihm erteilt wurde. Also sprach er:

»Bevor wir uns der Diskussion über das Teeren des Dachs zuwenden – eine wichtige Angelegenheit, ganz zweifellos –, möchte ich ein anderes Problem anschneiden, das mit dem Dach verbunden ist – meiner Meinung nach ein nicht weniger dringliches. Über meiner Wohnung – ich kann sagen, direkt über meinem Kopf – befindet sich ein Kaninchenstall. Diese Kaninchen – ein Dutzend oder mehr, ich habe sie nicht gezählt – fressen, scheißen, wenn Sie mich bitte entschuldigen wollen, stinken, kopulieren, lärmen und lassen einem keine ruhige Minute, weder bei Tag noch bei Nacht. Besonders bei Nacht. In diesem Zusammenhang stelle ich zwei Fragen: a) Geschieht dies mit Wissen und Einverständnis der Hausbewohner? b) Steht die Kleinviehwirtschaft – Kuhstall, Hühnerstall, Kaninchenstall, das macht keinen Unterschied – auf dem Dach eines städtischen Gebäudes nicht in eklatantem Widerspruch zum Mieterschutzgesetz?«

Obwohl Schatz seine Worte im Ton eisiger Überzeugung und mit verhaltener Kampfbereitschaft vorbrachte, brachten sie Ben-Ze'ev und Chedva zum Lächeln. Die anderen ließen ihre Blicke fragend zwischen ihm und mir hin- und hergehen. Viktoria wandte sich mir zu und sagte: »Da der Stall Herrn Keren gehört, könnte er vielleicht so freundlich sein, darauf zu antworten...«

Jetzt stand ich dem Feind Auge in Auge gegenüber, dem erklärten Feind, der mir den Krieg angesagt hatte. Und wenn es an der einen Front ein versteckter Krieg gewesen war, so hatte er nun die zweite Front mit schwerem Geschützdonner eröffnet. Sein Ausfall bezüglich des Hasenstalls war so dreist, so gemein, daß ich kaum die Worte der Erwiderung fand. Vielleicht hätte ich geschwiegen und den anderen das Reden überlassen, wenn ich nicht aus dem Anblick Naomis Mut geschöpft hätte, die mit gesenktem Kopf und niedergeschlagenen Augen dasaß, als ob sie sich schämte, und nur für einen Moment – während alle meiner Äußerung harrten, die auf sich warten ließ – hob sie ihren Blick aus den Tiefen ihres Gesichts zu mir empor.

»Zunächst einmal möchte ich den Sprecher auf einige Irrtümer aufmerksam machen«, sagte ich, bemüht, meinen Zorn zu beherrschen. »Zum ersten sind es keine Kaninchen, sondern Hasen. Ein Mensch, der sich beruflich mit Sprache beschäftigt, muß zwischen diesen beiden Tierarten zu unterscheiden wissen. Zum zweiten ist es kein Dutzend, sondern es sind sieben, sechs Weibchen und ein Männchen. Zum dritten, sie kopulieren nicht, denn das Männchen ist von den Weibchen getrennt, in einem eigenen Käfig, und bei den Hasen ist Tele-Koitus, sprich Fernverkehr, nicht üblich. Zum vierten machen sie nie Lärm, sondern rascheln im Höchstfall. Zum fünften, auch wenn sie irgendeinen leichten Geruch verströmen, kann keinesfalls gesagt werden, daß sie stinken, und auch dieser Geruch verflüchtigt sich durch den Wind und dringt nicht ins Haus. Was das Einverständnis der Hausbewohner angeht – keiner hat sich je über die Hasen beklagt. Was das Mieterschutzgesetz anbelangt – wenn kein Mieter angegriffen wird, gibt es auch nichts zu schützen. Und schließlich, es gibt nicht nur das Mieterschutzgesetz, sondern auch das Tierschutzgesetz.«

Chedva wandte sich mit ihrer warmen, herzlichen Stimme an Schatz: »Ich verstehe nicht, wovon hier die Rede ist! Es sind nette, ruhige Tiere, die niemanden stören...«

Schatz bedachte sie mit einem eisigen Blick: »Meine Dame, nicht Sie wohnen unter der Kaninchenscheiße...«

»Hasen«, verbesserte ihn Chedva.

»Nicht Sie müssen ihre nächtlichen Orgien mit anhören!«

»Orgien?« Chedva musterte ihn mit großen Augen und lachte.

Viktoria ließ ihren Blick über die Versammelten schweifen, als ob sie ihren Ohren nicht trauen würde.

»Ich arbeite bis spät in die Nacht hinein, meine Dame! Stundenlang höre ich das Geraschel und Getrappel über meinem Kopf, und Sie werden mir wohl zustimmen, daß es mein legitimes Recht ist, als Eigentümer der Wohnung Nummer acht im vierten Stock zu verlangen, daß kein Tier, ob Wiederkäuer oder Paarhufer, ob Kaninchen oder Hase, ob Esel oder geflügeltes Kamel, meine Ruhe und meine Arbeit stört!«

»Geflügeltes Kamel« – die Schlange hatte ihr Gift gespritzt!

Naomi, sah ich, hatte ihr Gesicht mit den Händen bedeckt.

»Herr Schatz!« sprang mir Viktoria bei. »Oder richtiger, Professor Schatz. Sie sind neu in diesem Haus. Vor Ihnen lebte in der Wohnung Nummer acht Dr. Klausner, ein sehr feiner, kultivierter Mensch, nicht mehr jung, er war schon über siebzig – Friede seinem Andenken –, bevor er heimgeholt wurde in die Ewigkeit. Nicht nur, daß er sich niemals über die Hasen beschwerte, er hegte sogar große Sympathie für sie, er stieg immer hinauf und brachte ihnen eigenhändig seine Essensreste ...«

»Entschuldigen Sie mich, Frau ...« unterbrach sie Schatz.

»Azolai.«

»... Diese ganze hübsche Geschichte mit dem liebenswürdigen Dr. Klausner ist für das hier zur Diskussion stehende Thema völlig irrelevant. Die Kaninchen hier und jetzt sind für mich eine Plage! Für mich und niemand anderen! Punktum. Und das Dach ist gemeinsames Eigentum aller Wohnungsinhaber, soviel mir bekannt ist. Wenn es hier jemanden gibt, für den die Kaninchenzucht ein Steckenpferd oder vielleicht einen Beruf darstellt – bitte sehr. Aber nicht auf meine Kosten!«

»Schauen Sie«, sagte Chedva in einem von vornherein zum Scheitern verurteilten Versuch, ihn durch nette Worte umzustimmen, »wir alle hier mögen diese Hasen. Das ist eine Tatsache. Eine kleine Ecke Natur auf dem Dach ...«

»Ich weiß Ihre Naturliebe sehr zu schätzen, meine Dame«, fiel ihr Schatz ungeduldig ins Wort. »Aber wer die Natur sucht, wird sie, da bin ich mir sicher, in reichlichem Maße, in größerer Vielfalt mit mehr Nutzen im Negev oder im Galil finden. Glauben Sie nicht?«

»Ich denke genau, der Herr Professor ist richtig«, sagte Frau Bschizovski. »Müssen Tiere auf Dach? Tiere ist Schmutz!«

Frau Ben-Ze'ev sagte ruhig: »Frau Bschizovski, wenn wir schon von Schmutz reden, dann bringen die vielen Leute, die Ihre Praxis unten aufsuchen, viel mehr Schmutz ins Haus als die armen Hasen, die friedlich auf dem Dach sitzen und von denen niemand etwas sieht und hört.«

»Verzeihung, Frau Ben-Ze'ev!« fuhr Dr. Bschizovski beleidigt dazwischen und legte den Kopf schräg. »Meine Patienten sind anständige, kultivierte, saubere Leute. Jeder weiß das. Und wenn zufällig eine Zigarette oder ein Stück Papier auf den Boden fällt – meine Assistentin macht es gleich weg. So müssen Sie nicht reden, wenn ich bitten darf.«

»Darum geht es hier nicht, meine Herrschaften!« sagte Viktoria. »Professor Schatz hat hier eine Frage gestellt...«

Herr Ben-Ze'ev, der während der ganzen Debatte höchst belustigt dagesessen hatte, hin und wieder die Kippa auf seinem Kopf befingernd, wie um sich zu vergewissern, daß sie tatsächlich noch da war, wandte sich an die versammelte Runde und sagte:

»Meine Herrschaften, was die Hasen auf dem Dach, die die Ruhe des Wohnungsinhabers darunter stören oder nicht stören, und was die gesetzliche Verpflichtung des Besitzers anbelangt, ob er sie entfernen muß oder nicht – das ist kein neues Problem. Schon der Talmud hat sich damit auseinandergesetzt! Mit Ihrer Erlaubnis werde ich etwas zur Sache zitieren, und auch wenn ich damit die Welt nicht erlösen sollte, so können wir in unserer Angelegenheit vielleicht einen analogen Schluß ziehen. Also, im Baba Kama, Kapitel zwei, ist die Rede von dem Hund und der Ziege, die vom Dachfirst herunterspringen und Geschirr im Hof zerbrechen. Wessen Geschirr? Das irgendeines Nachbarn. In der Mischna wird dazu gesagt, daß die Besitzer – das heißt, die des Hundes und der Ziege – zu Schadenersatz verpflichtet sind. Da kommt nun die Gemara und sagt: Wenn sie gesprungen sind, dann besteht eine Verpflichtung – sind sie aber gefallen, dann nicht. Warum nicht? Weil für ungewollte Gewalt, im Gegensatz zur gewollten Straftat, das heißt für ein unabsichtliches Vergehen im Gegensatz zu einer bösen Absicht, keiner haftbar gemacht werden kann. Daraus können wir für unseren Fall schließen: Die Hasen verursachen nicht gewohnheitsmäßig Schaden, und wenn sie einem Bewohner irgendeinen Schaden zufügen, wie zum Beispiel durch Lärm, den sie veranstalten, ist dies ungewollte Gewalt, das heißt unabsichtliches Vergehen, wie im Falle des Hundes und der Ziege. Wir können also sagen – der Besitzer der Hasen ist nicht haftbar zu machen! Er muß keinen Schadenersatz leisten, und er muß die Hasen nicht entfernen!«

Schatz, der während der Dauer von Ben-Ze'evs talmudischer Einlassung Anzeichen wachsender Ungeduld an den Tag gelegt hatte, bezähmte nur mühsam seinen Zorn:

»Ich bin kein Talmudspezialist wie Herr..., aber nachdem ich dem Gesetz der Thora in keinster Weise unterworfen bin, werde ich mich ihm auch in dieser Angelegenheit nicht beugen. Gott sei Dank ist dieser Staat noch keine Theokratie – und ich hoffe, daß es nie soweit kommt. Ich verlange mein Recht gemäß dem bürgerlichen Gesetzbuch, das hier zuständig ist, und ich habe ein Recht darauf, in meiner Wohnung nicht gestört zu werden. Ich möchte Ihnen hiermit also ausdrücklich und eindeutig mitteilen: Wenn heute abend hier nicht beschlossen wird, die Ursache der Störung, die meine Arbeitsfähigkeit gravierend beeinträchtigt, vom Dach zu entfernen, werde ich mich an das Gesetz um Hilfe wenden. Und bis dahin – das heißt, bis das Gesetz dem Missetäter das Handwerk legt – bin ich nicht bereit, auch nur einen einzigen Kreuzer zur Instandhaltung des Hauses zu zahlen!«

»Herr Schatz!« rief Viktoria entsetzt.

Ein Proteststurm erhob sich, alle sprachen auf einmal und durcheinander, und inmitten dieses Tumults bat ich ums Wort und sagte:

»Meine Herrschaften, in einem demokratischen Staat herrscht Gleichheit vor dem Gesetz. Wenn der Bewohner von Nummer acht sich an das Gesetz um Hilfe wenden möchte, so sei hiermit kundgetan, daß auch ich mich an das Gesetz um Hilfe wenden werde. Denn wenn die Hasen seine Arbeitsfähigkeit beeinträchtigen, wie er behauptet, dann beeinträchtigt er selbst nicht nur meine Arbeitsfähigkeit, sondern er paralysiert sie! Abend für Abend, bis Mitternacht, manchmal sogar bis zwei Uhr morgens, rattert seine Schreibmaschine über meinem Kopf und macht einen so heftigen, erbarmungslosen Lärm dabei, daß ich keine einzige Zeile schreiben kann. Dasselbe Gesetz, das verlangen wird – wenn es das wird –, daß die Hasen aus dem Stall entfernt werden müssen, wird die Entfernung des Bewohners aus der Wohnung über mir verlangen!«

»S-ooooo!« Schatz starrte mich mit weitaufgerissenen Augen an, mit einem Gesicht, das weiß wie ein Laken war, und dann wandte er sich das erste Mal direkt an mich: »Ich beeinträchtige Ihre Arbeitsfähigkeit!« Und mit ausgebreiteten Händen wandte er sich wieder an die versammelte Runde. »Das tut mir aber sehr leid, meine Herrschaften! Wirklich! Die hebräische Literatur hat einen großen Verlust erlitten!« Und wieder direkt zu mir: »Aber wenn dem so ist, weshalb suchen Sie sich nicht eine andere Wohnung? Die Stadt ist groß – Sie haben freie Auswahl! Schreiben ist mein Beruf, und es gibt kein Gesetz, das mir verbieten könnte, meinen Beruf auszuüben! Wenn ich Sie damit störe, daß ich meinem Beruf nachgehe – etwas, was Sie sich wahrscheinlich aus ganzer Seele wünschen –, dann bitte!«

»Professor Schatz!« rief Viktoria. »Sie scheinen zu vergessen, daß Herr Keren schon länger als fünf Jahre in diesem Hause wohnt, während Sie, wenn Sie entschuldigen wollen...«

»Meine Dame!« unterbrach sie Schatz. »Sie möchte ich im Moment nur um eins bitten! Daß Sie meinen Vorschlag zur Abstimmung bringen! Ich habe das Recht, das zu verlangen, oder nicht?«

Viktoria war ratlos. Sie wandte sich mit fragendem Blick an die Anwesenden, die sich gegenseitig anschauten, bis Chedva rebellisch sagte: »Bringen wir es zur Abstimmung! Warum nicht?«

Für den Antrag, »Herrn Keren zu verpflichten, die Hasen vom Dach zu entfernen«, stimmten zwei Personen: Schatz und Frau Bschizovski. Der Antrag war abgelehnt.

Schatz stand auf, straffte sich und sagte mit wutfunkelnden Augen: »Vielen Dank, meine Damen und Herren«, wandte sich zur Tür und ging.

Naomi blieb auf ihrem Platz sitzen, vornübergebeugt, mit beiden Händen auf ihren brennenden Wangen, mit flammenden Augen.

Erst nach einem Schweigen, das sich über ganze drei Minuten hinzog, lebte die Diskussion über den Teerbelag auf dem Dach wieder auf, aber die Stimmung blieb gedrückt.

Als wir hinausgingen, ging Naomi schweigend an mir vorbei und stieg die Treppe hinauf. Ich wartete auf der Schwelle meiner Wohnung, bis die Tür oben zugeschlagen wurde.

Ich ließ mich im Sessel nieder und spitzte die Ohren, um zu hören, was sich über meinem Kopf abspielte.

Völlige Stille. Nicht einmal das Rattern der Schreibmaschine war zu hören.

Mein Freund Michael

Seitdem Schatz in mein Heim eingedrungen war und wie ein Dorn in meinem Fleische steckte, dachte ich nur noch daran, wie ich ihn vertreiben könnte – wenn nicht aus dem Haus, so doch wenigstens aus der Wohnung über mir –, und darüber vergaß ich fast die Existenz meines Freundes

Michael Hochhauser. Aber nach der Eigentümerversammlung kochte ich wegen seiner Unverschämtheit, seinen gemeinen Drohungen, und Fetzen seiner beißenden Sätze – »Kleinviehwirtschaft auf dem Dach«, »geflügeltes Kamel«, »Verlust für die hebräische Literatur« – gingen mir, wie wenn eine Schallplatte einen Kratzer hat, ungezählte Male im Kopf herum; da verspürte ich das dringende Bedürfnis, meine Sorgen mit einer anderen Seele zu teilen, und die mir verwandteste Seele ist Michael Hochhauser.

Ich rief ihn ein paarmal zu Hause an, aber niemand hob ab. Ich rief am Morgen und am Abend an, sogar spät in der Nacht, aber niemand meldete sich. Mich beschlich die Angst, daß ihm etwas zugestoßen sein könnte. Etwa zwei Monate zuvor war sein Gedichtband *Ich sagte nein* veröffentlicht worden. Immer, wenn ein Buch von ihm erschienen ist, gerät er in eine tiefe Krise. Krank! An Leib und Seele! Nicht wiederzuerkennen! Er gibt haufenweise wirres Zeug von sich, Schimpftiraden – über den Staat, seine Freunde, die Juden ganz allgemein, die Literatur ganz generell – und masochistische Ergüsse im Stile von wer-oder-was-bin-ich-nur-ein-toter-Hund; er kauft sämtliche Freitagszeitungen, durchkämmt sie in fliegender Hast von vorne bis hinten, um irgendeine einsame Zeile über sich und sein Buch zu finden, und wenn er nichts findet, wirft er sie von sich, als ob es ihn vor dem Papier ekelte; jeden Menschen, der ihm nicht zu seinem Buch gratuliert, verdächtigt er, sein Feind zu sein und Böses gegen ihn im Schilde zu führen – aber nicht weniger verdächtigt er den, der ihm irgendein Lob zuteil werden läßt; er schließt sich in seinem Zimmer ein, oder er durchstreift die Straßen wie Diogenes mit seiner Laterne auf der Suche nach dem einzigen wahren Menschen unter den Tausenden in einer Stadt, in der alle korrupt sind; er geht in Bars und hängt bis nach Mitternacht dort herum, trinkt, benimmt sich unmöglich, fällt über Touristen, genauer gesagt, über Touristinnen her, schüttet ihnen sein Herz aus, gerät häufig in

Streit, bis man ihn auf die Straße setzt... Als ich also mit dem Telefonhörer an meinem Ohr in meinem Zimmer saß und das tutende Echo der vergeblichen Klingelzeichen hörte, beschlich mich Angst. Ich versuchte, mich zu erinnern, ob irgendeine schlechte Kritik über sein Buch erschienen war, aber mir fiel nichts ein; aber auch wenn keinerlei Kritik erschienen war, war das ein Grund zur Verzweiflung, ein Grund, die Fassung zu verlieren, die ganze Welt zu hassen, und vor allem – unmäßig zu trinken. Vielleicht ist er krank, überlegte ich, und ins Krankenhaus gebracht worden. Vielleicht ist er die Treppen hinuntergefallen und hat sich die Knochen gebrochen. Vielleicht... nein, er würde nicht Hand an sich legen, sagte ich mir. Er hatte mir einmal gestanden, einen »Gott-Komplex« zu haben – so jemand würde nie Selbstmord begehen. Ich selbst jedenfalls war unschuldig an seinem Leiden. Ich muß gestehen, daß ich nicht immer ganz aufrichtig bin, wenn ich das Buch eines Freundes lobe; manchmal tue ich das nur, um ihn nicht zu verletzen oder um die Beziehung mit ihm nicht für immer zu zerstören. Diesmal jedoch war ich aufrichtig gewesen, als ich ihm sagte, daß mir *Ich sagte nein* gefiel. Sehr sogar! Sehr, sehr gut! In diesem Buch waren, meiner bescheidenen Meinung nach, seine Kampflust, sein rebellischer Geist, seine aggressive Grobheit zu zarter Feinheit und luftiger Transparenz gereift, von Trauer durchdrungen, er war so gut wie in keinem seiner früheren Bücher:

Ich sagte nein
in deinen Augen sah ich
Spiegelbilder meines toten Vaters
Meine Lippen küssen
die Blässe deiner Lippen
nein
sagte ich
nein
mit welkendem Gesicht.

Der gleiche Ton von Resignation, in dem sich auch ein wenig der Wille zur Selbstzerstörung ausdrückt, weht wie eine sanfte Brise zur Abenddämmerung nach einem brennend heißen Tag durch den Großteil der 68 Gedichte in dem Buch.

Am nächsten Tag, als ich mittags die französische Bibliothek verließ, beschloß ich, anstatt nach Hause zurückzukehren (nach Hause, sage ich... ist dieses Haus, dessen Räume vom Gift des aufgeblasenen Schatz verseucht sind, denn noch mein Zuhause?), nachzusehen, was mit meinem Freund Michael geschehen war.

Und zu meiner Erleichterung und Freude war er zu Hause. Lebendig.

Er öffnete mir die Tür, die ewige Zigarette zwischen seinen Fingern, bleich; er reagierte nicht auf meinen Gruß, führte mich in sein Zimmer, sank in einen Sessel, inhalierte und fragte desinteressiert, was es Neues gebe.

»Ist bei dir das Telefon kaputt, oder was?« Ich setzte mich auf den Stuhl am Schreibtisch. Da stand die Schreibmaschine, ein schimmerndes Blatt Papier war eingezogen, ich erkannte ein paar Wörter darauf, sie sahen aus wie Perlen. »Ich habe es ungefähr zwanzigmal versucht...«

»Ich habe es läuten lassen.« Er streifte die Asche am Aschenbecher ab, der auf der Tischkante stand.

»Läuten lassen?«

Mit langem, bleichen Gesicht – oder vielleicht sollte ich besser sagen: wie geläutert durch das Leid, denn er strahlte eine Art märtyrerhafte Schönheit aus mit seiner Blässe und seinem langen Haar, das auf seine Schultern floß – sagte er, daß er es satt habe, vierundzwanzig Stunden am Tag auf einen Anruf der zweiunddreißig Adressaten zu warten, denen er sein Buch geschickt hatte. Nicht ein einziger Anruf! Nicht einmal, um ihm zu danken! Um den Erhalt des Buches zu bestätigen! Elementarste zivile Höflichkeit, oder? Er erwartete kein gutes Wort, nein! Das habe er seit langem aufgegeben, denn er kenne das menschliche Herz! Die Kurzsichtigkeit, die Engstirnigkeit, den Neid! Aber ein Wort des Danks...! Und deshalb, um seine Nerven zu schonen, habe er das Telefon läuten lassen. Schluß mit den Erwartungen.

Ich sagte ihm deutlich die Meinung. Ich war wütend. Ich sagte, daß er verwöhnt, größenwahnsinnig und paranoid sei. Nicht einmal zwei Monate waren vergangen, seit sein Buch herausgekommen war, sicher erst knapp ein Monat, seit seine »Adressaten« es in der Post vorgefunden hatten – was erwartete er eigentlich? Ein Gedichtband liest sich nicht wie ein Abenteuerroman. Leute, die sich ernsthaft damit auseinandersetzen, beschäftigen sich tagelang damit, wochenlang, lesen ein Gedicht, vertiefen sich in es, lesen es nochmals, um zu sehen, ob sie es wirklich verstanden haben, lesen noch ein Gedicht...

Ein höhnisches Lächeln malte sich auf seinen Lippen. »Ich frage mich, ob du naiv oder scheinheilig bist. Da ich weiß, daß du nicht naiv bist, bist du also einfach scheinheilig!«

Ich lächelte. Ich bin an seine Beschimpfungen gewöhnt, nachher bereut er sie immer. Wir schwiegen. Auf dem Blatt Papier, das in der Schreibmaschine steckte, nahm ich die Zeile wahr: »Von all dem Mist, der bei Ihnen veröffentlicht wird, eine Zumutung für den Drucker und für den Leser...« Nachdem er sich an der ersten Zigarette eine zweite angezündet und den Stummel im Aschenbecher ausgedrückt hatte, sagte er: »Begreifst du wirklich nicht, was los ist?«

Und nun klärte er mich darüber auf, was um ihn herum vorging: eine Verschwörung des Schweigens. Man hatte beschlossen, ihn totzuschweigen. Ihn zu vernichten. Er hatte hundertfache Beweise dafür, und als ich den Versuch machte, zu protestieren und zu sagen, daß nur seine krankhafte Phantasie... schnitt er mir das Wort ab und stellte in einer langen Tirade – wie ein Ermittlungsrichter bei einem Kriminalfall – alle Beweise und Indizien zusammen, und alle führten sie, wie klare Bäche zu einem Sumpf, zum Ort des Verbrechens und zu den daran Beteiligten: In den Zeitungen war nicht eine Zeile über sein Buch, nicht eine Besprechung erschienen; auch zu einer der Literatursendungen im Radio war er nicht eingeladen worden; im *Tabernakel* war eines der Gedichte aus dem Buch abgedruckt worden – mit einer Verzögerung von drei Monaten, erst nachdem das Buch selbst auf dem Markt war –, auf Seite 17 in der linken Ecke unten, wo es kaum zu sehen war! Im Inhaltsverzeichnis des gleichen Hefts, das als Werbung für Neuerscheinungen den Zeitungen beilag, tauchte sein Name überhaupt nicht auf! Er lief unter der Rubrik »und andere«! Und ich sollte ruhig mein Augenmerk auf das erstaunliche Phänomen richten, daß sein Name seit eineinhalb Jahren immer nur unter der Rubrik »und andere« geführt wurde – wie aus dem Melderegister gestrichen! Reuven Reisner, der einen Überblick über den Wandel in der israelischen Dichtung der letzten fünf Jahre geschrieben hatte, erwähnte ihn zusammen mit »all den Jüngeren« in einer Zeile, in die ein Dutzend minderer Namen hineingepackt war; in einem anderen Artikel, in dem – o Wunder! – sein Name tatsächlich erwähnt wurde, sogar von einigen wertenden Zeilen begleitet, wurde über ihn gesagt, daß er »Mitglied« der Gruppe »Zorn!« sei! »Mitglied« – er war einer der drei Gründer gewesen! In den Buchläden – er hatte sie alle abgeklappert – war *Ich sagte nein* in keinem Schaufenster ausgestellt; nur in drei Läden war es überhaupt vorhanden, es stand jedoch völlig unauffällig im Regal, eingezwängt zwischen Dutzenden anderer Gedichtbände, zum Teil von Verfassern, deren Namen seit zwei Generationen vergessen waren; nur 160 Exemplare – er hatte das beim Verlag geklärt – waren an die Läden geschickt worden, davon waren bis jetzt erst 58 verkauft worden, und das zwei Monate nach Erscheinen des Buches! Und der »endgültige Sargnagel«: In der Anzeige stand »von Michael Hochhaus« statt Hochhauser!

Sie hatten ihn amputiert! »Sie haben einfach die Axt genommen und mir den Fuß abgehackt!« brüllte er.

»Oh!« rief ich entnervt. »Du wirst mir doch nicht weismachen wollen, daß auch der Drucker und der Lektor an dieser phantastischen Verschwörung in deinem Kopf teilhaben!«

»Du bist ein Idiot, Korngold!« schleuderte er mir entgegen. »Nur wer blind, blöd, begriffsstutzig und stumpfsinnig ist, sieht nicht, daß es eine Verbindung zwischen diesen ganzen Vorfällen gibt! Daß es keine Zufälle sind! Daß da eine lenkende Hand dahintersteht! Wie kommt es, daß du nicht begreifen kannst, daß sie beschlossen haben, mich zu vernichten! Heimtückisch! Vorsätzlich! Mit Gewalt! Gnadenlos!« Tränen standen in seinen Augen.

»Sie« – das waren die zwei literarischen Cliquen. Ich schlug die Augen nieder und war still. Es hatte keinen Sinn, mit ihm zu streiten. Er war waidwund. Er saß zusammengekauert auf dem Stuhl, seine langen Arme waren schützend um den Körper geschlungen, seine langen Beine angezogen, als ob sie den Boden der Welt scheuten... Er tat mir leid.

Hier muß ich den Leser – und damit den Lauf der Geschichte – einige Minuten aufhalten und ihm als Führer durch die Irrwege der Zeit dienen – ich muß ihm verständlich machen, daß nicht alle Ängste und Nöte meines Freundes Michael der krankhaften Vorstellung eines Menschen entsprungen waren, dem die Leiden die Sinne verwirrt haben:

Die zwei hauptsächlichen Cliquen, die sich im Bauche der israelischen Literatur tummeln und miteinander um die Palme ringen, sind: »Zorn!« – mit Michael Hochhauser als einem der Gründer – und »Nevermore«.

(Der Normalleser, der mit den Details der modernen Literaturgeschichte nicht vertraut ist, wird sich sicher fragen, was der englische Name »Nevermore« mit einer Gruppierung hebräischschreibender israelischer Schriftsteller, von denen die meisten im Lande geboren wurden, zu tun hat. Nun, die Erklärung dafür läßt sich in den Memoiren einer ihrer Gründer namens Nachum Ben-Gal finden, die vor einiger Zeit in *Epoche* veröffentlicht wurden: Als sich die sieben ersten Mitglieder bei ihm zu Hause versammelten, um einen Namen für die Gruppe zu diskutieren, schlug einer von ihnen vor, sie »Mereddor« zu nennen, eine Zusammenziehung der hebräischen Wörter für »Revolte« und für »Generation«, als Ausdruck ihrer Rebellion gegen die alte Generation. Die anderen waren dagegen und sagten, daß ihre Gegner den Namen verunglimpfen, ihn in die Nähe des französischen »merde« rücken würden oder daß sie die Gruppe spottend »Mordor« nennen würden, das »Land der Finsternis und des Schreckens«, das »Land, in dem das Licht ausging«. Sie schlugen also den Namen »Ad-Eyn-Dor« (wörtlich: bis zu keiner Generation) vor, nach der Jabotinsky-Übersetzung des »Raben« von Edgar Allan Poe. Auch dagegen gab es Einwände, weil Jabotinsky als revisionistischer Autor tabu war. Nachdem der »Rabe« bereits erwähnt worden war, kam man auf das Original zu sprechen, nämlich »Nevermore«, »niemals mehr«, was den Geist der Gruppe treffend ausdrückte: Niemals mehr das, was war! Und was die Fremdsprachigkeit des Namens anbelangte – um so besser!

Die beiden Gruppen bekämpfen sich ohne Ende. Endlos, weil sinnlos: Es gibt kaum Unterschiede zwischen ihnen, nur hat jede ihre eigenen Propheten und Prophetensöhne, die allerdings in ähnlichem Stil prophezeien. Aber wer kennt schon die seltsamen Wege des Geistes? Wo ist der Ort der Einsicht? Wer kennt den Unterschied zwischen »Grünen« und »Blauen« im alten Byzanz, zwischen Guelfen und den Ghibellinen in Florenz, zwischen Esel-Kult und Elefanten-Kult in Washington, zwischen den Chassidim von Gur und den Chassidim von Vischnitz in Bnei Brak? Die Lust an der eigenen Existenz, die Leidenschaft, sich selbst zu verewigen – das ist die einzige Raison d'être aller Sekten und Parteien. Wie dem auch sei, »Zorn!« und »Nevermore« – und dazu noch drei weitere Gruppen, armselig und kaum vernehmlich – haben ihre Netze über das Feld der Literatur von Horizont zu Horizont ausgeworfen: Zeitschriften und Beilagen, Verlage und Universitäten, Radio und Fernsehen, Kulturzentren und Clubs. Fatal und bitter ist das Schicksal dessen, der weder zu der einen noch zu der anderen Clique gehört: Er ist gezwungen, von Haus zu Haus zu ziehen, an die Türen zu klopfen, um Gefälligkeiten zu betteln, den Nacken zu beugen, den Rücken zu krümmen, zu schmeicheln, diesen am Jackenzipfel zu zupfen und jenen am Ärmel; nur wer kraftvoll mit der Feder umgehen kann, gut zu Fuß und mit den Ellbogen ist – der kann sich einen Weg außerhalb ihrer Zäune bahnen.

(Ich selbst übrigens – ob nun deshalb, weil ich spät und von weit her die Korridore der Literatur erreichte und die Stunde des Heraufdämmerns besagter zwei Gruppen versäumte oder weil ich kein besonders geselliger Mensch bin – stehe abseits von ihrem Lärm und Getöse, wandle allein auf meinem schmalen Pfad. Und wenn ich den Ort erreicht habe, wo ich jetzt stehe, ohne Unterstützung und Hilfe von irgendeiner Seite, so nur deshalb, weil es mir vergönnt war, im Chaos das Licht zu erblicken.)

Um zu meinem Freund Michael zurückzukehren: nicht nur war er einer der Gründer von »Zorn!«, wie oben berichtet, sondern er war auch einer ihrer ersten Pioniere gewesen, schlug sich tapfer in all ihren Schlachten. Man könnte sagen, er war ihr Apostel! Er und sein trotziger Stil, er mit seinem widerspenstigen, stürmischen, rebellischen Geist! Er war es, der alle Altäre zerschmetterte, der die Geldwechsler aus dem Hof des Tempels jagte, die Speichellecker, all jene korrupten und degenerierten Schriftsteller, die ihre Ehrenplätze an der Ostmauer nicht aufgrund von Talent oder Taten besetzt hielten, sondern dank ihrer Beziehungen zu den oberen Chargen, weil sie Diener der Politiker, deren Lakaien und Sprachrohre waren! »Wir müssen diesen Aasgestank austreiben«, schrieb er damals, am Anfang seiner Karriere in den frühen Tagen des »Zorn!«, »damit wir wieder Luft zum Atmen haben!«

Aber ebendieses stürmische Temperament, das ihm die Anerkennung der Gruppe und frühe Lorbeeren eingebracht hatte, war es auch, das ihn wieder zu Fall brachte: Er zerstritt sich mit allen. Mit seiner Clique und mit den Leuten von »Nevermore«, mit Anhängern und Rivalen. Er schmähte und beschimpfte sie wegen großer und kleiner Dinge, meistens wegen kleiner. War der Anlaß für das endgültige Zerwürfnis zwischen ihm und der Clique – vor eineinhalb Jahren – der Streit über den Platz, der seinen Gedichten in der Zeitschrift »Zorn!« zukam? (Man hatte sie nicht auf Seite eins, sondern auf Seite zehn gedruckt.) Oder war es die Wut auf einen der Kritiker aus der Clique, der über ihn geschrieben hatte, er sei von Cummings beeinflußt worden? Ich weiß es schon nicht mehr. Auf jeden Fall behauptet er, seit damals geächtet zu sein. Und wenn es auch schwerfällt zu glauben, daß der Setzer und der Lektor Agenten seiner Feinde seien oder daß alle zweiunddreißig »Adressaten« (die Namenliste zog er aus der Schublade, hinter jedem Namen stand »Antwort« oder »Keine Antwort«) Order von oben erhalten hätten, ihm nicht für sein Buch zu danken, so steckt doch ein Körnchen Wahrheit in seiner bitteren Beschwerde: Drei oder vier Zeitschriften haben aufgehört, ihn abzudrucken, drei oder vier Kritiker haben aufgehört, ihn zu erwähnen.

»Ich verlasse das Land«, ließ er nach anhaltendem Schweigen fallen.

Ich brach in Lachen aus. »Wohin willst du gehen?«

»Ich gehe«, wiederholte er. »Das Land frißt seine Bewohner.«

Elektra muß Trauer tragen, Michael Haß. Sein Gesicht wird schöner dadurch. Mit seinen bebenden Nasenflügeln, seinen eisig blitzenden, stechend blauen Augen, mit der vornehmen Blässe seiner Wangen – der Blässe des Morgengrauens – ist er der Dichter-Prophet, in dem der Eifer des Heiligen und die Unschuld des Kindes zusammentreffen.

»Ja, die Menschen fressen sich hier gegenseitig auf«, grinste ich.

»Man kann hier unmöglich leben. Glaub mir, Korngold, man kann nicht leben. Es ist zu voll. Jeder versucht, den anderen in den Abgrund zu stürzen, um sich umdrehen zu können. Joyce flüchtete von Irland aus demselben Grund. Vogel war ein paar Monate hier – er floh. Ich ertrage es nicht. Sie vergällen einem das Leben.«

Nach einer weiteren Pause geriet er wieder in Feuer: »Sie sind eine Mafia! Glaub mir, eine Mafia! Sie haben ein Kopfgeld auf mich ausgesetzt! Sie haben beschlossen, mich zu liquidieren!«

»Beschlossen?« fragte ich.

»Jawohl, beschlossen!«

Er sagte, er habe »zuverlässige Informationen«, daß sie eine Woche nach Erscheinen seines Buches am Freitag mittag, in dem Café, in dem sie sich immer trafen, beschlossen hatten, ihm den Rest zu geben. Sie hatten die Aufgaben unter sich aufgeteilt: Einer sollte im Radio gegen ihn sprechen, einer sollte über ihn schreiben, einer sollte die Verleumdung verbreiten, daß fünf seiner Gedichte Plagiate seien ... In ein oder zwei Wochen – »du wirst schon sehen« – sollten drei vernichtende Kritiken über das Buch erscheinen, in drei Zeitungen. Er habe zuverlässige Informationen, sagte er. Die bloße Tatsache, daß er noch lebte, weiterhin schrieb, ein weiteres Buch herausgebracht hatte, nachdem sie ihn bereits totgesagt hatten – das war es, was sie so wütend machte. Daher hatten sie beschlossen, ihn diesmal für immer auszuradieren, so daß er nicht wieder auferstehen konnte. Er verlasse das Land, wiederholte er entschieden.

Ich schwieg. Mein Blick fiel wieder auf die Seite in der Schreibmaschine, und eine weitere Zeile stach mir ins

Auge: »Acht Jahre haben Sie mit Ihrer schlüpfrigen Zunge den schmutzigen Hintern dieses heuchlerischen Kriechers abgeleckt...«

Plötzlich sagte er mit sanfter, flehender Stimme, wie ein Kind, das um Verzeihung bittet: »Sag, ist es wirklich ein so schlechtes Buch?«

»Was redest du!« Ich fuhr alarmiert von meinem Platz auf. »Es ist ein wunderbares Buch! Es ist...« Ich rang um ein treffenderes, bedeutsameres Adjektiv, aber die Zeilen sämtlicher Gedichte schwirrten vor meinen Augen wie ein Mückenschwarm, und ich verlor meinen Kopf darin. Daher wiederholte ich sechs – oder siebenmal: »Wunderbar, einfach wunderbar!«

Ein blasses Lächeln zauderte auf seinem Gesicht, skeptisch, ungläubig. Dann sagte er mit gepeinigtem Gesichtsausdruck: »Wie viele solcher Bücher sind in den letzten zwanzig Jahren erschienen? Und schau, wie...«

»Ja, es ist eine schreckliche Ungerechtigkeit«, sagte ich. »Aber pfeif auf sie. Auf die Dauer können sie die Wahrheit nicht unterdrücken!«

»Das Leben ist kurz, Kalman! Das Leben ist kurz!«

Ich schwieg.

Mit zitternden Fingern zog er eine Zigarette aus dem Päckchen und sagte, während er sie anzündete: »Und wie steht's bei dir, Kalman? Wie geht's dem Buch?«

Ich lachte. Ich sagte ihm, daß ich kein Wort geschrieben hätte. Ich erzählte ihm von dem neuen Hausbewohner über meinem Kopf.

»Er?!« rief er entsetzt. »Bei dir im Haus? Eine Tragödie! Holocaust!«

Aber einen Moment darauf lächelte er und sagte: »Obwohl, vielleicht auch wieder nicht... Wer ist reich? Jeder, der sein Klo innerhalb der eigenen vier Wände hat, steht geschrieben! Einmal hattest du eine eigene Bücherverkäuferin daheim, jetzt hast du einen Kritiker zu Hause. Worüber beklagst du dich?«

Ich erzählte ihm von dem Druck, unter dem ich stand. Von der nervenzerreißenden Spannung, die zwischen den zwei Stockwerken herrschte. Von der Eigentümerversammlung und dem Anschlag auf meine Hasen.

Mir fiel auf, daß sich auf seinem Gesicht, während er meinen Worten lauschte, ein Lächeln ausbreitete. Als ob er sich genüßlich irgendeinen bösen Plan ausdächte. Als ich geendet hatte, blies er einen Rauchschwall an die Decke und sagte so bedächtig, wie Sherlock Holmes mit Dr. Watson zu sprechen pflegte: »Sag mal, warum brichst du ihm nicht einfach die Knochen?«

Ich sah ihn an, nun meinerseits amüsiert.

»Physisch, meinst du?«

»Warum nicht? Ich denke schon seit geraumer Zeit daran, daß ich diesem Kerl gern die Knochen brechen würde, wenn ich ihn in irgendeiner dunklen Gasse treffen würde. Ich hatte bisher nie die Gelegenheit. Aber jetzt, wo er hier wohnt, direkt in deinem Haus...«

Ein tückisches Lächeln süßer Rachsucht breitete sich auch auf meinem Gesicht aus. Ich erinnerte mich wieder daran, daß die Feindschaft zwischen meinem Freund Michael und Schatz viel tiefer ging als die zwischen mir und Schatz, die keinen bestimmten Anlaß gehabt hatte. Schatz war einer der ersten Fürsprecher des »Zorn!« gewesen, lief jedoch später – aus ungeklärten Gründen – zu »Nevermore« über. Danach – wiederum aus ungeklärtem Grund – verließ er auch diese Gruppe und nahm seinen Wohnsitz auf einem einsamen erhabenen Berg wie Ba'al Peor, blickte von dort auf das Antlitz der Öde nieder und streute Fluch und Segen von hoch oben über das dürstende Volk. Michael konnte ihm den Artikel über sein voriges Buch nicht verzeihen, in dem er behauptet hatte, daß Hochhauser genaugenommen nur ein gutes Buch, nämlich sein erstes, geschrieben habe und sich seitdem auf dem absteigenden Ast befinde, »gefangen wie eine Spinne im Netz ihrer selbstgesponnenen vertrockneten Worte, ohne Urteilsvermögen, ohne Selbstkritik, ohne ernsthafte ästhetische Diagnose... in einer seltsamen, bedeutungsleeren idiosynkratischen Mixtur von vermeintlich grimmigen Bezichtigungen und leeren eschatologischen Vorwürfen, wohl die futuristische Version einer Mode vom Beginn des Jahrhunderts... Ein eklektischer Brei, nichts als pures Plagiatorentum.« Und er prophezeite ihm den vollständigen Niedergang.

»Schau, jetzt ist das ganz einfach« – er sah jetzt ein bißchen aus wie der »Pate« – »du stellst fest, wann er geht, wann er kommt... und eines Abends, im Treppenhaus oder im Hof –«

»Hör mit dem Unsinn auf!«

»Weshalb Unsinn? Er ist ein Blutegel, ein Blutsauger, ein Parasit! Früher einmal hat man Parasiten an die Wand gestellt und erschossen! Und wenn man sie nicht erschießen kann, bricht man ihnen die Knochen!«

»Und auf die Art, glaubst du, bringst du ihn zum Schweigen, oder was?«

»Du kennst diese Typen nicht... Sie sind schreckliche Feiglinge...! Aber auch wenn ich ihn nicht zum Schweigen bringe... Hör mal, er hat mein Blut vergossen! Effektiv mein Blut vergossen! Und warum sollten Blutvergießer straflos ausgehen – als ob sie gesiegt hätten! – und weiterhin Blut vergießen! Wenn die Polizei nichts dagegen tut, wenn in dieser Hinsicht die totale Anarchie herrscht, dann müssen wir das Gesetz in unsere eigenen Hände nehmen! Das versteht sich von selbst!«

»Das ist die Reaktion von Schwächlingen«, sagte ich.

»Schwächling?!« brüllte er. »Hast du denn kein Blut in den Adern, Korngold, daß du so redest! Du bist degeneriert...! Du solltest wissen, daß das Streben nach Ehrenrettung eines der schönsten, gesündesten, vornehmsten Gefühle ist, die die Natur dem Menschen verliehen hat! Unsere degenerierte, kastrierte, impotente Gesellschaft hat es im Namen der Kultur – Kultur! – auf den Trödelhaufen der sogenannten primitiven Werte geworfen! Und meine entweihte Ehre schreit schon seit zwei Jahren nach Rache! Sie ist nicht zu beruhigen! Schatz, dieses gewissenlose Reptil... dieser Wurm...«

»Du willst physische Rache nehmen?« fragte ich nochmals.

»Auge um Auge«, sagte er, »Blut um Blut!«

»Was willst du mit ihm machen? Ihn zu Boden schlagen...? Ein Kritiker hat sieben Leben!«

Er sah mich mit einem verschwörerischen Blick an und sagte dann: »Ich werde an einem der nächsten Tage bei dir vorbeikommen.«

»Bring einen Prügel mit«, sagte ich.

An den Leser

In einem kleinen Land wie dem unseren neigt der lesende Mensch – ob gebildet oder nicht – dazu, ein Buch, in dem Personen vorkommen, die irgendeine Funktion im öffentlichen Leben ausüben, als Schlüsselroman zu verstehen. Als ob die Namen der Charaktere nicht ihre wirklichen Namen wären, sondern sozusagen Decknamen, mit denen andere, bekannte Namen getarnt werden. Wer zum Beispiel den Namen »Schatz« liest, der fängt in seiner aufgepeitschten Vorstellung schon an, das Land abzugrasen, die Finger blättern schon sensationslüstern im *Who is Who*, man sucht den Literaturkritiker, dessen Namen mit Sch beginnt und mit Z endet. Wer ist die wahre Gestalt, die sich hinter der Maske »Schatz« verbirgt? Und wer den Namen »Michael Hochhauser« liest, läßt auf der Stelle seinem gemeinen Trieb der Neugierde freien Lauf, und in den Zeilen der Zeitungen und Bücher, die er gelesen, irgendwann gesehen oder von denen er gehört hat, sucht er nach einem Dichter mit Vornamen Michael, Daniel, Gabriel oder Rafael – und mit einem Familiennamen mit H am Anfang und S gegen Ende, der ähnlich wie »Hochhauser« klingt, und so weiter und so fort. Es braucht nicht eigens gesagt zu werden, daß er den Apotheker Klausner sofort mit dem berühmten Professor Doktor Josef Klausner selig (er ruhe in Frieden) assoziiert, den der Autor, wie es scheint, vermißt. Des Lesers Phantasie hängt aber nicht allein an den Namen, sondern auch an Ereignissen und Episoden, die ihm aus der Realität bekannt sind, und er sagt sich: Aha, das meint der Autor! Und zur Tarnung hat er hier und dort etwas abgeändert, hier gekürzt und da gestreckt, aus Grün hat er Gelb gemacht, ein leicht erkennbarer Ort wurde vom Süden in den Norden verlegt, zwei Fahndungsbilder wurden zusammenmontiert, alles, um uns in die Irre zu leiten... Aber es wird ihm nicht gelingen, uns zu täuschen, denn schließlich und endlich ist unser Land ein kleines Land, und wir sitzen inmitten unseres Volkes, alle aufeinander und zusammen.

Diese Tendenz ist, meiner Meinung nach, töricht und grundverkehrt, entkleidet die Literatur ihres Glorienscheins und degradiert sie auf die Stufe von Küchentratsch. Denn in völligem Gegensatz zu Schatz' Ansicht, die er in seinem Buch *Gegen die Allegorie* äußert, bin ich der festen Überzeugung, daß Literatur, auch wenn sie ihren Stoff aus der Wirklichkeit bezieht, tatsächlich Parabel ist. Es wurde gesagt: »Hiob ward weder geboren noch geschaffen, sondern er war eine Parabel« – dem halte ich entgegen: Hiob ward geboren und war, und trotzdem war er eine Parabel! Mit anderen Worten: Ob ein Mensch namens Hiob existierte oder nicht, ist einerlei, denn von dem Moment an, da er Eingang fand in ein Buch, wurde er zu einer Parabel, und es obliegt dem Leser, vom Speziellen auf das Allgemeine zu schließen.

So auch hier: Es ist nicht wichtig, ob es einen lebendigen Menschen namens Schatz gibt oder nicht und ob dieser

Schatz tatsächlich ebenjener Schatz ist oder vielleicht ein getarnter Katz oder Batz. Die Tatsache, daß er da ist, ist die Tatsache, daß er lebt, und die Tatsache, daß er eine Parabel ist.

Deshalb rate ich dir, lieber Leser: Gestatte es deinem Herzen nicht, dem gemeinen, klatschsüchtigen Trieb nachzugeben und zu fragen, wer nun wer ist. Bedenke, daß diese Dinge tatsächlich geschahen, auch wenn sie eine Parabel sind. Und folge, also gerüstet, der Handlung, die nun wieder ihren Lauf nimmt.

Eine Frau allein

Wenn ich seit der Eigentümerversammlung vom Fleisch gefallen war, so wurden meine Hasen immer dicker. Um ihrer Solidarität mit mir sowie ihrem Abscheu vor meinem Widersacher Ausdruck zu verleihen, stiegen die Hausbewohnerinnen zu verschiedenen Tageszeiten zum Dach hinauf, brachten ihre Essensreste mit und leerten sie in die Futtertröge. Nie hatten die Hasen bessere Zeiten gehabt.

Sogar Frau Bschizovski – obwohl es weder mit ihrer Würde noch mit ihrer Kleidung zu vereinbaren war, mit einer Schüssel Speisereste aufs Dach zu klettern – hielt es für angebracht, sich bei mir zu entschuldigen, und während sie im Hauseingang stand und mir ihr Puderstaub um die Nasenflügel wehte, sagte sie, daß ich ihr Votum für Schatz nicht so verstehen dürfe, daß sie etwas gegen mich persönlich habe. Als kultivierte Frau sei sie von Jugend an zu Respekt gegenüber Akademikern angehalten worden, und wenn der Professor sage, die Hasen störten ihn beim Schreiben seiner gelehrten Abhandlungen, dann, so denke sie, seien diese Schriften wichtiger als die Hasen;

aber sie habe absolut nichts gegen meine Hasen, sie wünsche ihnen nur Gutes.

Und Herr Ben-Ze'ev – er kam nicht selbst auf das Dach, sondern schickte seine zarte, kränkliche Frau, und das trotz der Schwindelanfälle, unter denen sie seit einigen Monaten litt – hielt mich am Hauseingang auf, und um mich seiner Solidarität in meinem Kampf gegen den Hasenverfolger zu versichern, erwähnte er zum erstenmal mein Buch *Das fliegende Kamel mit dem Goldhöcker.* Und zwar machte er eine Bemerkung, aus der hervorging, daß er es tatsächlich gelesen hatte:

»Übrigens, was das *Geflügelte Kamel* angeht, mit dem Sie der bösartige Professor verspottet hat – kein besonders schöner Spott! Gereicht ihm nicht zur Ehre! Ich weiß nicht, ob Sie selbst wissen, daß ein fliegendes Kamel bereits in der Mischna erwähnt wird. Im Traktat der Eide wird gesagt: Was ist ein Meineid...? Wenn etwas Unmögliches geschworen wird: Wenn ich kein Kamel gesehen habe, das in der Luft geflogen ist, wenn ich keine Schlange, dick wie der Balken einer Ölpresse, gesehen habe, und so weiter. Und Rambam, in der philosophischen Abhandlung, in der er die induktive Methode erklärt, bringt das Beispiel eines Menschen, der bezeugt, daß er ein in der Luft fliegendes Kamel gesehen hat, und ein zweiter kommt und bezeugt, daß er drei Kamele in der Luft hat fliegen sehen, und wenn es möglich ist – sagt er –, daß der erste die Wahrheit sagt, ist es möglich, daß der zweite ebenso die Wahrheit sagt, denn wenn die Kamelform die Ursache dafür ist, daß dieses einzelne Wesen fliegen kann, ist sie auch die Ursache dafür, daß die gesamte Spezies fliegen kann, woraus wir folgern, daß, was für das einzelne gilt, auch für das Allgemeine gültig ist!«

Ich war erstaunt und sagte, daß ich diese Dinge überhaupt nie gelesen hätte, weder in der Mischna noch im Rambam.

»Daß Sie das nicht gelesen haben – das ist nicht gut!«

sagte er. »Ein hebräischer Schriftsteller sollte bezüglich der Quellen ein Fachmann sein. Aber daß Sie über ein fliegendes Kamel geschrieben haben, ausgerechnet über ein Kamel, und über kein anderes Tier – das ist ein gutes Zeichen! Wahre Worte erkennt man eben! Und wenn zwei Schriftsteller, oder mehrere, auf die gleiche Sache abzielen, ohne daß einer vom anderen weiß – dann zielen sie auf die Wahrheit ab! Und in diesem Fall zielen sie ab auf den im menschlichen Unterbewußten vergrabenen Archetypus! Darüber hat bereits Jung geschrieben, was er zu schreiben hatte. Und was die Sticheleien des verehrten Professors angeht – achten Sie nicht darauf! In den Sprüchen Salomons steht geschrieben: Es ist Gottes Ehre, eine Sache zu verbergen, aber der Könige Ehre ist es, eine Sache zu erforschen. Wenn der Kritiker König ist – oder ein Sklave, der zum König gemacht wurde –, so ist der Schriftsteller ihm gegenüber sozusagen wie Gott. Lassen Sie ihn die Dinge erforschen – und Sie gehen Ihren eigenen Weg und verbergen sie!«

Ich dankte ihm. Ich sagte, daß mir selbst schon ähnliche Gedanken apropos Offenbarung und Verhüllung gekommen seien.

Am nächsten Tag, als ich am Morgen früher als gewöhnlich zum Dach hinaufstieg, fand ich Chedva im Stall, wie sie Kohlblätter in die Käfige steckte.

»Schauen Sie, wie sie fressen!« Sie betrachtete die Hasen vergnügt. »Es ist eine Freude, so einen Appetit zu sehen!«

Die Hasen fielen über die Blätter her wie die Heuschrekken.

»Haben Sie schon eine Vorladung aufs Gericht erhalten?« lächelte sie.

»Nein, noch nicht«, grinste ich.

Dann sagte sie blinzelnd: »Manchmal denke ich: Es gibt soviel Schlechtigkeit und Ehrlosigkeit bei uns – warum? Wofür? Als ob dieses Land nicht schon voll genug wäre von

Schmerz! Kriege und Ängste... und Leute, die einander das Leben schwermachen...«

Ich erinnerte mich, was mir Viktoria über sie erzählt hatte.

»Auch in der Literatur... Ich lese, was heutzutage geschrieben wird. Nicht alles natürlich. Sie schreiben so zynisch, sarkastisch...«

»Sarkastisch?« Ich wunderte mich wirklich.

»Schauen Sie, aus den traurigsten Dingen kann man eine Satire machen, wenn man will –«

»Das hängt davon ab, wie –«

»Mit Talent! Sogar mit Talent...! Aber das ist es nicht, was ich in der Literatur suche. Nicht das Talent...!«

»Verschiedene Leute schreiben verschiedene Dinge«, sagte ich.

»Ich weiß! Auch alle Arten persönlicher Phantasien... Aber der Schmerz ist nicht da! Der Schmerz!«

»So ist es auch wieder nicht...« murmelte ich und verteilte Futter in die Tröge.

»Aber die Literatur ist doch etwas sehr Menschliches! Sie befaßt sich mit den Dingen der Seele!«

»Ja, ja...«

Wir standen da und sahen den Hasen zu, wie sie geräuschvoll ihr Futter verschlangen.

Chedva sagte: »Ich wollte Sie schon lange etwas fragen... Gibt es Ihrer Meinung nach einen Zusammenhang zwischen Kunst und Moral?«

Ich beugte mich zum Trog hinunter, rührte das Futter darin um, und als Agatha näher kam, sagte ich: »Und was meinst du dazu, Agatha, gibt es einen Zusammenhang zwischen Kunst und Moral oder nicht? Eine strittige Frage.« Ich richtete mich auf.

»Ja, ich weiß. Mich würde Ihre Meinung interessieren.« Sie blinzelte.

Ich goß Wasser in die Behälter und schlug ihr vor, bei mir einen Kaffee zu trinken.

Sie hatte Urlaub, und ich hatte keinerlei Lust, in die Bibliothek zu gehen. Seitdem Lili das Haus verlassen hatte, hatte mich Chedva nicht ein einziges Mal besucht, und jetzt, als sie im Wohnzimmer saß und sich umsah, war sie überrascht, daß alles noch genauso aussah wie früher. Sie fragte, was Lili mache und wo sie sei. Ich sagte, soviel ich wisse, befinde sie sich in Akron im Staate Ohio, verheiratet mit einem reichen jüdischen Bauunternehmer, Mutter eines Sohnes. »Sie lebt in Glück und Reichtum.«

»Schön!« Sie zündete sich eine Zigarette an.

Ich ging in die Küche.

»Wie kommen Sie auf Kunst und Moral?« Ich stellte die Kaffeetasse vor sie hin.

»Das beschäftigt mich schon seit Jahren!« Sie hob die Tasse zum Mund.

Wieder glitt ihr Blick über die Bilder an den Wänden, rundherum.

»Wenn ich Ihnen erzählen würde, was ich mitgemacht habe...«

Ich staune häufig über den leidenschaftlichen Wunsch der Leute – gerade der unscheinbaren Leute –, ihren Lebenslauf einem Schriftsteller zu erzählen; offenbar hegen sie die latente oder offen zum Ausdruck gebrachte Hoffnung, der Schriftsteller würde in einem Buch über sie schreiben. »Oh, wenn Sie wüßten, was mir alles passiert ist!« höre ich häufig, »Man könnte einen ganzen Roman darüber schreiben!« Oder: »Wenn ich Talent zum Schreiben hätte! Ich hätte soviel zu erzählen! Aber ich brauche nur den Stift zur Hand zu nehmen und mich an den Tisch zu setzen – und kein einziger Satz kommt heraus! Alle Wörter verflogen...!« Was steckt hinter diesem leidenschaftlichen Wunsch? frage ich mich oft – wie in der kurzen Einleitung zu dem Buch, das ich hier gerade schreibe. Was ist diese Illusion? Es ist, als ob den Ereignissen von dem Moment an, in dem sie sich zu Buchstaben wandeln und aufs Papier gebannt werden, ewiges Leben verliehen sei! Erhabenheit! Gewichtigkeit! Vornehmheit! Geschieht aber nicht häufig gerade das Gegenteil: Ein Leben, reich an Ereignissen, voll stürmischer Empfindungen, Liebe, Haß, herzzerreißender Zwistigkeiten, Tränen und Zähneknirschen, Krankheit, Trennung, Scheidung, Erschütterungen – und wenn man das alles niederschreibt, schrumpfen die Ereignisse zusammen, die Gefühle welken wie Blumen, die zwischen zwei Pappdeckeln getrocknet werden, oder scheinen schal und kränklich... Wenn die Ereignisse wirklich geschahen und es nichts zu erfinden gibt – wozu soll man dann über sie schreiben? Wozu sie kopieren, wenn doch die Kopie immer farbloser als das Original ausfällt?

Auch als Chedva mir ihre Leidensgeschichte mit dem Maler erzählte, den sie liebte (ihre Geschichte dauerte etwa zwei Stunden, und die zweite Tasse Kaffee, die ich ihr servierte, wurde kalt, sie rührte sie nicht einmal an), hatte ich das Gefühl, daß in ihrem Herzen der Wunsch nistete, ich würde irgendwann einmal darüber schreiben oder sie vielleicht als Rohstoff für eine Madame Bovary oder eine Anna Karenina *en miniature* benutzen...

»Vor ungefähr einem Jahr haben sie ihn im Radio interviewt, spät am Abend.« Sie senkte den Blick zum Aschenbecher, drückte die Zigarette darin aus. »Ein Interview von vielleicht einer Stunde. Ich lag im Bett und hörte zu. Er hat so eine glatte, eingängige Stimme, wie Milch und Honig... ein bescheidener, zurückgezogener Mensch...« Sie sah mich mit einem Lächeln voller Bitterkeit an. »Der Interviewer fragte ihn, wie es kommt, daß er bis heute noch keine Ausstellung im Israel-Museum gemacht hat, und er antwortete: Das ist mir wirklich nicht wichtig, ich bin kein Mensch, der von seinen Ellbogen Gebrauch macht... Der Interviewer fragte ihn, welche Bücher er liest, und er antwortete, daß er am liebsten Mauriac liest, weil Mauriac versteht, was Leiden ist, was Mitleid ist... O Gott! dachte ich. Er spricht von Leiden! Von Mitleid! Wenn ich erzählen würde, was ich über ihn weiß...«

»Aber er ist ein anerkannter Maler! Ausstellungen in Paris! Berühmt!« sagte sie zwei-, dreimal im Laufe ihrer Geschichte, und die Bitterkeit grub sich in die Falten um ihre Mundwinkel ein.

»Interessiert Sie das überhaupt?« Ein zögerndes Lächeln.

»Aber ja! Erzählen Sie!« sagte ich enthusiastisch.

»Ich war es nicht gewöhnt zu trinken, verstehen Sie?« Ein Schluchzen stahl sich in ihr Lachen. »Und überhaupt, diese ganze Art zu leben war mir fremd...«

Ihre Affäre mit dem Maler A. begann so:

Eines schönen Sommerabends, einige Jahre, nachdem ihr junger Ehemann sie verlassen hatte, nahm sie ihre Nachbarin Gerda – »eine leichtsinnige, oberflächliche Frau« – zur Eröffnung einer Ausstellung mit Bildern eines Malers mit, der zu ihrem Bekanntenkreis gehörte. Die Galerie war voll von Gästen, Leuten aus der Künstlerszene, Freunden, Sammlern... Der Maler, sagte sie, habe »einfach verführerisch« ausgesehen, wenn ich sie richtig verstanden habe. Mittelgroß, mit einem jugendlich ergrauten Haarschopf, elastischen Bewegungen und »lüsternen und listigen, aber ausgesprochen verführerischen« Augen. Zu späterer Stunde wurden seine Freunde zu einem Fest auf dem Dach seines Hauses eingeladen, und Gerda schleifte sie mit.

Chedva kannte keinen einzigen der Gäste, und als Gerda plötzlich verschwand, in Begleitung irgendeines luxuriös gekleideten Mannes, den sie sich geangelt hatte, suchte sie Zuflucht am Getränkebuffet. Da sie nicht ans Trinken gewöhnt war, wurde ihr bereits nach dem zweiten Glas Schnaps schlecht (»Kein Mensch sprach mich an, verstehen Sie? Was sollte ich tun?«). Nebel im Kopf, Schwere in den Beinen, und sie dachte, sie würde ohnmächtig. Der Maler kam vorbei, bemerkte ihre Blässe, fragte sie, ob ihr etwas fehle, nahm sie am Arm und führte sie in seine Wohnung unterm Dach. Er kümmerte sich wie ein wahrer

Gentleman um sie. Er beruhigte sie, führte sie ins Bad, wo sie sich »die Seele aus dem Leib kotzte« – zu ihrer großen Beschämung –, und danach brachte er sie in sein Studio und befahl ihr, sich hinzulegen und nicht aufzustehen, bis es ihr bessergehe.

Sie schlief ein und erwachte von lärmender Musik und dem Gestampfe der Tanzenden auf dem Dach. Sie stand auf und wollte heimlich das Haus verlassen, niemand sollte sie bemerken. Aber auf der Schwelle traf sie wieder den Maler, der ihr den Weg vertrat, sich nach ihrem Befinden erkundigte und sie drängte, heraufzukommen und mitzutanzen. Als sie ablehnte, lud er sie ein, wann immer sie wollte, zu ihm zu kommen und seine Bilder anzuschauen. Sie bedankte sich, aber als sie versuchte, die Schwelle zu überschreiten, legte er seine Hände auf ihre Schultern, näherte sein Gesicht dem ihren, flüsterte ihr zu: »Diese Blässe steht dir« und versiegelte ihren Mund mit einem Kuß.

»Dieser Gnadenkuß machte mir den Garaus.« Sie blies einen Schwall Rauch nach oben und lächelte.

»Interessiert Sie das denn überhaupt?« fragte sie wieder nach einem kurzen Schweigen.

Schon am Abend des nächsten Tages ging sie zu ihm, saß bei ihm im Studio, lauschte fasziniert seinen Erklärungen über die Bilder, die er ihr zeigte. Fasziniert betrachtete sie sein ausdrucksvolles, empfindsames Gesicht, das lausbubenhafte Funkeln in seinen grünen Augen... ein Mann, der die Herzen erobert, ein Sieger.

Und sie blieb über Nacht, in seinem Bett.

Und in den darauffolgenden Tagen ging sie herum wie eine Schlafwandlerin – »ja, Schlafwandlerin, es gibt kein anderes Wort, um das zu beschreiben«. Während der Arbeit im Kindergarten wartete sie ungeduldig auf das Treffen am Abend. Sie bewunderte seine Bilder, sein Talent. Sie war aufgewühlt von seiner Zärtlichkeit, er war auch als Liebhaber ein Künstler...

(Höre ich einen Seufzer in den Pausen, wenn sie verstummt? Oder das erstickte Wispern der Glut einer machtvollen Liebe, die unter der Asche des Grolls nie verlosch?)

Aber sie entdeckte schnell, daß sie nicht die einzige war, die sein Studio besuchte. Sie stieß auf andere, junge und weniger junge Frauen. Die Eifersucht feuerte ihre Liebe an. Verblendete sie. Verleitete sie zu unsinnigen, verrückten Dingen. Wie an jenem Abend, als sie an der Tür läutete und niemand aufmachte und sie wußte, daß jemand bei ihm in der Wohnung war, denn im Fenster war rötliches Licht von der kleinen Tischlampe zu sehen, und trotzdem klingelte sie hartnäckig wieder und wieder und zwang ihn, die Tür aufzumachen; er kam herunter, hatte kein Hemd an, entschuldigte sich – absurd! –, sagte, er würde ihr morgen alles erklären… »Oh, fragen Sie mich nicht, was für idiotische Sachen ich damals gemacht habe… ich möchte vor Scham in den Boden versinken, wenn ich mich daran erinnere…«

»Wie alt sind Sie?« Sie blickte mich aus den Augenwinkeln von unten herauf an, während sie die Zigarette im Aschenbecher ausdrückte.

»Fast vierzig«, sagte ich.

Sie sah mich liebevoll an und lächelte.

Je öfter sie ihn traf, desto deutlicher mußten ihr seine häßlichen Seiten werden, die hinter der liebenswürdigen und eleganten Fassade verborgen waren: seine grenzenlose Selbstliebe, sein krankhafter Geiz (niemals, nie lud er sie in ein Café oder ein Restaurant ein, nie schenkte er ihr irgend etwas) –

»Sehen Sie, es ist komisch, darüber zu reden… vielleicht kleinlich… aber manchmal kamen wir von irgendeiner Party mit dem Taxi zurück… Wenn es ans Zahlen ging… entdeckte er immer, aber immer, daß er kein Geld dabeihatte, und bat mich, zu zahlen, er würde es mir nachher zurückgeben… und immer vergaß er es natürlich…«

Sie entdeckte seine Gewohnheit, zu lügen; sowohl bei

Kleinigkeiten wie auch, wenn es um größere Dinge ging, gebrauchte er Lügen, offene, absurde, geschmacklose Lügen, die ihm meist nicht einmal nützten. Und die Gefühle seiner Nächsten waren ihm vollkommen gleich.

»Sie können sich nicht vorstellen, wozu er fähig war! Es war wirklich zum Verzweifeln! Man hätte vor seinen Augen in den letzten Zuckungen liegen können, und er hätte es nicht einmal wahrgenommen! So eine Art Dickhäutigkeit, durch die keine Tränen, kein Flehen, nichts dringen konnte!«

Einmal, im Winter, als sie schwer an einer Grippe erkrankt war, rief sie ihn an und wagte es, ihn zu bitten, daß er zu ihr herüberkam, um den elektrischen Heißlüfter, der kaputtgegangen war, zur Reparatur mitzunehmen. Er versprach es. Und machte es natürlich nicht. Er rief auch nicht an, um sich zu entschuldigen oder zu fragen, wie es ihr gehe. Und während der ganzen zwei Wochen kam er nicht ein einziges Mal, um sie zu besuchen! Als sie vom Krankenbett wieder aufstand – die Lügen, mit denen er sein Nichterscheinen erklärte! Die Lügen! »Und gleichzeitig... wie soll ich Ihnen das nur begreiflich machen...? Er log mit solch einem Charme... mit solcher Unschuld... daß ich nur lachen konnte... Der Charme eines Mannes kann eine Menge Sünden wettmachen! Jede Frau kann in diese Falle stolpern!«

Fünf Monate später...

»Vielleicht ist es besser, wenn ich hier aufhöre.«

Etwa fünf Minuten rauchte sie schweigend. Sie betrachtete wieder die Wände ringsherum und schwieg.

Fünf Monate später war sie schwanger.

Als sie es ihm eröffnete, verlangte er von ihr, abzutreiben.

Als sie sich weigerte, teilte er ihr mit, daß er die Vaterschaft nicht anerkennen würde.

Und forderte sie nachdrücklich auf, ihm nicht mehr unter die Augen zu kommen.

»Eigentlich hasse ich Künstler.« Ihre Lippen zitterten.

»Nicht Sie.« Sie lächelte durch den Rauch hindurch, der ihre Augen zum Tränen brachte.

Und sie nahm ein Taschentuch, um sie zu trocknen.

»Ich rief ihn aus dem Krankenhaus an. Ich sagte: ›Du hast einen Sohn. Willst du ihn sehen?‹ Er warf den Hörer auf die Gabel.«

Yaron traf ihn zum erstenmal, als er elf Jahre alt war.

»Ich erzähle es Ihnen ein andermal, wenn Sie Zeit haben. Aber er ist ein sehr erfolgreicher Maler! Eines seiner Bilder, habe ich erst kürzlich gelesen, ist für fünftausend Dollar auf einer Auktion verkauft worden!«

Jetzt, wenn ich lese, was ich geschrieben habe, sage ich mir: Was für ein sentimentales Melodrama das ist! Sentimental und banal, wenn es auf dem Papier breitgetreten ist...! Aber als Chedva es erzählte – eingehüllt in den Rauch eines Dutzends Zigaretten, hin und wieder verstummend, wenn eine Woge der Erinnerung ihr die Worte verschlug, mit schwankender, dann wieder fest werdender Stimme –, hatte ich gefesselt zugehört und gedacht: Ihre Geschichte ist einzigartig, und alle Lebensgeschichten sind einzigartig, es gibt keine zwei, die gleich sind – und nur das Niederschreiben, das Abschreiben des Lebens macht »banal«, was niemals und unmöglich banal sein kann! Und was mich angeht... Nein, ich werde daraus keine »Geschichte« machen, keinen »Roman«! Und ich werde mich nicht entblöden und ein pulsierendes Leben auf Papier kopieren, damit es seinen Atem darauf aushaucht! Ich, ich kann nur Dinge aus meiner Phantasie niederschreiben, Dinge, die nie wirklich waren!

Das sage ich, der ich nun dieses Buch schreibe, das nur von Dingen handelt, die wirklich geschahen... Wie recht hat also der Leser, den Kopf zu schütteln und zu sagen: Es ist wirklich ein überflüssiges Buch!

Die Geschichte mit der schwarzen Katze

Wie die meisten Menschen bin auch ich manchmal abergläubisch. Ein Traum, in dem die Sonne auf meinen Kopf niederbrennt und keinen Schatten zu meinen Füßen wirft – das ist ein schlechtes Omen. Den ganzen nächsten Tag bin ich in Sorge. Das verwischte Spiegelbild meines Gesichts in einer Fensterscheibe – verwischt, weil das Glas schmutzig ist oder weil ein Schatten darauf fällt –, und die Angst befällt mich, daß ich krank werde. Ein Insekt im Zimmer, besonders wenn es durchs Fenster hereingeflogen kommt und wie trunken auf dem Boden herumtorkelt, ist ein Bote des Herrn der Fliegen, Inkarnation eines Dämons oder einer unerlösten Seele. Sogar der Stift, der mir aus der Hand zu Boden fällt, wenn ich zu schreiben beginne, ist ein Zeichen dafür, daß alles, was ich an diesem Tag schreiben werde, mir nicht gelingen wird. Und, natürlich, die schwarze Katze. Wenn eine schwarze Katze meinen Weg kreuzt, bin ich verdammt dazu – und da hilft kein gutes Zureden –, drei Schritte rückwärts zu tun, bevor ich weitergehe, um den Fluch des bösen Blicks abzuwenden. Um in den Augen der Vorübergehenden nicht lächerlich zu erscheinen, fixiere ich meinen Blick, während ich rückwärts gehe, auf eine Baumkrone oder ein Fenster hoch oben, als ob ich etwas bemerkt hätte, das meinen Blick angezogen hat.

Die Macht der Vernunft vermag wenig gegen solchen Glauben. Unter den Büchern aus der Hinterlassenschaft meines seligen Vaters fand ich ein altes, wurmstichiges Buch, erschienen 1866, mit dem Titel *Der Schlüssel*. Der Verfasser, ein aufgeklärter Rabbiner, Moses Aaron Schatzkes aus Karlin, erklärt darin in sehr blumenreicher Sprache talmudische Legenden und Sprüche unter Zuhilfenahme von Vernunft und gesundem Menschenverstand, um – mit seinen Worten – »die gefangene Moral aus dem

Klammergriff der Metapher zu befreien und aus dem Gefängnis der Rätsel die Erklärung und die Lösung«. In einer seiner Erklärungen geht es um Hunde. Im *Baba Kama* steht: »Hunde heulen – der Todesengel kommt in die Stadt, Hunde spielen – der Prophet Elias kommt in die Stadt.« Schatzkes – der aufgeklärte Rabbiner, dem Wunderglauben ein Greuel sind – sagt, daß der »Todesengel« hier das Feuer der Revolte bedeutet, das sich im Volk entzündet, oder einen fremden Krieg, und »Hunde« – sie seien »die Wächter der Stadt vor der Streitmacht des Königs« und also nur eine Metapher. Und zum Beweis führt er eine andere Stelle an, die besagt: »Der Mensch soll nicht leben an einem Ort, an dem kein Pferd wiehert und kein Hund bellt« – was heißt, an einem Ort ohne Reiterei und Wachsoldaten. Als ich diese rationalisierende Auslegung gelesen hatte, sagte ich mir: Schatzkes, Schatzkes, was verstehst du vom Wesen der Welt? Du siehst nur, was auf der Oberfläche der Erde vor sich geht, und hast überhaupt kein Gefühl für das Beben in ihren Tiefen, von einem Pol zum anderen spürt man es, sogar die Hunde spüren es.

Den Aberglauben mit der schwarzen Katze habe ich von meiner Tante Sofia, der Frau meines Onkels Stefan Kaminsky, übernommen. Obwohl sie Kommunistin war, Parteimitglied, eine moderne und aufgeklärte Frau, deren elegante Kleidung in den Straßen Bukarests Neid erweckte, war sie von wohl hunderterlei abergläubischen Vorstellungen erfüllt, und auf Schritt und Tritt machte sie beschwörende Gesten und spuckte auf den Boden gegen den bösen Blick! Alles bedeutete Gefahr: ein zu Boden gefallener und zerbrochener Spiegel, verknotete Haarsträhnen, ein Strick mit einer Schlinge, eine stehengebliebene Uhr, verschütteter Wein, eine Leiche im Traum, die Zahl 13 natürlich; und die schwarze Katze. Wenn Tante Sofia mich zur Schule brachte und eine schwarze Katze unseren Weg kreuzte, riß sie mich mit aller Kraft am Arm, damit ich stehenblieb, stand für ein oder zwei Augenblicke still, machte drei Schritte rückwärts und zog mich dabei mit, stand wieder still, diesmal mit geschlossenen Augen und bebenden Lippen, als ob sie eine Beschwörungsformel flüsterte, und erst nach Beendigung des Rituals konnten wir weitergehen. Wenn Schnee lag und so ein schwarzes Biest über die weiße Fläche rannte, die Vorstellung eines losgelassenen Teufels heraufbeschwörend, der die Reinheit der Natur beschmutzt, dauerte das Ritual doppelt so lange. Nicht nur einmal kam ich deswegen zu spät zum Unterricht.

Diese Sofia, da bin ich mir sicher, hätte nie im Leben in dem Haus gewohnt, in dem ich lebe: Avigdorstraße 39 – denn 39 ist das Dreifache von 13.

Dazu wimmelt es in der Umgebung auch noch von Katzen, auf der Straße und im Hof. Schwarze, weiße, graue, schwarzweiße, und sie sind fruchtbar und vermehren sich laufend. Du leerst den Abfalleimer, und plötzlich, wie der Geist aus der Flasche, springt eine Katze vor deinem Gesicht auf, erschreckt dich zu Tode und ist auf und davon. Du gehst die Treppe hinauf, und auf einmal entdeckst du zu deiner Überraschung in einem Winkel auf dem ersten oder zweiten Treppenabsatz ein junges, neugeborenes Katzenkind, das zusammengekauert ängstlich daliegt und herzzerreißende Piepser von sich gibt. Du trittst aus der Haustür auf die Straße hinaus – und da stürzt aus unerklärlichem Grund eine wilde Katze auf einen der Bäume im Hof los und beginnt, fieberhaft zu wühlen und zu scharren. Und in den Nächten – brünstiges Gejaule, Klagelaute des Hungers und der Seelennot, Jammertöne bitterster Verzweiflung, Sehnsucht und Verlangen, Weltschmerzgemaunze... Eines Abends, vor etwa einem Jahr oder länger, als ich an diesem Tisch saß und schrieb, hörte ich ein schwaches Miauen hinter der Tür. Flehentliche Klagelaute, wie menschliches Weinen, wie von einem verlassenen Kind. Ich hörte auf zu schreiben und lauschte. Die Klagelaute wurden nun von Kratzgeräuschen an der Tür begleitet. Kein Zweifel: eine hungrige Katze, die Einlaß begehrte. Ich blieb sitzen, wo ich war, wartete, daß sie aufhören würde. Sie würde schließlich aufgeben und sich davonmachen, dachte ich mir und an einer Nachbartür kratzen. Aber ich hatte sie unterschätzt; sie hörte für einen Moment auf, aber nur, um weiterzujammern, hörte wieder auf und fing wieder an, mit dünner, kummervoller Stimme, die aus der Tiefe ihres Herzens kam, anschwoll, dann wieder schwächer wurde, ganz sanft... Sie tat mir leid, aber ich verhärtete mein Herz und stand nicht auf. Ich öffnete die Tür nicht, gab ihr kein Schälchen Milch, keinen Brösel Quark. Ich sagte mir: Warum gerade bei mir? Warum nicht bei Heinz gegenüber, Viktoria oder Chedva? Wenn ich aufmache, wird sie sich angewöhnen, jeden Abend zu kommen, und ich kann nicht schreiben... Schließlich verstummte die Katze. Sie war offenbar hinuntergegangen. Aber ich tat die ganze Nacht kein Auge zu: Gewissensqualen, Reue, Angst vor Vergeltung... Ich sagte mir: Gott hat dich auf die Probe gestellt. Um dich zu prüfen, hat er dir die Katze gesandt. Vielleicht war sie die Reinkarnation einer verstorbenen Seele. Der Seele eines Kindes. Und du hast die Prüfung nicht bestanden. Und diese Sünde, das Herz verschlossen zu haben, kann nicht gesühnt werden. Die Strafe kommt, sie wird kommen... Das ging mir im Kopf herum, während ich mich auf meinem Lager hin und her warf, ich, der Agnostiker, der an nichts glaubt...

Aber der Fall meiner Tante Sofia beweist, daß sogar ein Anhänger des Marxismus – eine äußerst rationale Lehre, der allgemeinen Meinung nach – nicht gegen Aberglaube gefeit ist.

Folgendes widerfuhr mir einen Tag nach meiner Begegnung mit Chedva, bei der sie mir ihre Lebensgeschichte erzählt hatte:

Als ich gegen Abend das Haus verließ, um meinen Freund Michael aufzusuchen, gerade als ich auf den Bürgersteig trat, kreuzte eine schwarze Katze meinen Weg und lief von einer Straßenseite auf die andere. Aber im gleichen Augenblick sah ich – etwa zwanzig Schritte entfernt – Schatz, der mir entgegenkam, mit seiner Aktentasche in der Hand. Ich blieb auf der Stelle stehen, ohne zu wissen, was ich tun sollte: Vorwärtsgehen konnte ich nicht – denn unter keinen Umständen wollte ich den Satan provozieren! Und drei Schritte rückwärts gehen konnte ich ebensowenig – denn auf keinen Fall wollte ich etwas tun, das mich in den Augen Schatz' der Lächerlichkeit preisgeben würde. Mich umdrehen und in die andere Richtung gehen – das würde die Macht des bösen Blicks nicht brechen. Stehenbleiben, wo ich war, und auf ihn warten – lächerlich, peinlich. Um so mehr, als ich gezwungen wäre, ihn zu grüßen. Oder – noch schlimmer – ihn nicht zu grüßen. All das schoß mir in jenem kurzen Moment durch den Kopf, als ich wie festgenagelt dastand, vor mir der simultane Anblick der vorbeilaufenden Katze und des sich nähernden Schatz. Aber zu meinem großen Erstaunen – und zu meinem Glück! – blieb auch er stehen! Buchstäblich einen Augenblick lang stand er da, als ob er zögerte, als ob er die Entfernung zwischen sich und mir abschätzte, und dann stellte er seine Tasche auf der Steinmauer ab und öffnete sie, als ob er etwas suchte. Ich sah gerade noch seine Hand in den Papieren herumwühlen und nahm schleunigst die Gelegenheit wahr, die sich mir wie durch ein Wunder geboten hatte: Ich bückte mich, wie um mir den Schuh zu binden, und ging währenddessen drei winzige Schritte rückwärts, Zehe an Ferse setzend. Als ich mich wieder aufrichtete, sah ich, daß Schatz rückwärts schritt, den Blick auf das Fenster im dritten Stock des Hauses auf der gegenüberliegenden Straßenseite gerichtet, als ob er dort etwas bemerkt hätte, das seine Neugierde erregte. Ich eilte über die Straße und bog um die Ecke.

Zu meinem Freund Michael kam ich an jenem Tag nicht mehr.

Eine unverhoffte Unterhaltung

Als ich Speisers Laden betrat, fand ich dort Naomi vor. Wir begrüßten uns und lächelten uns an. Sie mußte warten, weil Frau Ehrlich vor ihr drankam, und so wandte sie sich mir zu und fragte, wie es mir gehe und was ich dieser Tage so schriebe. Ich sagte, daß ich Rabelais übersetzte. »Rabelais? Aus dem Französischen?« rief sie verwundert aus. »Ja, aus dem Französischen«, sagte ich lächelnd. »Das ist furchtbar schwierig!« Sie betrachtete mich erstaunt und etwas mitleidig. Ja, sagte ich, es sei schwierig, aber es mache auch Spaß. »Ja... doch...« Sie sah mich ermutigend an und fragte mich, woher mein Französisch stamme. Ich sagte, von Rumänien und von den zwei Jahren, die ich in Frankreich studiert hätte. »Ich habe den *Gargantua* auf englisch gelesen«, sagte sie, »das heißt, nicht den ganzen, sondern nur ein paar Kapitel daraus... Es ist unmöglich, den ganzen *Gargantua* zu lesen!« »Und erst den Pantagruel!« sagte ich. »Ja, auch das noch...« Sie hatte meinen Scherz verstanden. »Und den Panurge!« sagte ich darauf. »Ja, den Panurge«, lachte sie. Und dann lachten wir beide im Einklang, wie zwei, die einander verstehen. »Und all das wollen Sie übersetzen?! Das ist eine Beschäftigung für Jahre!« Sie verzog mitleidig das Gesicht.

Inzwischen hatte Frau Ehrlich ihre Einkäufe bezahlt, und Herr Speiser sagte: »Was darf's sein, Frau Schatz?«

Ich stand da und wartete darauf, an die Reihe zu kommen. Ich sah, daß Naomis Schulterblätter, die zuvor pfirsichfarben gerötet gewesen waren, nun pflaumenfarbene Bräune angenommen hatten; auch Arme und Hals wiesen eine dunklere Tönung auf, und eine Art Hitzewelle entströmte ihrem Gesicht. Ich fragte mich, wo sie so braun geworden war. Auf dem Dach? Wann? In den Stunden, in denen ich wie ein jesuitischer Scholastiker über den dickbauchigen Wörterbüchern in der französischen Bibliothek saß? Am Strand? Wann? Und beim Anblick der Haarbüschelchen, die unter ihren Achselhöhlen hervorlugten, stieg vor meinem inneren Auge wieder die entzückende, atemberaubende – für einen Moment schwindelerregende – Vision ihres in der Morgensonne auf dem Rücken hingestreckten Körpers auf: zwei kleine Sonnenräder, inmitten der Bräune glänzend...

Naomi verlangte braunen Zucker, zwei Päckchen Pumpernickel, zweimal Erdbeermarmelade, hundert Gramm Roquefortkäse... Er habe momentan keinen Roquefort, sagte Herr Speiser, aber er habe einen Beit-Yizchak-Gruyère, sehr gut, den er empfehlen könne... Beit-Yizchak-Gruyère? Naomi zögerte. »Probieren Sie!« Speiser reichte ihr eine dünne Käsescheibe auf einem Stück Folie, und sie nahm sie mit Daumen und Zeigefinger, führte sie zum Mund, probierte sie mit der Zungenspitze, ihr gebräuntes Gesicht signalisierte Zufriedenheit, drückte Zustimmung aus... Ja, gut... Hundert Gramm polnische Wurst, aufgeschnitten, aber richtige, nicht wie beim letztenmal... Einmal schwarze Beit-Haschita-Oliven, drei Makkabi-Bier... was noch? Sie versuchte, sich zu erinnern, ließ ihren Blick über die Regale, die Konservendosen, Gläser und Päckchen wandern, etwas Wildes lag in ihren grünen Augen, ihrem glänzenden Haar... Zwei Stück Butter, eine Flasche Soda... Habe ich etwas vergessen...? Ja, Sardinen, fünf Büchsen, Minerva bitte... »Wie wäre es mit Porthos, Frau Schatz? Sind gerade heute angekommen – auch aus Portugal, sehr gute Makrelen...« »Mein Mann schwört auf Minerva«, lächelte Naomi.

Schwört auf Minerva! schrie es in mir. Fünf Büchsen!

Ich sah ihn vor mir am Küchentisch sitzen, eine offene Sardinenbüchse vor sich, und mit seiner Gabel heißhungrig die eingelegten, öligen Fische aufspießen und verschlingen, die plattgedrückten, silbrigen Fische, die zusammengedrängten und die durcheinanderliegenden, die rohen und die schuppigen, sah ihn jeden Bissen in das grünliche

Öl eintunken, die Gabel zum Mund führen, schlucken, kauen, schmatzen... Oh, wie konnte sie das ertragen! Und der Geruch, der seinem Mund entströmte, nachdem er dieses ganze stinkende Fischzeug in sich hineingeschlungen hatte...

»Vierhundertfünfundsiebzig und zwei Agorot«, teilte ihr Speiser mit, nachdem er die Waren gezählt und die Preise auf der Rechenmaschine addiert hatte. »Zahlen Sie bar, oder soll ich es anschreiben, Frau Schatz?«

»Anschreiben bitte«, erwiderte Naomi, und sie versprach, alle Schulden am Sechsten des Monats zu begleichen, da ihr Mann sein Gehalt am Fünften erhalte.

Und während sie noch die Einkäufe in ihre Tasche räumte, verlangte und erhielt ich: einen Laib Brot, zwei Joghurt und einen weißen Kanaan-Käse.

Ich wandte mich bereits zum Gehen, als ich die beiden Tragetaschen in Naomis Händen erblickte, eine schwer und eine leicht, meine Hand nach der schweren ausstreckte und meine Hilfe anbot. »Nein! Nein!« protestierte sie. Aber ich ließ nicht locker und griff nach den Henkeln der Tasche, und endlich ließ sie mich sie tragen.

Wir gingen Seite an Seite, und Naomi lenkte meine Aufmerksamkeit auf den blühenden Jasmin, der den Zaun entlang am Gehsteig wuchs. Sie blieb einen Moment stehen, pflückte eine kleine weiße Blüte, sog mit Vergnügen den Duft ein und sagte, daß es im Galil, in der Gegend von Nachal Keziv, viel wildwachsenden Jasmin gebe, der aber keinen Duft habe. Die hier, die kultivierte Art, stamme aus Indien. Ich sagte, daß ich ein völliger Blumenignorant sei. »Sie versäumen einiges«, sagte sie und fügte hinzu, daß es eine unendlich vielfältige und interessante Welt sei – ganz abgesehen von ihrer Schönheit –, nicht weniger als die Welt der Tiere. »Ich dachte, Sie wollten kommen und die Hasen fotografieren«, sagte ich. »Ach ja«, erwiderte sie, »ich wollte, aber der Verlag war nicht damit einverstanden. Sie sagten, es gebe schon einen Hasen auf dem Umschlag von *Watership Down*, und dann haben sie mich losgeschickt, um Steinböcke zu fotografieren...« »Steinböcke?« sagte ich. »Wo haben Sie Steinböcke gefunden?« »In Ein Gedi!« lachte sie und erzählte mir, daß sie drei wunderbare Tage in der Umgebung von Ein Gedi verbracht und wunderschöne Steinböcke auf den Felsen von Nachal Arugot und Nachal Chever und Nachal David fotografiert habe. »Sind Sie dort so braun geworden?« Ich warf einen bewundernden Blick auf ihre Arme und Schultern. »Es war schrecklich heiß!« sagte sie. »Aber wunderschön!« Ein Junge aus der Landwirtschaftsschule, ein richtiger Wüstensohn, hatte sie in den gewundenen Wadis geführt, und sie entdeckten Spuren eines Leoparden und fanden seltene Pflanzen, Millionen Jahre alte Versteinerungen... Ob ich wisse, was ein »Sturmrad« sei? »Nein, weiß ich nicht. Ein Zyklon? Ein Wirbelsturm?« Nein! lachte sie, das denke jeder, aber ein Sturmrad sei eine radförmige Wüstendistel... Und Salzsträucher fanden sie, und Schwarzbeeren... Ich sagte, daß ich zeit meines Lebens nur in Städten gelebt hätte, im Ausland wie im Inland, und daß ich sie darum beneidete, mit all diesen Dingen aufgewachsen zu sein, Flora und Fauna, vom Säuglingsalter an. Ob sie sich nach dem Kibbuz sehne? Nein, sagte sie, nach dem Kibbuz habe sie keine Sehnsucht. Sie habe dort in ihrer Kindheit gelitten. Diese Methode der Gemeinschaftserziehung sei ihrer Meinung nach ein Mißgriff.

»Mißgriff?« fragte ich verwundert.

»Wer ist diese Frau?« flüsterte sie, nachdem Frau Grossmeyer an uns vorbeigegangen war und ich sie mit einem Kopfnicken gegrüßt hatte.

»Eine Cellistin. Im Kammerorchester«, sagte ich.

»Sie ist sehr beeindruckend. Ich habe sie ein paarmal gesehen und mir gedacht: Das muß eine Künstlerin sein.«

Frau Grossmeyer, die auf Nummer 37 unserer Straße wohnt, ist tatsächlich eine »sehr beeindruckende« Frau: hochgewachsen, silbrig-bläuliches Haar, das zu beiden Seiten ihres bleichen Gesichts hinunterfließt, himmelblaue Augen, in denen der Ausdruck würdiger Gelassenheit steht.

Ich wiederholte meine Frage, weshalb die Gemeinschaftserziehung ihrer Meinung nach ein »Mißgriff« sei.

»Im Prinzip ist es wie in einer Baumschule«, sagte sie lachend.

Dann sagte sie: »Als ich zwei Jahre alt war, bin ich fast erstickt. Die Pflegerin haßte meine Mutter, und wenn ich mich weigerte, Grießbrei zu essen, stopfte sie mir den Löffel mit solcher Gewalt in den Hals...«

Ich lachte. »Ein Mißgriff«, sagte ich.

»Nein, ich übertreibe«, sagte sie nach ein paar Schritten.

Aber die Landschaft fehle ihr. Die Landschaft des Yezre'el-Tals.

Sehr.

Als wir uns dem Haus näherten, sagte sie: »Übrigens, es tut mir leid wegen der Sache auf der Eigentümerversammlung.«

Ich streifte sie mit einem Blick und sagte, sie habe einen Tamariskenzweig im Haar.

»Ja?« Sie fuhr sich mit der Hand über den Kopf.

Ich stellte die Tragetasche ab, entfernte den dünnen Zweig aus ihrem Haar und ließ ihn zu Boden fallen.

»Danke.« Sie errötete.

»Nun, Sie haben geschwiegen«, sagte ich, als wir weitergingen, »Sie haben nicht mit abgestimmt...«

»Sie müssen ihn verstehen«, sagte sie, »er arbeitet schwer. Arbeitet in der Nacht. Manchmal bis um zwei.«

»Ja, ich weiß.«

»Jedes Geräusch stört ihn. Es ist so eine innere Reizbarkeit...«

»Ja, er sieht ein wenig gereizt aus...«

»Deshalb gerät er mit so vielen Leuten in Streit...«

»Mit vielen?«

»Aber das wissen Sie doch! Es gibt viele, die ihn wirklich hassen!«

»Persönlich?«

»Gut, Kritiker sind allgemein verhaßt...« Sie lachte und sagte, daß er mehr als die anderen gehaßt werde, weil er keine Kompromisse mache. Er sei heftig, scharf, direkt, und wenn sie manchmal versuche, ihm zu sagen, daß er sich im Ton etwas mäßigen solle, antworte er, es sei ihm lieber, man halte ihn für bösartig als für heuchlerisch und unredlich.

»Vielleicht hat er recht...« sagte ich.

»In gewissem Sinn tun sie ihm unrecht. Leute, über die er schreibt, fassen seine Worte als persönliche Beleidigung auf, aber es stimmt nicht, daß er einen persönlichen Groll gegen sie hegt...«

»Ihm ist die Sache an sich wichtig!« sagte ich.

»Genau!« Sie warf mir einen Blick zu und lachte.

Als wir das Treppenhaus betraten, sagte sie ruhig: »Glauben Sie nicht, daß er ein leichtes Leben hat...«

»Ich kann es mir vorstellen...« sagte ich.

Und als wir den ersten Treppenabsatz erreichten, sagte sie: »Er hatte nie ein leichtes Leben. Auch nicht als Kind.«

»Ja, das prägt. Für immer.«

Auf der Treppe zum dritten Stock sagte sie: »Er mußte schwer kämpfen, bis er dahin kam, wo er heute ist. Auch an der Universität.«

»Oh, es ist grauenhaft an der Universität! Ein Dschungel!«

Und auf den Stufen zum vierten Stock sagte sie: »Wenn nicht sein Talent gewesen wäre...«

»Er ist brillant!« sagte ich, als wir vor ihrer Wohnungstür standen.

Wieder warf sie mir einen Blick zu und brach in Lachen aus.

»Warum lachen Sie?«

»Nur so…« lächelte sie und dankte mir, daß ich ihr die Tasche getragen hatte.

Ich ging in meine Wohnung hinunter, und als ich meine Sachen in den Kühlschrank stellte, sagte ich mir: Sie ist eine Gefangene! Ein Vogel im Käfig! Eine Gazelle im Gehege! Was macht sie dort im Heim dieses Blaubartgelehrten?!

Später, im Zimmer, spürte ich in mir eine Art Wüstenbrand von dem heißen Wüstenwind, den sie verströmt hatte, von ihrer hitzeglühenden Stimme. Ich sah sie, wie sie über die Felsen in den Weinbergen von Ein Gedi sprang, ich sah sie als Schulamit, Zip, Schosch, Ruthi, Rina, Schula, Batia, Batscheva … Das Mädchen aus den Liedern zum Unabhängigkeitsfest, Lieder aus Tagen, die ich nie kennengelernt hatte, aus einer Zeit, die ich nie würde ermessen können… Batscheva, Batscheva dieses Lied ist für dich… Schoschana, Schoschana, der Mond steigt auf eine Wolke… Zip, Zip, meine Zip, sag nichts weiter… Hör mal, Itzig, was gibt es, Rina… Wir werden uns an dich erinnern, Ruthi Rutha, und an dein Lachen, das glockenhell erklang… Ja, eine von jenen, die damals dort auf der Bühne tanzten, in jenen entrückten Tagen in Bukarest, barfüßige, ährenbekränzte Schönheiten:

Zum Garten der Nü-hüsse
ging ich hinab,
zu sehen die Kno-hospen
unten am Bach,
zu sehen die Blü-hüte
der Wei-heinre-heben,
und Grana-hatä-häpfel
in blü-hühender Pracht…

Unter den Fittichen der Nachbarin

Zweimal seit meiner Scheidung von Lili hat Viktoria Azolai versucht, mich zu verführen, und beide Male widerstand ich der Versuchung. Nicht weil ich so rechtschaffen wie Joseph bin oder ein Held wie Tolstois Väterchen Sergei, sondern – ich muß es gestehen – aus Angst. Ich bin ein Feigling. Wäre Viktorias Ehemann ein Krämer, ein Zahnarzt, ein Bankdirektor oder sogar ein Professor, dann wäre es gut möglich gewesen, daß ich meinen Trieb nicht beherrscht hätte. Schließlich und endlich ist der Schriftsteller ein Mann wie jeder andere, um so mehr, wenn er allein lebt, und wenn er fleischliche Gelüste hat, wird sein Geist schwach. Aber nachdem der Ehemann ein Polizist ist... Immer schon hatte ich einen Horror vor Autoritätspersonen. Sogar vor niederen Beamten – auf der Einkommenssteuerbehörde, im Einwohnermeldeamt, beim Rabbinat: Ich stehe da mit weichen Knien, stottere, vergesse, was ich sagen wollte, mir fällt keine Antwort mehr ein. Ganz besonders bei Polizisten. Und noch mehr bei einem Unter- oder Oberinspektor wie Albert Azolai, der in meinen Augen ein mysteriöser Mensch ist, schweigsam, respekt- und furchteinflößend.

Der erste Versuch ereignete sich etwa drei Monate, nachdem Lili das Haus verlassen hatte. In den späten Morgenstunden, als ich dasaß und schrieb – ich übersetzte damals ein Theaterstück von Georges Feydeau im Auftrag eines Theaters (ein Stück, das übrigens nie aufgeführt wurde, obwohl ich mein Honorar dafür erhielt) –, klingelte Viktoria, und als ich öffnete, fragte sie – errötend, wie es gar nicht ihre Art ist –, ob ich ihr für ein paar Minuten helfen könne. Sie sei beim Großreinemachen, und wenn es mir keine Umstände mache...

Ich erinnere mich an ihren Blick, als sie mich darum bat, er war nicht wie sonst: Ihre Augen glitzerten, und eine Forderung, ein Versprechen lag in ihnen ... etwas Erregendes und Zwielichtiges, sogar Bedrohliches ... Und obwohl ich nicht wußte, was mich erwartete, wurde ich von einer Hitzewelle überflutet.

Ich konnte es ihr nicht gut abschlagen – bei den unzähligen Gefälligkeiten, die sie mir schon erwiesen hatte. Wenn ich keine Zündhölzer hatte, ging ich zu ihr hinunter und bekam welche. Sogar Eier lieh ich mir manchmal von ihr.

»Gerne!« sagte ich. »Aber gerne!« Ich ging mit ihr hinunter in ihre Wohnung, und wir traten in die Küche.

Eine hohe Klappleiter stand in der Mitte, und auf dem Tisch waren etwa zwanzig Porzellantassen mit Goldrand in zwei Reihen aufgestellt.

»Alles, worum ich dich bitte –« sagte Viktoria und erläuterte ihren Wunsch: Sie würde auf die Leiter steigen, um die Teller aus dem obersten Schrankfach zu holen, und ich sollte sie entgegennehmen und auf den Tisch stellen.

Es war das Einfachste auf der Welt, aber sie sprach schwer atmend, errötend, ohne zu lächeln, als ob sie eine bestimmte Absicht verfolgte.

Als sie auf die Leiter stieg, bat sie mich, sie festzuhalten, damit sie nicht hinunterfalle. Als ich nach oben sah, konnte ich nicht verhindern, daß mein aufsässiger Blick ihre Schenkel hinaufwanderte bis zur weit offenen Mündung ihres kurzen Kleides, das sich hob, als sie ihre Arme noch oben streckte, um die Teller zu holen. Als ich so schaute, mit angehaltenem Atem, sah ich »das Licht am Ende des Tunnels«, wie man zu sagen pflegt. Denn ich hatte, klopfenden Herzens, das schattenhafte Aufblitzen des Dschungels der Mysterien zwischen den Hügeln erspäht, das mich nahezu blendete und den Sporn meiner Lenden ersteifen ließ, wie Rabelais sagen würde.

Viktoria, fünf Teller in ihren Händen, beugte sich zu mir hinunter, und während sie sich bückte, glitten ihre zwei Feldfrüchte, milchig weiß wie eine himmlische Gabe, von oben herab – »das verborgene Licht in der Weißheit des Mieders«, lauten die Worte des Dichters Mosche Zacuto –, und sie legte sie in meine Hände, die Teller, meine ich. Ich nahm sie mit zittrigen Händen und stellte sie auf den Tisch.

Wieder hielt ich die Leiter fest, und wieder schauten meine beinaufwärts wandernden Augen die Offenbarung des Geheimnisses. Aber diesmal verweilte Viktoria oben auf der Leiter mit den Tellern in ihren Händen, und sie sah auf mich hinunter mit verschleiertem, erwartungsvollem Blick. Was erwartend? Ich wußte es: daß ich meine Hand an ihren Schenkeln entlangstreichen lassen würde, von der Wade zum Knie, wenn nicht höher, zu dem unverschlossenen Garten, dem unversiegelten Quell.

Meine Hand war wie gelähmt. Ich griff nach der Leiter und ließ nicht mehr los. Enttäuscht beugte sich Viktoria wieder zu mir hinunter und gab mir die Teller.

Noch zweimal reichte sie mir Teller hinunter, und beim drittenmal, als sie mir mitteilte, daß nun keine mehr daseien und sie herunterkomme, fiel sie mir von der Leiter um den Hals, als ob sie den Halt verloren hätte, umschlang mich mit ihren Armen, einen Augenblick in der Schwebe hängend, bis ich sie auf den Boden setzte. Einen verlängerten Augenblick lang stand sie an mich gepreßt da, die Arme um meinen Hals geschlungen, den funkelnden Blick zu mir erhoben – und die kleinste auffordernde Bewegung meinerseits hätte genügt, erhitzt, wie wir beide waren, daß wir entflammt wären und uns stürmisch aneinandergedrängt hätten.

Aber durch meinen Kopf schoß blitzartig die Überlegung: Wenn sich in diesem Augenblick die Tür öffnen... und Albert, bewaffnet mit einem Revolver, in der Küchentür stehen würde... das Feuer der Rache in seinen Augen lodernd... Ich löste sie sanft von mir.

Viktoria stieß schwer atmend einen tiefen Seufzer aus, und ihre Arme lösten sich von meinem Hals.

Aufgewühlt und hochrot verließ ich wortlos die Wohnung.

Das war der erste Versuch. Aber ich muß hier sofort dazusagen, um jeden Zweifel zu zerstreuen und sie vor übler Nachrede zu schützen, daß Viktoria keine lose und treulose Frau ist. Auf gar keinen Fall. Wenn ihre Triebe manchmal die Oberhand gewinnen und sie zu leichtfertigen Taten verleiten, so gibt es nur eine Erklärung dafür, nämlich daß es in ihr einen Überfluß an Liebe gibt, Liebe jedem Menschen gegenüber, der ihr nichts Böses getan hat und dem sie wohlgesinnt ist, und diese Liebe, die über die Ufer tritt, will sich verschenken, und meistens hat sie niemanden, den sie damit beglücken kann: Die Stunden, die ihr Mann, dessen Pflicht es eigentlich wäre, ihre Liebe zu erfüllen, täglich zu Hause zubringt, sind gezählt – manchmal kommt er tagsüber und manchmal in der Nacht, man weiß nie, wann. Ihre älteste Tochter, die verheiratet ist, lebt weit weg von ihr in Naharia. Ihr ältester Sohn hat sich bei der Armee verpflichtet, auch er macht nur hin und wieder einen Besuch daheim, und ihr jüngerer Sohn ist nach Kanada ausgewandert. Wenn es Augenblicke gibt – die jedoch selten sind, auch das muß man ihr zugute halten –, in denen sie mich mit ihrer Gunst beschenken möchte, dann nur deswegen, weil ich mich zufällig in ihrer Nähe befinde und sie mich mag. Kann man ihr das verargen?

Auf alle Fälle wechselten wir nach dem oben beschriebenen Vorfall, wenn wir wie gewöhnlich im Treppenhaus oder im Hof aufeinanderstießen, ein paar Worte, als ob nichts geschehen wäre; und wenn mich Viktoria mit der gleichen heiteren Natürlichkeit ohne jede Verlegenheit behandelte wie immer, so ist das nur ein weiteres Zeichen für ihre treuherzige Unschuld.

Der zweite Zwischenfall ereignete sich vor etwa einem Jahr, und er stand gewissermaßen mit der Literatur in Zusammenhang.

Nicht nur einmal deutete mir Viktoria wie nebenbei und

in aller Bescheidenheit an, daß auch sie schreibe. »Wenn du einmal einen freien Abend hast, könntest du dir vielleicht ein paar Seiten der Früchte meiner Feder anhören. Ich hätte gerne gewußt, ob es irgend etwas taugt«, sagte sie zu mir.

Gerade weil sie sich mir nicht aufdrängte und die Angelegenheit nur zwei- oder dreimal innerhalb eines längeren Zeitraums erwähnte, fühlte ich mich verpflichtet, ihrer Bitte zu entsprechen. Und eines Tages, gegen Mittag, sagte ich ihr, daß ich an diesem Abend Zeit für sie hätte.

Dieser Abend war für sie ein Fest, und wie für ein Fest hatte sie sich herausgeputzt. Sie trug ein langes, zitronengelbes Kleid, mit Rosen bedruckt, ihr rabenschwarzes Haar schimmerte frisch gewaschen, und auf der linken Seite steckte eine rote Rose. Auf dem mit Elfenbein eingelegten Damaszenertisch stand ein schlankhalsiger Krug mit funkelndem Rotwein, und darum herum waren Schälchen mit Süßigkeiten und Waffeln angeordnet. Auf der Anrichte stand eine Vase mit roten Nelken.

Mit einer charmanten Geste, einer leichten Verbeugung, lud sie mich ein, mich aufs Sofa zu setzen, und schenkte mit anmutiger Bewegung etwas von dem Kirschwein in zwei Silberkelche ein – Antiquitäten, sagte sie, von ihren Vorfahren aus den Zeiten des Rabbi Chayyim Abulafia geerbt –, dann stieß sie mit mir an, trank aber nur einen winzigen Schluck. »Soll ich die Früchte meiner Feder bringen?« fragte sie; und damit stand sie auf, strich ihr Kleid glatt und schritt mit kleinen, feierlich-stolzen Schritten, ihre kleine Person zu voller Größe aufgerichtet, ins angrenzende Zimmer.

Sie brachte kein Heft mit, sondern ein in blauen Samt gebundenes Album, setzte sich neben mich und legte es vor uns hin – ein Geschenk von ihrer Tante zu ihrer Bat Mizva. »Ich lese dir nur ein kleines Kapitel vor.« Sie schlug das Album auf und blätterte langsam die Seiten um, eine nach der anderen. Die Seiten waren dick, und die Buchstaben ihrer runden Handschrift, unschuldig und gleichmäßig, glitzerten wie aufgereihte Perlen. Die Ecken der Seiten waren oben und unten mit winzigen farbigen Illustrationen verziert: ein Olivenzweig, eine Anemone, ein Boot, die Wellen des See Genezareth, die Kuppel eines Heiligengrabs; und als ich sie fragte, ob sie auch zeichnen könne, lachte sie und sagte: »Jugendsünden.« Als sie in der Mitte des Albums angelangt war, legte sie ihre Hand auf die Seite und sagte: »Ich werde dir ein Kapitel über Großmutters Hof vorlesen.«

Und das ist der Inhalt des Kapitels, soweit ich mich erinnere, ein Kapitel, dem kundige Klassifizierer das Etikett »folkloristisch« anheften würden, und die Pedanten unter ihnen würden das präzisieren und sagen: »folkloristisch-romantisch« oder »folkloristisch-naiv«:

In dem großen Hof in Tiberias, der von einer Basaltmauer umgeben war, versammelten sich zu jeder Tageszeit Juden und Araber, Aschkenazim und Sefardim, Händler und Käufer, Esel und Kamele – und Großmutter Sarinas Auge wachte über sie alle, und sie ging sehr selbstbewußt mit ihnen um. Großvater, Chacham Eliyahu, war mit der Thora beschäftigt und verbrachte die meiste Zeit in der Synagoge oder am Grabe des Rabbi Meir Ba'al HaNess, mit Wohltätigkeitsangelegenheiten oder mit rituellen Tauchbädern. Er pflegte zuweilen nach Safed, Ein Zeytim und Meron zu gehen, um sich auf die Gräber der Weisen niederzuwerfen. Großmutter Sarina, die hinkte, jedoch einen energischen Gang hatte und ihr steifes Bein und ihren schweren Körper entschlossen hinter sich herzog, war es, die die Verhandlungen mit den arabischen Getreidehändlern im Hof führte. Sie kamen aus Jenin oder Irbid von der anderen Seite des Jordans und luden Säcke mit Weizen, Gerste und Hirse ab. Die jüdischen Käufer kamen aus der Stadt selbst oder aus den Siedlungen im Galil, aus Ayelet Haschachar und Kfar Giladi, und sie luden das Getreide auf Traktoren oder Lastwagen. An den heißen Sommerabenden, wenn ein leichter Wind vom See Genezareth die drückende Hitze etwas linderte, versammelte sich die ganze Familie, Großmutter und Großvater, Kinder und Enkel, im Hof, saß auf Schemeln unter dem altehrwürdigen Feigenbaum, nippte am Kaffee, knabberte an Melonen- oder Sonnenblumenkernen, und Großmutter Sarina spann ihre Geschichten – von Dingen, die sich zur Zeit der Türken ereignet hatten, zur Zeit der großen Epidemie, in den Tagen des Ersten Weltkrieges, von Beduinen aus Choron und Soldaten aus der Arabischen Legion und der Fremdenlegion, von Reitern und Wegelagerern, von den Pionieren, die aus Rußland kamen, und von Wundern, die an Kranken und Lahmen geschahen, die geheilt wurden, weil sie sich an Heiligengräbern niederwarfen. Auch Nachbarn und Bekannte aus den umliegenden Straßen kamen, um Großmutter Sarinas Geschichten zu hören.

Sarinas Enkelin, die fünfzehnjährige Rachel, die Tochter von Joseph Abulafia, dem Bäcker, hörte Großmutters Geschichten gespannt zu. Eines Abends wurde sie auf einen der im Kreis Sitzenden aufmerksam, einen Jungen von sechzehn oder siebzehn Jahren »mit Haaren, schwarz wie Rabengefieder, Augen wie zwei glühende Kohlen und einem von einer Wolke von Traurigkeit überschatteten Gesicht« – wie Viktoria schrieb, und als sie ihre Tante fragte, wer er sei, flüsterte sie ihr zu, er sei der Neffe von Pinchas Abutbul, dem Gemüsehändler aus der Marktgasse, und komme aus Tel Aviv, aber seinen Namen wisse sie nicht. Den ganzen Abend wandte das Mädchen kein Auge von ihm, »obwohl sie wußte, daß es von einem anständigen Mädchen nicht schön ist, einem Jungen ins Gesicht zu starren, weil die Leute sonst reden«. Der Junge kam auch am nächsten und übernächsten Abend, saß da und lauschte den Geschichten, »mit verschlossenem und traurigem Gesicht«, und Rachel spürte »die Liebe, die in ihrem Herzen entfacht war«. Sie wußte weder seinen Namen noch was er machte, aber eines Abends, als sie im Bett lag, »gepeinigt von Liebesqualen«, hörte sie aus dem Nebenzimmer die leise Stimme ihres Vaters, der ihrer Mutter erzählte, daß sich Pinchas Abutbuls Neffe hier vor den Briten verstecke, weil er ein Mitglied der Irgun sei, und daß sein wahrer Name nicht Ben-Ami, sondern Nissim sei. »Ihr Herz hämmerte so stark, daß sie dachte, sie würde ohnmächtig.« Am folgenden Abend, als sie »Ben-Ami« wieder in Großmutters Hof sah und bereits wußte, daß er »einer der Helden, die für die Freiheit unseres Volkes kämpfen« war, gelobte sie sich in ihrem Herzen, daß sie »nur ihm allein ihre Jungfräulichkeit opfern« würde, und sollte es nicht Gottes Wille sein, daß er ihr sein Herz zuwandte, würde sie keinen anderen Mann heiraten und als Jungfrau sterben.

Rachels Eltern hatten sie jedoch bereits an Eliyahu versprochen, Sohn des Zollbeamten Yizchak Almuslino, der Tag für Tag zur Arbeit in der Polizeistation von Rosch Pina fuhr. Rachel empfand für Eliyahu keinerlei Gefühle, obwohl er ein großer, gutaussehender junger Mann war, ein herausragender Sportler beim »Makkabi«-Verein. Die Verlobungszeremonie sollte in zwei Wochen stattfinden, und sie wandte sich in ihrer Verzweiflung hilfesuchend an Großmutter Sarina, die ihre Enkelin sehr liebte, und offenbarte ihr ihr Geheimnis. Großmutter Sarina sagte: »Mein Kind, handle nach dem Gebot deiner Eltern. Ben-Ami ist wie der Falke, der einen Tag in den Felsen des Arbel nistet und am nächsten in den Felsen des Golan, während Eliyahu wie der große Feigenbaum im Hof unseres Hauses ist, den kein Wind je erschüttern wird.« Rachel sagte, in Tränen aufgelöst, daß sie den Sohn eines »Beamten der bösen Regierung, die die Freiheit unseres Volkes mit Füßen tritt« nicht heiraten werde. Sie sagte, daß sie ihn nicht liebe. Sie sagte, sie werde lieber sterben, als ihn heiraten. Als ihr Vater von ihrer Weigerung erfuhr, schalt er sie sehr und sagte, wenn sie bei ihrer Weigerung bleibe, bringe sie Schande über die Familie und breche ihrer Mutter das Herz.

Der Tag der Verlobungsfeier kam heran. Am Mittag dieses Tages versetzte eine Nachricht die Stadt in helle Aufregung: Nissim, Pinchas Abutbuls Neffe, war von den Briten getötet worden. Polizisten hatten ihm am Stadtrand von Safed aufgelauert, ihn zu stellen versucht, und als Nissim die Flucht ergriff, hatten sie auf ihn geschossen und ihn getötet.

Tiefe Trauer senkte sich über die Juden der Stadt. Die Verlobung wurde verschoben. Rachel beweinte ihren Geliebten und wollte sich nicht trösten lassen.

Ein Jahr später wurde Rachel Eliyahus Frau. Aber die Wunde in ihrem Herzen heilte nie.

Viktoria wischte sich mit ihrem kleinen rosa Taschentuch die Schweißtropfen von der Stirn, fixierte mich und harrte meiner Äußerungen.

»Sehr schön!« sagte ich.

In der Tat, ich war von der Schilderung dieser Lebensweise, die mir fremd war, fasziniert; sie trug den Stempel einer Epoche, die mir ebenfalls fremd war, und sie hatte den Charme der Naivität.

»Du sagst das einfach so, als Kompliment!« sagte sie.

»Nein, ganz im Ernst – sehr schön!«

»Und der Stil ist in Ordnung?« fragte sie.

»Völlig in Ordnung!« sagte ich und fügte hinzu, daß meiner Meinung nach zwei Dinge in einer Erzählung die Hauptsache seien: Das erste, daß sie wahr sei –

»Das hier ist alles wahr!« fiel sie mir ins Wort. »Du kannst mir glauben, daß alles, was ich hier erzählt habe, genau so war! Wort für Wort! Ich habe nichts dazuerfunden!«

»Und das zweite« – ich schluckte –, »daß der Schreiber sich selbst treu ist, daß er er selbst ist!«

»Das bin ich!« sagte Viktoria lachend. »Dieses Mädchen bin ich! Ich habe nur die Namen verändert! Aus Gründen, die du vielleicht verstehen wirst! Das ist in der Literatur, glaube ich, erlaubt...«

»Ja, das ist ganz sicher erlaubt!«

»Glaubst du«, sie sah mich hoffnungsvoll an, »daß sie so eine Geschichte drucken würden? Ich habe gedacht, daß ich sie vielleicht an irgendeine Zeitung schicken könnte...«

»Vielleicht... man muß es probieren...«

»Aber es ist mir peinlich...« Sie lachte wie ein schüchternes Mädchen und zog den Kopf zwischen die Schultern. »Was würden meine Kinder sagen... mein Mann... überhaupt...«

»Sie würden stolz auf dich sein!« sagte ich.

»Meinst du?«

»Ja!« sagte ich, und ich lobte sie für ihre Wahrnehmungsgabe und führte als Beispiel zwei Schilderungen aus ihrer Geschichte an: die eine, die Beschreibung des Gesichts der Großmutter, das »nach einer Seite hin verzogen« war durch die Anstrengung beim Nachziehen des steifen Beins, und die andere...

Mir fiel auf, daß sie, während ich sprach, ihren Blick nicht auf meine Augen sondern auf meine Lippen geheftet hielt, als ob sie die Worte, die aus meinem Mund kamen, nicht hören, sondern beobachten wollte. Plötzlich, als ich noch redete, brach es stürmisch aus ihr heraus, und sie rief: »Ich bin so glücklich!« Und sie umschlang meinen Hals und drückte mir einen Kuß auf den Mund. Dann bog sie den Kopf zurück, und mit leuchtenden Augen wiederholte sie: »Glücklich! Glücklich!«

Ich sah den Wandel in ihrem Gesicht, das jetzt den gleichen Ausdruck wie damals in der Küche annahm: erregt und zwielichtig, und ihr Atem schien zu glühen. Sie wartete, ich wußte es, wartete und hoffte, doch ich hatte die gleiche Vision: Die Tür würde sich öffnen... überraschend... Albert, das Schwert an der Seite...

»Ich muß gehen...«

Viktoria begleitete mich zur Tür, dankte mir tausendfach, und als ich hinausging, sagte sie: »Entschuldige, ich war so aufgeregt...«

Zwei Tage nach meiner Begegnung mit Naomi in Speisers Laden, als ich spätabends nach Hause kam, öffnete sich, als ich das zweite Stockwerk erreicht hatte, Viktorias Tür eine Handbreit – sie hatte offenbar meine Schritte gehört –, und Viktoria, in einen blauen Bademantel gehüllt, sprach mich an: »Kannst du für ein paar Minuten hereinkommen?«

Ich trat ein, setzte mich auf das Sofa, und als sie sich neben mich setzte, sagte sie, als ob es um etwas Geheimes ginge: »Ich wollte mich mit dir beraten. Betreffs Professor N.«

»N.?«

»Sein Name ist Naphtali, oder nicht?«

»Ja. Was ist mit Professor N.?« fragte ich lachend.

»Er zahlt nicht!« Ihre Augen sprühten Blitze. »Schon seit zwei Monaten zahlt er nicht!«

Ich dachte eine Weile nach, dann sagte ich: »Es gibt städtische Bestimmungen für Häuser mit Eigentümergemeinschaften.«

»Ich weiß, daß es städtische Bestimmungen gibt!« Ihre Augen funkelten. »Und er weiß es auch! Sollen wir ihn verklagen?«

Ihn verklagen, das konnten wir nicht – das wußte ich. Er bereitete sicher schon selbst eine Klage gegen uns vor. Gegen mich.

Ich fragte, ob es nicht irgendwelche Sanktionen gebe, die man über einen widerspenstigen Wohnungsinhaber verhängen könne.

»Sanktionen?« Viktoria lächelte. »Welche? Sollen wir dem Araber sagen, daß er die Stufen bei ihm nicht saubermachen soll? Oder dem Gärtner, daß er seinen Gartenanteil nicht gießen soll? Frau Bschizovski rebelliert, sie sagt, daß auch sie zu zahlen aufhören wird! Auch Herr Hirsch hat schon gedroht, daß er nicht zahlt! Wo kommen wir da hin?«

»Sieh mal, Viktoria«, sagte ich, »wenn du von mir verlangst, daß ich die Hasen vom Dach entferne…«

»Auf gar keinen Fall!« Sie sah mich strahlend an. »Was fällt dir ein? Sich der Tyrannei beugen?«

»Was schlägst du vor?«

»Ich dachte...« Sie zog die Ränder ihres Bademantels zusammen, der deutlich einen Ausschnitt von zwei Hügeln und einem Tal enthüllte. »Vielleicht könntest du ein Wort mit seiner Frau reden... Ich habe gesehen, daß ihr euch angefreundet habt...«

»Ich?« schrie ich, als ob ich mich verbrüht hätte. »Auf keinen Fall! In einer solchen Angelegenheit...«

Viktoria betrachtete mich; offenbar versuchte sie, mein panisches Zurückschrecken zu begreifen, dann sagte sie: »Gut, dein Wunsch sei mir Befehl!«

»Es tut mir leid«, sagte ich.

Sie betrachtete mich immer noch, sah direkt in meine Augen und sagte: »Dein Sternzeichen ist Zwilling, stimmt's?«

»Stimmt«, sagte ich überrascht. »Juni. Woher weißt du das?«

(Allerdings ist mein Geburtstag an der Grenze zwischen Zwilling und Krebs.)

»Es ist alles in deinen Augen zu lesen«, gab sie geheimnisvoll von sich.

Geheimnisvolles beängstigt mich. Alle meine Ängste kommen wie aufgeschreckte Ameisen aus ihren Löchern und krabbeln über meinen Körper. Was erwartet mich? Krankheit? Mißerfolg?

»Was steht noch drin?«

Viktoria las in meinen Augen wie in einer Kristallkugel, im Kaffeesatz oder in Karten.

»Warum bist du so weit weg?« sagte sie.

»Von wem?«

»Allgemein...«

»Was siehst du?«

»Du stehst am Scheideweg«, sagte sie.

Wie ich es befürchtet hatte: die Wahrheit.

»Zwischen was?«

Viktoria tauchte auf den Grund meiner Augen.

»Auf der einen Seite... sehe ich eine große Halle... voll Licht... wie ein Palast... und darin ein großer gedeckter Tisch...«

O Gott! rief ich, inwendig erschaudernd, sie ist eine Magierin! Eine Seherin! Eine Hexe! Das war doch der Salon, der auf den dreiundzwanzig Seiten des Buches beschrieben wurde, das ich zu schreiben begonnen hatte!

»Und auf der anderen Seite...« fragte ich besorgt.

»Auf der anderen Seite... eine Gasse, am Ende der Gasse ein hoher Baum und darauf ein Vogelnest. Ein schwarzer Vogel.«

Ich sah sie bestürzt an. Was war die Gasse? Wer der schwarze Vogel?

»Was soll ich wählen?« fragte ich zitternd.

»Soll ein Mensch einen schwarzen Vogel wählen, wenn er einen Palast voll Licht vor Augen hat?« Sie lächelte mich mit funkensprühenden Augen an.

Ich wandte keinen Blick von ihren Augen. Wenn sie wirklich die Gabe des Zweiten Gesichts hat, sagte ich mir tief in meinem Inneren, und die Zukunft voraussieht, dann muß sie mir ganz deutlich sagen, ob ich das Buch weiterschreiben soll, das ich angefangen habe, oder nicht? Wird es mir gelingen oder nicht?

»Wird es mir gelingen?« fragte ich.

»Gib mir deine Hand«, sagte sie.

Ich streckte ihr meine Handfläche hin. Sie ergriff sie, legte sie auf ihren Oberschenkel (die Kanten ihres Bademantels waren auseinandergefallen, und ihr Oberschenkel war nackt und warm) und las aus meiner Hand. Während sie mit dem Finger die Linien nachfuhr, die kreuz und quer verliefen, sagte sie: »Diese kleinen sind die Hindernisse auf deinem Weg. Deine Selbstzweifel. Zwillinge haben immer Zweifel. Alles ist bei ihnen doppelt. Auch du bist doppelt. Du bist du selbst und doch nicht. Jemand anders. Du bist hier und doch nicht. Woanders. Und diese zwei Kreuze hier, sie sind die Versuchungen. Der Scheideweg, wie ich dir gesagt habe, den ich in deinen Augen gesehen habe. Aber die Schicksalslinie, siehst du, überwindet sie und steigt zum Mondhügel hinauf. Du bist sehr sinnlich, sehe ich. Sie erreicht den Gipfel, umgeben von einer Aureole. Das ist die Aureole des Ruhms. Du wirst sehr erfolgreich sein!« Sie preßte meine Hand an ihren warmen Oberschenkel.

Ich war ihr so unendlich dankbar, daß ich meine andere Hand auf die ihre legte und auch sie auf ihren warmen Oberschenkel drückte.

Im selben Augenblick öffnete sich der blaue Bademantel wie die Tore des Garten Eden, und alle Köstlichkeiten dieser Erde fluteten mir entgegen, brachen über mich herein, als sie mir um den Hals fiel, sich an mich preßte, mich umschlang und umklammerte.

Nein, diesmal konnte ich der Versuchung nicht mehr widerstehen. Nur ein feuergehärteter Stein, nur ein Fels kann sich einer lustentbrannten Frau versagen!

All meine Angst schwand, schmolz dahin. Was kümmerte mich die Polizei? Was kümmerte mich die Rache eines Ehemannes – »denn der Mann ist nicht daheim, er ist auf eine weite Reise gegangen« –, da ich umschlungen war von diesen glühenden Armen und an diesen lodernden Busen von Potiphars Weib gepreßt –?

Nur weil ich fürchte, meine Feder zu besudeln – das hier ist schließlich kein Buch wie *Gargantua und Pantagruel,* dessen Verfasser sich den Trunkenbolden und Toren verschrieben hat, sondern ich behandle die Verhältnisse in den erhabenen Sphären der Literatur –, nur deshalb also werde ich mich einer Beschreibung der Einzelheiten dieser stürmischen Szene, die sich auf dem grünen Plüschsofa zwischen mir und Viktoria Azolai abspielte, enthalten.

Um so mehr, als das Porträt des Rambam uns von der Wand herab beobachtete.

Ein Briefgedicht

Am nächsten Morgen fand ich in meinem Briefkasten einen Umschlag, der ein rosafarbenes Blatt Papier mit den Zeilen des folgenden Gedichts enthielt:

Als Herr N. zu uns kam,
freuten wir uns über den berühmten Mann,
gebildet, verständig, mit Scharfsinn begabt,
wer hat sich an der Erscheinung nicht gelabt?

Denn wir alle, wir verehrten
den bekannten eifrigen Gelehrten,
den Kritiker und Rezensent,
der an der Universität gar Dozent.

Doch kaum zwei Wochen waren vorbei,
da mußten wir sehen, es war Narretei,
denn dieser Mann, so geachtet,
Mensch und Tier er zugleich verachtet.

Heraus kam, daß er überheblich und aufgeblasen war,
auch seinen Talmud, den vergaß er sogar,
denn in der Bibel ausdrücklich geschrieben steht:
Der wird des Herrn sicher sein, der bescheid'ne Wege geht.

Das Wort an uns zu richten, paßte ihm nicht,
mit dem »gemeinen Volk« befaßte er sich nicht,
er ging umher, kerzengerade,
war sich für Pfauengehabe nicht zu schade.

Und nicht genug damit, daß er sich so benahm
und von den Pfaden der elementaren Höflichkeit abkam,
beschloß er mit einer Frechheit sondergleichen,
die Hasen auf dem Dach, die müssen weichen!

Und die Kosten fürs Haus zahlt er nicht,
auf schändlichste Weise weigert er sich,
Die Fremdsprachexperten mögen mir verzeih'n,
wenn ich sage, er ist ein Parasitenschwein!

Deshalb, mein Herr Professor, höre gut hin,
auf die Worte aus dem Mund einer simplen Mieterin:
Richtest du dich nicht bei uns nach Recht und Sitte,
spucken wir dich hinaus aus unsrer Mitte!

Viktoria Azolai

Traum

Als ich erwachte, erinnerte ich mich an diesen Traum:

Ich liege in einer dämmrigen Höhle bei Tiberias auf dem Mist von Fledermäusen. Und plötzlich taucht am Eingang, durch den das Tageslicht hereinfällt, ein Mädchen in einem langen weißen Kleid auf, mit einer entrollten Schriftrolle in der Hand. Ich richte mich ein wenig auf, versuche, die Schrift auf der Rolle zu lesen, und sehe zu meinem Erstaunen, daß alle Buchstaben Augen sind. Augen, die wie Feuer sprühen. Ich habe Angst, aufzustehen, aber das Mädchen stellt sich lächelnd vor mich hin und sagt: »Komm, geflügelter Elischa.« Ich weiß, daß es Lili ist, und ich bin verwundert, daß sie mich »geflügelter Elischa« nennt, denn sie kennt mich doch. Ich stehe auf und will mich ihr nähern, aber im gleichen Augenblick höre ich eine Stimme, die über meinem Kopf kreischt: »Buzina buzina lulei demistfina.« Ich schaue nach oben und sehe, daß es eine Eule auf einem Felsvorsprung ist, die da kreischt. »Was?« entfährt es mir, und sie schreit: »De mweis En Einwo Rtd Emnar Ren Di Efaust« und lacht. Ich erschrecke und frage mich, was sie sagt. Zitiert sie etwas aus dem *Führer der Irrenden* des Rambam? Die Eule lacht wieder und ruft: Taubenschwinge

Hurendinge!« Im selben Moment wirft das Mädchen die Rolle zu Boden, nähert sich mir mit ausgestreckten Händen, und als sie meine Schultern berührt, sagt sie mit sanfter, lieblicher Stimme: »Mein Geliebter aus Rumänien, komm nach Degania.« Ich sage: »Lili, aber du...« Und sie sagt: »Warum nennst du mich Lili, wo ich doch Naomi bin...«

Ich ließ den Traum wieder und wieder vor meinem geistigen Auge Revue passieren und sagte mir: Es ist ein Traum vom Fallen. Ich bin in den zweiten Stock hinuntergefallen, statt in den vierten hinaufzusteigen. Ich fiel in eine dämmrige Höhle bei Tiberias, statt in die herrliche Landschaft Deganias hinaufzugehen. Ich fiel in die Falle, die mir die Magd gestellt hat, statt zu den edlen Gemächern der Königin vorzudringen.

Mein Leben mit Lili (2)

Wenn ich zurückblicke auf die zwei Jahre meiner Ehe mit Lili Federman, sehe ich ein steinübersätes Feld vor mir, das von Zeit zu Zeit von donnernden Gewittern heimgesucht wird. Und in der Tat, in diesen zwei Jahren wechselten sich Perioden langen, zürnenden Schweigens mit kurzen, noch erzürnteren Streitigkeiten ab.

Obwohl sich, wie bereits geschildert, der ersehnte Reichtum sehr bald als Fata Morgana offenbarte – es war, als ob ich beim Erwachen Lea anstatt Rachel vorgefunden hätte –, erwuchs mir doch ein kleiner Vorteil aus dieser Heirat: Ich gab meine Arbeit als Nachtschichtkorrektor bei der Zeitung auf, und ich konnte mit meiner Zeit anfangen, was ich wollte. Zwar reichte der magere Verdienst Lilis nicht für unseren Unterhalt aus, aber zusammen mit gelegentlichen Übersetzungsarbeiten, an die ich nicht mehr als zwei bis drei Stunden pro Tag verschwendete, reichte es, um das Fehlende auszugleichen. Die restliche Zeit war dem Schreiben gewidmet.

Ich schrieb am Morgen, ich schrieb am Abend. Und das war ein nie versiegender Quell von Streit und Zank zwischen uns. Alles, was ich wollte, war: schreiben! Schreiben! Und was Lili wollte... Sie hatte andere Wünsche. Entgegengesetzte Wünsche in einer Familie bedeuten Konflikte in der Familie, das haben die Sexologen und Soziologen bei ihren zahllosen tiefgründigen Forschungen und Studien entdeckt und in vielen Büchern veröffentlicht.

In den ersten Wochen unserer Ehe pflegte ich am Mittag in den Buchladen zu gehen und auf Lili zu warten, bis sie ihre Arbeit beendet hatte, um mit ihr in einem der nahe gelegenen Cafés etwas zu essen. Aber ich hörte schnell damit auf. Der Neid vertrieb mich von dort: Wenn ich zwischen den Bücherregalen herumschlenderte, dieses oder jenes Buch zur Hand nahm, gab ich vor, sie durchzublättern, aber aus den Augenwinkeln schielte ich danach, was andere durchblätterten... was sie kaufen wollten! Und mit verzweifelter Niedergeschlagenheit mußte ich mir die bittere Tatsache eingestehen, daß kein einziges Mal – nicht ein einziges Mal an all den Tagen, an denen ich dort war, eine halbe Stunde oder länger – irgendein Mensch nach meinem Buch gefragt hatte! Und das, obwohl Lili die *Grünen Fenster* an einem ins Auge stechenden »Vorzugsplatz« ausgestellt hatte! Ich zählte die Exemplare meines Buches auf dem Regal, und mit brechendem Herzen entdeckte ich, daß ihre Anzahl die gleiche war wie vor einer Woche, vor zwei Wochen – es fehlte kein einziges. Ach, die scharfen, peinigenden Qualen der Eifersucht, die wie Nadeln in mein Fleisch stachen! Ich stand am Ladentisch, ein offenes Buch in der Hand, und links oder rechts stand ein junges Mädchen – eine Studentin oder Soldatin, eine Lehrerin oder eine Bibliothekarin aus einem Entwicklungsgebiet oder eine, die, den kurzen Hosen und gebräunten

Beinen nach zu schließen, gerade aus dem Negev gekommen war –, öffnete ein Buch, ein zweites Buch, blätterte, las, schlug eine Seite um, verweilte kurz, Röte stieg ihr in die Wangen ... Ja, mein Blick lag auf der Lauer, spionierte neiderfüllt, verfolgte mit Wißbegierde – einer gewissermaßen sogar literarischen Wißbegierde – den Gesichtsausdruck dieser jungen Mädchen: wie sie so dastanden, mit leicht gespreizten oder gekreuzten Beinen, das offene Buch vor den Augen, nahe ihren Gesichtern, fest mit ihnen vereint; wie sie nach ihm verlangten in diesem heimlichen Liebesspiel! Als ob das Buch, das ihre Gesichter verbarg, eine Trennwand zwischen ihnen und der Öffentlichkeit wäre, und dahinter vereinten sie sich in intimer Zweisamkeit – und ich würde sagen, das hat einen Schuß Unzucht an sich, kein Wunder, daß es ihnen die Röte in die Wangen treibt! – mit ... mit dem Autor selbst, wie es schien! Ja, nie werde ich das Hochgefühl vergessen – keine Lobeshymne auf eine meiner Geschichten ist mit diesem Hochgefühl zu vergleichen! –, das ich verspürte, als ich eines Tages am Strand eine langbeinige Frau mit langem, goldblondem nassen Haar bemerkte, die sich mit einem aufgeschlagenen Buch vor Augen ausgestreckt in einem Liegestuhl rekelte. Ich ging an ihr vorüber, um zu sehen, wer so vollendet geformte Venusbeine hatte – und wie meine Augen da aufleuchteten, wie mein Herz da raste, als sich vor meinen Augen die grünen Buchstaben auf dem weißen Umschlag manifestierten: *Grüne Fenster!* Ich sagte mir, meinen aufsteigenden Stolz unterdrükkend: wenn eine solche Schönheit mein Buch am Strand liest ...

Aber hier, in diesem großen Laden mit seinen Hunderten von Büchern – keiner! »Du solltest stolz darauf sein«, tröstete mich Lili auf dem Weg von Steimatzky zum Café. »*Grüne Fenster* soll kein populäres Buch sein! Es ist für einen auserwählten Kreis bestimmt! Es ist esoterisch! Das beweist doch nur seine Qualität!«

Ich lachte ärgerlich. Ich sagte ihr, daß nicht nur »billige« Bücher Bestseller seien, sondern auch »Qualitätsbücher«. Ich nannte Namen von Weltrang. »Es hat Jahre gedauert, bis sie Bestseller wurden!« Damit schob Lili ihren Arm unter den meinen. »Du wirst sehen, in zwei, drei Jahren...«

Ich hörte auf, in den Laden zu kommen. Was ich nicht weiß, macht mich nicht heiß, wie man sagt. Der Glückwunsch, mit dem mich mein wohlmeinender Freund Michael auf dem Hochzeitsfest bedacht hatte – »Glücklich der Schriftsteller, dessen Frau eine Buchverkäuferin ist« –, wurde mir zum Fluch. Denn Lilis Verkaufsreporte, wenn sie nach Hause kam (»Heute kam ein Lehrer aus Herzliya herein und fragte nach deinem Buch«. »Sie haben aus dem städtischen Gymnasium in Bat Yam angerufen und gefragt, ob wir zwei Exemplare auf Lager haben«. »Der Knessetabgeordnete K. hat nach dem Buch gefragt und versprochen, es zu kaufen«), machten mir bloß meine erniedrigende Lage deutlich. Und anstatt mir die ganze Sache – besonders unangenehm, wenn man mitten im Schreiben ist – gänzlich aus dem Sinn zu schlagen, schwirrte sie mir wie eine Stechmücke im Kopf herum.

Ich ging auch nicht mehr so oft mit ihr aus; der Grund dafür – auch wenn er lächerlich ist – war ihre Größe. Ich bin 176 Zentimeter groß, was über dem Durchschnitt liegt; Lili aber maß – 183 Zentimeter! Ein Storch! Kranich! Strauß! Sie zu umarmen war wie »auf den Palmbaum steigen und seine Zweige ergreifen«, und an ihrer Seite zu schreiten hieß, in ihrem Schatten Zuflucht nehmen zu müssen! Ich konnte meinen Arm nicht um ihre Schultern oder um ihren Hals legen, wenn wir nebeneinander hergingen, und wenn ich ihre Taille umfaßte, legte sie ihren Arm um meine Schultern, und damit kam ich mir vollkommen lächerlich vor! Um so mehr, als sie immer knöchellange Kleider trug!

Oh, Lilis Kleider! Ihre Garderobe! In dem Schrank, einer »Antiquität«, die sie auf dem Flohmarkt gekauft hatte, auf dessen Türen Adam und Eva im Paradies, umgeben von zwei Dattelpalmen und darum herumgewundenen Schlangen, eingeschnitzt waren, hingen etwa dreißig Kleider, alle lang: weiße Leinenkleider ohne jede Verzierung; schwarze, ziemlich lädierte muffelnde Beduinenkleider; Hippiekleider, Aschenputtelkleider, in der Taille und an den Rändern geschnürt, glockenartig, schäbig und abgegriffen, fadenscheinig und geflickt, gepünktelt und gestreift... Ich muß zugeben, daß sie alle gut zu ihr paßten; zu ihr und ihren Baretten, den blauen, roten, schwarzen und weißen, die sie unbekümmert schräg auf den Kopf setzte, wie um eine gewisse Selbstironie zu demonstrieren. Ich muß zugeben, daß sie die Blicke der Vorübergehenden auf der Straße oder die der Cafégäste auf sich zog, besonders, wenn sie barfuß ging. Aber mir persönlich war es unangenehm. Nicht auf diese Weise hatte ich berühmt werden wollen, als Ehemann einer Storchenfrau, deren »Gewand ihr bis zu den Füßen reicht«, um es mit den Worten der Mischna zu sagen.

Am Abend pflegte ich mich in mein Arbeitszimmer zurückzuziehen – das Zimmer, in dem ich jetzt sitze – und zu schreiben. Ich vervollständigte die surrealistische Geschichtenfolge der *Schmetterlinge*. Lili saß immer da – barfuß im Lotussitz auf dem Teppich im Wohnzimmer oder in einem der Sitzkissen schaukelnd – und las. Sie las Bücher in Hebräisch und in Englisch, die sie sich aus dem Laden lieh, manchmal zurückbrachte, manchmal nicht. Von »Moderner Klassik« bis Science-fiction. Je später die Stunde, desto stärker spürte ich ihre Ungeduld durch die Wand hindurch. Sie war eifersüchtig auf das Papier, auf dem ich schrieb, dem ich den besseren Teil meiner Zeit und Kraft widmete. Durch die Wand hindurch konnte ich spüren, wie ihre Ohren, während ihre Augen auf das Buch gesenkt waren, zu mir hinüber lauschten. Auf das Kratzen der Feder lauschten. Mich drängten, aufzuhören. Um halb zwölf oder zwölf erhob sie sich dann von ihrem Lager und beschloß, sich ins Bett zu legen. Um mir ihren Verdruß, ihren Ärger und Protest kundzutun, begann sie, allerlei unterschiedlichen Lärm zu veranstalten: Möbelrükken, Türen auf- und zuknallen, mit Glas- und Aluminiumgeschirr in der Küche klappern, Wasser ins Waschbecken einlassen oder die Klospülung betätigen. Wie gesagt, sie hatte andere Wünsche als ich: Ausgehen! Weggehen! Am Abend in einen Club gehen, ins Café, ins Theater, zu Freunden... Ich sagte zu ihr: »Geh doch allein! Ich erlaube es!« Nicht dafür habe sie mich geheiratet, sagte sie. Und wenn sie explodierte, beschimpfte sie mich: »Du bist völlig unsensibel für anderer Leute Gefühle! Total egozentrisch! Ich weiß nicht, wie du überhaupt fähig sein kannst, über Menschen zu schreiben, wenn du völlig blind und taub für ihre Gefühle bist!« Ich hörte ihr nicht zu. Ich schrieb weiter, verdoppelte meine Anstrengungen und mein Blind-und-taub-Sein. Etwa ein halbes Jahr nach unserer Hochzeit kaufte sie – mit dem Geld ihres Vaters – ein Fernsehgerät. Es war ein Kriegsinstrument. Eine Batterie, mit der sie meine Festung mit Lärm bombardierte. Durch die Wand hindurch hörte ich immer das Gequake der Ansager, das Gekreische der Schlager, das Schießen, die Schläge und die Schreie der Krimiserien und die stumpfsinnigen Lachsalven bei den Familienkomödien. Weiß im Gesicht, meine Wut nur mühsam zügelnd, kam ich aus meinem Zimmer und bat sie – mit einer Ruhe, die mich meine ganze Seelenkraft kostete –, das Ding leiser zu stellen. Darauf ging sie mit einem ironischen Lächeln, in dem sowohl ein wenig Schadenfreude als auch ein wenig Selbstgefälligkeit lag, zum Fernseher und drehte den Knopf um etwa die Hälfte zurück. Wenn ich in mein Zimmer zurückkehrte, immer noch die Geräusche im Ohr, versuchte ich, meinen aufgewühlten Geist zu beruhigen, mich zu konzentrieren, zu verschließen, zu schreiben... Manchmal, wenn der Lärm in seelische Tortur ausartete, stand ich auf, stürmte ins Wohnzimmer, ging geradewegs auf den Fernseher zu und stellte ihn wortlos ab. Dann brach der Vulkan aus! Die Grundfesten der Welt erzitterten!

Im nachhinein kann ich ihr jedoch nicht absprechen, daß sie in gewisser Weise recht hatte. Ein verheirateter Mann schuldet seiner Frau »Bekleidung, Nahrung und eheliches Recht«, wie bereits in der Bibel steht. Für die Bekleidung sorgte sie selbst exzessiv; für die Nahrung sorgten wir beide. Was das »eheliche Recht« angeht – da war sie benachteiligt, um bei der Wahrheit zu bleiben. Ich erinnere mich nicht, wie viele Male Beischlaf pro Woche Maimonides für einen Menschen, dessen Handwerk die Schriftstellerei ist, als Maß bestimmt hat, aber ich beschränkte mich – da meine sexuelle Energie zu geistiger Energie sublimiert wurde, wie alle Psychologen sagen würden – auf zweimal: Dienstagabend, ein Tag, der in der Schrift zweimal als »geeignet« dafür genannt wird, und Samstagnacht. An den Dienstagen pflegten wir in einen Club, ins Theater oder manchmal ins Kino zu gehen – und danach ins Bett; Samstagabends besuchten wir Freunde – ihre Freunde –, und bei unserer Rückkehr waren wir meist ein wenig angeheitert und veranstalteten eine kleine Orgie nur für uns allein. Aber die Löwin gibt sich nicht mit einem Happen zufrieden. Und weil sie gezwungen war, ihre Lust zu zügeln, wurde sie unruhig und reizbar.

Dazu hatte sie also guten Grund. Aber hinter ihrem lächelnden, intelligenten und angenehmen Äußeren – das ins Auge fiel, obwohl sie nicht mit Schönheit gesegnet war – brodelte ein Kessel voller Leidenschaften, deren stärkste und wildeste die Eifersucht war. *Invidia* im Lateinischen. Die zweite im Katalog der sieben Todsünden, laut katholischer Kirchenlehre, und wer sie begeht, kommt in die Hölle; und die erste Konsequenz daraus ist natürlich das Mißtrauen. Lili war eifersüchtig und mißtrauisch, und ihre Eifersucht und ihr Mißtrauen folgten mir auf den Fersen wie schnüffelnde Bluthunde. Das ging so weit, daß sie mich nicht nur über jeden meiner Schritte außer Haus verhörte, sondern daß sie jedesmal, wenn ich in die französische Bibliothek ging, um zu übersetzen, vom Buchladen aus unter irgendeinem Vorwand anrief, um sich zu vergewissern, daß ich tatsächlich dort war; eine Sache, die mir sehr peinlich war, weil es die Bibliothekarin dazu zwang, ihren Platz am Pult zu verlassen, um mich zu rufen. »Kalmi«, hörte ich Lilis schmeichelnde Stimme, bar jeglichen Untertons von Mißtrauen, »vielleicht kommst du auf dem Nachhauseweg an einem Laden vorbei und kaufst ein paar Eier? Es sind keine Eier mehr da...« »Ist es dringend?« flüsterte ich, damit mich die Bibliothekarin nicht hörte. »Die Geschäfte sind heute nachmittag geschlossen, wenn es dir also nichts ausmacht...« Und am nächsten Tag sollte ich nicht vergessen, die Blumen zu wässern oder Geld von der Bank zu holen, oder ich sollte Kinokarten kaufen, oder sie verkündete mir die frohe Botschaft, daß sie ihre Periode bekommen hatte...

Eifersucht verursacht Mißtrauen, Mißtrauen verursacht Zorn! *Ira* im Lateinischen. Die dritte der sieben Todsünden, von der man sagt, daß sie »zu Lust an Rache und Schande verkommenes Gerechtigkeitsstreben« sei. Eines Tages, ungefähr ein Jahr nach unserer Hochzeit, als ich in der Bibliothek saß und im *Larousse* blätterte, um das Datum von Diderots Begegnung mit Katharina der Großen, Kaiserin von Rußland, zu finden, hob ich meine Augen vom Buch – und da stand Lili vor mir! In ihrem Aschenputtelkleid, dem fadenscheinigen blauen mit vier quadratischen Flicken unterhalb der Taille, vorne und hinten. »Überrascht?« Sie setzte sich neben mich auf einen Stuhl. Ja, ich war sehr überrascht! »Störe ich?« Sie warf einen forschenden Blick durch den Leseraum. »Nein... Wie kommt es... mitten in der Arbeit...« »Ich bin für eine halbe Stunde weggegangen. Es hat mir gereicht.« Sie zog ihre lange Zigarettenspitze aus der Tasche ihres Kleides und steckte eine Zigarette hinein. »Rauchen ist hier verboten«, flüsterte ich. »Macht nichts«, sagte sie und zündete sie an. Ich zog die Zigarette aus der Spitze und drückte sie im Büroklammernbehälter aus. Sie wurde rot, schaute sich nach allen Seiten um, ließ ihren Blick über alle im Raum sitzenden Leser gleiten, ließ ihn auf dem Gesicht der Bibliothekarin an ihrem Pult verweilen, dann stand sie auf und ging wortlos hinaus.

Am Abend, als wir uns zum Essen hinsetzten, sagte Lili: »Ich habe gesehen, daß mein unerwarteter Besuch in der Bibliothek dich ziemlich in Verlegenheit gebracht hat!« »Mich, in Verlegenheit?« grinste ich. »Es hat dich total aus dem Gleichgewicht gebracht!« »Ja? Ich habe nichts davon bemerkt...«

Plötzlich, ohne jede Vorwarnung, kletterte ihre Stimme eine Oktave höher: »Wage es nie mehr, mich vor den Augen deiner Pariser Hure zu erniedrigen! Nie mehr!«

»Welcher Hure?« fragte ich bestürzt.

»Du reißt mir keine Zigarette weg vor den Augen dieser fetten Hure, um ihr zu beweisen, daß du auf mich pfeifst! Meine Würde so mit Füßen zu treten!«

Ich war so vom Donner gerührt, daß mir das Wort im Hals steckenblieb. Ich nahm das Messer und begann, Brot abzuschneiden.

»Jetzt verstehe ich, warum du immer so eifrig in die Bibliothek rennst! Um diese Fette zu bumsen, die verrückt nach dir ist, stimmt's?«

Ein blasses Lächeln huschte über mein Gesicht. Diese Marcelle, die Bibliothekarin, die »Fette«, Mutter von drei oder vier Kindern, hatte ein Gesicht wie »la vache qui rit« und solche Muskelpakete, daß nur jemand, den die Eifersucht mit Blindheit geschlagen hatte, auf die Idee kommen konnte, ich hätte sie umarmen können.

»Richtig? Sprich! Ich habe dich was gefragt! Antworte mir!!!« schrie Lili.

»Schrei nicht so!« Ich richtete das Messer gegen die Zimmerdecke, um auf Dr. Klausners Wohnung hinzuweisen, wo man alles hören konnte.

»Mörrrder!« schrie sie. »Mit dem Messer willst du mich umbringen! Abschlachten! Damit ich dich nie mehr stören kann!«

»Du hörst auf zu schreien! Auf der Stelle!« Ich faßte sie an der Hand.

»Und wenn nicht – bringst du mich um!« Sie griff nach meiner Hand, die das Messer hielt, und bog sie mit aller Kraft weg. »Das hast du also die ganze Zeit vorgehabt! Mich umzubringen!!!«

Ich legte das Messer hin und verließ unter heftigem Türenknallen das Haus.

Lili machte die Tür auf und schrie mir nach – mit einer Stimme, die durchs ganze Treppenhaus hallte: »Daß du es nicht wagst, zurückzukommen! Hörst du? Mörrr-derrr!«

Von jenem Abend an ging ich nachts häufig aus. Gegen halb eins, wenn ich vom Schreiben ermüdet war und Lili bereits im Bett lag, ging ich in die Bar in der benachbarten Straße, saß dort eine Stunde oder länger, trank etwas und ging wieder heim.

Die Nachbarn – insbesondere Dr. Klausner – schliefen nicht viel in dieser Zeit ihres Lebens. Um zwei Uhr morgens wurden sie schon wieder von Geschrei geweckt.

Die arme Lili! Jetzt, wenn ich mit dem Abstand von Zeit und Raum über sie schreibe, überkommt mich Mitleid mit ihr. Ein Mensch, der nicht Herr seiner Stimmungen ist, wird von schlechten Stimmungen beherrscht. Und in ihr herrschte ein böser Geist, der aus dem Gefühl der Benachteiligung geboren war! Daran war die Natur schuld: Ihre Übergröße, die wie versengt aussehenden Wimpern, das Rötliche um ihre Augen, der etwas zu breite Mund, die flache Brust... ein stürmisches Temperament, das nie Erfüllung fand... Wenn der Streit zu Ende war, schluchzte sie immer wie ein kleines Mädchen aus Reue und Verzweiflung über sich selbst, rollte sich auf dem Sofa oder auf dem

Teppich zusammen wie ein Embryo im Bauch der Mutter und schluchzte und schluchzte...

Manchmal, wenn sie sich nach einem solchen Ausbruch ein bißchen beruhigt hatte, sagte sie mit einem bitteren Lächeln: »Du wirst das benützen, nicht wahr? In deiner nächsten Geschichte. Für dich ist alles Material, nicht wahr...? Gut, ich erlaube es dir. Das ist die unmenschliche Seite an dir!«

Einen gewissen Trost – nach all den Zusammenstößen mit mir und mit sich selbst – fand sie in einer Beschäftigung, die sie ausfüllte: Sie fertigte Lumpenpuppen an. In den Abendstunden, wenn ich in meinem Zimmer saß und schrieb, setzte sie sich, des Lesens müde, auf den Boden inmitten eines Haufens verschiedenfarbiger Fetzen – Stoffresten, die sie von einer Schneiderin in unserer Straße erhielt; sie schnitt sie in Stücke, legte sie zusammen, heftete, knüpfte, nähte... Der Anblick dieser Puppen rührte einem ans Herz: sie waren winzig klein, ein oder zwei Finger lang, und sahen alle aus wie arme Mägde, demütig und traurig. Die Hände lagen immer nahe am Körper, als ob sie an ihn gefesselt wären, sie hatten hängende Schultern, auf ihren Köpfen trugen sie bäuerliche Kopftücher, und die Augen – zwei kleine Kreuzstiche – sahen tränenvoll aus. Später stellte sie sie in einer Reihe ins Regal und aufs Fensterbrett und hängte ein paar von ihnen an die Wände.

Im siebten Monat unseres zweiten Ehejahres beschloß Lili, daß ich in Ariella Klinger verliebt war.

Sie beschloß das, nachdem sie mich eines Mittags auf dem Nachhauseweg von Steimatzky mit ihr in einem Café in der Dizengoffstraße sitzen sehen hatte.

Sie setzte sich zu uns, bestellte sich einen großen Eisbecher, und von dem Moment an, als sie begann, das Eis zu löffeln, bis sie fertig war, sagte sie kein einziges Wort. Auf Ariellas Fragen antwortete sie ja oder nein und nichts weiter.

Als wir aufbrachen und uns ein paar Schritte vom Café entfernt hatten, sagte sie: »Du bist in sie verliebt, nicht wahr?« Ich lachte. Ich tat ihre Verdächtigung mit ein paar geringschätzigen und abwertenden Bemerkungen ab. Sie glaubte mir kein Wort.

Hier muß ich etwas über die Dichterin Ariella Klinger sagen. Wenn auch sicher die meisten Leser dieses Buches Gedichte von ihr gelesen oder wenigstens von ihr gehört haben, so haben doch bestimmt nur wenige die Dichterin je selbst gesehen. Sie geht nicht viel unter die Leute. Sie gehört keiner literarischen Gruppierung an, und im allgemeinen ist sie eine Stubenhockerin. Ich schätze ihre Gedichte, in denen eine gewisse »dämonische« Kraft liegt, wenn ich sie zum Großteil auch nicht verstehe; ich schätze ihre Intelligenz – jeder, der sich auch nur kurze Zeit mit ihr unterhält, kann bestätigen, daß sie intelligent ist; aber ich wäre nicht imstande, mich in sie zu verlieben.

Der Grund? Etwas Künstliches, Affektiertes – soll ich sagen »Theatralisches«? – in ihren Bewegungen, im Klang ihrer Stimme... Kleinigkeiten... Wie soll ich es beschreiben? Zum Beispiel: Sie hat schwarzes, langes Haar, in der Mitte gescheitelt, das sich in zwei Sturzbächen zu beiden Seiten ihres Gesichts auf ihre Brust ergießt. Die rechte Welle überflutet häufig ihr rechtes Auge. Und wenn sie mir gegenübersitzt, hebt sie immer mit einer langsamen, eleganten Bewegung ihre rechte Hand, um die Haarwelle aus dem Auge zu schieben, als ob sie einen Vorhang aufziehen würde, und dann wirft sie den Kopf nach hinten. Diese Bewegung gefällt mir nicht. Sie hat etwas unangenehm Überhebliches an sich. Als ob sie sagen wollte: So bin ich! Genau so! Oder: Beim Reden (mit tiefer, vom Rauchen heiserer Stimme) begleitet sie ihre Worte mit kreisenden Bewegungen ihrer offenen Handflächen und gespreizten Finger, sie bewegt die Hand langsam vor ihrem Gesicht, als ob sie etwas oder den Gesprächspartner beschwören würde, und es kann passieren, daß sie auch ihre zweite Hand mobilisiert, ebenfalls mit gespreizten Fingern, und mit beiden vollführt sie ein *port de bras*, wie das beim Ballett heißt – eine Bewegung, die sozusagen bildhaft erklärt, was man sagen möchte. Diese Bewegungen wirken abschreckend auf mich. Oder: Mitten unterm Reden, ohne ersichtlichen Grund, fällt sie plötzlich von ihrer heiseren, tiefen, geheimnisschwangeren Stimmlage in einen klaren, feierlichen pathetischen Alt... Oder sie steht vom Stuhl auf, wirft einem einen durchdringenden, düsteren, sehr mysteriösen Blick zu, der besagt: Es gibt Dinge, mein Freund, zwischen Himmel und Erde, tiefer als alle Abgründe und dunkler als die schwärzeste Nacht, an die wir noch nicht gerührt haben, aber ich kenne sie, ich weiß... Und sie trennt sich von einem ohne ein Abschiedswort, ohne ein Lächeln, entfernt sich mit stolzem Schritt zu ihrem Garten der dunklen Geheimnisse... Oh, wie hätte ich mich in eine wie sie verlieben können?

Aber Lili hatte beschlossen, daß ich in sie verliebt war, und kein Protest war imstande, sie davon abzubringen.

Und an diesem Felsen zerschellte das in den stürmischen Wogen schlingernde Schiff unserer Ehe.

Eines Nachts kehrte ich noch später als sonst nach Hause zurück, gegen halb vier Uhr morgens. In der Bar, die ich aufzusuchen pflegte, hatte ich eine französische Touristin getroffen, die für *L'Express* Filmkritiken schrieb, eine dünne, vergnügte Frau, gebräunt von der Sonne des Club Méditerranée. Wir tranken, unterhielten uns über Godard und Ajar, Jouvet und Genet, tranken mehr, machten Witze, ich über Lyon, sie über Eilat, ich begleitete sie bis zum Hoteleingang, wir küßten uns wie Freunde, lächelten einander an, wissend, daß diese Begegnung nur eine angenehme Erinnerung bleiben sollte.

Lili war nicht schlafen gegangen. In der Wohnung brannte Licht, und sie saß mit überkreuzten Beinen im Nachthemd auf dem Teppich im Wohnzimmer, ein Buch vor sich.

Als ich in der Zimmertür stand, sagte sie: »Warst du mit Ariella zusammen?«

Mir drehte sich ein wenig der Kopf. Sowohl vom vielen Trinken als auch von der Begegnung mit der Französin, deren Duft – eine Mischung aus leichtem Parfüm und salzigem Meeresgeruch – mich noch umgab.

»Ja!« sage ich kühn.

»Hast du sie gefickt?« Sie starrte mich an, mit brennenden Augen.

Ich erschrak. Ich bin kein Puritaner, was die Sprache angeht – ich habe schließlich einige Theaterstücke über Ehebruch übersetzt, die mit sexuellen Anzüglichkeiten gespickt waren –, aber jedesmal, wenn ich eine Frau dieses überdeutliche Verb aussprechen höre, klingen mir die Ohren.

»Ja!« sagte ich nach kurzem Zögern.

Lili erhob sich und ging ins Schlafzimmer. Ich sank in einen Sessel und erwartete den aufgeschobenen Vulkanausbruch.

Nach etwa zehn Minuten kam sie mit einem Koffer in der Hand wieder. Sie stellte ihn neben die Eingangstür, näherte sich mir mit entschlossenen Schritten und verpaßte mir beidhändig vier Ohrfeigen, rechts und links, rechts und links, bis mir der Kopf dröhnte.

Danach wurde die Tür mit aller Kraft zugeschlagen, ein Geräusch, das die Grundfesten der Erde erschütterte.

Und das war das Ende unserer Ehe. Ein Ende, das auf einem Irrtum beruhte, so wie der Anfang ein Irrtum gewesen war.

Yvette

Yvette war von solch zarter Feinsinnigkeit, daß es, wenn sie über Mallarmé sprach, war, als manikürte sie ihre Fingernägel. Die Gedichte des heiligen Johannes vom Kreuz konnte sie auswendig. Sie war in ihn verliebt. Und ich war eifersüchtig.

Aber sie studierte Biologie. Literaturwissenschaft war ihrer Meinung nach »Vergeudung, wenn nicht Verderben«.

Sie ließ mich nicht. Sieben Monate – fast das ganze Studienjahr – waren wir befreundet, und kein einziges Mal ließ sie mich. Sie bewahrte ihre Unschuld vor mir. Denn »zu glücklich zu sein ist eine Sünde«. »Sünde?« fragte ich zwischen unseren Küssen. »Ja. Sünde, Sünde!«

An Sommerabenden kletterten wir die gewundene Straße zur Fourvière hinauf, dem Berg, der sich über dem alten Viertel der Stadt erhebt. Wir saßen auf einer Bank im Kiefernhain auf dem Gipfel und blickten von hoch oben auf die Stadt hinunter, auf die zwei Flüsse, die sie durchquerten, die Rhône und die Saône, auf die Brücken, auf die glitzernden Lichter. Sternschnuppen fielen und zerstoben auf ihrem Weg zum Fluß. Yvette verging in meinen Armen. Ihre Küsse hatten den Geruch von Geranien und den Geschmack von heißem Blut. Sie war so zerbrechlich, daß ich sie nur vorsichtig umarmte, damit sie nicht auseinanderfiel. Sie liebte mich, und sie liebte Gott, die Heiligen und den Heiligen Geist. Ihr Kopf lag auf meinen Knien, und während ich sanft ihre kleinen, festen Brüste massierte, richtete sie sich plötzlich auf und sagte: »Und trotzdem, in einer Sache hatte Pascal nicht recht: die Kasuistik führt nicht zur Läuterung der Sünden...«

Ihr Vater, Besitzer einer Musikalienhandlung im Stadtzentrum – »Berlioz« – war ein begeisterter Anhänger der Jesuiten.

Wenn wir in einem betörenden Kuß aneinander gefesselt waren und ich, unfähig, meine Leidenschaft zu zügeln, mit einer Hand ihr Knie streichelte und Mut sammelte, um mich vom Oberschenkel aus nach oben zu tasten, unter den Saum ihres Kleides, versteifte sie sich mit einemmal, strich ihr Kleid glatt und sagte, während sie mir übers Haar fuhr: »Laß uns hineingehen, mon amour.«

»Hineingehen«, das hieß: in die Kirche hinter uns, Notre-Dame-de-Fourvière, wo auf einem Eckvorsprung die Madonna mit einer Goldkrone bekränzt prangte und auf die Stadt hinunterblickte.

Ich folgte ihr, meine eine Hand in der Hosentasche, um mein sündiges Verlangen zu unterdrücken und um der Heiligen Jungfrau im Chor nicht damit unter die Augen zu treten.

Die große Kirche war zu dieser Zeit leer. Gedämpftes Licht von Kristallüstern und Wachskerzen flackerten vor den Altären. Vergoldete Mosaikbilder der Apostel und Heiligen zierten die Wände ringsherum und das mächtige Kuppelgewölbe. Yvette saß mit den Händen in ihrem Schoß gefaltet und mit geschlossenen Augen in himmlischem Frieden da. Ich senkte meinen Kopf. Ich haßte diese Kirche, den Geruch nach Weihrauch und Wachs, die vergoldeten Heiligenscheine, die die Köpfe der Heiligen umgaben, von denen einer, so stellte ich mir vor, gleich von seinem Platz abheben und über dem Kopf meiner Geliebten schweben würde.

Einmal erzählte sie mir, daß sie von meinem Vater geträumt habe:

Sie sah ihn auf einem Feld zwischen roten Blumen laufen, auf dem Berg Zion, schnell und gehetzt, als ob er verfolgt würde, und plötzlich verließ ihn seine Kraft, und er fiel hin. Er lag rücklings auf dem Lager aus roten Blumen, und sein Mund war wie zum Schrei geöffnet. Aber er war stumm. Am Ende des Feldes prangte ein sehr hohes Kreuz, und eine Schlange wand sich darum. Sie wollte ihm sagen: Sieh hinauf! Nach oben! – aber da erwachte sie.

Wäre nicht die Schlange gewesen, ich hätte gedacht, sie hätte den Traum erfunden. Um mir anzudeuten, daß ich mich von dem Hindernis zwischen uns befreien müsse.

In meinen Augen war sie von göttlicher Schönheit. Ihre Schläfen waren so durchsichtig, daß die bläulichen Adern durchschienen. Ihr Gesicht war von bernsteinfarbener Klarheit durchtränkt, einem Licht wie der überirdische Dämmer, der durch die farbigen Glasfenster hoch oben in der Kathedrale fiel. In der Universität, während der Vorlesungen über Stendhal, stellte ich mir vor, daß ich wie Julien Sorel auf einer Leiter in ihr Zimmer, in ihr Bett kletterte. Meine Lenden schmerzten.

Am Ende des Studienjahres sagte sie mir, daß sie in die Normandie reisen und wir uns nicht wiedersehen würden. »Das ist unser Schicksal, mon amour«, sagte sie traurig.

Wir saßen in Simones kleinem Café in der Altstadt, am Fenster. Dünner Regen sprühte aufs Straßenpflaster. Wir waren allein im Café, und Yvette hielt mit ihren beiden Händen – den schwachen, mitleiderregenden – die meinen, die auf dem schweren, bäuerlichen Holztisch lagen. Sie sah mir mit einem verlangenden und tröstenden Blick in die Augen und schwieg. Diese reine Klarheit, die aus ihren Augen strahlte – man konnte ihr schwerlich widerstehen. Ich streckte meine Hand nach dem dicken Buch aus, das neben ihrem Ellbogen lag. Ich schlug es in der Mitte auf. Auf beiden Seiten waren vergrößerte Zellen von Meeresalgen abgebildet. Wie verwischte blaue, grüne und violette Tuscheflecken, umgeben von kettenartigen Kreisgebilden. Ich deutete auf die Legende unten auf der Seite: Symbiose. Yvette lächelte und schloß das Buch, ohne hinzuschauen. »Du wirst vergessen«, sagte sie, »die starke Sonne deines Landes wird alles auslöschen.« Ich wandte meinen Blick von ihr ab. Durch das tränenverschmierte Fenster waren der kleine Platz mit dem Brunnen in der

Mitte und die Mauer der düsteren Kathedrale Saint-Jean-Baptiste zu sehen. Zwei Frauen gingen eingehakt unter einem Regenschirm, über die Pfützen springend, eine von ihnen stolperte über einen Stein und glitt aus, und ihre Gefährtin half ihr, sich aufzurichten. Beide lachten, und auch mir entfuhr ein leises Lachen. An den Wänden hingen die Köpfe von zwei Militärs, und auf Holztafeln waren Sinnsprüche mit schwarzen Buchstaben eingebrannt. Yvette sagte: »Im nächsten Jahr... wirst du wieder in dem kleinen Zimmer in der Rue Sala wohnen?« Ich sagte: »Ich habe heute nacht von dir geträumt.« Und erzählte ihr meinen Traum:

Riesige, zweidimensionale Fische – ähnlich bunten Pappfischen, mit scharf gezähnten Flossen – fielen ganz langsam vom Himmel herunter, und kleine Kinder ritten auf ihnen. Die Fische schwebten mit ihren Reitern herab, und als sie den Boden erreicht hatten, stiegen die Kinder ab, und die Fische, auf ihren Flossen aufrecht stehend, ordneten sich zu einer zusammenhängenden Reihe. Ein Mädchen in einem langen weißen Kleid ergriff ein Seil, das aus dem Maul des ersten Fisches kam, und führte die Karawane an. Als sich der Zug mir näherte, sah ich, daß sie das Mädchen war. Ich rief: Yvette! Yvette! Aber das Mädchen ging stolz weiter, blickte gerade vor sich hin und schenkte mir keine Aufmerksamkeit. Ich sah traurig der sich entfernenden Karawane nach, bis die Füße des Mädchens ins blaue Meer eintauchten.

Tränen glänzten in Yvettes Augen. Ihre zwei grazilen Hände preßten die meinen. Sie sagte: »Ich werde mich vor Sehnsucht verzehren.«

»Gehen wir?« sagte ich.

Yvette griff nach ihrer Handtasche.

Ein ganz dünner Nieselregen fiel. Ich hatte einen Regenschirm und sie einen blauen Plastikmantel mit Kapuze. Sie hakte sich bei mir ein, und unsre Schritte hallten im Zweiklang – wie so viele Male – auf dem Pflaster der schmalen Straße wider: rhythmisches Klopfen meiner festen Schritte und leichtes Trippeln ihrer spitzen Absätze.

Heute noch, wenn ich mich an diesen Zweiklang unserer Schritte auf dem Pflaster des alten Viertels von Lyon erinnere, tut mir das Herz vor Sehnsucht weh.

Auf beiden Seiten waren kleine Läden, die in den Schaufenstern bestickte Kleider, Schmuck, Kultgegenstände, Bilder und Statuetten, alte Uhren, Bücher und Blumen ausgestellt hatten.

»Gehen wir hinauf?« Sie drückte sich an meine Schulter.

»Hinauf« – das war die Fourvière. Der Kieferhain, die Bank, die Kirche.

Als wir die Rue du Bœuf erreicht hatten, vor der Abzweigung zum Berg, blieb ich stehen. Ich sagte: »Nein.«

Ich wollte keine Abschiedsszene. Keine Abschiedszeremonie vor dem Bild der Heiligen Jungfrau.

Ihre Augen weiteten sich erstaunt.

Ihr Gesicht war regennaß.

»Ich begleite dich zum Bus«, sagte ich.

Wir kehrten um. Als wir an dem Juwelierladen vorbeikamen, blieb ich wieder stehen. Ich ging zwei Schritte zurück und lenkte sie hinein.

Ich verlangte eine dünne Goldkette mit einem Kreuz als Anhänger.

Yvette zog mich beiseite und flüsterte: »Ich will nicht. Ich nehme es nicht an. Nein.«

»Als Abschiedsgeschenk«, sagte ich. »Laß mich.«

Sie warf mir einen langen Blick zu und sagte dann: »Gut. Aber nur mit einem Fisch.«

Die Verkäuferin stöberte in den Vitrinen, suchte eine Kette mit Fisch und fand keine.

Yvette ließ ihren Blick zwischen mir und der Verkäuferin hin- und hergehen.

Dann, mit einem Lächeln und tränenglänzenden Augen, legte sie mir tröstend eine Hand auf den Arm und sagte: »Adieu, mon chéri.«

Und verließ den Laden.

Ich sah ihr nach, fast rannte sie, bis sie um die Ecke verschwand.

So trennten wir uns.

Im zweiten Studienjahr ertränkte ich meinen Kummer in Rabelais' rauschenden Wortorgien. Danach suchte ich bei Louise Zuflucht, einem leichtsinnigen Mädchen.

Zermürbungskrieg

Von Linie zu Linie, von Befehl zu Befehl rattert und knattert Schatz' Schreibmaschine über meinem Kopf. Zeile, Klingeln, noch eine Zeile, noch ein Klingeln – das Meisterwerk über die hebräische Ästhetik seiner Vollendung entgegen, dank Fleiß und Ausdauer, es ist sicher bereits auf Seite dreihundert angelangt –

Ich – meine Hände sind gelähmt. Bald wird meine Rechte verdorren. Die zweiundzwanzigeinhalb Seiten des Buches, das ich begonnen habe, liegen in der Schublade, setzen Schimmel an, wie es scheint. Wenn ich sie heraushole, betrachte ich sie mit unendlichem Mitgefühl und bin nicht einmal in der Lage, den Satz zu beenden, in dem ich mittendrin steckengeblieben bin. Auch wenn die Schreibmaschine schweigt, kann ich nicht schreiben. Wenn es keinen hörbaren Laut gibt, gibt es ein sehendes Auge. Alles, was ich schreiben würde, würde von seinen Pupillen fotografiert werden, in Spiegelschrift. Wenn es zwei Stare, wie die Rede geht, zusammen nicht auf einem Zweig aushalten können, um wieviel weniger können zwei Federvögel zusammen unter einem Dach leben!

Jedesmal, wenn ich daran denke, wie er mein Haus besetzte und die Herrschaft darin übernahm und meine ganze Arbeit zum Erliegen brachte, kocht das Blut in mir.

Eine Chuzpe! Eine Frechheit! Ein Fremder ist er, der kam, um sich niederzulassen und das Land in Besitz zu nehmen!

Stundenlang saß ich da und brütete Pläne aus, wie ich ihn dazu bringen konnte, daß er ging, sich davonmachte, das Haus für immer verließ. Und wenn mir keine List einfallen wollte, ersann ich einen Unfall für ihn. So viele Leute in diesem Lande kommen durch Verkehrsunfälle zu Tode, sagte ich mir, ungefähr tausend pro Jahr, warum sollte er nicht einer davon sein? Warum sollten andere – bessere und anständigere Leute als er, darunter kleine Kinder, die niemanden etwas zuleide getan haben – umkommen, und er nicht? Warum sollte er immer Glück haben? Da überquert er auf seinem Nachhauseweg die Hauptstraße, aufrechten Schritts, die Aktentasche in der Hand, den Blick geradeaus gerichtet, er bemerkt das Auto gar nicht, das rasch von links um die Ecke braust – denn sein Kopf ist mit Gedanken über den nächsten Abschnitt seines Werkes über die hebräische Ästhetik beschäftigt, er feilt an einem Satz, den er schon seit einigen Stunden mit sich herumträgt, zum Beispiel über die Dialektik zwischen dem Fluß der chronologischen Zeit und der semantischen Zeit – und da, auf einmal... ein Entsetzensschrei...

Tränen steigen mir in die Augen, wie ich ihn überfahren und blutüberströmt auf dem Asphalt liegen sehe. Die schwarze Tasche, die seiner Hand entfallen ist, liegt sperrangelweit offen auf der Straße, etwas weiter weg die herausgeflatterten Papiere. Die hebräische Ästhetik. Geschlagen. Auf Grund gelaufen. Leute eilen herbei, drängen sich um ihn. Zwei unter ihnen ergreifen sachverständig die Initiative, beugen sich über ihn, um zu sehen, ob noch Leben in ihm ist. Seine Augen sind offen, aber erstarrt. Sein Gesicht ist grau geworden. Sie rücken seine Schultern zurecht, öffnen sein Hemd. Der eine beugt sich hinunter, preßt seinen Mund auf den seinen, das Knie auf seine Brust, versucht künstliche Beatmung.

Das Heulen der sich nähernden Ambulanz zittert in der Luft...

Tränen stehen in meinen Augen. So jung, so begabt. In der Blüte seiner Jahre. Mit vierzig. Weniger. Weshalb mußte er so töricht sein, sich ausgerechnet in diesem Haus eine Wohnung auszusuchen? Wenn er nicht hier gewohnt hätte, hätte er auf dem Weg hierher nicht diese belebte Straße überquert. Er hätte noch viele Jahre leben können. Viele Bücher schreiben können...

Sie heben ihn auf eine Bahre. Steif und starr. Sie schieben ihn in den Ambulanzwagen, so wie ein Laib Brot in den Ofen geschoben wird. Er entfernt sich unter dem Heulen der Sirene. Verschwindet.

Dann das Begräbnis. Am Mittag. Eine große Menschenmenge, wie betäubt von dem Unglück, versammelt sich im Hof der Leichenhalle. Seine Studenten, die Mitglieder der zwei Cliquen, die sich unterschiedslos durcheinandermengen, gebeugt und trauernd. Vergessen alle Zwistigkeiten. Was sind Auseinandersetzungen und Streitigkeiten im Angesicht des Todes? Gramgebeugt ergehen sich alle in flüsternden Lobpreisungen des Dahingeschiedenen. Still. Akiva Ben Mahalalel sagt: »Richte dein Augenmerk auf drei Dinge, und du wirst keine Sünde begehen: Wisse, woher du kommest und wohin du gehest, und vor wem –« Ist das Naomi, die da unter dem schwarzen Schleier schluchzt? Tränen würgen mich. Möge Er ihm Gerechtigkeit widerfahren lassen... Die schwarzgekleideten Synagogenvorsteher gehen vor dem Sarg einher.

Nachdem das Grab zugeschüttet ist, werde ich gebeten, eine Leichenrede auf ihn zu halten. Ich, der sein Nachbar war, der Mensch, der ihm am nächsten stand. Raum an Raum grenzend. Mit erstickter, heiserer Stimme spreche ich: Ein Genie ist von uns gegangen. Ein Weiser. Ein Forscher und Kritiker mit scharfem Geist und trefflicher Feder. Ein eifriger, ausdauernder Gelehrter, der Tag und Nacht mit Forschung und Schreiben verbrachte und keine

Ruhe kannte. Seine zwei Bücher eröffneten unserer Literatur neue Horizonte und veränderten ihren Lauf. Sie gaben uns Kriterien an die Hand, um zwischen gut und schlecht, zwischen erhaben und trivial zu unterscheiden. Er war Wegweiser und Gewissen unserer Literatur, der Wächter auf dem Posten, der Führer, der uns den Weg wies. Schwer vorstellbar, wie die Verfasser von Prosa und Poesie ihre Bücher ohne diese Feuersäule hätten schreiben sollen, die vor ihnen einherwandelte. Schwer vorstellbar, wie die Leser von Büchern hätten verstehen können, was sie lasen, ohne dieses Licht, das ihnen die Zeilen erhellte und das, was zwischen den Zeilen stand. Zu früh starb dieser Mann, und sein Werk brach in der Mitte ab. Er hatte noch ein weiteres Buch…

Ich konzipiere im Geiste die ganze Trauerrede, während ich in meinem Zimmer sitze und auf die Geräusche jenseits der Wände und der Decke horche. Ja, heute geschah der Unfall, sage ich. Denn es herrscht Stille im Haus. Denn es ist bereits halb sieben, und noch sind seine Schritte nicht auf der Treppe zu hören gewesen. Morgen wird das Begräbnis stattfinden. Um drei Uhr nachmittags. Wer wird Naomi stützen, wenn sie hinter dem Sarg hergeht? Hat sie Geschwister? Mutter und Vater?

Aber um Viertel nach sieben höre ich die wohlbekannten Schritte hinaufgehen. Er ist wiederauferstanden von den Toten. Und darauf das Türenschlagen, auf und zu die Tür. Und um neun feuert die Maschine bereits wieder volles Rohr.

Oder Selbstmord – sage ich anderntags zu mir selbst. Warum bringt er sich nicht um, zum Beispiel? Quält ihn denn gar nichts? Treibt ihn nichts zur Verzweiflung? Hat er keine Schuldgefühle? Ängste, vor denen es kein Entrinnen gibt? Paranoia? Hypochondrie? Und wenn nicht im persönlichen Lebensbereich – fühlt er denn nicht die Ausweglosigkeit der menschlichen Situation? Oder der jüdischen, unserer Situation? Ist er denn nicht ein denkender, hochintelligenter Mensch? Und es gibt keinen verständigen und sensiblen Menschen, der nicht von Zeit zu Zeit von Selbstmordgedanken heimgesucht wird! Wenn auch die Mehrheit davor zurückschreckt, vor der Ausführung zurückschreckt – aber es gibt einfache Wege, ganz schmerzlos, vierzig Schlaftabletten zum Beispiel...

Aber nein! Ich lache verächtlich über mich selbst – ein Mensch wie er begeht keinen Selbstmord! Er? Sensibel? Eine Elefantenhaut! Grobschlächtig! Keine Chance!

Eines Abends, als ich in meinem Zimmer saß, unbeweglich, mit schwellendem, bohrendem Haß in meinen Eingeweiden, dampfend vor hilfloser Wut, hilflos vor der zeilenspeienden Maschine über meinem Kopf, die wie das Picken eines Raubvogelschnabels an meinem Fleisch zerrte, blitzte eine Idee in mir auf –

Auge um Auge. Zahn um Zahn. Sperrfeuer gegen Sperrfeuer.

Ich stand auf, ging ins Wohnzimmer, schlug das Telefonbuch auf, fand die Nummer des verblichenen Dr. Klausner –

Ja, ich weiß: es gereicht mir nicht zur Ehre. Nichtsnutze und Taugenichtse machen so etwas. Aber für mich ist es eine Überlebensfrage! Schreiben oder Tod! Es gibt kein langes Überlegen in der Stunde der Gefahr!

Ich wählte die Nummer. Ich hörte das zweifache Kreuzfeuer des Klingelns. Der Hörer auf der anderen Seite wurde abgehoben. Es war Naomis Stimme: »Hallo?« und noch mal: »Hallo?« Und dann: »Wer spricht dort?«

Ich blieb stumm. Ich wartete. Die Schreibmaschine verstummte ebenfalls. Es war elf Uhr. Ich stellte sie mir in Gedanken vor: War sie im Bett? In ihrem durchsichtigen Nachthemd? Las sie ein Buch? Glänzten ihre sonnengebräunten Schultern unter dem Licht der kleinen Nachttischlampe?

Der Hörer wurde aufgelegt. Die Schreibmaschine hämmerte weiter.

Ich hatte danebengeschossen. Statt den Schützen außer Gefecht zu setzen, hatte ich eine unschuldige Zivilistin getroffen.

Ich wartete fünf Minuten, dann wählte ich noch mal.

Wieder wurde der Hörer abgehoben. Wieder erklang Naomis angenehme, müde Stimme: »Hallo... Hallo... wer ist dort?« Ich spürte den Hauch ihres Atems auf meinem Gesicht.

Wieder verstummte die Schreibmaschine; und nachdem der Hörer auf die Gabel gelegt worden war, fuhr sie wieder fort in ihrem hurtigem Lauf.

Ich wartete eine Viertelstunde.

Ich sagte mir: Wenn ich jede Viertelstunde einen Ausfall mache – muß er aufhören. Ein Mensch kann nicht schreiben, wenn unaufhörliches Klingeln seinen Gedankenfluß zerhackt.

Als der Hörer zum drittenmal abgenommen wurde – nach sechs oder sieben Klingelzeichen –, hörte ich die aufgebrachte Stimme von Schatz selbst: »Hallo! Hallo! Wer spricht dort?!«

Im Hintergrund war die schläfrige Stimme Naomis zu vernehmen: »Jemand hat sich offenbar verwählt.«

»Warum antwortet er dann nicht?« sagte Schatz. Und in den Hörer hinein, ärgerlich: »Welche Nummer wollen Sie?« Und nachdem er noch einen Moment gewartet hatte, warf er den Hörer auf die Gabel.

Und kehrte auf seinen Posten zurück. Zu seiner Nachtschicht. Mit doppeltem Eifer.

Ich weiß nicht, wo Schatz in der Armee gedient hat, wenn er überhaupt beim Militär war, ich jedenfalls war bei der Artillerie, und zur Zeit des Zermürbungskriegs – der so viele Gefallene auf beiden Seiten des Suezkanals forderte –, als ich zum Reservedienst einberufen wurde, war ich am Mafreket-Stützpunkt stationiert. Das Granatfeuer war auf beiden Seiten sporadisch: nie zu bestimmten Zeiten, nie in regelmäßigen Abständen, niemals kontinuierlich vierundzwanzig Stunden lang und niemals die gleichen Ziele. Das war das Betäubende, das Beängstigende daran: daß Zeit und Ort sich immer änderten. Plötzlich, um zehn Uhr morgens oder um drei Uhr nachmittags, detoniert die Granate mit gewaltigem Getöse, während Schauer von Sand und Steinen aufspritzen, nicht einmal zehn Schritte von dir entfernt, wenn du Glück hast, und für einen Moment bist du völlig mit Staub bedeckt, während dein Kopf mit dem Stahlhelm in der Erde steckt. Plötzlich, um Mitternacht, bebt der Bunker, in dem du dich zur Ruhe gelegt hast, und bestürzt siehst du, daß eine Betonwand eingestürzt ist und unter sich einige deiner Kameraden begraben hat, die unter den Trümmern schreien und stöhnen. Oder manchmal vier Stunden andauerndes Pfeifen, Detonationen der Granaten um dich herum, und du kannst nicht einmal den Kopf aus dem Graben strekken, in den du dich, auf dem Zahnfleisch kriechend, geflüchtet hast. Und danach – keiner weiß, warum – zwei Tage Feuerpause. Alle Geschütze schweigen.

Ich wartete etwa zwei Stunden. Um Viertel nach eins wählte ich wieder.

Ich hörte zwei Klingelzeichen, der Hörer jenseits der Grenze wurde abgenommen. Keiner sagte etwas, aber der Hörer wurde nicht auf die Gabel zurückgelegt.

Ungefähr zehn Minuten lang hielt ich den Hörer an mein Ohr, dann hängte ich auf.

Als ich dieses Experimentalstück eines irregulären Bombardements für mich selbst resümierte, kam ich zu dem Schluß, daß sich bei durchaus begrenzten Resultaten die »Gesamtkonzeption« – um einen Ausdruck zu gebrauchen, der in den Tagen des Zermürbungskrieges sehr verbreitet war – doch bewährt hatte: Wenn ich sie aufrechterhielt, würden die Störungen Schatz' geregelten Tagesablauf, das heißt sein Schreiben, seine Produktion, so durcheinanderbringen, daß er gezwungen sein würde – ob vorübergehend oder auf Dauer –, eine Lösung zu finden, die den Bereich der Wohnung nicht mehr berühren würde; das würde ihm zur Falle werden – außer, er würde sich entschließen, das Telefon stillzulegen. Das Risiko, das ich auf mich nahm – daß er mir auf die Schliche kommen würde –, war gering, denn sogar wenn er das Ganze als geplanten Anschlag erkannte, so gab es viele Leute, die ihn haßten und wahrscheinlich auch vor Anschlägen auf ihn nicht zurückschrecken würden – wie Naomi mir berichtet hatte –, und ihm würde nicht der Verdacht kommen, daß der Feind im eigenen Haus auf ihn lauerte.

Am nächsten Abend erneuerte ich das Bombardement. Fünfmal rief ich an zwischen neun und ein Uhr. Die ersten beiden Male nahm Naomi ab. Beim drittenmal war es Schatz, der drohte: »Ich warne Sie, wenn Sie nicht damit aufhören, rufe ich die Polizei!« Aber im Hintergrund hörte ich Naomis Stimme: »Vielleicht ist es kaputt... meiner Mutter ist das schon passiert...« Bei den beiden letzten Malen wurde der Hörer überhaupt nicht abgenommen, da ich aber den Hörer jedesmal etwa fünf Minuten lang in der Hand behielt, bis ich es müde wurde, hörte das Rattern der Schreibmaschine zweimal für volle sechs Minuten auf.

Ich sagte mir: Auch wenn die Arbeitspausen der Maschine im Moment noch kurz sind, so wird er, wenn ich das Spiel weitertreibe, schließlich den Verstand verlieren! Er wird nicht standhalten können!

Am dritten Abend nahm Naomi nach dem ersten Klingeln ab. Sie fragte sanft: »Wer spricht dort?« und behielt den Hörer in der Hand. Die Schreibmaschine hörte auf zu rattern. Auch ich behielt den Hörer in der Hand. Es war nur ein leichtes Knistern zu hören, die »Atmosphäre« sozusagen, die immer in der Muschel rauscht, und jenseits davon meinte ich den Atem Naomis zu hören. Ich lauschte. Ich dachte nicht an Schatz, nicht an seine Schreibmaschine, nicht an die verzweifelten, grotesken Schlachten, die ich ihm lieferte. Ich mußte mich zurückhalten, um nicht zu flüstern: Naomi... Hör auf das, was ich dir sage... Geh dort weg... Geh aus diesem Gefängnis raus... Du wirst da drin verkümmern...

Sie war es, die als erste den Hörer auflegte.

Als ich wieder anrief, hörte ich das Besetztzeichen. Noch viermal rief ich an, das letztemal um zwei Uhr nachts, und jedesmal war besetzt. Wie es schien, hatten sie den anonymen Störenfried überlistet und den Hörer neben die Gabel gelegt.

Ich gab nicht auf. Am vierten Abend nahm wieder Naomi nach dem ersten Klingeln ab – diesmal war es halb elf –, wieder hielt sie den Hörer minutenlang in der Hand. Warum legt sie nicht auf? dachte ich. Hofft sie, die Stimme des mysteriösen Menschen am unsichtbaren anderen Ende zu hören? Hofft sie auf eine Botschaft? Oder weiß sie vielleicht instinktiv, daß ich es bin? Als hätten wir ein heimliches Rendezvous. Ohne etwas zu sagen, ohne Worte. Unsre Seelen sprechen miteinander. Von weitem hörte ich Schatz' Stimme: »Warum legst du nicht auf? Aus dem Schweigen wirst du nicht erraten, wer es ist...« Sie antwortete nicht. Ich sah sie lächeln, mit neugierigem Vergnügen dem schwachen Rauschen in der Muschel lauschen. Ob sie im Sessel sitzt? Oder mit angezogenen Beinen im Bett liegt, Kopf und Arm auf dem Kissen? »Ich habe dir gesagt«, ließ sich Schatz' Stimme vernehmen, »du sollst aufhängen! Du hättest schon lange aufhängen sollen!« Und sehr gedämpft ihre Stimme, nachdem sie offenbar die Hand über den Hörer gelegt hatte: »Willst du... ganze Abende lang...? Es ist doch...« Und von weitem seine Stimme: »Was für einen Anruf erwartest du um die Zeit noch?« Und der Hörer wurde aufgelegt.

Ich rief wieder an, nur um ihren Atem zu fühlen, ihre Erwartung, ihr gespanntes Lauschen. Aber der Hörer wurde abgehoben und sofort wieder aufgelegt; und als ich noch einmal anrief, höhnte mir das Besetztzeichen entgegen.

Als ich am folgenden Abend auf meinen Posten zurückkehrte, war ich nicht mehr daran interessiert, die Stellung des Feindes zu unterminieren. Ich dachte an *Verbotene Spiele*. Verbotene, geheime Spiele zwischen mir und Naomi. Ein Bund war zwischen uns geschlossen worden. Ein Bund der wispernden Stille. Die Ätherwellen, die durch die dünne Leitung fließen, tragen die Geheimnisse von mir zu ihr, von ihr zu mir, in einem Code, den keiner außer uns entschlüsseln kann – »Ein Geheimnis ist wie in Dunkelheit wispernd in diesem Draht verborgen« –, wenn wir den Vergleich eines bekannten Dichters heranziehen wollen.

Am anderen Ende war Anteilnahme. Erwartung, Ahnung. Sanft wurde der Hörer aufgelegt. Sofort wählte ich wieder, aber da ertönte bereits wieder das Tuten des Besetztzeichens. Und den ganzen Abend gelang es mir nicht mehr, die Verbindung herzustellen.

Ich saß neben dem lahmgelegten Telefon und überdachte meine Strategie. Einsatzbesprechung, in der Sprache des Militärs: Ein Mann wie Schatz, der so viele Kontakte mit Professoren, Lehrern und Schülern hat, der Mitglied in zahlreichen Komitees ist, zu Vorträgen gebeten wird, mit Zeitungsredaktionen, mit Verlegern zu tun hat, kann unmöglich das Telefon in seiner Wohnung ganze Abende lang stillegen, was macht er also? Vielleicht wendet er sich an die Polizei, wie er gedroht hat? Vielleicht hat er bereits Anzeige wegen des »Telefonterrors« erstattet? Kann die Polizei die Spur des notorischen Störenfrieds zurückverfolgen?

Ich wählte 100. Ich sagte der Polizistin, die meinen Anruf entgegennahm, daß ich am Telefon belästigt würde, seit ein paar Nächten, zu verschiedenen Zeiten, was ich machen könne? »Wenden Sie sich an die nächste Polizeistation und erstatten Sie Anzeige«, sagte sie. »Gibt es eine Chance, den Täter ausfindig zu machen?« »Das kann ich Ihnen nicht sagen. Sie werden sich mit dem Postamt in Verbindung setzen und mit deren Hilfe versuchen, herauszufinden, von welchem Telefon aus der Täter anruft. Ja, in vielen Fällen wird der Täter ausfindig gemacht.«

Ich legte auf und dachte über meine nächsten Schritte nach: Ja, ich bringe mich in Gefahr. Wenn ich gefaßt würde, wäre das eine Schmach, die ich nie verwinden könnte. Meine Schande würde nicht nur in diesem Haus bekannt werden, sondern sich auch außerhalb verbreiten. Aber Schatz hat sich noch nicht an die Polizei gewandt. Hätte er das getan, würde er sein Telefon nicht aushängen, sondern mich so lange wie möglich in der Leitung halten – vielleicht auch am Telefon sprechen, viel reden –, um der Polizei behilflich zu sein, mich zu orten. Ich muß weitermachen. Es liegt ein gewisser Zauber in diesem Risiko. In dieser Herausforderung.

Am nächsten Tag, als ich meinen Briefkasten öffnete, durchquerte Naomi das Treppenhaus und kam, um ihren Briefkasten zu öffnen. Eine Hitzewelle durchflutete mich, wie nach einer Nacht verstohlener Liebesspiele. Erkannte sie nicht an meinem Gesicht, daß ich derjenige war, der am anderen Ende der Leitung saß? Daß ich derjenige war, der lange Augenblicke auf ihren Atem gelauscht hatte?

Ich fragte, welche Tiere sie zur Zeit fotografiere. »Hunde«, sagte sie lachend. »Schoßhunde. Pudel.« Ob sie nicht vorhabe, wieder in den Schoß der Natur hinauszufahren? Wollte Gott! sagte sie, sie habe genug von dieser Stadt. Was an ihr denn so schlimm sei? fragte ich. Ach! seufzte sie. Und fügte hinzu: »Es gibt Gestörte in dieser Stadt.« Gestörte? fragte ich verwundert. »Um zwei Uhr nachts rufen sie an, geben sich nicht zu erkennen, antworten nicht... Schon seit einigen Nächten geht das so... Nur um einen verrückt zu machen...« Ich stand da und bemitleidete sie. Ob sie jemanden in Verdacht hätten? fragte ich. »Naphtali hat viele Feinde«, lächelte sie. »Wenden Sie sich an die Polizei!« sagte ich. »Ja, wenn das so weitergeht, müssen wir das tun, fürchte ich...«

Am Abend rief ich einmal an. Um elf. Zwei volle Minuten zog sich unser Schweigen hin.

Ich wußte, ich würde nicht weitermachen.

Ich war geschlagen.

Schatz' Schreibmaschine fuhr mit ihrem eifrigen, unaufhaltsamen, dreisten Rattern fort.

Er soll sich eine andere Wohnung suchen! höre ich die ärgerliche Stimme des ungeduldigen Lesers. Wenn er so sehr leidet, wenn er paralysiert ist, wie er behauptet, warum verlegt er seine Wohnung nicht in ein anderes Haus, anstatt lächerliche, aussichtslose Kriege zu führen?!

Nein, das könnte ich unter keinen Umständen tun!

Erstens ist es Ehrensache: Ich bin der Ansässige, und er ist der Fremde! Ich habe das ältere und das Erstgeborenenrecht. Warum soll ich mich dieser Ungerechtigkeit beugen und zulassen, daß er mich mit Füßen tritt?! Zweitens ist es eine Frage der Bequemlichkeit: Ich bin an meine Wohnung gewöhnt, an das Haus, die Straße, die Bäume, die Mitbewohner, die Katzen, den Krämer, den Postbeamten, die Wäscherei, das Restaurant – warum sollte ich sie gegen eine andere Umgebung tauschen, von der ich nicht weiß, was mich dort erwartet? Drittens ist es eine Frage des Geldes: ein Wohnungswechsel ist mit hohen Unkosten verbunden – Vermittlungsgebühren für den Verkauf und Neukauf, Vermögenssteuern und andere Steuern, Notarkosten für die Abfassung eines Vertrags, für die Eintragung im Grundbuch, Unkosten für Packen, Transport und Ausladen –, warum soll ich die ganze Last tragen, und woher soll ich das Geld dafür nehmen?

Und schließlich: Wer könnte mir garantieren, daß ich nicht im neuen Haus zu meiner Überraschung und zu meinem Leidwesen im Stockwerk über oder unter mir, in der Wohnung rechts oder links von mir – wie man eine Maus oder Ratte in der Speisekammer entdeckt – irgendeine andere Kritikerratte entdecken würde? Die ebenfalls mit nie ermüdendem Eifer auf ihrer Schreibmaschine dahinrattern würde, von morgens bis abends oder von abends bis Mitternacht? Die ebenfalls um sich herum im ganzen Treppenhaus, im Hauseingang und im Hof die schlechte Luft aufgeblasenen Dünkels verbreiten würde? Die Wahrscheinlichkeit, daß dies tatsächlich passiert, ist ziemlich hoch: Es gibt fünf Universitäten in diesem Land, und sie entlassen jedes Jahr etwa fünfhundert Jungkritiker, die sich wie die Ratten vermehren, an Büchern nagen und sie verschlingen, sich in den Häusern ausbreiten, sich Nester in Wohnungen und Löchern bauen...

Das erinnert mich an eine Anekdote, die mir meine Mutter noch in Rumänien vorzulesen pflegte, wenn sie mit mir Französisch übte:

Ein Gast, der in einer Herberge übernachtet, bittet den Wirt, ihm etwas zu essen zu bringen, da er hungrig ist. Der Wirt sagt zu ihm: *Il y a une souris dans le garde-manger. Que faut-il faire pour m'en débarrasser?*

Was heißt: Da ist eine Maus in der Speisekammer, was kann man tun, um sie loszuwerden?

Der hungrige Gast sagt:

Fermez la porte et laissez la souris crever de faim!

Schließen Sie die Tür und lassen Sie die Maus verhungern!

Ja, wie jene Maus, so werden auch sie – die Kritiker – niemals Hungers sterben! Sie werden die guten Sachen in der Speisekammer fressen und auch noch fett dabei werden!

Ballade von der leeren Wohnung

Die leere Wohnung der des Kritikers gegenüber,
die leere Wohnung ist verschlossen und ruht.

Er kommt aus der Tür, blickt, sich wundernd, hinüber:
Wem gehört die Wohnung, und zu was ist sie gut?

Und ein seltsam' Gefühl in seinem Herzen streitet,
wenn er davorsteht, so ganz allein.

Und der Anblick der Schwelle, die kein Mensch
 überschreitet,
flößt irgendwie Angst und Zittern ihm ein.

Der Besitzer – so geht das Gerücht – ein Seemann war,
in der Gischt des Meeres verlor sich seine Spur.

Stand niemand ihm nah? Hat er keine Familie gar?
Ist er eine Fabel vielleicht? Oder Sirenengesang nur?

Oft geht er ganz schnell vorbei daran,
und betritt sein Heim von Angst gejagt.

Und sitzt und schreibt, streicht durch und grübelt bang,
während das Bild des Seemanns sein Auge plagt.

Hinaus, weiche von mir! – zürnt er erbittert –,
denn ich kann nicht ertragen dein stummes Mahnen!

Und ich kann nicht dulden, daß ein Zweifel mich
 erschüttert,
denn bei mir hat alles sein sich'res Maß und Rahmen!

Und er steht auf und wedelt mit den Händen,
und die einsame Gestalt wankt, als er sie von sich stößt.

Doch des Nachts, wenn er heimkommt, an den Wänden
steht manchmal ihr Schatten, unerlöst,

der in den Weg sich ihm stellt und tonlos sagt:
Du wirst sie nie wissen, die ganze Wahrheit der Welt!

Und wenn das Unbestimmbare du zu erklären wagst,
den Verrat werd' ich ahnden, Rache ist dein Entgelt!

So sprach er, und Feuer schlug aus seinem Mund,
und plötzlich verschwand er, und das Rätsel bleibt uns.

Heinz schreit

Gegen sechs Uhr abends riß mich ein bedrohliches Geschrei im Treppenhaus von meinem Sessel hoch – »Sie werden zahlen, mein Herr!!!« –, und wie ein Pfeil schnellte ich zum Spion an der Tür und preßte mein Auge daran.

»Da wird Ihnen gar nichts helfen, werter Herr! Sie werden zahlen!«

Die Wohnungstür bei Heinz Hirsch war offen, er stand auf der Schwelle und reckte Schatz drohend seinen Finger entgegen. Letzterer befand sich bleich und verwirrt, mit der Aktentasche in der Hand, auf dem Treppenabsatz zwischen den zwei Wohnungen.

»Ich weiß nicht, wovon Sie sprechen...« stammelte Schatz.

»Das werden Sie bald wissen!« schrie Heinz. »Sie wohnen in diesem Haus, und Sie werden zahlen wie jeder andere Hausbewohner auch! Keiner ist verpflichtet, Ihren Dreck auf seine Kosten wegzumachen! Es interessiert mich nicht, ob Sie Hasenfeind oder Katzenliebhaber sind! Schweinereien dulden wir hier nicht!«

»Mein Herr, ich kenne Sie nicht...« murmelte Schatz.

»Dann lernen Sie mich eben jetzt kennen! Hirsch, ja? Bienenzüchter! Nicht Professor! Bienenzüchter! Ein Mensch, der in seinem Leben noch kein einziges Buch gelesen hat, ja? Weder in Englisch noch in Deutsch! Aber ich bin kein Parasit!!!« Heinz' Stimme dröhnte durchs ganze Haus, bis sich die Türen der Nachbarn öffneten.

»Schreien Sie mich nicht an, ja?« Schatz machte einen Schritt in Richtung der Stufen, die zum vierten Stock hinaufführen.

»Sie werden uns kein Ultimatum stellen!« Heinz trat über die Schwelle, der ausgestreckte Arm endete in einem langen Zeigefinger. »Und drohen Sie uns ja nicht! Wenn ich bei dieser Versammlung dabeigewesen wäre, hätte ich

Sie hinausgeworfen! Glauben Sie nicht, daß Ihre Professur Ihnen irgendwelche Privilegien gibt! Überhaupt keine Privilegien! Ich habe schon größere Professoren als Sie in meinem Leben gesehen – und sie waren Menschen!!!«

»Sagen Sie das dem Gericht...« sagte Schatz mit einem schwachen, bleichen Lächeln. Er stand jetzt auf der Stufe.

»Kein Gericht! Sie zahlen! Noch heute! Ihre ganzen Schulden!« schrie ihm Heinz nach.

»Und hören Sie auf damit, Zigarettenstummel ins Treppenhaus zu werfen!« Seine Stimme verfolgte Schatz, der, ohne sich umzudrehen, die Treppe hinaufging.

»Professor! Für Literatur!« Heinz knallte seine Tür zu.

Naomi zahlt

Am nächsten Tag, am Morgen um dreiviertel zehn, bevor ich in die Bibliothek ging, klingelte es an meiner Wohnungstür, und als ich öffnete – stand Naomi vor mir.

»Kann ich einen Moment hereinkommen?«

Ich führte sie in mein Zimmer, und sie setzte sich auf den Sesselrand, ganz wie eine Nachbarin, die auf einen Sprung hereinschaut.

»Störe ich Sie nicht?«

Ich wollte ihr sagen, daß es ein Festtag für mich war, wenn sie zu mir kam. Daß sie wie ein Sonnenstrahl in der Trostlosigkeit meines Zimmers war. Ich wollte ihr sagen, daß sie schön war in meinen Augen, in ihrer violetten, ärmellosen Bluse mit der gelben Stickerei auf der Brust, schön in ihrem schwarzen, weiten Rock, schön mit ihren Sandalen, mit dem Lederbeutel, der ihr über die Schulter hing, mit ihren lebhaften grünen Augen, mit ihrem braunen Gesicht, das von schwarzem Haar eingerahmt war;

daß sie in meinen Augen wie eine Bergziege war, wie eine Gazelle in Ein Gedi...

»Schauen Sie... Ich habe gestern das Geschrei gehört, von diesem Nachbarn... Hirsch?«

»Ja, Heinz Hirsch.«

»Es ist unwichtig, ob er recht hat oder nicht. Vielleicht hat er recht. Auf alle Fälle bin ich sicher, daß er die Meinung des ganzen Hauses hier ausgedrückt hat...«

»Er übertreibt«, sagte ich. »Ein Choleriker. Er hat ein bißchen übertrieben.«

»Sehen Sie.« Sie öffnete die geräumige Ledertasche, die an ihrer Seite hing. »Ich habe das Geld mitgebracht, und ich möchte es Ihnen geben.«

»Ich bin nicht der Schatzmeister...« sagte ich.

»Ich weiß. Schauen Sie...« Sie unterbrach sich einen Moment und sah mich an wie einen vertrauenswürdigen Mitverschwörer. »Naphtali weiß nichts davon. Er braucht es auch nicht zu wissen... Aber ich will nicht, daß wegen uns ein Aufstand im Haus ausbricht. Ich habe eine Bitte an Sie: Geben Sie das an Frau Azolai weiter« – sie streckte mir fünf Banknoten entgegen –, »und sagen Sie ihr...«

Sie überlegte einen Moment.

»Es ist egal, was Sie ihr sagen. Sagen Sie ihr gar nichts. Sie haben das für die Begleichung der Schulden von Herrn Schatz erhalten. Soll sie denken, was sie will.«

Ich zögerte. Ich stotterte: »Aber die Nachbarn...«

»Die Nachbarn werden nichts weiter dazuzahlen müssen.«

»Das nicht...« sagte ich, »aber unten, in der Eingangshalle, gibt es eine Liste. Sie haben Sie sicher gesehen. Jeder Hausbewohner streicht seinen Namen aus, nachdem er bezahlt hat. Wenn wir Ihren Namen nicht ausstreichen, werden die Nachbarn weiterhin denken, daß Sie nicht bezahlt haben...«

»Dann sollen sie ihn ausstreichen. Das macht nichts. Naphtali sieht sich diese Liste nie an.« Sie legte die Banknoten auf den Tisch und schob ein Buch darüber, damit sie nicht davonflogen.

»In Ordnung?« lächelte sie.

Ich lächelte.

»Und entschuldigen Sie, daß ich Sie in die Sache mit hineinziehe.« Sie erhob sich, und ich stand ebenfalls auf. »Ich hatte einfach keine andere Wahl.«

»Schon gut«, sagte ich.

»Hier schreiben Sie?« Sie ließ ihren Blick durchs Zimmer schweifen, über die Bücherregale.

Ich konnte nicht sagen: Nein, das ist das Zimmer, in dem ich nicht schreibe, seit über zwei Monaten.

»Daumier?« Ihr Blick blieb an einem Bild von Don Quichotte hängen, auf einer dürren, verhungerten Rosinante reitend, nichts als Haut und Knochen.

»Ja, Daumier.«

»Wie ein Höcker.« Sie deutete auf das gekrümmte, knöcherne Rückgrat des Pferdes.

»Ein hohler Höcker«, bemerkte ich.

»Ja«, lachte sie.

Als ich ihr die Tür öffnete, sagte ich: »Sollten Sie mal Hilfe brauchen ...«

Sie warf mir ein übermütiges, augenzwinkerndes Lächeln zu und wandte sich zur Treppe.

Lange Zeit, nachdem sie gegangen war, saß ich noch aufgewühlt in meinem Zimmer: Oh, Lilie im Tale! Meine Dulcinea aus Ein Charod!

Ultimus Liber

Es ist an der Zeit, etwas über das Buch zu sagen, das ich nicht schreibe. Denn der Leser dieser Geschichte wird sich – mit höchst gerechtfertigtem Zweifel – schon die ganze Zeit, während er liest, fragen: Dieser Schatz aus dem vierten Stock hält also unseren Autor vom Schreiben ab. Wovon? Welche Glanzperle geht uns verloren, wenn er nicht schreibt? Vielleicht führt er uns an der Nase herum? Vielleicht ist das Ganze ein Windei? Und vielleicht wäre es besser für ihn und für uns, er würde gar nicht schreiben, was er schreiben will?

Nun, die Idee, die ich seit gut zwei Jahren mit mir herumtrage, die ich in mir großziehe und hätschele, hege und pflege, um die ich in meiner Phantasie ein weitmaschiges Netz gewoben habe, ist folgende:

Das letzte der Bücher zu schreiben. Das allerletzte Buch. Das Ultimus Liber. Etwas wie die »Weltformel« in der Physik. Das heißt, ein Buch, nach dem es nicht mehr möglich sein wird, weitere Bücher zu schreiben, denn es wird nichts mehr zu schreiben geben. Es wird Allegorie und Interpretation der Allegorie in einem sein. These und Antithese. Gleichzeitig Quelle und Kommentar. Die eigene Demontage und die der Literatur per se. Und beinhalten wird es – um Kants Formulierung zu gebrauchen, der die *Prolegomena zu einer jeden künftigen Metaphysik, die als Wissenschaft wird auftreten können* schrieb – jede-in-Zukunft-mögliche-Kritik-die-irgendwann-als-Wissenschaft-oder-Beurteilung-erscheinen-könnte.

Oh, was für eine aberwitzige Anmaßung! lacht der Leser.

Welch megalomanisches Bestreben!

Aber – richten Sie Ihr Augenmerk auf folgendes:

Beflügelte Dante nicht ein ähnlicher Traum von Größe, als er die *Göttliche Komödie* in ihren drei Teilen schrieb, die dazu bestimmt waren, die Welt und ihre Fülle zu umspannen, das Diesseitige und das Jenseitige, Paradies und Hölle und was dazwischenliegt, die Erde und den Himmel mit seinen Tierkreiszeichen, die Sünden und die Strafen, die reine Liebe und die Triebe des Bösen, Vergangenheit, Gegenwart und Zukunft? Stand Goethe nicht eine ähnliche Idee vor Augen, als er seinen *Faust* schrieb, in dem Mephistopheles den erschöpften Gelehrten auf eine Studienreise mitnimmt, zur engen Welt und dann zur weiten? Oder – nähern wir uns unseren eigenen Tagen – hat nicht Joyce mit dem Gedanken gespielt, daß es nach *Finnegan's Wake* nicht mehr möglich sein würde, Bücher zu schreiben, hat er in diesem Buch nicht das Skelett der Sprache zerbrochen und die Handlung am Felsen zerschmettert und jeden Aufbau widerlegt und alles gesagt, was über die Welt zu sagen möglich war, These und Antithese in einem einzigen Werk? War Musils Feder nicht von einer ähnlichen Vision getrieben, als er den Ulrich als »Mann ohne Eigenschaften« erfand, der in sich alle nur erdenklichen Eigenschaften vereint, ein Mann mit vielen Gesichtern, der danach strebt, alles zu versuchen und von allem versucht zu werden, das Buch (von dem ich nur die ersten fünfhundertsiebzig Seiten gelesen habe) beleuchtet ironisch die damalige Zeit, und gleichzeitig ist es eine zeitübergreifende philosophische Abhandlung über Existenz und Universum!

Oder Rabelais – den ich jetzt im Schneckentempo übersetze?

In seiner Einleitung zu *Gargantua und Pantagruel* vergleicht Rabelais sein Buch mit einer »Silene« – eine jener Elixierbüchsen der alten Griechen, mit denen Alkibiades im *Gastmahl* Sokrates vergleicht: Außen sind sie verziert mit bunten, amüsanten und herzerfreuenden Bildern von musizierenden Gestalten, Satyrn, gehörnten Hasen, gesattelten Enten, fliegenden Böcken und so weiter, und im Inneren sind sie mit Elixieren gefüllt, wertvoller als Gold –

Balsam aus Gilead, Ambra, Kardamom, Moschus, ausgesuchte Edelsteine, Opal, Achat und Amethyst... Ja, Rabelais hat sein Buch allumfassend angelegt – und er nannte seine Helden Pan-tagruel, Pan-urge und so weiter, weil es um alle Wissenschaften ging, Geistes- und Naturwissenschaften, Theologie und Metaphysik sowie um alle Nichtigkeiten dieser Welt, in Frankreich wie in Rom und auf allen imaginären Inseln – auf der Insel »Medamothi«, auf den Inseln »Tohu« und »Bohu«, auf der Insel »Niphleseth«, auf der Insel »Ruach« (alles hebräische Namen, nur zum Teil entstellt), auf der Insel der Papefeigen und der Insel der Papimanen und so weiter und so fort. Es sollte ein Buch sein, das gleichzeitig Satire und Enzyklopädie ist, Parodie und Ding an sich, These und Antithese... Hat jener Bauernsohn, Arzt und Schriftsteller, Gläubige und Ketzer, Forscher und Schüler, Spaßvogel und Wüstling nicht auch zu sich gesagt: Hier schreibe ich das einzigartige-mit-keinem-andern-zu-vergleichende-alles-ersetzende Buch?

Wer kann den Größenwahn von Schriftstellern ermessen! Oder ihren brennenden Ehrgeiz!

Flaubert, Meister der detaillierten, komplexen und umfassenden Handlung, schrieb mit einunddreißig Jahren, mitten in der Arbeit an *Madame Bovary*, an seine Geliebte Louise Colet, es sei sein Traum, ein Buch »über nichts« zu schreiben! »Ein Buch, das fast kein Sujet hätte, oder bei dem das Sujet zumindest fast unsichtbar wäre!« »Die schönsten Schöpfungen«, schrieb er, »sind jene, die die wenigste Materie enthalten!«

Und Faulkner, dessen Schilderungen so ausgedehnt und detailliert sind, sagte in einem Gespräch mit Kadetten in West Point, es sei sein sehnlichster Wunsch, seine ganze Erfahrung, wenn möglich, in einem Wort zusammenzufassen, wie jener Mann, der das gesamte Morgengebet auf dem Kopf einer Stecknadel einritzte...

So ist das mit der Materie in den Händen des Schöpfers – wie er sie formt und ausdehnt, will er sie auch reduzieren...

Soll mir also mein ehrgeiziges Streben – das letzte aller Bücher schreiben zu wollen – als Sünde angelastet werden? Das Verlangen, für das es nur ein einziges Kriterium gibt: wird es verwirklicht oder nicht?

Das Buch, das zu schreiben ich gerade erst begonnen hatte, das noch nicht einmal einen Titel hat und bei dem ich, wäre nicht das rohe und brutale Eindringen Schatz' in mein Territorium gewesen, schon mindestens auf Seite fünfzig angelangt wäre – es sollte mehr als tausend Seiten lang werden, und seine ganze Handlung – wenn man das überhaupt »Handlung« nennen kann, diese Verflechtung chronologischer Ereignisse mit ihren Interpretationen, dieses Nebeneinander von schlaglichtartig beleuchteten Lebensausschnitten mit philosophischen Spekulationen von Dingen an und für sich und der Parodie darauf, nüchternen Betrachtungen und satirischen Beobachtungen –, dies alles findet an einem einzigen Abend statt.

Es ist der Pessachabend. Ein Abend, an dem sich in einem Haus in Jerusalem, Babys nicht mitgezählt, zweiundzwanzig Familienmitglieder versammeln, die aus Stadt und Land, von Kibbuz und Moschav kommen; es sind religiöse und nichtreligiöse Menschen, mit verschiedenen Berufen und verschiedenen Lebensanschauungen, und sie versammeln sich am Tisch des greisen Familienoberhaupts Amram Hakohen, der als Kind Anfang des Jahrhunderts nach Palästina eingewandert ist, zum Fest. Das Buch hat vier Teile und vierzehn Kapitel, wie die Anzahl der Kapitel der Pessach-Haggada. Die Kapitel des ersten Teils: Kidduschsegen, Händewaschen, Genuß der Erdfrucht, Teilung; der zweite Teil: Erzählung, Händewaschen, Segenssprüche; der dritte Teil: Genuß des Bitterkrauts, Genuß von Mazzot mit Bitterkraut, Mahlzeit; der vierte Teil: Genuß des Afikomans, Tischgebet, Hallelgebet, Wohlgefälliger Abschluß. Jedes Kapitel unterscheidet sich vom anderen sowohl durch die darin geschilderten Ereignisse als auch durch seinen Geist, seine Komposition und seinen Stil. Das Kapitel »Kidduschsegen« zum Beispiel wird in knappem, mysteriösem Ton eröffnet, mit dem Wispern der Segenssprüche Ha'Aris und dem Heben des ersten Glases, und in seiner Weiterführung, die in idyllisch-festlichem Geist gehalten ist, werden die beteiligten Charaktere eingeführt. Dann, im Kapitel »Erzählung«, das den zweiten Teil eröffnet, werden die komplizierten, spannungsgeladenen Beziehungen der Familienmitglieder untereinander enthüllt, und geschrieben ist es als stürmisches, wenn auch im Ton stets beherrschtes Drama, in dem Fragmente des Textes der Haggada mit den geheimsten emotionsgeladenen Gedanken der Geladenen zusammenprallen, und dieser Zusammenprall zertrümmert alle Regeln des Aufbaus. Und wenn im volkstümlich gehaltenen Kapitel »Mahlzeit« eine Atmosphäre heiterer Entspannung herrscht, in der die Scherze, die gemacht werden, alte Rechnungen und verdrängte Absichten sowohl verschleiern als auch enthüllen, so beginnt das Kapitel »Wohlgefälliger Abschluß«, das über den Rahmen der Sederzeremonie hinausgeht, in einer überschwenglichen Stimmung, die aus der jubelnden Freude der bekannten Lieder wie »Wer kennt einen« und »Ein Lämmchen« entsteht, und endet mit einer seelischen Nabelschau in versöhnlicher Atmosphäre und in einem Stil, der dem einer philosophischen Abhandlung nahekommt.

Diese vierzehn Kapitel, die sieben Stunden erzählter Zeit beinhalten, werden nicht nur die komplexen Beziehungen der zweiundzwanzig Familienmitglieder aufrollen, nicht nur in die Tiefen des Bewußtsein und des Unbewußten jedes einzelnen von ihnen vordringen, sondern auch den Rahmen des Familienkreises sprengen – mittels assoziativer Streifzüge und mit Hilfe des traditionellen Texts –, und man wird durch bestimmte Abschnitte in der

Geschichte des Volkes Israel geführt werden und bestimmte Aspekte universaler menschlicher Mythen kennenlernen: die Mythen von Blut und Feuer, Opferung der Erstgeborenen, Erlösung durch Wassertaufe, Erscheinung des Mitternachtsengels und anderes mehr. In den narrativen oder diskursiven Text werden nicht nur die Passagen der Standard-Haggada eingeflochten, sondern auch Fragmente früherer Lesarten ebenso wie Auszüge aus alten Interpretationen, Kommentare und Gedichte, die auf dem Hohelied basieren, wodurch ein erotisches Motiv in die Handlung verwoben wird.

Wie ein Chamäleon, das sich in der Färbung seiner jeweiligen Umgebung anpaßt, wird das Buch seine Farbe beim Übergang von einem Thema zum anderen verändern. Wenn sich die Handlung in der Küche zusammendrängt – im Kapitel »Hallelgebet« – und die drei Frauen, die das Geschirr abspülen, sich Klatschgeschichten erzählen, wird es eine Art Dienstmädchenroman sein; während des Afikoman, wenn das Mazzestück versteckt und gesucht wird, wird es eine Art Detektivgeschichte sein; das Kapitel »Genuß von Mazzot mit Bitterkraut« wird wie eine Science-fiction-Geschichte abgefaßt sein; wenn die heitere Sangesstunde des »Wohlgefälligen Abschlusses« gekommen ist, wird es sich clownesk gebärden in der Art einer Farce, und so weiter – so daß die gesamte Szenenfolge ein farbenfrohes Mosaik verschiedener Stile, verschiedener Genres und der Parodien darauf sein wird.

Und in all dieser überschäumenden Farbigkeit, die sich von Stunde zu Stunde, von Kapitel zu Kapitel verändert, bleibt ein Mensch – der Protagonist der Geschichte – an der Ecke des Tisches wie festgewachsen sitzen, schweigt und beobachtet. Es ist ein junger Mann, der erst vor wenigen Wochen aus Ungarn eingewandert ist, sich dort hinausgeschmuggelt hat, und alles, was sich rings um den Tisch ereignet, ist fremd und wundersam in seinen Augen. Er nimmt jede Äußerung, jede Bewegung wahr, erahnt mit feinem Gespür die Abgründe unter der Oberfläche dessen, was die Gäste sagen oder tun, und auch die tieferen, mythischen Bedeutungen im haggadischen Text und dem Ritual, das ihn begleitet, bleiben ihm nicht verborgen. Er sieht und hört alles, und durch diese Erfahrung sieht er sein ganzes Leben und Leiden in einem neuen Licht. Er wird für einen Augenblick lang ohnmächtig – aber niemand bemerkt es –, als das Familienoberhaupt den Wein in »Blut und Feuer und Rauchsäulen« spritzt, er wird von großer Furcht erfaßt, als während des »Gieße deinen Grimm über die Völker aus« die Tür geöffnet wird, eine mystische, apokalyptische Vision überkommt ihn, als der Klang des Liedes aufsteigt: »Bringe den Tag heran, der weder Tag geheißen noch Nacht.« Bei diesem Seder ist er das Pessachopfer, das »Opferlamm«.

Warum unterscheidet sich dieses Buch von allen anderen Büchern – fragt der Leser wie die Kinder am Sederabend –, Büchern, die ebenfalls parodistische, satirische, allegorische Elemente, Bewußtseinsströme und so fort enthalten, und er fragt sich weiter, was den Autor zu der Anmaßung veranlaßt, es als das Ultimus Liber zu betrachten?

Nun, die Einzigartigkeit des Buches liegt darin, daß es – in den Gesprächen, den Gedankengängen des Protagonisten oder durch die direkten und indirekten Kommentare des Autors – sich selbst interpretiert, und zwar so umfassend, daß es keinen Platz mehr gibt für irgendwelche anderen Auslegungen. In seiner Selbst-Bewußtheit und Selbstinterpretation widerspricht es sich selbst und nicht nur sich selbst – sondern dem Kern des literarischen Geschehens.

Ich habe Inhalt und Konzeption des Buches, das noch nicht geschrieben wurde, deshalb so ausführlich und detailliert dargelegt, um klarzumachen, daß die lästige und anhaltende Störung durch Schatz keine Störung bei der Produktion irgendeiner erlebten Tatsachengeschichte im

Stile der vorigen Generation von Schriftstellern war, auch keine Störung beim Schreiben irgendeines pseudoavantgardistischen, großtuerischen pompösen Machwerks – sondern ich wurde bei der Schaffung eines Kunstwerks gestört, das unter dem Aspekt eines Lebenswerkes zu sehen ist; beim Schreiben eines Buches von tausend Seiten und mehr, vor dem nichts Ähnliches geschrieben wurde und nach dem, sollte mir mein Plan gelingen, kein einziges anderes Buch mehr geschrieben werden wird.

Ein schreckliches Ereignis

An einem Freitag, ungefähr zwei Wochen nach meiner zufälligen Begegnung mit Naomi am Briefkasten, erschien ein Artikel in einer Zeitung, unterzeichnet von Naphtali Schatz, der wie eine Stinkbombe in die geschäftige Literaturszene unserer Stadt fiel, eine Rezension, die man nur als seelische Grausamkeit bezeichnen konnte! Und über die man, wie bei dem Vorfall mit dem Kebsweib zu Gibea, hätte ausrufen mögen: Eine Schandtat haben sie getan in Israel!

Der Artikel, der fast eine ganze Seite einnahm und überschrieben war mit »Geistloser Auswurf, müder Schaum«, drehte sich um Michael Hochhausers Buch *Ich sagte nein*.

Bevor ich etwas zu Inhalt und Stil dieses verleumderischen Pamphlets sage, muß ich einige Worte für den Wald-und-Wiesen-Leser vorausschicken, der in der Regel die Feuilletons und Literaturbeilagen der Tageszeitungen überblättert, in dessen Hände und zu dessen Kenntnis also Publikationen dieser Art nicht gelangen und der somit in die Mysterien des lebhaft sprudelnden, stürmisch lärmenden literarischen Lebens unserer hebräischen Literaturlandschaft nicht eingeweiht ist:

Püffe und Tritte, Hiebe und scharfe Schüsse, Messerstiche und Verletzungen sind hier an der Tagesordnung; was im Jargon von Räuberpistolen »eine Rechnung begleichen« genannt wird, ist eine weitverbreitete Erscheinung hier. Es vergeht kaum eine Woche, in der nicht vier bis fünf Schriftsteller und Dichter blutüberströmt auf dem Gehsteig zu besichtigen sind; sie haben Kopf- und Brustverletzungen davongetragen und versuchen mit letzter Kraft, wieder auf die Beine zu kommen, ohne daß sie jemand verbindet oder ihnen Erste Hilfe leistet. Niemand kümmert sich um sie, niemand hilft ihnen – denn die Furcht vor zwei oder drei Meuchelmördern, mit Schlagstöcken und Klappmessern bewaffnet, hat sich des gesamten literarischen Viertels bemächtigt, und jeder, der von Angreifern verschont bleibt – sogar wenn es sich um einen empfindsamen, barmherzigen Menschen handelt –, versteckt sich hinter Tür und Tor und hat Angst, auf die Straße zu gehen. Man wartet, bis der Sturm vorüber ist. Ein Mensch, den es aus einer anderen Gegend in dieses Viertel verschlägt, wird starr vor Entsetzen sein. Er wird die Bedeutung dieser Schreckensvision, die sich seinen Augen darbietet, nicht verstehen: Was bringt diese Rohlinge dazu, ohne Rücksicht und gleich mit welchen Mitteln, wild um sich zu schlagen? Welcher Dämon treibt sie zu solch blutrünstigen Grausamkeiten, zu solcher Mordgier? Ist es Machthunger? Aber was heißt Macht, und Macht über wen? Ist ihnen das Viertel zu überfüllt, wollen sie es ausdünnen und so lange Bewohner liquidieren, bis sie allein übrig sind? Aber von wem und von was würden sie leben, wenn sie zu guter Letzt allein übrigblieben? Vielleicht wollen sie das Viertel von unerwünschten Elementen säubern, um den Platz für sich und ihre Schützlinge freizumachen, die dann gezwungen wären, sich ihre Sicherheit mit Schutzgeldern zu erkaufen? Aber was für eine Säuberung würde das sein – Gewalt gebiert doch immer nur Gewalt? Ein Rätsel!, wird der verstörte Fremdling sagen. Ein Rätsel, für das es keine Erklärung gibt, es sei denn, die bösen Triebe des menschlichen Herzens!

Diese Worte habe ich vorausgeschickt, um zu verdeutlichen, daß trotz der Alltäglichkeit der oben geschilderten wilden Zustände ein Artikel wie der von Schatz an jenem Freitag, soweit ich weiß, seit den Schmähtiraden Abraham Uri Kovners im letzten Jahrhundert nicht in einer hebräischen Zeitung erschienen war – und Kovner war, wie bekannt sein dürfte, jener Kritiker, der wegen Geldfälschung und Unterschlagung gefaßt, verurteilt und nach Sibirien verbannt wurde und am Ende konvertierte.

Schon allein die Überschrift – »Geistloser Auswurf, müder Schaum«! Ihre bösartige Aggressivität zielte nicht nur auf die totale Vernichtung des Opfers ab, sondern sie verging sich an seinen Geistesfrüchten durch willkürliche und niederträchtige Entstellung von Wortbildern, die reinen Herzens und aus tiefer Seelennot geschrieben worden waren. Die Wörter »Auswurf« und »müder Schaum« waren (entstellt und aus dem Zusammenhang gerissen) einem der stärksten und schmerzlichsten Gedichte des Buches entnommen. Es heißt »Kein Prophet«, und die Eröffnungszeilen lauten:

Kein Speichel
auf meiner Lippe schäumt
Heilig Heilig
ist der Name meines Herrn
Nur
Träume in meinen Augen
hängen
an müden Wimpern

Was hatte Schatz gemacht? Er hatte den »Speichel« aus der ersten Verszeile in »Auswurf« verwandelt, aus »Traum« in der sechsten Zeile den abgedroschenen »Schaum« gemacht und mit der achten Zeile gekoppelt und daraus dem Dichter ein giftiges Gebräu zusammengemixt.

Und so ging es den ganzen Artikel hindurch, er verbog und verdrehte, verzerrte und entstellte die Bedeutungen, vergewaltigte sie nach Belieben, riß sie auseinander und fügte die Fragmente von hier und dort wieder zusammen, ohne jeden Zusammenhang – nur um den Verfasser dem Hohn und Spott seiner Leser preiszugeben!

»Sollte es jemanden geben, der sich nach den zwei ersten Büchern des Herrn Hochhauser noch der Illusion hingibt« – eröffnet Schatz seinen Artikel (und den ganzen Artikel hindurch nennt er den Dichter »Herr Hochhauser«) –, »daß der Genannte irgendwo irgendeine ›Botschaft‹ für den Leser bereithält, intellektueller, moralischer oder formaler Natur, dem beweist dieser anmaßende neue Band *Ich sagte nein* – schon der Titel signalisiert die Rebellion, das trotzige Muskelspiel des verwöhnten Kindes, das beschlossen hat, die Bourgeoisie zu ärgern (jene, die bereits zu Anfang des Jahrhunderts ihren Geist aufgab) –, daß alle peinigende Bedeutungshuberei, Wortakrobatik und psychologische Effekthascherei nicht imstande ist, die geistige Hohlheit und emotionale Trostlosigkeit zu kaschieren, die aus jeder hinkenden Zeile und aus jedem lahmen Vers dieses armseligen und mitleiderregenden Buches spricht.«

Soll ich noch mehr zitieren? Nein, dieser Kritiker, der krank ist vor Haß, ist es nicht wert, daß man seine Worte wiederholt. Sie sind voll von inneren Widersprüchen, gezielten Entstellungen, unhaltbaren Behauptungen, nicht bewiesenen Schlußfolgerungen und wahllosen Beschimpfungen – und sie sind nicht imstande, die Bösartigkeit und den Mangel an intellektueller Integrität dahinter zu kaschieren. Ich werde nur eine kleine Auswahl von Ausdrükken bringen, mit denen die Spalten dieser Schmähschrift gespickt sind und die von der »schönen Seele« des Schreibers zeugen:

»Spärliche und begrenzte assoziative Welt«, »platte Auden-Nachahmung seitens eines Dichters, der bereits seit

Jahren seine Relevanz eingebüßt hat«, »nichtssagende Ausdrücke, den abgedroschenen Rezepten der Gedichteküchen experimenteller Vierteljahresschriften aus New York und San Francisco entnommen«, »vergebliche Selbstglorifizierung in synthetischen Versen«, »gefälschte Erfahrungen«, »ornamentale Schnörkel einer kommerziellen Liebäugelei mit dem snobistischen Publikum der Subkultur«, »gänzlich schales Geschwätz«, »ganz entschiedener Mangel an musikalischem Gespür«, »klischeehafte Metaphern, vor denen man die Studenten im ersten Semester warnt«, »gegenüber diesem abgeschmackten Verseschmierer ist sogar ein weniger als durchschnittlich begabter Dichter wie Ya'akov Gruber ein Genie«, »banale Flachheit, gähnende Langeweile«, »technische Finten, ja Betrug«, »moralisierender Wutschaum vor dem Munde, bar jeglicher Aufrichtigkeit«, »ungetarnte Heuchelei für hochhakkige junge Mädchen, die Bücher im Geist der Zeit zum Verschenken suchen«, »aggressives Gemecker, Ersatz für den Ausdruck authentischer Gefühle«, »billige Pose eines Dizengoff-Exhibitionisten« und so weiter und so fort.

Und erst der Schluß!

»Angesichts dieses literarischen Windeis, das bezeugt, in welche Niederungen ein Versemacher mediokren Talents herabsinken kann, der von jeder realen Erfahrung abgeschnitten ist, fragt sich der Leser, weshalb das Papier, auf dem diese Nichtigkeiten gedruckt wurden, den persönlichen und gesellschaftlichen Frustrationen eines Niemand wie Herrn Hochhausers geopfert werden mußte, nur weil dieser Herr aus irgendeinem Grund beschlossen hat, ein Dichter zu sein!«

Ich las den Artikel am Freitag mittag in meinem Zimmer und kochte vor Wut. Eine solche Gemeinheit, sagte ich mir, kann nicht ungerächt und ungesühnt bleiben!

Und all diese Schmähungen und Beschimpfungen – ich faßte mir mit den Händen an den Kopf – waren direkt über meinem Schädel in die Maschine gehämmert worden! In Hörweite. An den Abenden, an denen ich hier saß und darüber nachsann, wie die ratternde Schreibmaschine zum Schweigen zu bringen sei, von der ich in der Einfalt meines Herzens geglaubt hatte, daß sie mit schwerwiegender Forschung, tiefer als der Meeresgrund und komplizierter als ein Traktat von Leibniz, beschäftigt sei – mit den hehren Kriterien einer hebräischen Ästhetik!

Dreimal hintereinander las ich den Artikel von Anfang bis Ende. Ich versuchte, wenigstens ein paar Körnchen Wahrheit zwischen den Zeilen zu finden, die vielleicht eine wie auch immer geartete Rechtfertigung für einen bösartigen Angriff böten – schließlich konnte der Schreiber doch nicht nur unrecht haben! –, aber ich fand nichts.

Und dann malte ich mir aus, wie mein Freund Michael diesen Artikel las. Er war sicher bereits in seine Hände gelangt, und falls nicht, war er sicherlich aus dem Munde von »Freunden« bereits ins Bild gesetzt worden, und ihr »Trost« eilte dem Schlag voraus. Was wird er jetzt machen? dachte ich. Was macht er, wenn er einen Artikel liest, der ihn vor hunderttausend, zweihunderttausend Lesern in allen Ecken des Landes anprangert – als Nichtsnutz, Betrüger, Dieb, Scharlatan, Speichellecker, Fälscher, aufgeblasenes Windei und stinkenden Tropf? Einen Artikel, dessen Überschrift dem Opfer bereits einen Schlaganfall verursachen kann? Wird ein Mensch, der solche Verleumdungen liest und ihnen schutzlos ausgeliefert ist, nicht Selbstmord begehen? Würde er wirklich seine Sachen packen und das Land verlassen, wie er gedroht hatte?

Oder würde er die bittere Pille schlucken und sagen, Nichtigkeiten, Schall und Rauch, morgen wird auch das vergessen sein?

Ich saß da und überlegte, ob ich ihn aufsuchen sollte oder vielleicht anrufen... Aber was sollte ich ihm sagen? Sollte ich ihm abgedroschene und abgeschmackte Trostworte ins Ohr säuseln, wie: Mach dir nichts draus... Für was hält er sich überhaupt, dieser tote Hund… Vertrau auf deine Fähigkeiten…?

Also beschloß ich bei mir, daß es am besten war, gar nichts zu sagen, denn alle meine Worte würden nur Salz in seinen Wunden sein.

Am Abend jedoch konnte ich mein Schweigen nicht mehr ertragen, und ich rief an. Sein Telefon klingelte ganz normal.

»Ja?« hörte ich seine Stimme, gleichgültig, kalt.

»Schau, Michael, ich habe den Artikel natürlich gelesen…«

Schweigen.

»Wenn ich dir sagen würde, daß es ein Skandal ist…«

»Hör zu, Korngold«, unterbrach er mich. »Ich habe eine Bitte an dich: Wenn du etwas zu sagen hast, dann flüstere es nicht mir ins Ohr. Schrei! Schrei es auf die Straße hinaus! Veröffentliche es fünfspaltig! Mir brauchst du nichts zu flüstern!«

»Sieh mal, Michael, du weißt doch, daß ich…«

»Aber du wirst es nicht tun!« Damit schnitt er mein Gestammel ab. »Du wirst nicht schreien, du wirst nichts schreiben, du wirst keinen Finger rühren! Weil du ein Feigling bist! Ein Angsthase und ein Heuchler wie alle! Und alles, was dich interessiert, ist, deine Haut zu retten!«

»Meine Haut…? Aber ich…«

»Ja! DU! DU!« schrie er so laut, daß der Hörer an meinem Ohr erzitterte. »Du sitzt da unter den Füßen von diesem Arsch, und alles, wovon du träumst, ist, daß du vielleicht – vielleicht! –, wenn er seine Tischdecke aus dem Fenster schüttelt, ein paar Brösel von seinem Tisch erwischst!«

»Wenn du so weiterredest…« sagte ich mit sanfter Stimme, während vor meinen Augen das demütigende Bild der Brösel aufstieg, die am ersten Tag nach dem Einzug Schatz' von oben auf meinen Küchenbalkon gefallen waren.

»Ich rede so, weil es die Wahrheit ist!« schrie er. »Und du weißt ganz genau, daß es die Wahrheit ist! Ihr seid alle ein Haufen von Heuchlern und Arschkriechern, Egozentriker, in euch selber verliebt, und sogar wenn jemand vor euren Augen seine Seele aushaucht, rührt ihr keinen Finger, um ihm zu helfen! Meine Haut habe ich gerettet! Das ist das Wichtigste! Das Allerwichtigste!«

Und er knallte den Hörer auf.

Mir blieb die Spucke weg. Den ganzen Abend. Und den ganzen Samstag.

Ich ging nicht aus dem Haus. Und als ich die Schritte Schatz' über meinem Kopf hörte, hin und her, von einer Ecke zur anderen, sagte ich mir: Da geht er herum, dieser Oberschlächter, zehn Handbreit über mir – frei! Und was mache ich? Ich sehe das Unrecht und stelle mich taubstumm! Blutbesudelt wasche ich meine Hände in Unschuld! Mache ich mich mit meinem Schweigen nicht mitschuldig am Verbrechen?

Aber andererseits – so verteidigte ich mich vor der Anklage –, wie hätte sich Michael benommen, wenn Schatz über *mich* hergefallen wäre? War nicht auch er ein in sich selbst verliebter Egozentriker? Hatte er sich jemals zur Verteidigung eines Freundes aufgeschwungen? Und er hatte eine messerscharfe und gewalttätige Feder, während ich – ich habe in meinem ganzen Leben noch keine Rezension geschrieben! Ich habe nicht das Zeug dazu! Mit Blindheit und Lahmheit geschlagen bin ich, wenn ich polemisieren soll! Einfach lächerlich!

Und als ich daran dachte, daß dieser Vorfall zwischen mir und Michael...

(Oh, Naomi! Mein Herz erbarmt sich, wenn ich die gedämpften Schritte von oben höre. Wie kannst du nur die Luft in diesem Kerker atmen, die völlig giftgeschwängert, mit Viperngift durchtränkt ist!)

Als ich daran dachte, daß dieser Vorfall die Beziehungen zwischen uns ernsthaft gefährden konnte, überkam mich eine große Traurigkeit: Wer steht mir näher als Michael? Habe ich denn einen Freund außer ihm?

War nicht er es gewesen, der mir in den Tagen, als ich ein Neuankömmling war, ein »Rumäne«, ein Homo Novus, der auf einer Erde einherschritt, die nicht die seine war, seine Tür geöffnet hatte! Und danach auch seine Zeitung!

Ich beschloß, ihn aufzusuchen, die Sache mit ihm persönlich zu bereden. Ganz offen. Ich würde ihm vorschlagen – beschloß ich –, daß wir beide zusammen einen Gegenartikel verfaßten, und ich würde mit meinem Namen unterzeichnen.

Bei Einbruch der Dunkelheit klingelte ich an seiner Tür, klopfte – keine Antwort.

Als ich nach Hause zurückkehrte –

Schon von weitem sah ich einen kleinen Menschenauflauf am Hauseingang.

Und als ich näher kam, fand ich alle Hausbewohner dort versammelt, dazu zwei oder drei Leute aus dem Nebenhaus, und alle unterhielten sich aufgeregt.

Ich fragte, was passiert sei.

»Professor Schatz ist im Treppenhaus überfallen und verletzt worden«, sagten sie.

»Was?« rief ich entsetzt. Das Blut wich mir aus dem Gesicht. »Wann?!«

»Vor einer Viertelstunde«, sagten sie, »eine Ambulanz ist gekommen und hat ihn ins Krankenhaus gebracht.«

O nein, das ist unmöglich! schrie ich innerlich. Das kann doch nicht wahr sein, daß er wirklich...

»Ich habe gehört, jemand schreit, schreit...« sagte Frau Bschizovski. »Ich habe nicht gewußt, was... Ich gehe unten, sehe, der Professor liegt... Blut hier und hier, an der Hand, im Gesicht... Mein Mann Praxis war geschlossen, er ist nicht daheim, ich nehme Wasser vom Haus und gieße über ihn aus... Er redet nicht, macht nur die Augen auf... Dann ruft Frau Azolai die Ambulanz, kommt, nimmt ihn mit, Erste Hilfe...«

»Er ist die Treppe hinuntergestürzt«, sagte Viktoria, hochrot im Gesicht. »Ich bin mir sicher. Er wurde offenbar auf der Treppe angegriffen, als er zu seiner Wohnung hinaufging, ist gestürzt und hat sich dabei die Hand gebrochen. Als ich hinkam, lag er am Boden, weiß wie ein Leintuch, hielt sich seinen Ellbogen und wimmerte vor Schmerz nur: ›Meine Hand... meine Hand...‹«

»Es war auch Blut, Frau Azolai!« sagte Frau Bschizovski.

»Das war offenbar vom Fall. Er wurde im Gesicht und an den Händen verletzt, aber ich glaube nicht, daß es etwas Ernstes ist.«

Ich versuchte, die Szene zu rekonstruieren: Michael beschließt, hinzugehen und an seinem Feind Rache zu nehmen. Als er die Eingangshalle betritt, sieht er ihn die Treppe hinaufgehen. Er holt ihn am Treppenabsatz im ersten Stock ein. Wird laut. Beschimpft ihn. Schatz' Schweigen steigert nur seine Wut. Er schlägt ihm ins Gesicht. Schatz verteidigt sich, versucht zurückzuschlagen. Michael, der Stärkere von beiden, faßt ihn an den Armen und bringt ihn zu Fall. Er stürzt...

Unglaublich! denke ich. Unglaublich!

Die aufgeregten Frauen machten verschiedene Vorschläge zur Identität des Angreifers, zum Motiv und zum Zweck des Überfalls. Frau Ben-Ze'ev sagte, daß es vielleicht ein Dieb war, der vorhatte, in eine der Wohnungen einzubrechen, und als er auf einen Hausbewohner stieß, schlug er ihn zusammen. Frau Bschizovski kam mit der Andeutung eines Verdachts gegenüber Heinz Hirsch heraus. »Vor zwei Wochen«, grinste sie, »hat er ihn so angeschrien... Ich denke, Herr Schatz kriegt Apoplexie!« Aber die anderen brachten sie zum Schweigen, indem sie sagten, daß Heinz Hirsch zwar tatsächlich ein jähzorniger Mensch sei, aber nie seine Hand gegen jemanden erheben würde. Chedva drückte die Vermutung aus, daß es vielleicht ein Student gewesen sein könnte, der sich an dem Professor rächen wollte, weil er ihn bei der Prüfung hatte durchfallen lassen. So etwas soll es schon gegeben haben. Und Viktoria erzählte, daß seine Frau auf der Treppe gemurmelt hatte: »Ich hab's gewußt, ich hab's gewußt...«

Herr Ben-Ze'ev nahm mich am Arm und zog mich beiseite.

»Sie haben sicher die Schmähschrift gelesen, die dieser Geistesgestörte gegen Hochhauser veröffentlicht hat.« Er lächelte mich an. »Meinen Sie, daß dieser Dichter...?«

»Ihn überfallen hat?« sagte ich. »Das glaube ich nicht. Er wird ihm sicher einmal gebührend antworten, aber nicht so! Er kann mit der Feder umgehen! Nicht weniger als Schatz!«

»Kennen Sie ihn?« Er warf mir einen skeptischen und amüsierten Blick zu.

»Ich kenne ihn gut! Er ist ein feinfühliger Dichter, zart besaitet...«

»Ein feinfühliger Dichter und ein feinfühliger Mensch muß nicht unbedingt das gleiche sein.« Ben-Ze'ev schmunzelte. »Ich kannte einen sehr feinfühligen Dichter, ich erinnere mich nicht an seinen Namen, der einmal dem Kritiker Ya'akov Rabinowitz ein Auge ausschlug... Wer die Nase hart schneuzt, zwingt Blut heraus, steht geschrieben!«

Während wir noch sprachen, hielt ein Polizeiwagen neben uns.

Zwei Polizisten stiegen aus, einer von ihnen schüttelte Viktoria die Hand und sagte: »Was gibt's, Frau Azolai? Was ist bei Ihnen losgewesen?«

Erregt, mit glühendem Gesicht, führte Viktoria die Polizisten zum Hauseingang. »Hier, hier habe ich ihn gefunden, wie er dalag.« Sie zeigte auf die Fliesen am Fuß der Treppe, auf denen ein Blutfleck wie ein Schandmal glänzte. »Der Angreifer hat ihn offenbar von der Treppe hinuntergestoßen. Vielleicht ist er auch von selber gefallen. Er hat dann offenbar das Bewußtsein verloren.«

Die Polizisten betrachteten den Fußboden und die

Treppe, und der eine, der Viktoria kannte, sagte: »Soviel ich verstanden habe, ist er neu bei Ihnen eingezogen?«

»Vor drei Monaten«, sagte Viktoria.

»Kennt ihn jemand hier persönlich?« Er ließ seinen Blick forschend über die Anwesenden gleiten.

Aller Augen wandten sich mir zu.

»Sie?« fragte der Polizist.

»Ein wenig.«

»Können wir für einen Augenblick zu Ihnen gehen?«

»Bitte.«

Als wir drei Stufen hinaufgegangen waren, drehte sich der eine Polizist um und sagte: »Sie können mit uns kommen, Frau Azolai.«

Viktoria begleitete uns erfreut, und die restlichen Hausbewohner blieben enttäuscht unten zurück.

Ich machte zwei Flaschen Bier auf und schenkte den beiden Polizisten, Viktoria und mir ein.

»Sie sagen, daß Sie ihn kennen.« Der Polizist, der die Ermittlung leitete, stellte sein Glas auf den Tisch, nachdem er mehr als die Hälfte hinuntergegossen hatte, und musterte die Einrichtung des Zimmers.

»Ein wenig.«

»Bitte sagen Sie mir: Hat er irgendwelche Feinde, von denen Sie wissen?«

Ich zögerte. Ich erinnerte mich an die Meldungen in der Zeitung. Wie oft hatten Leute, die überfallen, ausgeraubt oder tatsächlich bedroht worden waren, vor dem Untersuchungsbeamten erklärt, sie wüßten nicht, wer es getan haben könnte. Sie hätten keine Feinde!

»Ich weiß von keinem bestimmten Feind«, sagte ich. »Aber Herr Schatz ist Professor. In der akademischen Welt gibt es immer Intrigen, Eifersucht, Konkurrenzkampf...«

Der Polizist grinste.

»Löst man in der akademischen Welt, wie Sie es nennen, Probleme gewöhnlich auf diese Art?«

Ich fühlte mich nicht wohl in meiner Haut. In seiner Frage klang etwas wie eine Zurechtweisung mit.

»Es gibt Ärger, es gibt Haß... Das kann einen Menschen manchmal aus der Fassung bringen«, sagte ich. »Es kann sein, daß er jemandem in der Universität auf die Füße getreten hat, oder er hat seine Entlassung verursacht...«

»Und der hat ihn dann aus Rache überfallen?« sagte der Polizist skeptisch.

»Möglich... Hat er selbst Ihnen nichts gesagt? Hat er nicht gesehen, wer ihn überfallen hat?«

»Er hat gesagt, daß es im Treppenhaus dunkel war.«

»Hat er nicht gesagt, wen er verdächtigt?«

»Er sagte, er weiß es nicht. Er habe keine Feinde, hat er gesagt.«

Ein Lächeln erschien in Viktorias Gesicht.

»Hat er irgendwelche Wertgegenstände im Haus? Schmuck, Diamanten?«

»Soviel ich weiß, nicht. Es sei denn, Bücher wären ›wertvolle Gegenstände‹...«

»Es gibt auch Bücherdiebe«, sagte der zweite Polizist lachend.

»Aber die überfallen nicht die Eigentümer der Bücher!« sagte ich, ebenfalls lachend. Eine gute Wendung, dachte ich erleichtert.

»Alles kann heutzutage passieren! Sie würden sich wundern!«

»Mit den Nachbarn steht er auf gutem Fuß?« Der Ermittlungsbeamte wandte sich fragend an Viktoria.

»Auf gutem Fuß?« prustete Viktoria. »Er legt sich mit allen an! Er wollte die Instandhaltungskosten fürs Haus nicht zahlen! Er ist ein schwieriger Mensch! Sehr unsympathisch!«

»Richtest du dich nicht nach Recht und Sitte, / dann spucken wir dich hinaus aus unserer Mitte...« Die naiven Verse der heißblütigen Viktoria fielen mir ein.

»Hat ihn jemand bedroht?«

»Die Nachbarn?« sagte Viktoria. »Man hat ihn angeschrien! Jawohl! Aber niemand hat ihn bedroht! Dies ist ein sehr anständiges Haus! Seit fünfundzwanzig Jahren gab es hier keinen einzigen Zwischenfall! Außer Albert haben wir hier nie einen Polizisten gesehen!« Sie lachte. »Und auch ihn sehe ich nicht oft!«

Die beiden Polizisten lachten mit ihr.

Einer schüttete den Rest Bier aus seinem Glas in sich hinein.

»Also auch Sie wissen von niemandem.« Er wandte sich mir zu. »Niemand, der ihn bedroht hat oder versucht hat, ihn zu belästigen...«

Wie Raskolnikow, der nach dem Mord zum Haus der alten Iwanowna zurückkehrt, fühlte auch ich mich zum Ort des Verbrechens hingezogen.

»Ich weiß, daß man ihn belästigt hat... am Telefon...«

»Ihm gedroht?« setzte der Polizist meinen Worten nach, als ob sie das Ende eines Fadens wären, der ihn auf die Spur des Verbrechers führen könnte.

»Ich weiß nicht, ob man ihn bedroht hat... Seine Frau hat mir nur erzählt, daß er angerufen wurde, zu verschiedenen Zeiten in der Nacht...«

»Und sie hat nicht gesagt, daß sie jemanden im Verdacht haben?«

»Nein. Sie sagte nur, daß viele ihn hassen.«

»Viele...« Der Polizist warf mir einen abwägenden Blick zu.

Dann stand er auf und sagte: »Gut. Für den Moment begnügen wir uns damit. Ich danke Ihnen vielmals, Herr...«

»Keren.«

»Übrigens, was sind Sie von Beruf? Akademiker?«

»Herr Keren ist Schriftsteller!« rief Viktoria. »Ein berühmter Schriftsteller! Sie machen der Polizei Schande, wenn Sie seinen Namen noch nicht gehört haben!«

»Es ist uns eine Ehre!« lächelte der eine Ermittlungsbeamte.

»Ich habe Sie im Fernsehen gesehen, glaube ich...« sagte der andere Polizist.

»Sie irren sich. Ich bin nie im Fernsehen aufgetreten.«

»Ich verwechsle Sie anscheinend...«

»Sollen wir Albert etwas bestellen, Frau Azolai?« fragte der Ermittler.

»Richten Sie ihm aus, daß er eine Wassermelone mitbringen soll!« sagte Viktoria lachend. »Jeden Tag verspricht er, daß er eine mitbringt, und jedesmal vergißt er es!«

Nachdem sie gegangen waren, sagte sie, indem sie nach oben deutete: »Die Hasen sind sicher glücklich!«

Und als sie auf der Türschwelle stand, sagte sie, während sie mich mit dunklem, erregtem Blick fixierte: »Seine Frau... sie hat schwarze Vögel in den Augen!«

Ein überraschender Besuch

Nachdem Viktoria gegangen war, saß ich allein in meinem Zimmer und dachte über das Geschehene nach. Ich verspürte keinerlei Freude über das Unglück meines Nachbarn vom Stockwerk über mir. Was für ein Unglück war das überhaupt, nicht ein solches Unglück hatte ich herbeigesehnt... Außerdem tat es mir leid um meinen Freund Michael. Sollte es wirklich er gewesen sein, der seinen Feind die Treppe hinuntergeworfen hatte, so war er selbst tief gefallen, auf die niedrigste Stufe abgesackt, und war nun der Unterlegene. Ein Mensch sollte sich in seinem Kummer nicht gehenlassen, sogar wenn sein Name und seine Ehre in den Schmutz gezogen worden sind, er sollte sich trotzdem beherrschen und wissen, daß er sie auf diese Art weder wiederherstellen noch Rache üben kann. Schatz würde nun sein Haupt noch höher tragen: als Opfer roher, physischer Gewalttätigkeit! Und seine Narbe – sollte ihm eine bleiben – würde er wie einen Orden dafür tragen, daß er sich im Kampf für die bessere Sache ausgezeichnet hatte. Was mich betraf... Wenn er tatsächlich einen Krankenhausaufenthalt nötig hatte, wären mir ein paar Tage Feuerpause vergönnt. Und was dann? Wieder würde die Schreibmaschine losrattern, irgendeine andere »Schmähschrift« produzieren – um mit Ben-Ze'ev zu sprechen –, und ich würde nicht wissen, über wen, und seine Anwesenheit, seine permanente Anwesenheit in diesem Hause, mit nur ein paar Zentimetern Beton zwischen seinen Schuhsohlen und meinem Schädel...

Um elf Uhr wurde ich von einem Klingeln an der Tür aufgeschreckt. Es war Naomi – zu meiner großen Überraschung.

»Ich sah Licht bei Ihnen, da habe ich beschlossen, daß Sie noch nicht schlafen gegangen sind... Störe ich?«

Ich fragte, ob sie etwas zu trinken wolle. Gerne, sagte sie, sie habe es nötig. Starken Kaffee, wenn möglich. Wir setzten uns in meiner kleinen Küche an den Tisch.

»Sie haben sicher gehört, was passiert ist.«

»Ja«, sagte ich. »Wie geht es ihm?«

»Eine gebrochene Hand. Er wird ein paar Tage im Krankenhaus bleiben müssen.«

Einen von allen seinen Knochen hat er ihm zumindest erfolgreich gebrochen, sagte ich mir, als mir wieder in den Sinn kam, was Michael beim letztenmal zu mir gesagt hatte.

»Was Ernstes?«

»Sie werden ihm einen Gipsverband anlegen. Das Problem ist, daß es die rechte Hand ist. Er wird ein paar Wochen lang nicht schreiben können.«

»Ein paar Wochen?«

»Es scheint so. Morgen wird er geröntgt. Sie wollen sehen, ob er sich irgendwelche inneren Verletzungen zugezogen hat.«

»Durch den Sturz?«

»Er ist fünf oder sechs Stufen hinuntergefallen! Und das Problem ist, daß er ein Nierenleiden hat. Schon von Kindheit an. Eine Neigung zu Harnsteinbildung.« Sie lächelte.

»Ist das ein schweres Leiden?«

»Nicht besonders. Verengungen in der Harnröhre. Urolithiasis nennt man das.« Sie lächelte wieder. »Er ist schon einmal operiert worden, vor Jahren. Jetzt, nach dem Sturz... wer weiß?«

»Ja...« seufzte ich.

»Sie haben sicher eine Ahnung, wer das getan haben könnte.«

Der Wasserkessel pfiff. Ich sprang auf und machte den Kaffee. Als ich die zwei Gläser vor uns hinstellte, sagte Naomi: »Sie haben natürlich den Artikel gestern gelesen.«

»Ja, habe ich.«

»Dann können Sie es sich ja vorstellen.«

Ich nahm ein paar Schlucke und sagte: »Hat er das gesagt?«

»Er hat gar nichts gesagt. Die Nachbarn haben mir erzählt, daß sie Schreie auf der Treppe gehört haben.«

»Die Polizei war da. Sie haben mich ausgefragt, ob ich von irgendwelchen Feinden wüßte...«

»Was haben Sie gesagt?«

»Ich sagte, daß ein Mann wie er, Professor an der Universität... möglicherweise...«

Naomi trank schweigend.

»Das Komischste ist...« Sie lächelte. »Daß er jetzt auch mich verdächtigt, seine Feindin zu sein...«

Ich sah sie ungläubig an.

»Gestern, als ich den Artikel in der Zeitung las – er zeigt mir nie etwas, bevor es veröffentlicht ist –, sagte ich zu ihm: ›Ich fürchte, dafür wirst du noch bezahlen müssen...‹ Ich meinte natürlich, jemand würde etwas gegen ihn unternehmen... etwas Häßliches schreiben... Jetzt, im Krankenhaus, als er sich wieder ein wenig erholt hatte – er hatte schreckliche Schmerzen an der Hand –, sagte er zu mir: ›Das hast du mir ja gewünscht...‹ Ich habe es ihm gewünscht...«

»Lächerlich.«

»Ich bin die Komplizin...«

»Oh, also nein, wirklich...!« Ich lachte.

Ich holte einen Teller Kekse und sagte: »Die Rezension hat Ihnen nicht gefallen...«

»Schrecklich! Einfach schrecklich! Wenn ich dieser Dichter wäre... ich wüßte nicht, was ich tun würde...«

»Rache nehmen?«

Sie legte ihre beiden Hände an die Schläfen und murmelte: »Warum mußte er das schreiben? Warum, warum, warum...?«

»Ja... ein solcher Artikel, ich glaube, daß seit Kovner...«

»Wer?«

»Er war ein Kritiker in Rußland, im vergangenen Jahrhundert, Abraham Uri Kovner. Ein Fanatiker bis zum Wahnsinn!«

»Fanatisch! Genau das sage ich immer von ihm...«

Ich sah sie an und dachte: Vielleicht ist sie wirklich... vielleicht ist sie tatsächlich eine Komplizin, im Geiste... Vielleicht hat dieser Racheakt ihr einen Herzenswunsch erfüllt, der ihr selbst nicht bewußt ist... Was weiß ich, was zwischen den beiden vorgeht?

»Ein Kritiker ist natürlich befugt, ein Buch zu schlachten«, sagte ich. »Aber diese Rezension... sie schien fast mit Haß geschrieben zu sein...«

»Ja, er kann hassen«, sagte sie kummervoll. »Er haßt viele, die meisten.«

»Wenn er viele haßt, ist das schon ein halber Trost«, scherzte ich.

»Ein halber Trost für wen?« lächelte sie.

»Er grüßt mich nicht... Ich habe keine Ahnung, warum...«

Sie sah mich an und lächelte. Lächelte, als ob sie etwas abwägen würde. Und wurde ein wenig rot dabei. Schließlich sagte sie: »Einmal, es ist schon lange her, nachdem ich Ihr Buch *Das fliegende Kamel* gelesen und ihm gesagt hatte, wie gut es mir gefällt, da sah er mich wütend an und sagte... egal...« Sie verbarg ihre Röte hinter ihren Händen.

»Erzählen Sie weiter... wenn Sie schon damit angefangen haben...«

»Sie haben in Ihrem Buch eine ziemlich häßliche Figur.« Sie lachte zwischen den Fingern hindurch, die ihr Gesicht verdeckten. »So ein verbitterter, bösartiger Intellektueller... Lifschitz heißt er...«

»Ja...«

»Er dachte, Sie meinten ihn damit...«

»Was?!« Ein Schrei entfuhr meinen Lippen.

»Lifschitz – sagte er – sei eine Kombination aus ›Naphtali‹ und ›Schatz‹...«

»O Gott!«

»Absurd natürlich!«

»Aber wo ist der Zusammenhang?! Wie kommt er denn...«

»Er dachte, das Buch sei eine Art Allegorie auf die Literatur und die Kritik.«

»Nein!!«

Ich war so überrascht, so erschüttert, so erregt, daß ich nicht einmal lachen konnte. Ich stand auf und sagte: »Darauf muß ich etwas trinken!«

Ich ging ins Wohnzimmer, holte eine Kognakflasche und zwei Gläser, schenkte ein, stieß mit ihr an und sagte: »Auf die Allegorie!«

»Und er haßt Allegorien, wie Sie wissen!« Sie nippte an ihrem Glas.

»Ja, ich habe sein Buch gelesen. Aber... wie kann er nur auf die Idee kommen, daß ich eine Allegorie auf...«

Naomi erklärte es mir, während sie immer wieder kleine

Schlucke trank: Seiner Interpretation nach waren die Flügel des Kamels die Flügel der Phantasie, die literarische Kreativität, die danach strebt, hinaufzufliegen ins Freie, Grenzenlose; und der mit Gold beladene Höcker ist die Kritik, die auf dem Rücken der Kreativität reitet, beladen mit Intellektualismus und Gelehrtheit. Sie belastet das fliegende Tier, zieht es zu Boden, zwingt es schließlich in die Knie und bringt es um. Zwischen den Flügeln und dem Höcker findet ein permanenter Kampf statt... Als sie sich über seine Interpretation lustig machte und ihm sagte, daß es ihrer Meinung nach, wenn überhaupt eine Allegorie, eine sei auf das Land, auf den Zionismus allgemein, dessen Anfang ein beflügelter Traum gewesen war, und danach kam die Jagd nach Gold, Materialismus und brachte ihn zu Fall. Darauf sagte er, daß auch das wahr sei, es handle sich jedoch um eine Allegorie auf zwei Ebenen: auf einer vordergründigen, offensichtlichen Ebene, die sie erkannt habe, und auf einer hintergründigen, verborgenen...

»Ist er paranoid?« Ich füllte die zwei Gläser, die sich geleert hatten.

Naomi lächelte, sah mich an und sagte: »Er ist kritikoid.«

Wir lachten. Ich hätte sie küssen mögen.

»Er ist schrecklich verletzlich!« Sie leerte fast das halbe Glas mit einem Schluck. »Wenn er feststellt, daß jemand ein Wort gegen ihn gesagt oder geschrieben hat, ist er erschüttert. Völlig aus dem Häuschen!«

»La Fontaine – der übrigens viel von seinem Zeitgenossen Rabelais gelernt hat – hat eine Fabel darüber geschrieben«, sagte ich.

Und ich erzählte die Fabel von der Lerche und dem Falken: Ein Bauer fing Vögel mit einer Falle, an der ein Spiegel befestigt war. Einmal wurde eine Lerche von dem Spiegel angezogen, sie flog darauf zu, aber bevor sie die Falle erreichte, fing sie ein Falke und schlug seine Krallen in sie. Im gleichen Augenblick schnappte die Falle über dem Falken zu. Der Falke weinte und flehte die Falle an, ihn hinauszulassen, er habe ihr doch nichts Böses angetan. Da sprach die Falle: Und was hat dir die Lerche getan?

»Naphtali hat drei Spiegel!« sagte sie lachend.

»Ja, ich habe auch sein zweites Buch gelesen. Wie ist das, in einem Raum mit drei Spiegeln zu leben?«

»Schwierig.« Sie leerte ihr Glas.

»Wie viele Jahre sind Sie verheiratet?« Ich schenkte uns beiden wieder nach.

»Fünf. Nein, sechs. Sechs? Doch, schon sechs! Kaum zu glauben.«

Und nachdem sie einen kleinen Schluck getrunken hatte: »Und Kinder will er nicht. Er mag keine Kinder.«

»Frauen?«

»Duldet er.«

»Duldet er?«

»Erträgt er.«

»Und Sie?«

»Ich erdulde es«, lachte sie.

Dann goß sie für uns beide ein, trank ein wenig und sagte: »Er ist furchtbar eifersüchtig. Wenn er wüßte, daß ich jetzt hier sitze... und auch noch mit Ihnen!«

»Würde er Sie die Treppe hinunterwerfen!«

»Er würde mich bestrafen!«

»Hinunterwerfen?«

»Schweigend! Mich bestraft er mit Schweigen!«

Dann sagte sie: »Was meinen Sie, bin ich verrückt? Da sitze ich hier und mache ihn vor Ihnen schlecht, während er dort mit einer gebrochenen Hand liegt!... Was für ein Kognak ist das?« Sie drehte die Flasche, um die Schrift auf dem Etikett zu lesen.

»Ein ausgezeichneter!« Ich füllte ihr Glas. »Der Mann meiner Mutter ist Winzer in Zichron Ya'akov. Er versorgt mich mit vierzig Jahre alten Weinen.«

»Wenn ich eine Sünde begehe, verhängt er einen Schweigebann über mich«, sagte sie.

»Sie begehen Sünden?«

Nachdem sie noch ein wenig getrunken hatte, erzählte sie mir von ihren »Sünden«: Manchmal stand sie spät auf und machte ihm kein Frühstück. Am Abend kam es vor, daß er das Spülbecken voll unabgewaschenem Geschirr vorfand. Sie vergaß etwas zu kaufen, worum er sie gebeten hatte. Einmal hatte sie den Schlüssel verloren, ein anderes Mal eine Geldbörse mit Geld darin... Bei all diesen Dingen gab es für ihn kein Pardon. Er bestrafte sie mit Schweigen.

Unsere Gesichter neigten sich einander zu, von beiden Seiten über den schmalen Tisch hinweg, wie Spiegel, nur daß von der Decke kein dritter Spiegel auf uns herabsah. Noch nie hatte ich mich dem grünen, sonnenüberfluteten Yezre'el-Tal so nahe gefühlt wie zu dieser Stunde. Ihrem gebräunten, warmen Gesicht gegenüber. Mühsam hielt ich mich davon ab, sie zu küssen.

»Er liebt es, mir Schuldgefühle einzuflößen, verstehen Sie das? Er genießt das!«

Wir schwiegen.

»Gut, ich habe zuviel geredet.« Sie erhob sich. »Und jetzt werde ich wieder Schuldgefühle haben...«

Ich brachte sie zur Tür. Als wir auf der Schwelle standen, legte sie ihren Kopf auf meine Schulter und sagte mit geschlossenen Augen: »Ich hätte nichts trinken sollen.«

Ich umfaßte mit meinem rechten Arm ihre Schultern, und während ich mit meinen Lippen ihr Haar berührte, sagte ich mir: Nein, das ist so nicht möglich! Jetzt verwandelt sich das Leben selbst in eine Allegorie! Eine ganz simple! Die Brust des Schriftstellers als Zufluchtsort für den Kopf der Frau des Kritikers! Das Nest für ihre unterdrückten Sehnsüchte! Und Liebe soll erblühen zwischen ihr und ihm! Nein, so geht das unmöglich! Denn was ich jetzt tue, erhält literarische Bedeutung! Und gleich werde ich aufhören zu atmen und mich selbst in eine allegorische Figur verwandeln! Nein...!

Stille herrschte im Haus. Kein Rattern war zu hören. Kein klingendes Echo. Der Geist der Ruhe lag über dem Treppenhaus.

Schatz war noch nicht aus dem Krankenhaus zurückgekehrt.

An einem Morgen, als ich hinaufging, um die Hasen zu füttern, betrat ich den Raum neben dem Stall, in dem ich die Bücher meines seligen Vaters aufbewahrte, um in den Werken Abraham Uri Kovners zu blättern, die ich seit Jahren nicht mehr aufgeschlagen hatte.

In einem Stapel, in dem sich einige Ausgaben der hebräischen Zeitschriften *Haschiloach* und *Hazefira* fanden, ein Exemplar der *Moznayim* aus dem Jahre 1932, Bücher von Yalag und Michal, Reuben Brainin und Gottlober, fand ich seine *Untersuchung eines Problems* (Warschau 1865), sein *Blumenbouquet* (Odessa 1868) und darunter Papernas Memoiren, Zitrons *Hinter den Kulissen* und noch andere Schriften aus der gleichen Zeit. Ich wischte den Staub ab, entfernte die Spinnweben und nahm sie mit hinunter in mein Zimmer.

Ich ging völlig in der Lektüre auf, bis drei Uhr nachmittags. Ich aß nichts und trank nichts.

Ach, was für eine Welt tat sich vor mir auf! Was für Streitigkeiten, was für Zusammenstöße! Was für Verheerungen, was für Verwüstungen! Einer dem anderen an der Gurgel, würgend, vernichtend! Und was für eine brillante, funkensprühende Sprache! Und welch heiliges Feuer in diesen Knochen brannte, den Tempel von allen Schändern zu reinigen, die ihn entweihten!

Ich fand eine Kritik Kovners über einen Dichter namens David Mosche Mitzkon, der einen Gedichtband in Hebräisch herausgebracht hatte, *Die Harfe Davids*, über den Kovner schrieb:

»Und jetzt verzeih mir, teurer Leser, wenn ich dich zu Mitzkons Gedichten führen werde, miteinander werden wir sie durchgehen, bis wir sie mit Abscheu von uns werfen und wieder frische Luft atmen werden, befreit von der schweren Last, welche uns niederdrückte...

Bei meinem Leben! Denn vor einem Dichter, groß wie er, der die Rechtschaffenheit und Lauterkeit der Sonne erkennt, müssen alle Dichter des Erdballs das Knie beugen...

Warum war es ihm nicht leid um die Jahre und die Tage, die er solch törichte Gedichte schrieb...? Verstehst du das, teurer Leser? Auch ich verstehe es nicht...!

Nach einem solchen Gedicht, in dem kein Sinn und kein Geschmack ist, sondern Ungeschlachtheit und Idiotie, schwang sich mein Gebet einen Augenblick empor und ward nicht mehr gesehen, und dahinter brach schreckliches Gelächter mir von den Lippen, und ich hoffe, teurer Leser, wo immer du auch sein mögest, daß du dieses Lachen hören wirst und dein Gesicht aufleuchtet wie das meine...«

Und in einem anderen Artikel:

»Kürzlich ist vor unseren Augen einer erstanden, heilig und erhaben, der große Gerechte, Fromme und Gelehrte, ein heiliges Licht des Universums und seine Glorie, einzig in seiner Generation, göttlicher Exeget, Ehre seinem glanzvollen Namen, unser Meister, unser Lehrer, unser Rabbi Abraham Bär ben Chaim Hakohen Gottlober, möge sein Verdienst uns erhöhen...

Und hier kommt der große Weise, der berühmte Possenreißer, der größte der Giganten, der furchtbare Gerechte, der wundervolle Schächter, Fundament der Welt, Leuchte Israels, Säule zur Rechten Gottes, der machtvolle Hammer, dessen großer und geheiligter Name von einem Ende des Erdballs zum anderen erklingt, unser Lehrer und Rabbiner und Wächter unserer Reinheit, Eliezer Lipman Silbermann, gesegnet und geheiligt sei sein Angedenken, und sagt in seiner großen Demut...«

Und was erst diejenigen über ihn schrieben, die er gegeißelt hatte! Gottlober, Lerner, Harkavy, Zederbaum, Hirschberg, sogar Paperna, sogar Mendele Mocher Seforim!

»Seine Flügel wurden in heidnischem Feuer versengt. Er kroch auf seinem Bauch. Er erniedrigte sich, ein Mißerfolg führte zum andern... Der Sklave aller Sklaven, verkaufte er seinen Gott, wie er seine Seele verkaufte... Das war das Ende dieser versengten Schmeißfliege!« Und:

»Er verriet sein Volk in seinen russischen Artikeln, fälschte, stahl und konvertierte. Ein pathologischer Typus. In seinen Augen war die hebräische Literatur ›eine Woge von Nichtigkeiten‹...« Und:

»Ein Egoist von Kindheit an bis zu seinem Tode. Für schnödes Geld wechselte er seine Religion, betrog sein Volk, raubte und stahl. Und all dieser Greueltaten schämte er sich überhaupt nicht, und wenn er darüber sprach, verspürte er keinerlei Scham und zeigte nicht den Schatten von Reue...« Und:

»Den Schlund dieses Brunnens gilt es zu versiegeln, in dem es kein Wasser, sondern nur Schlangen und Skorpione gibt...«

Und wie sie ihm alles, was er selbst geschrieben hatte, Schlag um Schlag vergolten, besonders sein blumiges Gedicht »Die Grenze des Menschen«:

»Wenn der Ozean schlägt bis zu den Höh'n der Himmel / zum Spiele ihm die mächt'gen Flotten werden... / Wer ist's, der aufrecht steht im Angesicht des Donners? / Vor mir die Wogen fluten hin, / die Hand des Sands läßt mir ihr Zeichen... / So ist der Mensch! In seines Lebens Nichtigkeit / strebt zu verschlingen er Gold und Macht, / zum Spiele wird ihm Last und Leid, / er ruht nicht einen Augenblick, nicht Tag noch Nacht. / Wer weiß um diese Stürme seines Herzens? / Ah! Nur der, der stehenbleibt und weiterblickt...«

Doch je mehr ich las – in seinen Schriften wie in den

Schriften der anderen über ihn –, desto deutlicher erkannte ich, daß nicht die Polemik und der Austausch von Unflätigkeiten es waren, die mich in Bann schlugen und so sehr faszinierten – sondern der Mensch selbst! Dieser Mensch voller Widersprüche, der in größtem Zorn gegen andere wütete – und sich selbst zerstörte! Der hochgebildete Mann, der Ästhet, der gegen Heuchelei, Falschheit und Hohlheit in der Literatur zu Felde zog – und der tief und tiefer fiel, bis er zum Fälscher und Betrüger wurde! Der Mann, der »den Kummer seines Volkes teilt und seine Krankheiten mit ihm erleidet«, der Briefe an Dostojewski und Tolstoi schrieb, in denen er sie aufforderte, gegen den Antisemitismus aufzutreten – und später in seinen russischsprachigen Artikeln den Talmud und die Juden »verriet«, ja, am Ende konvertierte! Der Mann, der wütende Stürme in der hebräischen Aufklärung entfesselte, der sich dem Kampf gegen Unwissenheit, Spießbürgertum, nichtssagende Rhetorik, Heuchelei und Lüge verschrieben hatte – und der wie ein Hund starb, beklagt nur von Antisemiten; und in den zwanzig Jahren, die seinem Tod folgten, erinnerte sich kein Mensch mehr an seinen Namen!

Was für ein Drama! Was für ein Stoff für einen großen Roman!

Ich sah ihn vor mir – ein dreiunddreißigjähriger Mann, acht, zehn Jahre nach dem Erscheinen seiner aufrührerischen Bücher verfolgt, geächtet, verstoßen aus dem »Schoße der hebräischen Literatur«, bitter, von Haß und Neid zerfressen –, wie er mit krummem Rücken über den Rechnungsbüchern der großen Bank des reichen, ungehobelten, überheblichen Förderers der hebräischen Aufklärung, Abraham Zack, in Wilna sitzt; sitzt und finstere Pläne ausbrütet. Wie er plant, die Schmach der Beleidigung zu rächen; wie er mit sich zu Rate geht, um aus dem Loch, in das er hineingefallen ist, wieder herauszukommen. Ein irreführender Geistesblitz erhellt die Finsternis seiner Gedanken: reich werden! Mit einem Schlag! So würde er sich aus der erniedrigenden Position eines jämmerlichen Angestellten befreien können, und so könnte er seine junge Braut ehelichen, die kränkliche Sofia Kannengisser, und eine neue Seite im Buch seines Lebens aufschlagen – weit weg vom modrigen Sumpf der hebräischen Aufklärung! Er enthüllt den Plan seinem Onkel, Naphtali Herz Boyarin, und macht ihn zum Komplizen. Er fälscht die Unterschrift des Bankiers Zack auf einem Scheck über 168000 Rubel! Boyarin löst den Scheck auf der Moskauer Handelsbank ein. Kovner nimmt seine Braut und reist mit ihr nach Moskau. Er gibt seinem Onkel – der eilig ins Ausland flieht – 45000 Rubel und behält 123000 Rubel. Das Wagnis! Der Drang nach Größe! Er erwirbt einen gefälschten Paß auf den Namen Baruch Soloveitschik und reist mit seiner Verlobten nach Mohilew, wo ihre Familie lebt. Irgendwo auf dem Weg verläßt er mit Sofia den Zug und vollzieht in Anwesenheit jüdischer Zeugen die Hochzeitszeremonie mit ihr, tauscht mit ihr die Ringe. Er schickt einen beleidigenden Brief an Zack, der »seinen Wert nicht geachtet hat«, und nennt ihn darin »Egoist, verachtenswert, hartherzig, ruhmsüchtig, ignorant, abgeschnitten von den Wurzeln seines Volkes und der Menschlichkeit, ein größenwahnsinniger kleiner Jid – und unterschreibt mit seinem vollen Namen. Die russische Geheimpolizei ist ihm auf den Fersen. Bei der Ankunft in Kiew wird er verhaftet und ins Gefängnis gebracht. Er versucht, sich mit drei Revolverschüssen das Leben zu nehmen, aber er trifft daneben. Es kommt zum Prozeß – in seiner Verteidigungsrede legt er keinerlei Reue an den Tag –, und er wird zu vier Jahren Gefängnis mit Zwangsarbeit und zum Verlust aller bürgerlichen Rechte verurteilt. Vier Jahre, die aufgrund seiner angegriffenen Gesundheit von den Behörden in Verbannung nach Sibirien umgewandelt werden. Sechzehn Jahre verbringt er in Sibirien als subalterner Angestellter des »Inspektionsbüros« – in Tobolsk, Tomsk und Omsk –, und mit zweiundfünfzig, zwei Wochen vor seiner Hochzeit mit einer christlichen Gymnasiastin, tritt er zum Christentum über.

Und die Frauen in seinem Leben! Seine erste Frau, Mutter seines Sohnes, die im Laden ihres Vaters arbeitet, haßt er. Er verläßt sie und läßt sich von ihr scheiden. Und Sofia, mit der er flieht, verläßt er ebenfalls. Und die Gymnasiastin in Sibirien...

Was für ein Leben! Was für Widersprüche! Erst eine Jugend im Haus des Vaters – eines armen Lehrers und Kantors –, dann die Studienzeit in einer Yeschiva, wo er Ohrfeigen erhält, als man ihn beim Lesen »säkularer Bücher« erwischt, dann die Jahre seiner unglücklichen Feldzüge, als er sich mit den Größen der hebräischen Literatur anlegt, mit den Berühmtheiten der russischen Literatur korrespondiert, als er gegen Unwissenheit und religiösen Fanatismus kämpft und Yalag und Mapu rühmt – und zuletzt der Abstieg bis zur niedrigsten Stufe der Verächtlichkeit, die man in den Augen seines Volkes und in seinen eigenen erreichen kann!

Was für ein Stoff für einen großen Roman, dachte ich, als ich die Bücher auf den Tisch legte. Was für wunderbare Kapitel, reich an dramatischem Geschehen, innerem wie äußerem, an Dostojewski erinnernde Kapitel, hätte man hier ausspinnen können, wie hätte man seine Begegnungen und Zusammenstöße mit allseits geschätzten, etablierten Schriftstellern ausmalen können, Schriftstellern, die er in ihrer Eitelkeit und Hohlheit gnadenlos, unterschiedslos anprangerte; was für fesselnde Szenen hätte man hier mit feiner Feder zeichnen können – wie er in seinem Bankkontor sitzt, im Zug flieht, vor seinen Richtern steht; wie er im Gefängnis sitzt, Sibirien durchwandert, eine tragikomische Begegnung mit dem Kritiker Paperna erlebt... War er ein zorniger Prophet, ein »Eiferer des Wortes Gottes« – oder ein Schurke? Ein furchtloser Streiter für die Wahrheit – oder jagte er hinter Ehren her, war er süchtig nach

Öffentlichkeit und Ruhm? War er ein Misanthrop? Litt er an Größenwahn? An Paranoia? War er von Minderwertigkeitsgefühlen zerfressen? Wie sah er aus? War er wirklich so, wie er auf dem Bild in einem Buch aussieht – robust, stolz und selbstsicher, modisch herausgeputzt mit seinem getrimmten Schnurrbart und dem wohlfrisierten Haar –, oder gab es da noch etwas Feineres, Vornehmeres in ihm? Wie groß war er? 1 Meter 60? 1 Meter 70...?

Und Schatz? fragte ich mich, als ich wieder aufs Dach hinaufging, um die Bücher an ihren Platz zurückzubringen, ist er kein Thema für einen Roman? Und wenn schon nicht für einen Roman, warum nicht wenigstens für eine Novelle von vierzig Seiten? Ob er aus reiner Selbstzufriedenheit mit solcher Wildheit über seine jungen Zeitgenossen herfällt? Ob er nur aus Liebe zur Wahrheit seine einstigen Gefährten so mißhandelt? Welcher Teufel reitet ihn? Machthunger? Das Gefühl, benachteiligt zu sein? Bitterkeit, deren Quelle das Gefühl ist, ein Versager zu sein? Vielleicht Selbsthaß? Oder vielleicht liegt die Wurzel des Bösen, das in ihm wuchert, in seinem Nierenleiden? Seiner »Urolithiasis«?

Ich stellte die Bücher an ihren Platz zurück.

Da fiel mein Blick auf einen vergilbten, zerfledderten Band. *Knospen*, ein literarischer Almanach, Warschau 1895. Ich blätterte darin und hielt bei einem Gedicht inne, das mir auf einer der Seiten ins Auge sprang:

Herr Kritiker XY

Muß ich Herrn Kritiker XY seh'n,
gegen den Autor zu Felde zieh'n,
was dieser schrieb, will jener vernichten,
doch ist er die Wörter nicht wert, die da richten!
Alles Bemüh'n, die Bosheit zu ergründen,
Rachsucht, Haß und all seine anderen Sünden –
umsonst. Er spuckt auf den Teller, von dem man ißt,
und stopft seinem Opfer den Mund mit Mist.

Yehuda Zalman Silber

Ich legte den Band weg und verschloß die Tür hinter der mottenzerfressenen Büchersammlung.

Als ich in den Stall hineinspähte, leuchteten meine Augen auf beim Anblick von fünf Neugeborenen unter Agathas Bauch! Fünf weiße Jungen, feucht und saubergeleckt! Sie lagen auf dem Stroh, saugend und nuckelnd, blind und blinzelnd, mit den Läufen zappelnd und mit den Nasen schnüffelnd... Hatte sie also endlich geworfen, das rosa Langohrdickerchen! In der gleichen Zeit, in der ich über Abraham Uri Kovner gebrütet hatte, hatte sie ihren Nachwuchs ans Licht der Welt gebracht!

Schadenersatz

Als ich gegen Abend das Haus verließ, um meinen Freund Michael aufzusuchen, kam auch Herr Ben-Ze'ev gerade aus seiner Wohnung, und wir gingen ein Stück gemeinsam.

»Wie geht es unserem Freund, dem Professor?« fragte er.

Ich sagte ihm, daß die rechte Hand des Professors eingegipst sei und daß er, weil seine inneren Organe untersucht werden müßten, noch im Krankenhaus bleiben müsse.

»Kriegsverletzung!« grinste er. »Sei's drum, wer in den Krieg zieht, muß Risiken auf sich nehmen! Aber er wird sich bestimmt wieder erholen! Erholen wird er sich, und seine Rechte wird erstarken!«

Ich sagte ihm, daß ich den ganzen Vormittag in die Lektüre eines anderen Kriegers versunken gewesen sein – Abraham Uri Kovner.

»Ach, der Getaufte! Ein übler Charakter!« Er verzog sein Gesicht. »Daß er Mendele Mocher Seforim attakkierte, weil er statt ›Binnenwürmer‹ ›Bienenwürmer‹ übersetzte und eine so große Sache daraus machte – sei's drum, das kann man ihm verzeihen. Aber daß er kriecherische Briefe an einen Antisemiten wie Rozanow und diffamierende Artikel im *Golos* über die Verbrechen und Vergehen des Volkes Israel schrieb und empfahl, das Studium des Talmuds zu verbieten – das ist einfach schändlich! Er ist zur Hölle verdammt worden, daran besteht kein Zweifel!«

Ich sagte, daß Kovner ein sehr komplizierter Mensch voller Widersprüche gewesen sei und daß ich mich wunderte, daß bis heute noch kein großer biographischer Roman über ihn geschrieben worden sei.

»Über Kovner? Er hat es nicht verdient! Er selbst prophezeite, daß man ihn den ›jüdischen Haman‹ nennen würde. Wissen Sie, über wen man wirklich einen Roman schreiben müßte? Über Feitelson! Haben Sie je von Menachem Mendel Feitelson gehört?«

Ich sagte, daß ich auf den Namen gestoßen sei, als ich über Kovner und Paperna nachgelesen hätte, deren Zeitgenosse er war, daß ich aber sehr wenig über ihn wisse.

»Ah, das war ein Mensch! Eine tragische Persönlichkeit! Ein Kritiker mit Seele...«

Und er erzählte mir, daß er dem Äußeren nach ein häßlicher Mensch gewesen war, kleinwüchsig und elendiglich arm, und daß er in seinem Leben nur Enttäuschungen erlitten hatte. Er lehrte Hebräisch in den Dörfern Südrußlands, versuchte, an der Universität aufgenommen zu werden, versagte jedoch bei den Prüfungen, reiste nach Warschau, um dort sein Glück zu versuchen, geriet aber unglücklicherweise in Straßenunruhen und wurde von einer umherirrenden Kugel verletzt, wurde krank, kehrte wieder als Lehrer nach Yekatrinoslaw zurück... und obwohl er weit entfernt war von den Zentren der hebräischen Kultur, schrieb er geschmackvolle Artikel, sauber und klar, frei von blumigen Phrasen, über Schriftsteller und Bücher...

Einmal kam er nach Odessa in der Hoffnung, dort Arbeit bei einer jüdischen Institution zu finden, und ging zum Hause Mendele Mocher Seforims. Mendele kam zu ihm heraus ins Treppenhaus, und als er den kleinwüchsigen Kritiker vor sich sah, der so dreist gewesen war und es gewagt hatte, von ihm zu schreiben, er sei von diesem und jenem russischen Schriftsteller beeinflußt worden, maß er ihn mit einem verächtlichen Blick von oben herab, stellte einen Fuß auf einen Stuhl, der dort stand, und sagte: »Also Sie sind jener Zelig, der Zwergenbademeister, der, um den Körper des ehrenwerten Alter des Großen abzuspülen, auf einen Stuhl klettern muß! Und Sie haben gedacht, es würde Ihnen gelingen, einen Kübel kalten Wassers über Mendele auszuschütten!« Und er drehte sich auf dem Absatz um und ließ ihn im Hauseingang stehen.

Feitelson, der Mendele verehrte, kehrte nach Yekatrinoslaw zurück, und nicht allzu lange Zeit danach schluckte er Gift und starb. In seinem letzten Willen bat er darum, daß auf seinen Grabstein geschrieben würde: »Vor Wohltätern standest du nicht / unter den Gelassenen der Welt saßest du nicht / das Leben einer bitteren Seele hattest du / und vom Tisch des Lebens aßest du nicht.«

»Selbstmord begangen, mein Freund!« Ben-Ze'ev klopfte mir auf die Schulter, bevor er sich von mir trennte.

»Mit zweiundvierzig Jahren! Denn von dem Trauma der Begegnung mit Mendele konnte er sich nicht erholen…! Sie wissen, was das heißt: ›Denn in ihrem Zorn töteten sie einen Menschen‹? Auch mit Naserümpfen kann man einen Menschen töten! Und erst mit so einer großen Nase wie der von Mendele! Ja, ja, es gab Schriftsteller, die sich das Leben nahmen wegen dem, was Kritiker über sie schrieben, und hier haben Sie einen Kritiker, der sich wegen des Naserümpfens eines Schriftstellers das Leben nahm! Das ist ein Thema für einen Roman!«

Michael empfing mich, zu meiner großen Überraschung, als ob nie etwas passiert wäre: als ob nie eine Schmähschrift gegen ihn erschienen wäre, als ob er mich nie am Telefon beschimpft und nie den Hörer auf die Gabel geworfen hätte, als ob er nie –

Und vielleicht war er es ja gar nicht gewesen ... ?

»Komm! Komm rein!« rief er aufgekratzt, mit strahlendem, gerötetem Gesicht und machte mir die Tür weit auf.

Er blüht ja förmlich! sagte ich mir.

Als ich in sein Zimmer trat, fand ich dort einen Mann und ein Mädchen vor, die ich nicht kannte.

»Das ist Ayanna, die Sängerin, und das ist Julian Milosz ... Spreche ich den Namen richtig aus?«

Der Mann, um die Dreißig, mit einer großen Brille, hinter der kluge Augen lächelten, und einem Gesicht voller Sommersprossen, nickte mir zu.

Julian sei Komponist, sagte Michael, und er habe die Idee, ein paar von den Gedichten aus *Ich sagte nein* zu vertonen.

»Großartig!« sagte ich, irgendwie enttäuscht. Ich hatte gedacht, ihn in einer anderen Gemütsverfassung anzutreffen. Und ich fragte, ob ich störte.

»Nein! Wieso denn? Mach doch auch bei der Beratung mit!«

Ayanna, die mit untergeschlagenen Beinen am Boden saß, Rücken und Arme auf das Sofa hinter ihr gestützt, auf dem Julian saß, war eine Schönheit. Märchenhaft schön. Eine Fee. Ihr goldenes Haar fiel zu beiden Seiten ihres Gesichts auf ihre Schultern wie ein gleißender Wasserfall. Auf ihrem ovalen Gesicht schwebte ein Lächeln, dessen Strahlen Wohlwollen über die ganze Welt verströmte. Es strahlte mir entgegen, als ich hereinkam – und sie hatte es nicht einmal für nötig befunden, meinen Gruß zu erwidern –, es begleitete Michael, während er sprach, und Julian, während sie ihm zuhörte. Julian Milosz las Worte aus einem der Gedichte vor und untermalte sie mit Handbewegungen, die eine Art Entwurf zu einer Melodie darstellten.

»Fin-ster-nis tropft auf moo-si-gen Fel-sen, ta ta-ta ta...« begleitete er seine wedelnden Gesten im Falsett, »Andro-me-das Spie-gel-bild« – seine Stimme und seine Hand kletterten nach oben, zu den höchsten Tönen der Tonleiter hinauf – »ver-sinkt wie At-lan-tis« – da tauchte seine Stimme mit einemmal in den Baß hinunter, und mit ihr ging der Arm abwärts bis fast zum Boden –, »ta ta ta-ta ta, ta-ta. Wie findest du das?«

Michael, ein sanftes Lächeln auf dem Gesicht, als ob er sich nicht entscheiden könnte: schön? Weniger schön?, wandte den Blick zu mir, wie um nach meinem Eindruck zu fragen. Ich setzte ein zustimmendes Lächeln auf: Doch... ja... lächelte ich. Die Melodie war nicht melodisch. Sie folgte keinem glatten Pfad, sondern verlief im Zickzack und über Schlaglöcher hinweg. Aber das entsprach dem Geist der Zeit.

»Ja... doch...« sagte Michael langsam, wie ein Echo auf meine stumme Bestätigung. »Das ist schön... ja... Ich frage mich nur: Wird das beim Publikum ankommen?«

»Die Worte?« fragte Julian.

»Die Melodie...«

»Mit Ayannas Stimme?!«

Ayanna lachte dankbar.

»Andro-me-das Spie-gel-bild...« Sie ließ uns die kurze Verszeile in einem wundervollen Sopran hören, überirdisch klar – es hallte wie das Trillern einer Nachtigall in der Weite eines Tempels durchs Zimmer.

Michael lachte, offensichtlich begeistert: »Ja... ja...«

Und danach eine zweite Zeile, und eine dritte.

Michaels kleines Zimmer verwandelte sich in ein kleines Heiligtum. Die Töne flogen auf den Schwingen der Worte. Die schöne Ayanna war eine Muse. Glücklich der Mensch, den die Musen lieben – sagt Hesiod –, auch wenn sein Herz voll Kummer und Leid ist; er braucht nur ihren Gesang zu hören, und sofort vergißt er seine düsteren Gedanken und gedenkt seines Kummers nicht mehr. Ja, auch

Michael – vor meinen Augen lösten sich sein Kummer und sein Leid auf, seine Wut und seine seelische Verbitterung, er legte alle grobe Materialität ab, und sein Gesicht war von reiner Geistigkeit durchdrungen.

Ayannas himmlisches Lächeln erstrahlte über uns, während ihre Stimme schwieg.

Sie neigte mir ihr Gesicht zu, und ihr Lächeln ruhte auf mir.

Ich errötete. Und auch auf meinen Lippen ging ein sanftes Lächeln auf.

Wir trafen uns in unserem Lächeln.

Ihr Lächeln berührte meines, wie ein Sonnenstrahl auf Spinnweben fällt.

Als ob sich etwas Wunderbares ereignet hätte und wir beide davon überrascht wären.

Ich sah, daß auch Michael mir zulächelte, ebenso Julian.

Ich wußte nicht, wohin mit meinem Lächeln, also sagte ich: »Diese Lieder... sie haben eine wellenartige Bewegung von Gegensätzen...«

Ayanna wandte keinen Blick von mir. Ihre Augen strahlten mich an, als ob ich etwas sehr Tiefsinniges gesagt hätte.

Michael lächelte, wie um meine Beobachtung zu bestätigen.

»Ja...« brach Julian das göttliche Schweigen. »Wollt ihr noch eines hören?«

Michael nickte mit seligem Lächeln.

Julian intonierte noch drei Lieder.

Die Idee sei, sagte er, daß Ayanna mit einem ganzen Zyklus von elf Gedichten auftreten solle...

»Ich finde sie einfach toll!« erklärte Ayanna.

Michael lächelte. Er zündete sich mit zitternden Händen eine Zigarette an und rauchte.

Danach sprachen sie über die Konditionen, Vertrag, Vorschuß, Prozente. Es gab keine Diskussion. Michael war mit allem einverstanden, was ihm Milosz vorschlug. Ayanna sagte: »Du kannst dich auf ihn verlassen, wenn er nicht so aufrichtig wäre, wäre er heute längst schon ein reicher Mann«, und Michael sagte, sicher, denn wenn er sich bereichern wollte, hätte er sich nicht seine Gedichte ausgesucht. Ayanna legte eine Hand auf Milosz' Oberschenkel und sagte, er sei seinen Prinzipien so treu, daß er nicht bereit sei, auch nur das geringste Zugeständnis an den Geschmack der Masse zu machen; und Michael sagte, daß er nur mit einem solchen Menschen bereit und imstande sei, zusammenzuarbeiten.

Ich war hingerissen.

Julian stand vom Sofa auf. Ayanna erhob sich von ihrem Platz am Boden, und zufrieden wandten sich die beiden der Tür zu. Sie verabschiedeten sich von Michael, und Ayanna beglückte mich mit dem gleichen strahlenden, wohlwollenden Lächeln, das sie mir schon bei meinem Eintreten geschenkt hatte. Es versprach all denen Belohnung, die reinen Herzens sind.

»Meinen Glückwunsch!« sagte ich zu Michael, nachdem sie gegangen waren.

Nervös zündete er sich eine weitere Zigarette an, die zwischen seinen Lippen zitterte.

»Ein außergewöhnlicher Mensch, dieser Julian! Außergewöhnlich!« sagte er.

Ich fragte ihn, wie er an seine Gedichte gekommen sei.

Er ging zum Tisch hinüber, zog die oberste Schublade auf, holte einen Brief heraus und reichte ihn mir: »Lies!«

Es war ein Brief von Ayanna. Ayanna Melamed.

»Lieber Michael Hochhauser,

schon seit zwei Wochen trage ich Ihre Gedichte aus *Ich sagte nein* mit mir herum. Ich gehe mit ihnen zu Bett, ich schlafe mit ihnen, ich stehe mit ihnen auf...«

Das Buch hatte sie zufällig aufgeschlagen, in einem Buchladen, und es hatte sie »sofort gepackt«, es war »eine wahre Offenbarung« gewesen. Sie hatte seine Gedichte davor nicht gekannt... Am Ende des Briefes fragte

Ayanna, ob er einwillige, sich mit ihr zu treffen, und mit dem Komponisten Julian Milosz, der ebenfalls, wie sie...

»Das habe ich vorgestern gekriegt.« Er nahm mir den Brief aus der Hand und legte ihn in die Schublade zurück.

»Toll!« sagte ich.

»Wollen wir hoffen... wollen wir hoffen...« sagte er und verstummte. Versank in Melancholie.

»Du solltest dich freuen«, sagte ich. »Warum bist du traurig?«

Er steckte sich an seiner Zigarette eine neue an und rauchte schweigend weiter.

»Weißt du, manchmal frage ich mich...« sagte er schließlich mit einem bescheidenen Lächeln. Er unterbrach sich und begann von neuem: »Ich habe ein paar Kapitel in Tischbis *Sohar* gelesen. Wunderbar, einfach wundervoll! Es gibt da eine Geschichte über Rabbi Simon Bar Yochai in der Höhle. Die ganze Nacht las er in der Schrift der Verborgenheit, die wie ein Wehrturm von Feuervögeln umgeben war, und bei Tagesanbruch flog ihm das Buch aus der Hand und war nicht mehr da. Und er war glücklich: Er hatte seine endgültige Bestimmung erfahren! Denk mal darüber nach: Darin liegt eine sehr tiefe Bedeutung. Bücher werden im Dunkeln geschrieben. Mit Buchstaben, die von Flammen umringt sind. Wenn der Tag anbricht, ist alles verborgen. Das Verborgene verbirgt sich. Und genau dann muß man glücklich sein! Gerade wenn die Buchstaben entschwinden...! Was ist der wahre Zweck eines Gedichts, Kalman? Weißt du, was? Die Selbstauflösung! Das ist die endgültige Bestimmung! So zu schreiben, eine solche Sublimierung zu erreichen, eine solche Konzentration, eine solche Abstraktion, daß das Wort selbst zu Licht wird! Das heißt, zum Nicht-Wort...! Werde ich das je erreichen? Niemals...! Und da fragst du, warum ich traurig bin...«

Schatz erwähnte ich nicht. Er erwähnte nicht, daß er das Land verlassen wollte.

An den Leser

Der Leser, dessen Herz bei der Lektüre nicht nur auf reines Vergnügen aus ist – wie die Toren, die sich vom spannungsgeladenen Handlungsgeschehen in Bann schlagen lassen und denen der Blick für das verstellt ist, was sich dahinter verbirgt –, sondern in die Tiefen vordringt, die Hintergründe erspürt, die Bedeutungsschichten freilegt, der Leser also, der nicht nur den Text, sondern auch den Subtext verstehen möchte, tut gut daran, auch in diesem Buch mitten in der Handlung ein wenig innezuhalten und nachzusinnen. Nach den beiden vorhergehenden Kapiteln würde es sich lohnen, sich über die Bedeutung der Beziehung des Helden zu den beiden Männern Gedanken zu machen, die im gleichen Alter stehen wie er: Schatz und Michael. Empfindet er für den ersteren wirklich nur Haß und für den letzteren wirklich nur Liebe? Vielleicht ist seine Beziehung zu den beiden – wenn dies vordergründig auch nicht ersichtlich ist – viel komplizierter? Und vielleicht – und das ist schon eine etwas gewagtere Hypothese – hat seine Beziehung zu ihnen irgend etwas...

Es lohnt, die Sache in Betracht zu ziehen, denn eine solche Betrachtung trägt ihren Lohn in sich selbst.

Intermezzo

Schatz war noch nicht aus dem Krankenhaus zurückgekehrt. Naomi war allein.

Abends um neun läutete sie an meiner Tür, in einen Bademantel gehüllt, und entschuldigte sich, daß sie mich um Hilfe bat: Sie fürchtete sich, fürchtete sich ganz schrecklich vor Kakerlaken, und eine Kakerlake war in ihre Küche gehuscht – fast wäre sie in Ohnmacht gefallen –, und jetzt rannte die Kakerlake zwischen dem Geschirr herum. Sie hatte die Tür zugemacht und konnte nicht mehr in die Küche hineingehen. Ob es mir sehr viel ausmachen würde…?

Ich ging mit ihr hinauf, betrat die Küche – sie sah mir von draußen zu –, und nach einer heftigen Verfolgungsjagd mit viel Getöse, bei der ich, mit dem Schuh in der Hand, Möbel und Geschirr von einer Seite auf die andere rückte, erwischte ich sie, zerquetschte sie und warf ihre Leiche zum Fenster hinaus.

Danach ....

....

Als ich meine Augen aufschlug (mir gegenüber an der Wand, im dürftigen Licht aus dem Wohnzimmer, das Plakat von der Aufführung *Der Widerspenstigen Zähmung* – Petruchio, das entblößte Hinterteil Katharinas verdreschend, deren Rücken fast bis zum Boden durchgedrückt ist), dachte ich über diesen Mann nach, der da unten wohnte, unter dem Fußboden, auf dem dieses Bett stand. Ich verschränkte die Arme hinter dem Kopf und dachte: Wer ist dieser ruhige Rumäne, der sich dort in seiner Wohnung verbirgt wie eine Maus in ihrem Loch, wie ein Maulwurf in seinem Bau, der sich selbst Schriftsteller nennt? Was macht er dort, Tag und Nacht? – Er schreibt. Ja, er schreibt. Zieht heimlich seine Furchen. Man hört kein Federkratzen, keine Stimme, kein Rascheln. Wie ein Dieb in der Unterwelt schreibt er, eine Geschichte und noch eine Geschichte und noch eine und noch eine. Für was und für wen schreibt er?

Diese haarsträubende Anmaßung! Personen erschaffen zu wollen! Leben einzuhauchen! Himmel und Erde und all ihre Heerscharen! Der arme Tropf! Wie kommt es, daß er in seinem verblödeten Dünkel nicht merkt, daß die Personen, die er erschafft, wie leere Hülsen im Weltall umherwandern? Dort herumschwirren wie Dämonen und Irrlichter!

Er beschreibt ein Haus und denkt, es ist ein Haus. Er beschreibt ein Kamel und denkt, er hat ein Kamel erschaffen. Er beschreibt einen Mann, der eine Zigarette raucht, und denkt, daß der Mann denkt und die Zigarette raucht. Und er merkt überhaupt nicht, daß, wenn sein Haus die Imitation eines Hauses ist und sein Mann die Imitation eines Mannes, beide nicht wahr sind, denn Wahrheit, ausgedrückt in Imitation, ist keine Wahrheit mehr – wie die Chassidim sagen. Und wenn er sein Kamel, einer Laune folgend, mit Flügeln ausstattet, dann ist das Ende dieses Kamels, das sich mit Mühe vom Erdboden erhebt, daß es zu Boden fällt, mit von sich gestreckten Gliedern wie eine Marionette! Närrisch wie ein Clown plustert er sich auf, prahlt auch noch wie so einer – dieser Schriftsteller!

Doch, ja, ein anständiger Mensch, das ist er. Er spricht wenig, verhält sich ruhig. Er lebt in Frieden mit den Nachbarn. Er geht die Treppe hinunter, geht die Treppe hinauf, mit ausdrucksloser Miene. Aber unter dieser Maske der Unschuld – ich weiß es – wimmelt ein Schlangennest. Haß und Neid. Er trachtet nach Bösem, untergräbt alles Feste. Gräbt auch unter diesem Zimmer. Übt Verrat! Man kann ihm nicht trauen!

So lag ich da und sann vor mich hin, die Arme hinter dem Kopf verschränkt, und spürte, wie der Haß in mir anschwoll. Ja, ich hasse ihn! Ich weiß nicht, weshalb ich ihn so sehr hasse – aber ich kann mit ihm nicht unter einem Dach leben! Ich würde ihn liebend gerne vernichten! Ihn alle Treppenstufen hinunterwerfen, bis er sich das Genick bricht!

Ich fand so großes Gefallen an meinem Haß, daß ich mich auf die Seite rollte, die Frau, die zu meiner Linken lag, umarmte und mein Füllhorn in sie versenkte.

Ob einem Manne die Heyrath anzurathen sey...

In Kapitel neun des dritten Buches von *Gargantua und Pantagruel* – ein Kapitel, dessen Übersetzung ich vielleicht in drei Jahren werde in Angriff nehmen können, sollte ich überhaupt je soweit kommen, nachdem ich bereits seit fast zwei Wochen im Kapitel dreizehn des ersten Buches stecke, das sich in der Hauptsache mit Scheißen, Rülpsen, Furzen und ähnlich gearteten Tätigkeiten beschäftigt, und ich mir schon ebensolange den Kopf darüber zerbreche, wie ich in der Heiligen Sprache solche Unflätigkeiten reimen soll, wie zum Beispiel:

Chiart
Foirart
Petart
Brenous
Ton lard
Chappart
Sèspart

und so weiter –, in jenem Kapitel also wird von Panurge, dem Schurken, erzählt, der seinen Herrn um Rat fragt in der Angelegenheit des Werts oder Unwerts der Ehe. Ich werde den Hauptteil dieser Unterredung zwischen den beiden wiedergeben, in einer freien und ungeschliffenen Übersetzung, denn eine präzise Übersetzung allein der kurzen Erwiderungen Pantagruels auf die Fragen Panurges – einmal bejahend: »Marriez-vous donc« und einmal verneinend: »Poinct doncques ne vous marriez« – und die damit verbundenen Wortspiele würden mich fünf Tage Fronarbeit kosten:

»Mein Herr«, spricht Panurge zu Pantagruel, »Ihr habt mich sagen hören, daß es in meiner Absicht liegt, mich zu verehelichen, wenn anders nicht mein schlechtes Geschick vor mir alle Löcher verschlossen, verkorkt und verstopft hat. Im Namen der Liebe, die Ihr mir in Eurer Güte so lange entgegengebracht habt, erbitte ich Euren Rat in dieser Angelegenheit.«

»Nun denn«, sagt Pantagruel, »nachdem die Würfel gefallen sind und Euer Entschluß gefaßt ist, Euch zu verehelichen, braucht es nichts weiter an Worten. Man muß die Sache in die Tat umsetzen!«

»Ja, aber ich wollte es nicht in die Tat umsetzen ohne Euren Rat und Empfehlung...«

»Mein Rat und meine Empfehlung – tut, wie Ihr gesagt!«

»Aber wenn Ihr wüßtet, daß es für mich zum Besten sei, zu bleiben, so wie ich hier bin, ohne mir neue Weiber aufzureißen, dann... würde ich es vorziehen, mich nicht zu verehelichen.«

»Schön, so werdet Ihr es also vorziehen, Euch nicht zu verehelichen!«

»Aber würdet Ihr mir denn wünschen, daß ich all meine Tage einsam und unbeweibt verbringe, ohne Hilfe neben mir? Erinnert Euch der Worte des Kohelet: ›Besser sind zwei als einer!‹ Der Junggesellenstand kennt nicht Sinn und Vergnügen so wie der Ehestand!«

»So tretet denn in den Stand der Ehe ein, in Gottes Namen!«

»Aber was geschieht, wenn mein Eheweib mir Hörner aufsetzt! Eine verbreitete Erscheinung, wie Ihr wißt, und dann müßte ich aus dem Rahmen fallen! Gehörnte mag ich im allgemeinen gut leiden, sie sind Leute, wie es sich gehört, und Leute, gut als Gefährten, aber es wäre mein Tod, einer von ihnen zu sein. Das ist der Punkt, von dem ich nicht ablassen könnte!«

»So laßt denn ab und heiratet nicht! Denn Senecas Spruch ›Was du anderen antust, wird auch dir getan‹ ist richtig ohne Ausnahme.«

»Ohne Ausnahme, sagt Ihr?«

»Seneca sagt: ›Ohne Ausnahme‹.«

»Oho, in Teufels Namen, meint Seneca diese Welt oder die kommende? Sei es, wie es sei, ich kann nicht ohne Frau sein, so wie ein Blinder nicht ohne Stock sein kann, und so wie er mit seinem Stock aufstößt, so gelüstet es auch mich zu stoßen! Wenn die Sache nun so ist, wäre es nicht besser für mich, daß ich mich mit einer vernünftigen und ehrbaren Frau zusammentue, als daß ich meine Füße einen Tag zu der und einen Tag zu jener schleppe und es ohne Unterlaß riskiere, die Peitsche zu spüren oder mir eine Geschlechtskrankheit einzuhandeln? Ich muß gestehn, daß ich bisher nie mit verheirateten Frauen etwas getrieben habe, ihre Ehemänner in allen Ehren, mein Freund.«

»Dann, mein Freund, vereheliche dich in Gottes Namen!«

»Aber was wird mit mir, wenn mir Gott eine achtenswerte Frau beschert, der ich Schläge wert bin? Ich verwandelte mich in Hiob *en miniature*, wenn die Wut mich nicht meinen Kopf verlieren ließe. Man sagt, solche achtenswerten Matronen sind häufig dickköpfig, und es gibt in ihnen mehr Essig als Wein! Einer solchen Frau, wenn ich kein Narr sein will, würde ich ganz gehörig das Zubehör verdreschen, will sagen, ihre Arme, Beine, Kopf, Lunge, Leber und Milz. Ich würde ihre Kleider so ausklopfen, daß der Teufel in eigener Person ihre verfluchte Seele an der Höllenpforte in Empfang nehmen müßte! Um die Wahrheit zu sagen, nie hat mir derlei Zank und Giftigkeit Vergnügen bereitet.«

»Zankt Euch denn nicht. Bleibt dem Brautstand fern!«

»Jedoch bedenkt meine Lage: Ich bin ledig der Schulden und der Frauen. Ich muß sogleich hinzufügen – nicht zu meinem Besten bin ich schuldenfrei, denn wäre dem nicht so, wären meine Gläubiger nur allzu besorgt um meine Vaterschaft. Nun, da ich weder Schuld noch Weib habe, gibt es keinen, der sich um mich schert, und keine Frau, die mich mit jener Liebe beglückt, die man dem Ehestand eigen nennt. Würde ich, Gott bewahre, krank, wer würde mir in meiner Krankheit eine Stütze sein? So sagt der Weise Ben Sira: Wer ein Weib hat, dessen Besitz wird sich mehren, denn er hat eine Lebensgefährtin zu seiner Seite und eine Säule des Vertrauens. Ich meine natürlich, ein anständiges Weib, wie es sich gehört. Diese Wahrheit habe ich ausdrücklich von Päpsten, Nuntien, Kardinälen, Bischöfen, Äbten, Prioren, Priestern und Mönchen gelernt. Es war verläßlich und sicher, daß ich nie einer von ihnen sein will!«

»Dann teile dein Schicksal mit einer Frau und schließe den Ehebund mit ihr, wie es sich gehört!«

»Aber was geschieht, wenn ich erkranke und meinen ehelichen Pflichten nicht mehr nachkommen kann? Was wäre, wenn meine Frau, deren Seele an meinem Unvermögen verzweifelte, sich einem anderen Manne widmete und mir nicht nur keine Stütze in der Not wäre, sondern meines Unvermögens auch noch spottete? Noch schlimmer als das – was geschieht, wenn sie mich bestiehlt, wie ich es häufig gesehen, Ehefrauen, die ihre hilflosen Ehemänner wie Diebinnen bestehlen? Oh, ein solches Ding wäre genug, um mich den Verstand verlieren zu lassen vor lauter Schmerz und meine Füße auf den Lauf durch die Felder zu schicken, bis ich meinen Platz nicht mehr kennte!«

»So bleibe denn an deinem Platz und renne nicht durchs Feld!«

»Gut und schön. Aber seht doch! Wenn ich so verfahre, wie sollen mir ordentlich Söhne und Töchter geboren werden? Wie kann ich meinen Namen und mein Wappen fortbestehen lassen? Wer wird mein Geld und Gut erben? Will ich nicht von meinen Sprößlingen erfreut werden, anstatt in Traurigkeit meine Tage zu vergeuden? Ich will mit ihnen verfahren, so wie Gargantua, Euer gütiger und gnädiger Vater, mit Euch verfährt! Sein wie die gesitteten Leut' zu Hause in ihren vier Wänden. Denn nun, da ich frei von Schulden und im selbigen Augenblick nicht beweibt bin, fürchte ich, daß Ihr meiner nur spottet, anstatt mich in meiner Not zu trösten, aus der ich mich nicht befreien kann!«

»So befreit Euch denn, in Gottes Namen, und heiratet!«

Chedvas Sohn

Yaron, Chedvas Sohn, kam bei einem Hubschrauberabsturz im Sinai ums Leben.

Auf der Kommode neben ihrem Bett stand sein Bild, zwischen zwei rahmenlose Gläser gepreßt: ein etwa siebzehnjähriger Sohn mit bogenförmigen schwarzen Augenbrauen, spärlichem Schnurrbartflaum, ein Mund, der sich zu einem gezwungenen, ein wenig schmerzlichen Lächeln verbreitert, eng beieinanderstehende Augen mit einem ironischen oder mißtrauischen Ausdruck.

Im Treppenhaus sagte Viktoria anklagend zu mir: »Weißt du nicht, daß Chedva krank ist? Schon seit zehn Tagen!« Und sie machte mir Vorhaltungen, daß ich »wie alle Schriftsteller und Künstler« sei, mich nur für mich selbst interessierte und nicht einmal wisse, ob meine Nachbarn lebendig seien oder tot.

Ihr Gesicht war nicht wie sonst. Irgendwie feindselig.

Schatz war vor drei Tagen aus dem Krankenhaus zurückgekehrt, den Mittelfinger der rechten Hand in einem Gipsverband, eine breite Schlinge um seinen Hals. Ich sah ihn durch den Spion mit Naomi hinaufgehen. Sie trug seine Aktenmappe, und er sah noch verbiesterter drein als sonst. Am Abend versucht er jetzt, mit einem Finger auf der Maschine zu tippen, und dieses Tippen ist so nervtötend wie das Klopfen der Krücke eines Lahmen auf dem Bürgersteig.

Aber ich konnte sowieso nicht schreiben. Ich ging Chedva besuchen und fand sie im Bett vor. Bei meinem Eintreten setzte sie sich auf und lehnte ihren Kopf an das Kissen. Ich fragte sie, was ihr fehle, und sie sagte, sie habe Stiche im Herzen. Schwierigkeiten beim Atmen. Man hatte sie untersucht und nichts gefunden. »Sie wissen, wie das mit den Ärzten ist«, sagte sie. »Wenn sie nichts finden, sagen sie: psychosomatisch. Aber deswegen hören die

Schmerzen nicht auf.« »Auch jetzt nicht?« fragte ich. Sie legte eine Hand auf ihre Brust, machte einen tiefen Atemzug, und ich sah, daß es ihr schwerfiel. Ich sagte, daß auch mir das manchmal passiere, vielleicht unter dem Einfluß des Wetters, vielleicht wegen der Nerven. »Aber ich bin kein Hypochonder«, sagte sie lächelnd.

Ich betrachtete die Fotografie auf der Kommode und fragte, ob das ihr Sohn sei. Ja, sagte sie, sie habe in den letzten Tagen viel an ihn gedacht, als sie allein war und nichts sie abgelenkt hatte außer den Büchern, die sie las; aber das liege in der Natur des Bücherlesens, daß man alle paar Seiten innehalte, weil einem alles mögliche im Kopf herumgehe. Da hatte sie zum Beispiel in dem Tagebuch eines ägyptischen Soldaten gelesen, der im Yom-Kippur-Krieg im Sinai gefallen war. Sehr bewegende Worte und ein weiteres Zeugnis dafür, daß jeder Mensch im Angesicht des Todes gleich ist – die Unterschiede der Herkunft und der Religion fallen nicht mehr ins Gewicht, er sehnt sich nach Mutter und Vater, nach dem Dorf, in dem er geboren wurde, er sorgt sich um die Zukunft der Geschwister, er hat Angst, und die Frage peinigt ihn, ob es ein Leben nach dem Tod gibt... Sie erinnert sich an seine Worte: Mutter, es quält mich, an deine Tränen zu denken, wenn der Tod mich in die Arme schließt... Wenn ich sterbe, möchte ich nicht nur in der Erinnerung meines Bruders Chaled weiterleben, der im Kampf fiel... Sie las und dachte: Yaron lebt nur noch in meiner Erinnerung. Er hat nichts von sich zurückgelassen. Man begrub ihn in einem Massengrab, denn nicht einmal seinen Körper fand man, nur verstreute Knochen, zusammen mit den Knochen anderer Opfer. Wenn sie aus dieser Welt scheiden würde... würde keine Erinnerung an ihn mehr zurückbleiben... Ist es möglich, daß ein Menschenleben vergeht und keine unsterbliche Seele überdauert? Als ob es nie gewesen sei?

Dann erzählte sie mir von ihrem Sohn. Ich werde ihre Worte wiedergeben, so wie ich sie in Erinnerung behalten habe. Auch wenn sie nur stockend erzählte, weil sie von Zeit zu Zeit wegen ihrer Atembeschwerden eine Pause einlegen mußte, werde ich hier alles in einem Stück wiedergeben.

Yaron war ein nervöses und unruhiges Kind. Schon im Mutterleib trat er so heftig, daß sie mit beiden Händen immer wieder ihren Bauch streicheln mußte, um ihn zu beruhigen. Später, als sie ihn stillte, ließ er immer wieder die Brustwarze aus dem Mund gleiten und brach in Geschrei aus, und wenn er in der Wiege lag, strampelte er so energisch, als ob er mit einem Rennrad fahren würde. Sobald er gelernt hatte zu gehen, hielt ihn nichts mehr auf seinem Platz, er rannte im Zimmer herum – in der kleinen Wohnung, in der sie damals wohnten –, lief hinaus, wenn die Tür geöffnet wurde, und raste die Treppe hinunter, und wenn sie ihn nicht erwischt und festgehalten hätte, wäre er auf die Straße gelaufen. Im Kinderwagen mußte sie ihn mit Gurten festschnallen, denn alles, was er wollte, war, ihr zu entkommen und frei herumzulaufen. Während seiner Kindheitsjahre war sie von der Angst verfolgt gewesen, daß er in ein Auto laufen und überfahren werden würde.

Als er ungefähr vier Jahre alt war, fragte er sie zum erstenmal – nachdem ihn die Kinder im Kindergarten, das heißt, in Chedvas Kindergarten, gehänselt hatten –, warum er nicht wie alle anderen Kinder auch einen Vater habe. Sie hatte sich auf diese Frage seit langem vorbereitet und hatte beschlossen, sie mutig zu beantworten – nicht: »Vater ist auf eine weite Reise gegangen« und ähnliche Ausflüchte, sondern: Es gibt Mütter, die nicht verheiratet sind und die nicht wissen, wo die Väter ihrer Kinder sind. Er hörte sich ihre Antwort an, dachte sich seinen Teil und fragte nicht weiter. Aber die Kinder im Kindergarten provozierten ihn immer wieder, und da half er sich mit einem Ablenkungsmanöver: Er schnitt Grimassen. Wenn ihn eines der Kinder nun nach seinem Vater fragte, gab er keine Antwort, sondern schnitt eine komische Grimasse: preßte die Lippen zusammen und zog sie auseinander, kniff die Augen zusammen und verzerrte das ganze Gesicht, bis es wie eine Maske war, die Gelächter und Grauen zugleich hervorrief. Bald hörten sie auf, ihn zu quälen.

Als er fünf Jahre alt war, nahm ihn Chedva zu einem Besuch nach Merchavim mit, dem Kibbuz im Negev, den sie einige Jahre zuvor zusammen mit ihrem jungen Ehemann Schlomik verlassen hatte.

Während all dieser Jahre hatte man im Kibbuz einen Groll gegen sie gehegt – erzählte sie –, sie hatten ihr nie verziehen, daß sie gegangen war und Schlomik zum Gehen veranlaßt hatte, der bei allen beliebt gewesen war. Deswegen, und aus Furcht vor bösen Zungen und scheelen Blicken, hatte sie dort nie mehr einen Besuch gemacht. Aber ihre gute Freundin Adina, die immer, wenn sie in Tel Aviv war, bei ihr vorbeischaute und ihr alle Ereignisse aus dem Kibbuz erzählte, manchmal auch über Nacht blieb – Adina hatte sie viele Male gedrängt, zu kommen, ihr versichert, daß »die Zeit alles vergessen macht« und daß sich kein Mensch mehr an ihre »Sünde« erinnerte. Ein paar Tage nach Yarons fünftem Geburtstag faßte sie sich also ein Herz und beschloß, übers Wochenende in den Kibbuz zu fahren.

»Und das war das Schönste, was Yaron seit seiner Geburt passiert war«, sagte Chedva. »Adina hatte einen Jungen in seinem Alter, und als wir im Kibbuz ankamen, brachte sie ihn in den Kindergarten, wo auch ihr Sohn war. Er aß, schlief und spielte dort zusammen mit den anderen Kindern. Weil er aus der Stadt kam, erregte er die allgemeine Neugier und fand sich sofort im Mittelpunkt der Gesellschaft. Die Kindergärtnerin bat ihn, von Tel Aviv zu erzählen, und er erzählte. Er erzählte Dinge, die wahr waren, und Dinge, die er erfunden hatte. Und weil er so ein gutes Publikum hatte, das aufmerksam lauschte und auf alles reagierte, fing er an, sich an seinen eigenen Geschichten zu begeistern, und ließ sich auf den Flügeln der Phantasie forttragen! Er erzählte von fliegenden Fischen im Meer und Kutschen mit weißen Pferden, von Elefanten in einem Zirkus, den es nie gegeben hatte, und von Filmen, die er gesehen, und solchen, die er nicht gesehen hatte, und er erzählte weiter, auch als sie schon im Bett lagen, bis die Nachtaufsicht ihn zum Schweigen bringen mußte.

Am nächsten Tag, am Samstag, brachten ihn die Kinder in den Luftschutzbunker, der ihnen als eine Art Clubhaus diente. Als sich alle auf den Plätzen niedergelassen hatten und in geheimnisvollem Schweigen im Halbdunkel saßen – die Kindergärtnerin war nicht dabei –, da kam ihm plötzlich eine Idee – vielleicht wollte er damit seine Angst verscheuchen –, und er begann, für sie Grimassen zu schneiden! Adinas Sohn erzählte uns danach, wie er Tiere imitiert hatte, einen Affen und ein Kamel, eine Bulldogge und eine Siamkatze, einen Fisch und auch verschiedene Leute – einen alten Mann und eine alte Frau, jemanden, der sich vor der Dunkelheit fürchtet, einen traurigen Mann, der seinen Hut verloren hat, eine Mutter, die glaubt, ihr Kind sei überfahren worden... Und alle lachten und staunten, und er war der Held des Tages! Noch nie war er so gewürdigt worden! Er war so glücklich!

Als wir in die Stadt zurückkehrten, hörte er nicht mehr auf, vom Kibbuz zu reden, und jeden Freitag wollte er wieder hinfahren. Er erinnerte sich an die Namen aller Kinder, der Kindergärtnerinnen und der Schwestern, und er redete von der Menagerie, von dem Wäldchen und vom Schwimmbecken... Erinnerungen an das Paradies! Noch zweimal fuhr ich mit ihm hin – zum Pessachseder und zum Fest der Erstlingsfrüchte. Dieses Fest mit der Parade der landwirtschaftlichen Maschinen, die Erntezeremonie und die Tänze im Feld – das vergaß er zeit seines Lebens nicht. Als er älter wurde, erwähnte er diese Geschichte als eines der größten Erfolgserlebnisse seiner Kindheit. Adina und ein paar andere Freunde versuchten mich zu überreden, in den Kibbuz zurückzugehen, aber ich... nein, ich fühlte mich nicht wohl dort... und vielleicht... vielleicht wollte ich keine so einfache Lösung... Ich wollte meinen Sohn selbst großziehen.«

So entdeckte Yaron – nach dem erfolgreichen Anfang im Kibbuz – sein schauspielerisches Talent. Und so entdeckte es auch seine Mutter. Und als er in die Schule kam, drängte sie die Lehrer, ihn an Aufführungen teilnehmen zu lassen.

Er war ein undisziplinierter und zerstreuter Schüler. Er vernachlässigte seine Hausaufgaben, kam häufig zu spät zur Schule, schwänzte Unterrichtsstunden, die ihm unangenehm waren, und störte den Unterricht, indem er die Kinder durch vorwitzige Bemerkungen und Grimassen zum Lachen brachte. Nur weil man auf seine besondere Situation Rücksicht nahm, wurde er nicht von der Schule verwiesen.

In der vierten Klasse erlaubte man ihm zum erstenmal, an einer Aufführung zum Chanukafest teilzunehmen. Er erhielt die Rolle des Jason, des griechischen Priesters in dem Stück *Der Makkabäeraufstand*; und obwohl er bei den Proben störte, indem er eigene – zumeist lustige – Sätze erfand, wenn er den einstudierten Text vergessen hatte, duldete der Leiter der Aufführung seine Extratouren wegen seiner guten schauspielerischen Leistung.

Bei der Aufführung, die in der großen Aula stattfand, passierte ihm ein Mißgeschick, das im Publikum Lachsalven entfesselte. In einem weißen Priestergewand, mit einem Zepter in der Hand, stand er neben der Statue des Zeus und leitete die Zeremonie. Als der Augenblick gekommen war, in dem er Hanna mit ihren sieben Söhnen zu befehlen hatte, sich vor dem Götzenbild zu beugen – rief er mit lauter Stimme, das Zepter auf ihr Herz gerichtet: »Wenn du nicht zeugst – bist du des Todes!«

Der Vorhang wurde sofort heruntergelassen, unter dem brüllenden Gelächter in der Aula. In dem Tumult, der daraufhin ausbrach, eilte der Lehrer hinter die Bühne, griff sich Yaron und schickte ihn hinaus. Als wieder Ruhe eingekehrt war, ließ man einen halben Akt aus und spielte ohne ihn weiter.

Der Satz: »Wenn du nicht zeugst – bist du des Todes!« wurde in der Schule zum geflügelten Wort und begleitete ihn, wie das darauf folgende Gelächter, ein ganzes Jahr lang.

Er war elf Jahre alt, als er seinen Vater traf. Seine Mutter, die seine Liebe zur Schauspielerei kannte, nahm ihn manchmal mit ins Theater. Eines Abends in der Habima, in der Pause zwischen zwei Akten, als sie im Foyer standen, sah sie seinen Vater, den Maler, auf sie zukommen. Eine Sekunde wurde ihr vor Panik fast schwarz vor den Augen, sie wollte nach der Hand ihres Sohnes greifen und flüchten, blieb jedoch wie angewurzelt auf ihrem Platz stehen. Mit gemessenen und sicheren Schritten, ein Lächeln auf den Lippen näherte er sich, streckte die Hand aus und begrüßte sie. Auch Yaron hielt er die Hand hin, fragte ihn nach seinem Namen, in welche Klasse er gehe, was sein Lieblingsfach sei... Und während er noch seine Hand hielt, wandte er seinen Blick zu Chedva: »Gefällt dir das Bühnenbild?«

»Sehr!« sagte ich. »Und dir?« Er antwortete nicht. Er sah sie mit jenem Lächeln an, das ihr so wohlbekannt war. »Es war das Lächeln, das bei ihm für das ›gemeine Volk‹ reserviert war, das nichts von Kunst versteht, mit dem man jedoch Nachsicht üben oder das man ignorieren muß... Sein abwesender Blick sah mich bereits nicht mehr, ich war schon bedeutungslos geworden, ich existierte nicht mehr... Erst als ich ihn fragte, was es bei ihm Neues gebe, kehrte sein gewöhnlicher wacher Blick zurück... Er werde im Frühling eine Ausstellung in Amsterdam machen, teilte er mir mit, vielleicht auch in New York... Und gleich darauf fragte er Yaron, ob er etwas vom Buffet wolle, Saft, Schokolade... und war natürlich höchst zufrieden, als Yaron ablehnte, denn es kostet ihn schreckliche Mühe, auch nur einen einzigen Kreuzer für jemanden auszugeben... Als es klingelte, drückte er nochmals seine Hand mit einer leichten, höflichen Verbeugung nach Art des wahren Gentleman... O Gott! dachte ich. Keine Scham! Überhaupt kein Schamgefühl...! Danach, als wir wieder im Saal saßen, sagte Yaron zu mir: ›Wer ist dieser kaputte Typ?‹ ›Warum kaputt?‹ ›So was Affiges, hält sich für Gottweiß-was...! Warst du mal in ihn verliebt?‹ ›Wie kommst du darauf?‹ Ich dankte in meinem Herzen der Dunkelheit, die mein Gesicht verbarg. ›Weil du furchtbar rot geworden bist, wie du ihn gesehen hast, und ganz verwirrt warst...‹ ›Ja? Das habe ich gar nicht gemerkt... Er ist ein Maler, ein berühmter Maler...‹

Wochenlang konnte ich nicht richtig schlafen. Wieder und wieder lief die Szene im Foyer vor meinen Augen ab, und ich dachte: Die Welt belohnt und straft immer die Falschen... Dieser Kerl geht seelenruhig herum, erfolgreich, zufrieden mit sich selbst, während ich...«

Ein paar Wochen vor seiner Bar Mizva erfuhr Chedva, daß Yaron für das jüdische Gesetz ein »Bastard« war. Sie wollte, daß er einen Abschnitt aus den Propheten lernte und zur Thora aufgerufen würde wie alle seine Klassenkameraden, und wandte sich deshalb an den Rabbiner der nächstgelegenen Synagoge. Als der Rabbiner sie fragte, wer der Vater des Kindes sei, antwortete sie: »Unbekannt«, und als er sie fragte, ob sie ledig sei, gestand sie, daß sie vor vielen Jahren mit einem Mann verheiratet gewesen und nicht von ihm geschieden war. »Sie müssen wissen«, sagte der Rabbiner, »gemäß dem Gesetz der Thora ist Ihr Sohn, den Sie als verheiratete Frau von einem Mann empfangen haben, der nicht Ihr Ehemann war, ein Bastard. Zwar ist er verpflichtet, alle Gebote zu erfüllen, einschließlich des Aufrufs zur Thora bei seiner Bar Mizva, wenn er jedoch ins heiratsfähige Alter kommt...«

Chedva war davon so getroffen, daß sie beschloß, nie

wieder einen Fuß über die Schwelle des Rabbinerbüros oder einer Synagoge zu setzen.

Am gleichen Abend sprach sie mit Yaron und eröffnete ihm ein paar Dinge aus ihrer Lebensgeschichte. Sie erzählte ihm, daß sie Jahre vor seiner Geburt, als sie Kibbuzmitglied in Merchavim war, mit einem Mann namens Schlomo Porat verheiratet gewesen war; daß sie zwei Jahre nach der Hochzeit mit ihm den Kibbuz verlassen hatte und weitere zwei Jahre später von ihm verlassen worden war; daß er dann verschwunden war und sie nicht wußte, wo er sich aufhielt; daß sie später eine kurze Liebesaffäre mit einem gewissen Herrn hatte und von ihm schwanger wurde...

»Ist das der Maler, den wir damals getroffen haben?« fragte Yaron lächelnd.

Chedva antwortete, daß es überhaupt nichts zur Sache tue, wer der Mann sei, denn er wolle nichts mehr mit ihr zu tun haben, und auch sie wolle keinerlei Kontakt mit ihm, denn wenn ein Vater seine Vaterschaft verleugnet, hat es keinen Sinn, daß der Sohn seinen Vater kennt, oder?

Yaron reagierte instinktiv mit einer Grimasse, die die Antwort ersetzte. Eine Grimasse, die gleichzeitig komisch und grausig war, sie kannte sie aus seinen Kindertagen – Mund in die Breite gezogen, Augen zusammengekniffen, Gesichtsmuskeln verzerrt. Und sagte kein Wort. Sie lachte. »Ein Gespenst lachte in mir«, sagte sie.

Danach erzählte sie ihm von ihrer Unterredung mit dem Rabbiner und fragte ihn, ob er trotzdem zur Thora aufgerufen werden wollte.

»Nein!« sagte Yaron, stand auf und wandte sich zum Gehen. »Ich wollte den ganzen Aufstand sowieso nicht! Ich hasse Synagogen!«

Das Bar Mizva Fest war bescheiden – sie wohnten bereits in der Avigdorstraße –, und nur ein paar von Yarons Freunden und einige von Chedvas Bekannten waren dazu eingeladen, darunter Viktoria Azolai, Adina und ihre Familie, die aus Merchavim anreisten. Anstatt die zu Bar Mizva übliche gelehrte »Predigt« zu absolvieren – worum ihn ein paar Gäste baten –, brachte Yaron aus der Küche eine große Blechschüssel und zwei Holzlöffel, schlug in der Bibel Kapitel sechzehn des Propheten Jeremia auf, was sein Abschnitt bei der Lesung in der Synagoge gewesen wäre, und begann zu reden und dabei jeden Vers mit einem Trommelwirbel auf der umgestürzten Schüssel zu begleiten: »Und des Herrn Wort geschah zu mir« – tatatam tatatam – »Du sollst dir keine Frau nehmen« – tatatam – »Und weder Söhne noch Töchter zeugen an diesem Ort« – tatatam tatatam – »Denn so spricht der Herr von den Söhnen« – tatatam – »und von den Töchtern« – tatatam – »Die an diesem Ort geboren werden« – tatatam – »Und von ihren Müttern, die sie gebären« – tatatam – »Und von ihren Vätern, die sie zeugen in diesem Lande« – tatatam tatatam...

»Alle schwiegen«, erzählte Chedva, »keiner lachte. Ich saß da, und innerlich schüttelte es mich. Ich wußte nicht, ob er das machte, um das Publikum zu erheitern, oder aus Protest. Gegen mich? Gegen seinen Vater, der ihn nicht anerkannte? Gegen die Religion, die ihn offenbar ausgestoßen hatte...? Ich weiß nicht, wie das Fest geendet hätte, wäre nicht Adina gewesen, die mitten in seiner Rezitation zu singen begann und der sich sofort ein paar der Erwachsenen anschlossen und danach die restlichen Anwesenden, und so war die gute Stimmung wiederhergestellt. Als die Feier zu Ende war und wir allein zurückgeblieben waren, fragte ich, weshalb er das getan hatte, und er sagte: ›Weil ich die Idee habe, die ganze Bibel im Jazzrhythmus zu lesen, begleitet von Trommel, Trompete, Saxophon...‹«

Beim Abschlußfest, Ende der achten Klasse – das wieder in der großen Aula stattfand – trat Yaron in einer »Solovorstellung« auf. Es war eine Imitationsnummer. Er imitierte den Direktor, ein paar der Lehrer, einige bekannte Politiker... Er wurde mit stürmischem Gelächter und Applaus belohnt. Am Schluß der Feier, als das Publikum bewirtet worden war und sich alles durcheinanderdrängte, Schüler, Eltern und Lehrer, verlor ihn Chedva aus den Augen. Sie suchte ihn in der Aula und im Hof und fand ihn nicht. Auch seine Freunde wußten nicht, wo er war. Als sie nach Hause kam, fand sie ihn in seinem Zimmer auf dem Bett sitzen. Er hörte sich eine Jazzplatte an. Als sie ihn fragte, weshalb er so schnell davongelaufen sei, nachdem er doch einen so großen Erfolg gehabt habe, sagte er: »Mir ist schlecht geworden von den Imitationen. Ich wollte kotzen.« Dann hob er seinen Blick zu ihr und sagte: »Ich bin also ein Bastard, wie?«

»Als ich ihn bei dieser Vorstellung sah«, sagte Chedva, »dachte ich, daß seine Kunst ein Weg für ihn sei, sich gegen die Widrigkeiten des Lebens zu wehren.«

Während er in der Mittelschule war, stellte Yaron niemals Fragen über seinen Vater. Mit sechzehn jedoch, in der zehnten Klasse – was Chedva erst drei Jahre später von ihm erfuhr, als er bereits beim Militär war –, fand er den Namen des Malers heraus, den sie vor so langer Zeit im Theater getroffen hatten und von dem er annahm, es sei sein Vater. Er ging zu einer Ausstellungseröffnung in einer Galerie. Er stand abseits und beobachtete ihn, wie er mit den Leuten sprach, die ihn umringten, und sobald er für einen Moment allein dastand, ging er zu ihm hin, gab ihm die Hand und sagte: »Ich heiße Yaron. Erinnern Sie sich an mich?« Der Maler sah ihn an, legte den Kopf etwas in den Nacken, als ob er ein Bild studierte, und sagte: »Nein. Hilf mir auf die Sprünge.« »Vor Jahren, in der Habima, erinnern Sie sich nicht?« Der Maler erinnerte sich nicht. »Da warst du noch ein Kind!« sagte er. »Ihr Kinder verändert euch so schnell! Und der Nachname?« »Porat.« »Ach, natürlich!« sagte der Maler, während er ihm die Hand drückte und seine zweite Hand auch gleich ergriff. »Natürlich! Chedvas Sohn, richtig? Wie geht es ihr?« forschte er. Jemand kam, um dem Maler zu gratulieren, er wandte sich ihm zu, und Yaron beeilte sich, den Saal zu verlassen.

Das war etwa zwei Wochen vor Pessach. In den Pessachferien teilte er seiner Mutter mit, daß er mit zwei Freunden nach Nu'eba fahren wolle, um dort die Ferien zu verbringen.

Er kam nicht bis nach Nu'eba. Am Abend erreichten die drei nach einem langen Tag, an dem sie eine lange Strecke getrampt waren, Eilat und übernachteten in ihren Schlafsäcken am Strand. Er aber schlief die ganze Nacht nicht, und am Morgen sagte er seinen beiden Freunden, daß er sich nicht wohl fühle und beschlossen habe, nach Hause zurückzukehren. Er reiste nach Norden. Allerdings nicht nach Hause, sondern zum Kibbuz Merchavim.

Dort traf er Adinas Sohn Meir an und fragte ihn, ob er zehn Tage im Kibbuz bleiben und für Kost und Logis arbeiten könne. Meir freute sich, ihn zu sehen, fand in einer der alten Baracken ein Zimmer für ihn und besorgte ihm Arbeit in der Pfirsichplantage.

Nach Hause zurückgekehrt – er war sonnenverbrannt und müde und hatte ein seltsames Glitzern in den Augen –, erzählte er, daß er »zehn vollkommen glückliche Tage« verbracht habe. Die Arbeit hatte ihm Spaß gemacht, und am Abend hatte er sich immer mit einer Gruppe Gleichaltriger getroffen, und sie hatten sich die Zeit mit Musik und Geschichtenerzählen vertrieben.

Er erzählte nicht, daß er sich dort in ein Mädchen namens Nira verliebt hatte. Davon erfuhr Chedva erst im Sommer. Sie hatte so etwas allerdings schon vermutet, weil er einige Male übers Wochenende nach Merchavim gefahren war und sie sich gefragt hatte, was ihn dorthin zog. Aber im Sommer erzählte er ihr davon.

»Ich dachte, wie komisch es doch war«, sagte Chedva, »daß er sich zu dem gleichen Kibbuz hingezogen fühlte, den ich verlassen hatte... als ob er dort seinen Vater suchen würde... Ich habe nie davon gesprochen, daß ich mich nach Merchavim sehnte, und über meinen damaligen Mann habe ich überhaupt nichts erzählt. Er selbst hat offenbar bei seinen Besuchen dort Nachforschungen angestellt, hat Stück für Stück zusammengesetzt, bis er sich ein Bild von ihm machen konnte... Ob er sich mit ihm identifizierte? Einmal sagte er im Scherz zu mir: ›Ich bin nach ihm benannt – Porat! Und wenn er mich treffen würde?‹ Und wie merkwürdig, daß er sich in ein Mädchen vom Kibbuz verliebte... als ob sich irgendein Kreis schließen würde...«

Im darauffolgenden Jahr besuchte Nira ihn ein paarmal zu Hause. Sie war ein kleingewachsenes, ruhiges, bescheidenes Mädchen, und Chedva hatte sie gern. Sie wünschte Yaron, daß sie seine Frau würde. Und es machte ihr nichts aus, daß er ihr vielleicht in den Kibbuz folgen würde. Wenn sie daran dachte, verspürte sie sogar eine heimliche Genugtuung. Als ob etwas abgebüßt werden würde. Die Ordnung der Dinge würde wiederhergestellt.

Dann hörten Niras Besuche auf. Chedva wußte nicht, weshalb, und konnte aus ihrem Sohn nichts herausbekommen.

Yaron fuhr noch ein paarmal nach Merchavim, kehrte aber jedesmal deprimierter zurück und hüllte sich in Schweigen.

Zum letztenmal fuhr er in den Sommerferien hin, und als er wieder zurückkam – nach drei Tagen –, war sein Gesicht mit winzigen Bläschen übersät, die eine gelbliche Flüssigkeit absonderten.

Er sagte, er habe sich das von der Berührung mit irgendwelchen Pflanzen geholt. Er sei im Gras gelegen. Brennesseln vielleicht. Als sie in ihn drang, ihr zu sagen, was zwischen ihm und Nira los sei, sagte er: »Es gibt Bessere als mich.«

Er brauchte ärztliche Behandlung, und er bekam eine weiße Salbe, mit der er sich das Gesicht eincremen mußte.

Sein Gesicht war wie eine Maske, aus dem nur die Augen wie Fenster herausstachen.

Wochenlang konnte er das Haus nicht verlassen.

Und damals, als er zu Hause eingesperrt, viele Stunden allein war, Tag für Tag – da stand er immer vor dem Spiegel und verzerrte seine Gesichtsmaske. Spannte die Muskeln an, zog sie zusammen...

»Eines Tages, als ich heimkam«, erzählte Chedva, »hatte er sich Schweigen auferlegt. Auf alle meine Fragen antwortete er mit einer Grimasse und Handbewegungen. Ich fragte ihn, was er den ganzen Tag gemacht habe, und er, grimassierend und gestikulierend, zeigte, wie er ein Buch gelesen, sich ein Omelett zubereitet, das Geschirr abgespült hatte, wie er sich gelangweilt und wie er nachgedacht hatte... Ich war gefesselt und beunruhigt. Er machte das mit soviel Talent. Seine Grimassen und Gesten drückten mehr aus als Worte. Und gleichzeitig... Es war irgendwie beängstigend, gespenstisch... Er war nicht er selbst! Er selbst war tot! Ein Geist sprach aus ihm, ohne Worte... Erst am Schluß dieser langen Vorstellung – ich saß die ganze Zeit mit weitaufgerissenen Augen da, traute meinen Augen nicht, dann doch, erkannte ihn nicht, dann doch –, am Schluß brach er in Lachen aus und sagte: ›Endlich weiß ich, was ich mit meinem Leben anfange...‹«

Ein Pantomime. Das wollte er sein.

Im letzten Schuljahr erklärte er seiner Mutter, daß er nicht mehr weiterhin auf ihre Kosten leben wolle und beschlossen habe, Geld zu verdienen: Er werde Pantomimevorstellungen geben. Er hatte sein Glück bereits vor einem kleinen Kreis versucht und gesehen, daß es funktionierte! Er war erfolgreich gewesen! Es hatte ihnen gefallen! Sie hatten gelacht...! Chedvas Proteste, ihre Erklärungen, daß er seine Zeit dem Lernen widmen, sich auf die Abschlußprüfungen vorbereiten müsse, halfen nichts. Er hatte bereits mit einer Jazzband Vereinbarungen getroffen; zwischen ihren Musikstücken würde er mit pantomimischen Einlagen auftreten – fünf Szenen, die er »Capriccios« getauft hatte –, und sein Lohn für zwei Abende pro Woche betrug fast genausoviel wie ihr monatliches Gehalt als Kindergärtnerin...

Das Lernen vernachlässigte er. Er kam von der Schule nach Hause, aß und begann zu üben. Zuerst allein, zu Hause vor dem Spiegel, später mit Hilfe eines Theaterregisseurs, den er sich ausgesucht hatte.

»Ich sah ihn immer von der Seite an, ich war fasziniert: Er verkörperte Typen... Nein, er imitierte nicht, nein... er schuf sie! Das Wesentliche! Den Typus des Einfältigen, der die Straße überquert, mitten in den Verkehr gerät und keinen Weg mehr zwischen den Autos findet... Den Typus des überheblichen Liebhabers, der den Mädchen nachsteigt, mit falschen Versprechungen um sich wirft, diese und jene verführt und keine auslassen will... Einen Menschen, der beschließt, Selbstmord zu begehen, es auf die eine Art probiert, dann auf die andere, und nicht den Mut hat, es zu tun, bis er sich mit seinem Schicksal abfindet und sein erniedrigendes Leben weiterlebt... Ein introvertiertes Kind, das allein mit seinem Spielzeug spielt, und die anderen Kinder stören es, treiben ihren Mutwillen mit ihm, und das Kind verteidigt sich, kämpft um sein Leben... Einen jungen Mann, der seine entschwundene Geliebte sucht, der gegen den Wind nach ihr ruft, und seine Stimme ist wie von einem, der sich in der Wüste verirrt hat... Er erzählte mir, daß das Publikum lachte, sich wälzte vor Lachen... Mir, mir standen die Tränen in den Augen...«

Bis zu den Abschlußprüfungen kam er gar nicht. Am Ende des Sommers meldete er sich zum Militärdienst. Nach drei Monaten Rekrutenausbildung und zwei Monaten in einer Panzereinheit wurde er einer Spezialeinheit zur Unterhaltung der Truppe zugeteilt, die von Stützpunkt zu Stützpunkt zog; dort führte er seine Pantomimen vor.

Über die letzte Begegnung mit ihrem Sohn erzählte Chedva:

»Er kam für eine Nacht nach Hause. Am nächsten Tag sollte er nach Refidim fliegen und von dort mit dem Hubschrauber zu einem Auftritt in einem der Camps. Wir hatten ein paar ›Gnadenstunden‹ zusammen! Ja, Gnade. Wir saßen in der Küche, und er war in der Stimmung – was bei ihm höchst selten vorkam –, mir sein Herz auszuschütten. Normalerweise machte er sich nichts aus seinen Erfolgen. Wenn ich ihm erzählte, daß ich von anderen Leuten gehört hatte, wie gut seine Auftritte waren, sagte er, Unsinn, was finden sie so gut daran? Das Talent? Jeder Spaßvogel hat Talent! Aber diesmal erzählte er von einem Auftritt im Jordantal, der ihm große Genugtuung bereitet hatte: Niemand hatte gelacht! Während des ganzen Auftritts herrschte völliges Schweigen, und am Schluß klatschten sie nicht einmal! Und das war großartig! sagte er. Und dann sagte er, daß er eine neue Nummer vorbereitet habe und morgen zum erstenmal damit auftreten würde, und die Nummer heiße ›Der Bastard‹. Mir entfuhr ein Schrei. ›Warum bist du so entsetzt?‹ Er lächelte. ›Was ist so schlimm daran, ein Bastard zu sein? Nicht jeder Bastard ist arm dran! Es gibt glückliche Bastarde, und es gibt Bastarde, die nicht wissen, daß sie welche sind… Und alles in allem ist es nur irgendeine religiöse Definition, oder eine juristische…‹ Und er beschrieb mir diese Pantomime: Ein Junge sucht seinen Vater, sieht ihn von weitem, versucht, sich ihm zu nähern, aber der Vater entfernt sich von ihm. Er verfolgt ihn, fleht ihn auf Knien an, wirft sich vor ihm nieder, will seine Füße küssen – und der Vater tritt nach ihm. Er bleibt allein zurück, und plötzlich beginnen sie ihn zu steinigen. Steine fliegen von allen Seiten auf ihn herunter. Er birgt den Kopf in seinen Armen, krümmt sich zusammen, macht sich ganz klein… Dann, ganz langsam, streckt er seinen Rücken, seine Augen leuchten auf, er lächelt, es ist, als ob die ganze Welt plötzlich wunderschön geworden wäre und er der König der Welt... Ich saß wie betäubt da. Ich brachte keinen Ton heraus. Er lächelte in sich hinein und sagte: ›Wie ich sehe, deprimiert dich das, aber das ist meine optimistischste Nummer! Verstehst du nicht, daß sie optimistisch ist? Das ist ein Sieg!‹ Wir schwiegen. Danach erzählte er mir von der Begegnung mit seinem Vater, in der Galerie. Und er sagte, daß er all die Jahre, seit er elf war, gewußt hatte, daß dieser Mann sein Vater war, und gewußt hatte, daß er ihm eines Tages begegnen würde. Und gerade weil er den Eindruck eines ›kaputten Typen‹ gemacht hatte, hatte er soviel Neugier in ihm hervorgerufen. Er wollte ihn berühren. Wie um sich selbst zu begreifen. Das Blut, das in ihm floß... Nach der Begegnung in der Galerie fühlte er einen schrecklichen Ekel, er wollte sich von dem Händedruck reinwaschen. Von der Verunreinigung. In die Wüste fliehen. Deshalb beschloß er, nach Nu'eba zu fahren, so weit weg wie möglich, sogar weg von der Stadt, in der der Vater lebte. Sich in klarem Wasser reinwaschen. Aber er endete in Merchavim. Vielleicht, weil er menschliche Unschuld suchte... Er floh vor seinem Vater und fand Liebe...

Ich fragte ihn, was zwischen ihm und Nira geschehen war, warum sie sich getrennt hatten. Er zögerte einige Augenblicke. Dann sagte er: ›Sie wurde schwanger. Und ich hatte den Verdacht, nicht von mir. Ich habe ihr nicht geglaubt. Vielleicht habe ich sie zu Unrecht verdächtigt, ich weiß es nicht. Im dritten Monat machte sie eine Abtreibung. Aber ich konnte mich nicht mehr mit ihr treffen. Das Vertrauen war zerstört. Das heißt, meines. Auch ich bin ein kaputter Typ, wie es scheint...‹

Das war's. Wir schwiegen, und bevor er schlafen ging, küßte er mich. Er sagte, ich solle ihm Glück wünschen für seinen ›Bastard‹. Am nächsten Tag erhielt ich die Nachricht, daß der Hubschrauber abgestürzt war.«

Ich betrachtete nochmals das Bild auf der Kommode:

ein gezwungenes, schmerzliches Lächeln; ein verhangener Blick, mißtrauisch, bedrückt.

»Und jetzt denke ich«, sagte Chedva, »was wird bleiben, wenn meine Erinnerungen nicht mehr dasind...?«

»Sein Lachen, seine Traurigkeit... Das lebt weiter«, sagte ich.

Mitteilung

Am nächsten Morgen, als ich das Haus verließ, fand ich im Briefkasten diesen Brief vor:

An
Herrn Kalman Keren
Avigdorstr. 39
Tel Aviv

Betrifft: Belästigung

Sehr geehrter Herr,
ich wende mich hiermit im Namen meines Mandanten, Herrn Naphtali Schatz, in folgender Angelegenheit an Sie:

1. Mein Mandant ist der Eigentümer, Besitzer und Bewohner der Wohnung Nummer 8 im 4. Stock des Hauses in der Avigdorstraße 39, Tel Aviv.

2. Auf dem Dach des o.g. Hauses, umfassend eine Fläche von 6 Metern, die für die Wohnungseigentümer als Wäscheraum dient, halten und züchten Sie sieben Kaninchen, deren alleiniger Besitzer Sie sind.

3. Ich setze Sie hiermit davon in Kenntnis, daß die Aufzucht besagter Kaninchen an besagtem Ort eine Belästigung für meinen Mandanten darstellt, die sich über 24 Stunden erstreckt und sich u.a. ausdrückt in: Geräu-

schen, schlechtem Geruch, Schmutz nicht nur auf dem Dach, sondern auch im Treppenhaus sowie Verhinderung von möglicher Nutznießung des Daches seitens meines Mandanten.

4. Ich muß Sie darauf hinweisen, daß der geistige und materielle Schaden für meinen Mandanten in dieser Angelegenheit beträchtlich ist, insbesondere deshalb, weil mein Mandant den Hauptteil seiner Arbeit in den Abendstunden an seiner Wohnstätte leistet und die Geräusche und Gerüche ihn bei Konzentration und Ausführung seiner Arbeit behindern. Diese Arbeit stellt eine wesentliche Einkommensquelle für ihn dar.

5. Zu meinem größten Bedauern haben Sie nicht auf die persönliche Aufforderung meines Mandanten reagiert, o. g. Belästigung zu entfernen. Daher ergeht diese schriftliche Mitteilung an Sie.

6. Sollten Sie o. g. Belästigung nicht innerhalb von 14 Tagen ab Datum der Absendung dieser Mitteilung beseitigt und die Kaninchen nicht vom Dach entfernt haben, wird unverzüglich, d. h. am Tag nach Ablauf der Frist, Klage bei Gericht gegen Sie eingereicht werden. Ich setze Sie davon in Kenntnis, daß im Falle Ihrer Niederlage Auslagen, Gerichtsgebühren und Rechtsanwaltskosten ausschließlich von Ihnen getragen werden müssen.

Hochachtungsvoll
Yoav Mengler, R. A.

Ich faltete den Brief zusammen und schob ihn in meine Tasche. Auf dem Weg in die französische Bibliothek sagte ich mir, bei Gericht würde ich vorbringen, daß der Kläger, der Kaninchenkritiker, mich verleumdet habe: Nie im Leben habe ich auf dem Dach des o. g. Hauses, in dem er seine Wohnstätte hat, *Kaninchen* gezüchtet, »zu meinem größten Bedauern«.

»Die Entführung«

Im Bus nach Zichron Ya'akov erzählte ich Naomi, wie meine erste Geschichte, »Der Verstoßene«, erschienen war, als ich vierundzwanzig war.

Ich kannte damals keinen einzigen Schriftsteller oder Verleger, erzählte ich, zudem war ich zwei Jahre in Frankreich gewesen, und ich wußte, daß eine unverlangt eingesandte Geschichte von einem namenlosen Autor keines Blickes gewürdigt, sondern gleich in den Papierkorb wandern würde. Als ich also noch mit mir zu Rate ging, wie ich einen Weg in jene erhabene, von Ruhmeswolken verhüllte Festung finden könnte, die »junge israelische Literatur« hieß, erfuhr ich, daß jener Schriftsteller, der uns in Bukarest besucht hatte, als ich ein Kind war, jetzt Herausgeber einer respektablen Literaturbeilage war und auch jungen Schriftstellern ihre Spalten öffnete. Ich faßte mir ein Herz und beschloß, ihm die Geschichte eigenhändig zu übergeben.

Ich stieg in das zweite Stockwerk des Gebäudes hinauf, das wie ein ruhiges Bezirkskrankenhaus wirkte, abgesehen von den rhythmischen Klopfgeräuschen der Druckerpresse, deren Echo vom Keller her zu hören war. Eine Tür stand offen. Ich erkannte den Schriftsteller, der hinter einem mit Druckfahnen beladenen Schreibtisch saß, den Telefonhörer am Ohr. Er hatte sich seit damals nicht sehr verändert: lockiges schwarzes Haar, das ihm schräg in die Stirn fiel, scharfe Augen, in denen ein listiges oder belustigtes Funkeln tanzte, zwei oder drei horizontale Stirnfalten. Er war um die Vierzig. Ich ging den Korridor auf und ab, spähte hin und wieder in das Zimmer und fand nicht den Mut, hineinzugehen. Ich hatte telefonisch keinen Termin vereinbart, aus Angst, er würde ablehnen, würde zu mir sagen, wie er es sicher schon zu vielen anderen gesagt hatte, die sich an ihn gewandt hatten: Schicken

Sie es mir per Post, und ich werde es lesen... Und jetzt – er war sicher beschäftigt... Jemand ging an mir vorbei und fragte mich, wen ich suchte. Und als ich es ihm sagte, deutete er auf den Schriftsteller und sagte: Gehen Sie hinein!

Ich sagte zu ihm: »Sie werden sich bestimmt nicht mehr an mich erinnern, aber vor Jahren waren Sie bei uns zu Hause zu Besuch, in Bukarest...« »Ach, natürlich!« Sein Gesicht leuchtete auf. »Korngold, richtig?« Er war erfreut, forderte mich zum Sitzen auf und erinnerte sich an jene Begegnung, die auf ihn großen Eindruck gemacht hatte, wie er sagte, und an das große Festival... »Und Sie sind jener Junge, der abseits saß und zuhörte und seinen Vater nach der Bedeutung der Wörter fragte?« Er lächelte mich freundlich an und fragte mich mit aufrichtigem Interesse, wann und unter welchen Umständen wir eingewandert seien und wie es meinem Vater gehe... Ich sagte, daß mein Vater nicht mehr am Leben sei, und er drückte sein Bedauern darüber aus und erkundigte sich, was ich machte.

Als ich das Manuskript vor ihn hinlegte, sechs Schreibmaschinenseiten – ich hatte die Geschichte zuvor in einem Büro kopieren lassen –, sagte er: »Meine Prophezeiung hat sich also erfüllt, Sie schreiben!« Und als er den Titel der Geschichte sah, sagte er, daß es eine Geschichte von Agnon mit dem gleichen Titel gebe. Ich sagte, davon hätte ich nichts gewußt und wenn nötig, würde ich den Titel ändern. »Nein, das macht nichts«, beruhigte er mich. »Wenn die Geschichte gut ist...« und er ließ seinen Blick über die erste Seite schweifen, drehte sich um... Ich sah, daß ein Schatten über sein Gesicht glitt. Als ob er sich sagte: Oh, noch so ein Quälgeist! Wie kann ich ihn einfach so fortschicken? Bin ich ihm nicht etwas schuldig, jener Erinnerung zuliebe? Er ist ein Anfänger, und er ist jung, aus Rumänien eingewandert, und schreibt Hebräisch... und noch dazu hat er seinen Vater verloren...

Naomi lachte. Sie saß am Fenster, betrachtete die sich

verändernde Landschaft und warf mir zwischendurch einen liebevollen Blick zu.

»Ein angehender Schriftsteller«, sagte ich zu ihr, »der seine erste Geschichte einem Verleger bringt, mit Zittern und Zagen, ist von mimosenhafter, fast krankhafter Überempfindlichkeit, überscharf registriert er jeden Schweißtropfen auf der Stirn des Verlegers, jedes Augenzwinkern, jede Schattierung der Stimme. Er sucht in seinem Gesicht nach Bestätigung, Ermutigung und hat eine grauenhafte Angst vor jeder Andeutung von Ablehnung oder auch nur Zweifel. Und ich hatte in jenem Augenblick das Gefühl, als ob dieser Schriftsteller mit seiner großen Erfahrung, schon als er die ersten Zeilen überflog, seufzte und sich sagte: Nein, das ist es nicht! Es tut mir sehr leid. Aber um ihn nicht zu verletzen... Und als er sagte: ›Gut, lassen Sie es da, ich werde es lesen, setzen Sie sich in ungefähr zehn Tagen mit mir in Verbindung‹, nahm ich wahr, daß seine Stimme gedämpfter war, der freudige Ton schien abhanden gekommen zu sein, der anfangs darin gelegen hatte. Und auch als er aufstand, mir die Hand drückte und sagte: ›Es hat mich gefreut, Sie zu sehen‹ und ähnliches, sah ich den Schatten über sein Gesicht gleiten.

Ich wartete zwölf Tage, zwölf Tage, in denen ich nichts tun konnte. Ich las die Geschichte wieder und wieder, und ich las sie mit seinen Augen; und wie ein verliebter Jüngling, der die Blütenblätter eines Gänseblümchens auszupft und das Schicksal seiner Liebe erprobt – liebt mich, liebt mich nicht, ja, nein, ja, nein –, so fragte ich mich von morgens bis abends nach dem Schicksal meiner Geschichte. Als ich ihn dann anrief und seine Antwort erwartete, klopfte mein Herz zum Zerspringen. Aber er sagte, es tue ihm leid, er sei noch nicht dazu gekommen, sie zu lesen, er müsse eine Sonderbeilage vorbereiten und sei mit Arbeit überlastet, und er entschuldigte sich und bat mich, in einer Woche noch einmal anzurufen.

Als ich eine Woche später anrief, geriet ich an eine Sekretärin, die nach meinem Namen fragte, und als ich ihn ihr gesagt hatte, ließ sie mich zwei Minuten – sehr lange zwei Minuten – warten und teilte mir dann mit, daß der Verleger in einer Besprechung sei, die einige Stunden dauerte, und ob ich so freundlich sei, in ein paar Tagen wieder anzurufen.«

»Du Armer.« Naomi lächelte mir zu.

»Höllenqualen!« sagte ich. Ich rief noch zweimal an, und wieder war die Sekretärin dran mit diversen Ausflüchten. Ich begann, diesen Schriftsteller zu hassen! Ich sah ihn dort sitzen, hinter seinem Schreibtisch, ganz sicher und etabliert wie der Herrscher in seinem Teich, sah, wie er genüßlich seinen Mutwillen mit Menschen trieb, die von seinen Äußerungen, von einem Federstrich von ihm abhängig waren...«

»Du Ärmster...« Naomi umschlang meinen Arm und drückte sich an meine Schulter.

Als ich zum viertenmal anrief – so erzählte ich weiter –, war er selbst am Apparat und konnte keine Ausflüchte mehr machen. »Ja, ich habe sie gelesen...« sagte er und entschuldigte sich, daß er mich so lange hatte warten lassen. »Sehen Sie, die Geschichte ist mit Einfühlungsvermögen geschrieben, aber...«

Ich schwieg. Er stotterte, gab ein paar wirre Sätze von sich, und ich schwieg. Als er am Ende sagte: »Versuchen Sie es noch mal – ich werde auf jeden Fall immer gerne lesen, was Sie schreiben«, bedankte ich mich und legte den Hörer auf.

»Ich war völlig am Boden zerstört. Ich saß geschlagen da und sagte mir: Das war's. Der Anfang war auch das Ende. Ich habe keine Hoffnung mehr. Ich habe mich einfach in mir getäuscht. Ich dachte, ich hätte etwas Wunderbares, Einmaliges geschrieben – aber wie es scheint, kann ich mich überhaupt nicht selbst einschätzen... So saß ich da, mutlos, niedergeschlagen, verzweifelt... und plötzlich keimte in mir ein Verdacht auf: Vielleicht hatte er die Geschichte überhaupt nicht gelesen! Vielleicht hatte er sich, weil er mich nicht ein weiteres Mal vertrösten wollte und es ihm peinlich war, gezwungen gefühlt zu sagen, er habe sie gelesen, und hatte einfach irgendwelche Mängel erfunden... Vielleicht hatte er va banque gespielt! Da er aus Erfahrung wußte, daß nur eines von zehn Manuskripten wert ist, gedruckt zu werden, hatte er auf Ablehnung gesetzt! Ich mißtraute der Sache, denn als ich mir nochmals durch den Kopf gehen ließ, was er gesagt hatte, sah ich, daß nichts davon direkt auf meine Geschichte zutraf! Allgemeine, abstrakte Feststellungen... ›Die Hauptpersonen sind nicht klar genug, nicht lebendig...‹ – aber was für ›Hauptpersonen‹ gab es denn in der Geschichte, zum Teufel noch mal? Es gab doch nur eine ›Hauptperson‹, und die war der Erzähler in der ersten Person! Oder er hatte die Geschichte doch gelesen und erinnerte sich nicht richtig? Erinnerte sich nur an den allgemeinen Eindruck, den er hatte?

Ein Mensch, der einen echten Drang zum Schreiben hat, gibt nicht so leicht auf. Sogar wenn er ein Anfänger ist, dessen Selbstsicherheit vom Urteil eines altgedienten, namhaften Schriftstellers erschüttert wird. Er mobilisiert in sich Antikörper gegen jeden, der sein Talent abzuwürgen droht. Und nachdem ich mich von dem ersten Schlag etwas erholt hatte, sagte ich mir: Wer ist dieser Schriftsteller überhaupt, der mich da richtet? Was weiß ich über ihn? Vielleicht ist er ein Konservativer, dem jeder Sinn für Innovation abgeht? Und was er selbst schreibt, ist vielleicht...«

»Geistloser Auswurf, müder Schaum?« sagte Naomi lächelnd.

Ich schwieg für einen Moment und fuhr dann fort: »Ich ging in die Bibliothek und lieh mir zwei seiner Bücher aus. Ich las sie...«

»Und sie gefielen dir nicht.«

»Hast du – hast du mal etwas von ihm gelesen?«

»Vor Jahren! Er war einmal sehr populär! Doch, ja, ich mochte es eigentlich ganz gern, was er schrieb... aber ich habe schon seit Jahren nichts mehr von ihm gelesen... Ich weiß nicht...«

»Nachdem ich diese zwei Romane gelesen hatte, sagte ich mir: Er kann meine Geschichte gar nicht gut finden! Meilenweit entfernt davon! Zwei verschiedene Welten! Denn ›Der Verstoßene‹ – eine Geschichte über einen Menschen, der in einer fremden Stadt umherwandert – ist eine nichtrealistische Geschichte, in der Ort und Zeit fiktiv sind! Und als ich das begriffen hatte, beruhigte ich mich. Meine Selbstsicherheit kehrte zurück. Ich beschloß, die Demütigung zu schlucken und mein Glück bei einem anderen Verleger zu versuchen. Voll und ganz auf die Kraft der Geschichte zu vertrauen und nicht auf irgendeine zweifelhafte Bekanntschaft oder einen Akt der Barmherzigkeit.«

»Und du hast es probiert.«

»Am Montag hatte ich mit ihm telefoniert. Am Donnerstag zog ich ein zweites Exemplar der Geschichte aus der Schublade und schickte es an eine andere Zeitung. Am Freitag schlage ich die literarische Beilage auf, die von meinem Bekannten, dem Schriftsteller, herausgegeben wird, und ich traue meinen Augen nicht: ›Der Verstoßene‹, in Großbuchstaben mitten auf der Seite, ›Eine Geschichte von Kalman Keren‹ – vier dicke Spalten, die fast die ganze Seite einnehmen! Ich hatte das große Los gezogen! Ich, der Bettler, der um eine Krume Brot gebettelt hatte, öffne die Zeitung – und bin Rothschild! Kannst du dir das vorstellen? Ein vierundzwanzigjähriger Junge, ziemlich allein, unbekannt, ohne irgendwelche literarischen Beziehungen, sieht seinen Namen in Fettdruck in einer respektablen Zeitung?!«

»Er hatte die Geschichte überhaupt nicht gelesen, als er mit dir sprach...« sagte Naomi.

»Ich rief in der Redaktion an, um ihm zu danken. Er war

nicht da. Ich fand im Telefonbuch seine Privatnummer. Vor lauter Aufregung fand ich keine Worte. Ich stotterte: ›Sie haben mir gesagt, als wir miteinander sprachen...‹ ›Ja, ja‹, sagte er, ›ich muß mich bei Ihnen entschuldigen. Als ich sie ein zweites Mal las, wurde mir klar, daß ich mich geirrt hatte. Eine ausgezeichnete Geschichte! Meinen Glückwunsch!‹«

Als der Autobus in die Straße einbog, die sich zur Siedlung hinaufwand, versanken wir beide in Schweigen. Es war bereits fünf Uhr. Zu beiden Seiten der Straße zog sich ein Eichenhain hin, und die Felsen glänzten in der Sonne. Ich dachte, daß ich immer an die gleichen Plätze zurückkehrte. Mich in den gleichen Kreisen bewegte und nicht aus ihnen herauskam. Warum war ich mit ihr nicht nach Zefat gefahren? Nach Eilat? Was hatte mich dazu getrieben, sie zum Haus meiner Mutter in Zichron Ya'akov zu bringen?

In der vergangenen Nacht, um halb zwölf – ich saß in meinem Zimmer und las –, hatte es an der Tür geläutet, und als ich aufmachte, stand Naomi vor mir. Mit zerzaustem Haar, bedrückter Miene, in Morgenmantel und Hausschuhen.

Ich führte sie ins Wohnzimmer und fragte, was passiert sei. Sie setzte sich in den Sessel, verbarg ihr Gesicht in den Händen und antwortete nicht. Etwa eine Viertelstunde saß sie so da, vornübergebeugt, ohne ihr Gesicht zu heben, und ich saß ihr gegenüber und schwieg. Dann hob sie den Kopf, ließ die Hände sinken, glättete ihr Haar und berichtete:

»Von dem Tag an, seit er zurückgekehrt ist, hat er mich mit Schweigen bestraft. In dem Augenblick, in dem er die Wohnung betrat, fiel sein Blick auf das Buch, das du mir dagelassen hast, *Schmetterlinge*, und er fragte, wie ich zu diesem Buch gekommen sei. Ich sagte ihm, daß ich es von dir bekommen hätte. Ich sah, wie seine Augen schwarz vor Haß wurden. Ich kenne diesen Blick. Er ist gefährlich.

›Was hast du noch von ihm gekriegt?‹ fragte er. Ich lachte. ›War er hier?‹ Er deutete mit ausgestrecktem Finger auf das Buch, das auf dem Tisch lag. Ich sagte, ja, ich habe ihn eines Abends heraufgeholt, weil eine Kakerlake im Zimmer war, und ihn gebeten, sie zu beseitigen. Naphtali weiß, wie sehr ich mich vor Kakerlaken fürchte, daß ich regelrecht hysterisch werde. ›Um die Kakerlake zu vertreiben, hat er dir Schmetterlinge gebracht!‹ sagte er. Ich antwortete nicht. Dann sagte er, mit vor Wut und Feindseligkeit erstickter Stimme: ›Du hast ihn hierhergebracht? Ihn? Als ich im Krankenhaus lag? Wie eine Nutte von der billigsten Sorte?!‹ Und seitdem hat er nicht mehr mit mir geredet. Wenn ich etwas zu ihm sage, antwortet er nicht. Ich bediene ihn, denn mit einer Hand kann er nicht viel anfangen. Ich schneide ihm das Brot, mache ihm das Essen, helfe ihm beim An- und Ausziehen. Er sagt kein Wort. Kein Danke. Wie um auszudrücken: So wirst du für deine Sünden büßen. Mit Fronarbeit. Indem du mir dienst. Du sollst meine Sklavin sein. Nicht nur, daß er mir keinen Blick des Dankes gönnt, er betrachtet mich mit Abscheu, als ob ich unrein wäre. Heute morgen bin ich mit einem solchen Ekelgefühl aufgewacht, vor mir selbst, vor dieser ganzen erniedrigenden Situation, daß ich beschlossen habe, dem ein Ende zu machen. Ich habe zu ihm gesagt: ›Wenn du nicht wieder mit mir redest, mache ich überhaupt nichts mehr im Haus. Wenn du etwas mit mir zu besprechen hast – dann reden wir darüber. Ich bin bereit, mir alles anzuhören, was du zu sagen hast, und ich habe auch etwas dazu zu sagen. Aber du wirst mich nicht zum Schweigen verdammen. Du wirst mich nicht demütigen. Ich bin nicht deine Sklavin.‹ Er antwortete natürlich nicht. Heute morgen hat er sich selbst irgend etwas aus dem Kühlschrank genommen und gegessen; ich habe ihn nicht bedient. Am Mittag – er ging für eine Stunde weg und kam zurück. Hat offenbar in einem Restaurant gegessen. Jetzt, als er sich fertigmachte zum Schlafengehen, sah ich, daß es ihm schwerfiel, sich das Hemd auszuziehen. Er mühte sich ab, die eine Hand aus dem Ärmel zu ziehen, aber es gelang ihm nicht. Er tat mir leid. Ich stand vom Bett auf und ging hinüber, um ihm zu helfen. Und dann – hat er mich gestoßen, so daß ich hingefallen bin. Ich bin aufgestanden, habe meinen Morgenmantel angezogen und bin gegangen.«

Ich saß ihr gegenüber, und als ich an unsere erste Begegnung auf dem Dach zurückdachte, als sie sich mir gezeigt hatte, und an alles, was seitdem geschehen war, überflutete mich eine Woge der Erregung: Schadenersatz!, sagte ich mir, Entschädigung zu guter Letzt! Nur aus Versehen stand das Schicksal trennend zwischen uns! Eine Gefangene war sie gewesen, und nun war sie ihrer Gefangenschaft entflohen und zu mir zurückgekehrt, an ihren rechtmäßigen Platz, um sich bei mir niederzulassen. Ja, so war es von oben beschlossen worden, daß wir ein Herz seien und ein Fleisch!

»Komm, tröste mich«, sagte sie.

Und ich tröstete sie.

Gegen Morgen, als die Vögel im Hof ihr erstes Zwitschern hören ließen, schlief sie ein. Sie wachte erst um zehn Uhr auf. »Was wird jetzt?« fragte sie. Und dann: »Ich werde nicht dorthin zurückgehen. Ich kann nicht.« Und dann: »Er bringt mich um.« Und etwa zehn Minuten darauf: »Es ist aus. Ich habe alle Brücken hinter mir abgebrochen.«

Ungefähr eine Stunde später, als ich die Tür oben zuschlagen hörte, ging ich zum Spion und erblickte Schatz, der die Treppe hinunterging, die schwarze Aktenmappe in der Hand.

»Was sollen wir tun?« fragte Naomi.

»Wir fahren weg«, sagte ich. »Wir verreisen für ein paar Tage. Dann sehen wir weiter.«

Ich rief meine Mutter an. Ich fragte sie, ob ich für ein paar Tage zu ihr kommen könne, nicht allein. Mit einer

Frau. »Wer ist sie?« fragte sie. »Eine Freundin«, sagte ich. »Normal?« »Sehr!« lachte ich. »Ich hoffe, nicht aus dem Milieu von Lili F.« »Nein«, sagte ich lachend, »geboren in Ein Charod.« »Ein Charod ist in Ordnung. Bring sie her.«

Naomi, die beim Verlassen der Wohnung ihre Schlüssel mitgenommen hatte, ging hinauf, um sich anzuziehen und ein paar Sachen einzupacken. Ich ging hinauf, um die Hasen zu füttern.

Als wir gingen, zwei kleine Koffer in der Hand, bat ich Naomi, schon vorauszugehen. Ich klingelte an Viktorias Wohnungstür, um sie zu bitten, die Hasen zu füttern, während ich nicht da war. Niemand öffnete. Ich schrieb einen Zettel: »Liebe Frau Azolai, unvorhergesehene Umstände zwingen mich, für ein paar Tage die Stadt zu verlassen. Ich wäre Ihnen äußerst dankbar, wenn Sie den Hasen in meiner Abwesenheit morgens etwas zum Fressen hinstellen könnten. Ich hoffe, es macht Ihnen keine allzu großen Umstände. Das Futter ist in den zwei Fässern. Mit Dank im voraus und besten Grüßen – Kalman.« Ich schob den Zettel durch den Türschlitz.

Naomi wartete unten. Wir fuhren zum zentralen Busbahnhof.

Wir vier – meine Mutter, Nuriel Jakobson, Naomi und ich – saßen auf der Veranda der Villa und betrachteten den Sonnenuntergang. Die Sonne, rotgold, riesig, sank ins Meer, und auf der Ebene unten glitzerten die Fischteiche, ein Viereck neben dem anderen, umrandet von Schilfgestrüpp und Tamarisken, und vereinzelte Fischreiher zogen niedrig über sie hinweg wie Papiersegelflieger. Als der Sonnenball, zunehmend rot erglühend, den Horizont berührte und ganz langsam im Meer versank, als würde er von einem unsichtbaren Fisch verschluckt, sagte Naomi, es sei schade, daß sie ihren Fotoapparat nicht mitgebracht habe. Ich sagte meiner Mutter und Nuriel, daß Naomi sich mit Fotografieren befasse und ihre Fotos auf Buchumschlägen und in Kinderbüchern erschienen. »Sie ist also auch im Buchgeschäft«, sagte meine Mutter lachend. Naomi, die nicht wissen konnte, daß sich die Bemerkung auf eine bezog, die Bücher verkauft hatte, sagte bescheiden, daß sie nur denen diene, die die Bücher schrieben, und mir huschte die Überlegung durch den Kopf, daß sie damit ja unbewußt zugegeben hatte, die Dienerin von einem gewesen zu sein, der Bücher schrieb – im Gegensatz zu mir, der ich aufgehört hatte zu schreiben. Nuriel fragte, was sie fotografiere, und Naomi sagte, hauptsächlich Natur, Pflanzen, Tiere, und während sie mit der Hand auf die Ebene und das Meer unten wies, sagte sie: »Wasser liebe ich über alles. Flüsse, Seen. Meer...« Meine Mutter, daran anknüpfend, rezitierte das »Wasserrätsel«, an das ich mich noch aus meiner Kindheit erinnerte:

Je suis dans les airs
On m'attend sur la terre
Quand gronde le tonnerre
Quand brillent les éclairs
L'été je suis liquide
L'hiver, blanche et solide
En toutes saisons
Une douce boisson.

Und ich übersetzte es für Naomi: Ich bin in der Luft, man erwartet mich auf der Erde, wenn Donner grollt, wenn Blitze leuchten, im Sommer bin ich flüssig, im Winter bin ich weiß und fest und zu allen Jahreszeiten ein süßes Getränk.

Meine Mutter, den Ausdruck »vornehmer Erschöpfung« – wie ich ihn für mich getauft hatte – auf ihrem blassen Gesicht und um den Hals eine Reihe Perlen, sagte zu Nuriel, er solle Wein bringen, eine solche klare Abendstunde sei nichts ohne eine Flasche »Auslese«. Nuriel, der mit seiner silbernen Haarmähne und seinem Schnurrbart aussah wie Albert Schweitzer, stand eilfertig auf, als hätte er auf diesen Augenblick nur gewartet, und sagte, indem er vor einem Auge mit Zeigefinger und Daumen einen Ring formte: »Das wird eine Überraschung für euch geben!« Als er hinausgegangen war, fragte meine Mutter Naomi, ob sie Opernmusik liebe, und als Naomi erwiderte, daß sie jede gute Musik liebe und nicht heikel sei, sagte meine Mutter, daß sie Lust habe, gerade jetzt, vor diesem wunderschönen, bezaubernden abendlichen Hintergrund, die *Zauberflöte* zu hören. Ob sie eine Platte auflegen solle? Naomi lachte: »Vielleicht will Kalman lieber *Madame Butterfly* hören, wo er doch die Schmetterlinge so liebt...« Auch meine Mutter lachte und sagte: »Vielleicht interessiert er sich aber gerade viel mehr für *Die verkaufte Braut*...« Ich sagte: »Vielleicht eher für *Così fan tutte*...« – und wir lachten alle drei.

Nuriel kam zurück, in der Hand eine Flasche dunklen Weins ohne Etikett, und er trug sie wie eine schwere Granate aus der Türkenzeit und präsentierte sie uns feierlich: »Eine der drei letzten, die ich übrig habe! Jahrgang 1905! Das nennt man einen edlen Tropfen!« Naomi und ich pfiffen bewundernd, und als er das Siegel erbrach und die Flasche unter großartigem Zeremoniell entkorkte, sagte er: »Mein Vater hatte einundzwanzig dieser Flaschen im Keller versteckt. Als der Baron zum erstenmal hier zu Besuch war, im Jahre 1887...«

»Nuriel«, flehte meine Mutter.

»Sie haben es noch nicht gehört...« grinste Nuriel, während er den Korken herauszog.

»Das interessiert sie nicht!« Und an Naomi gewandt, sagte meine Mutter: »Dreißigmal habe ich diese Geschichte über die Phylloxeraplage schon gehört...« Und zu Nuriel: »Warum glaubst du eigentlich, daß jeder Gast, dem du ein Glas Wein vorsetzt, dafür zahlen muß, indem er sich deine Geschichten aus der Türkenzeit anhört!«

»Frühe Landesgeschichte!« sagte Nuriel lachend, während er den Wein – schwer und dunkel – langsam und behutsam in die Kelche goß.

»Laß sie den Wein genießen!« Und während sie ihr Glas zu uns hin erhob, sagte sie: »Auf ein Neues!«

»Auf ein Neues?« fragte Naomi lachend.

»Man treibt dies und das – und beginnt wieder von neuem, oder nicht?« Ein spöttischer Funke glomm in ihren müden Augen.

Der bittersüße Geschmack des Weines war fast wie der Geschmack von altem Holz, Eiche oder Nußbaum – sollte dieses Holz überhaupt nach etwas schmecken –, und von einem kleinen Schluck wurde einem gleich schwindlig. Naomi sagte, daß sie als Kind in Ein Charod viel bei der Weinlese mitgearbeitet habe, Wein habe sie aber nur zu Pessach und bei Hochzeiten getrunken.

»Ich kannte Sturmann aus Ein Charod«, sagte Nuriel. »1939, als ich Bezirkskommandeur der Hagana war, haben wir drei Banditen durchs Wadi Milk verfolgt...«

»Nuriel«, flehte meine Mutter.

»Ich bin schon still!« Nuriel fuhr sich über Mund und Schnurrbart.

»Nuriel hat beschlossen, daß ich reiten lernen muß«, lächelte meine Mutter.

»Sie reiten?« staunte Naomi.

»Es hat mir sogar gefallen!«

»Sie reitet wie eine Herzogin!« sagte Nuriel.

»Großartig! In Ihrem Alter!« sagte Naomi bewundernd.

»In meinem Alter?« entrüstete sich meine Mutter.

Nuriel, der meine Mutter vom ersten Tage ihrer Bekanntschaft an verehrt hatte, für den sie eine Vertreterin der kultivierten und aristokratischen Welt war, erzählte, wie sie beide nach Daliyat Hakarmel geritten waren und ein bejahrter Druse so sehr von ihrem hochaufgerichteten, »herzoglichen« Sitz beeindruckt gewesen war, daß er ihr eine bestickte Satteltasche zum Geschenk machen wollte. Meine Mutter, die unterdessen ihr Glas Wein bis zum letzten Tropfen geleert hatte, lachte und sagte: »Was schreibt Rabelais über das Trinken, Kalman? Ich glaube, er rühmt es, oder?« »Wenn ich seine Lobgesänge auf den Wein allein im fünften Kapitel des ersten Buches zitieren wollte, würden wir die ganze Flasche austrinken und hier sitzen, bis der Hahn kräht«, sagte ich.

»Wie gerne würde ich hier mit dem *coq* und der *coquette* sitzen, *au chant du coq*«, sagte meine Mutter mit verschleierten Augen, die davon zeugten, daß sie den höchsten Grad durchgeistigten Angeregtseins erreicht hatte, »aber nachdem du nicht einen einzigen Satz auswendig kannst, bin ich gezwungen, euch zu verlassen und mich auf mein Zimmer zu begeben.« Und sie erhob sich, um ins Haus zu gehen. Nuriel, der sie wie ein kostbares Porzellangefäß behandelt, stand ebenfalls auf und stützte sie. Vor der Tür drehte sie sich um, zeigte zum Himmel im Osten und sagte: »Habt ihr gesehen, was für einen Mond sie euch zuliebe vorbereitet haben! *Lune pour les amoureux!* Geht hinaus an den Busen der Natur, junge Leute!«

Der Mond war voll, groß und orange wie ein Kürbis, und wir standen auf und gingen hinaus.

Leichtfüßig kletterten wir zum Pinienhain hinauf. Wir fanden eine Bank aus geflochtenen Zweigen in einer versteckten Ecke, und in dem Augenblick, in dem wir uns hinsetzten, fielen wir einander in die Arme. Ich flüsterte ihr zu: »Ich muß dir etwas gestehen. Eines Morgens, als du auf dem Dach lagst...« Naomi küßte mich und lachte: »Ich weiß, ich weiß...«

Wie soll ich beschreiben, was in dem Hain zwischen uns geschah – während das Mondlicht durch die Zweige der duftenden Pinien sickerte –, ohne die Grenzen der Schicklichkeit zu verletzen? – Vielleicht so:

Ein anderer Teil des Waldes.
Lysander: Wollt Ihr, so laßt uns ruhen, meine Süße,
Bis tröstend sich das Licht des Tages naht.

Hermia: Ach ja, Lysander! Sucht für Euch ein Bette;
Der Hügel hier sei meine Schlummerstätte.
Lysander: Ein Rasen dien als Kissen für uns zwei:
Ein Herz, ein Bett, zwei Busen, eine Treu.
Hermia: Ich bitt Euch sehr! Um meinetwegen, Lieber!
Liegt nicht so nah! Liegt weiter dort hinüber ...!

Und so, unter der Pinie, unserem zarten Wiegenbett, war ihre Liebe süßer als Wein.

Am nächsten Tag standen wir spät auf. Naomi, in meine Arme gekuschelt, murmelte mit geschlossenen Augen: »Ich könnte den ganzen Tag so liegenbleiben.« Das Schlafzimmer lag im zweiten Stock der Villa, die uns ganz allein zur Verfügung stand, und durch die Spitzenvorhänge, die sich im leichten Morgenwind bauschten, sah man, wie die Krone eines Johannisbrotbaumes in der klaren Luft bebte.

Dann schüttelte sie sich, setzte sich auf und lehnte sich ans Kopfende des Bettes.

»Weißt du, er wollte mich immer erniedrigen!« sagte sie, als ob sie sich zu rechtfertigen suchte, vor sich selbst und vor mir. »Auf Schritt und Tritt wollte er mir beweisen, daß ich seiner nicht wert war, daß ich ...«

An der gegenüberliegenden Wand hing ein großer, ovaler Spiegel mit einem vergoldeten Rahmen, der von den Flügeln zweier Cherubim gestützt wurde, und in diesem Spiegel waren unserer beider Spiegelbilder zu sehen, und neben uns die zwei chinesischen Nachttischlämpchen und dazu die rosafarbenen Wände und die Bilder, die dort hingen und die ich seit meiner Kindheit kannte – *Die Zigeunerin* von Theodore Aman und *Bauern beim Mahle auf dem Feld* von Stefan Popescu.

Naomi erzählte mir von den erniedrigenden Strafen, die ihr Mann über sie verhängt hatte. Es gab verschiedene »Strafgrade«, je nach Schwere des »Verbrechens«.

Wenn sie sich zum Beispiel in einem Ortsnamen irrte,

beim Namen einer berühmten Person oder bei einem historischen Datum (einmal sagte sie, daß Guinea in Südamerika liege, weil sie Guinea mit Guyana verwechselt hatte; ein anderes Mal dachte sie, daß Lévi der Vorname von Strauss sei, weil sie nicht gewußt hatte, daß er einen Doppelnamen trug), begnügte er sich mit einem verächtlichen Lippenkräuseln: solche Ignoranz war es nicht einmal wert, daß man den Fehler korrigierte.

Wenn sie einen Namen oder ein Fremdwort in Gegenwart anderer Leute nicht richtig aussprach (einmal war ihr in einem Gespräch »Omonotopöie« anstatt »Onomatopöie« herausgerutscht), ignorierte er sie den ganzen Abend, und wenn sie nach Hause kamen, überhäufte er sie mit Vorwürfen und warnte sie davor, es noch einmal zu wagen, Ausdrücke zu benützen, deren sie sich nicht sicher war...

Plötzlich verstummte sie, und ihr Gesicht bewölkte sich.

Ich fragte, was los sei.

»Nichts. Mir ist nur etwas eingefallen.«

»Was denn?«

»Daß ich für heute den Elektriker bestellt hatte. Um die Waschmaschine zu reparieren...«

»Ja und...?« fragte ich verwundert.

»Es wird niemand daheim sein...« sagte sie besorgt.

Aber sofort, als ob sie sich selbst auf frischer Tat ertappt hätte, fiel sie mir um den Hals und küßte mich: »Entschuldige, ich bin einfach noch schrecklich durcheinander!«

Dann richtete sie sich auf und fuhr fort: »Ich konnte nicht mit ihm diskutieren. Er hat so eine immanente Logik, wie die Argumentation eines Rechtsanwaltes. Lückenlos! Ich hörte zu und weinte innerlich vor Ohnmacht! Ich wußte, daß er unrecht hatte, er hatte nicht recht, auf gar keinen Fall hatte er recht! Aber ich war nicht imstande, ihm zu beweisen, daß er unrecht hatte! Verstehst du, wie das war? Nehmen wir an, eines Abends findet er seine Hausschuhe nicht an ihrem Platz unter dem Bett – er hat

Samthausschuhe, er liebt seine Samthausschuhe! –, und er fragt mich, ob ich sie gesehen habe. Ich sage, daß ich sie nicht gesehen habe und nicht weiß, wo sie sind. Nach einer Suchaktion findet er sie im Schrank. Er zieht sie raus und hält sie mir hin: Hast du sie da hingetan? Ich gebe zu, daß ich es war. Warum hast du gesagt, du weißt nicht, wo sie sind? Ich habe es vergessen, sage ich. Nein! Du hast es nicht vergessen! Du kannst es unmöglich vergessen! Du hast sie nämlich da reingetan, als du die Wohnung saubergemacht hast! Nachdem ich, die Angeklagte, als Lügnerin bloßgestellt worden bin, beginnt der lange Vortrag, der Bestandteil der Strafe ist: eine psychologische Analyse meines Verhaltens, deren einziger Zweck darin besteht, mir zu zeigen, wie verdorben, wie nichtswürdig ich bin: Ich lüge bei vollem Bewußtsein! Warum? Weil ich ein Feigling bin! Weil ich nicht den Mut habe, mich der Wahrheit zu stellen! Meinen eigenen Schwächen! Anstatt daß ich versuche, sie zu bewältigen und auszurotten! Und weil ich den Mut nicht habe, lebe ich unwahrhaftig und lügenhaft! Und deshalb versage ich auf Schritt und Tritt! Verwickle mich in Lügengespinste! Und ich höre mir die schlaue Predigt an und denke mir: Das stimmt alles nicht, es stimmt einfach nicht! Ich bin nicht verdorben! Ich bin nur zerstreut und vielleicht nachlässig, und ich habe nicht vor mir selbst Angst, sondern vor seinen Reaktionen ... Aber ich kann seiner Logik nicht widersprechen! Ich bin kein Rechtsanwalt! Also schweige ich, lasse ihn reden und reden und sitze da wie eine Schülerin, die beim Spicken erwischt worden ist und jetzt vom Lehrer abgekanzelt wird ...«

Einmal – so erzählte sie –, als Schatz auf die Bank ging, um etwas einzuzahlen, gab ihm der Bankangestellte einen retournierten Scheck. Der Scheck, von Naomi unterschrieben und auf sie selbst ausgestellt, war auf der Rückseite nicht gegengezeichnet und deshalb zurückgekommen. Nachdem sie ihn eingereicht hatte, um damit irgendwelche

Schulden zu begleichen, war ihr Konto sowohl mit Bearbeitungsgebühren als auch mit Zinsen für die Überziehung belastet worden. Nach seiner Rückkehr legte ihr Schatz den Scheck vor, teilte ihr mit, daß er zurückgekommen war, und forderte sie auf, ihr den Grund dafür zu nennen. Mit schneidendem, durchbohrendem Blick wartete er auf ihre Antwort, und sie betrachtete den Scheck, wunderte sich und fand keine Erklärung. Erst als er den Scheck vor ihren Augen umdrehte, begriff sie ihr Versehen und entschuldigte sich. Die Entschuldigung stellte ihn nicht zufrieden. Er verlangte eine Erklärung, wie ihr ein solches Versehen unterlaufen konnte, für das sie bluten mußten! Und als sie nicht wußte, wie sie es erklären sollte, bestrafte er sie mit vierundzwanzig Stunden Schweigen.

Ein andermal beschlossen sie, in ein Konzert im Museum zu gehen. Er kam von der Universität, sie von zu Hause. Da er zuerst ankam, kaufte er die Karten. Sie verspätete sich. Er stand am Eingang und wartete auf sie bis fünf Minuten nach Beginn des Konzerts. Als sie, völlig außer Atem eintraf, sagte er, weiß vor Wut: »Das ist das Ende!« und zerriß die Karten vor ihren Augen. Danach, als sie nach Hause kamen –

Ich sagte, daß er in meinen Augen überhaupt keinen Sinn für Humor habe.

»Absolut, total!« rief sie. »Überhaupt keinen Sinn für Humor! Er hätte niemals über eine Schwäche oder einen Fehler, den er bei anderen entdeckte, lächeln können! Hat eine Krähe Sinn für Humor?«

»Krähe…« Ich lachte.

»Aber wenn du irgendeine Schwäche oder einen Fehler an ihm entdeckt hast – nie hätte er es zugegeben! Wie der Papst, er ist unfehlbar bis in alle Ewigkeit! Und wie verletzlich er ist! O Gott! Du brauchst nur an seiner Haut zu kratzen oder ein kritisches Wort sagen – und er stellt wie ein Stachelschwein seine Borsten auf! Wird rot wie ein Truthahn, bereit zum Kampf!«

»Ein ganzer Zoo!« lachte ich. Ich fragte sie, ob er sie überhaupt geliebt habe.

»Sehr!« sagte sie lachend. »Er ist wahnsinnig eifersüchtig! Er läßt mich am Abend nicht aus dem Haus. Und wenn ich weggehe, muß er ganz genau wissen, wohin, und wann ich wiederkomme! Und wehe, ich verspäte mich! Einmal habe ich eine Ohrfeige von ihm gekriegt!«

»Wofür?«

»Ich habe gelogen. Er hat mich bei einer kleinen Lüge erwischt.«

»Du hast es gewagt!«

»Und er ist auch eifersüchtig, wenn er sieht, daß ich ein Buch von jemandem lese, den er nicht schätzt, und daß es mir gefällt. Und bei jemandem, den er schätzt, ist es das gleiche«, fügte sie lachend hinzu.

Dann erzählte sie mir, wie er sie umworben hatte, als sie Studentin war. Am Schluß der Vorlesungen lud er sie zu Gesprächen ein, die im Vorlesungsraum begannen und auf den Gartenpfaden der Hochschule fortgesetzt wurden. Er referierte über literarische Themen, und sie ging an seiner Seite und hörte zu. Bis er eines Tages, mitten in einem solchen Monolog, zu ihr sagte: »Sie verstehen sicher, daß der Zweck meiner Unterhaltung mit Ihnen darin besteht, Ihnen einen Heiratsantrag zu machen.« Sie war bestürzt. Begriff es nicht, glaubte es nicht. Es war ihr nie in den Sinn gekommen, daß unter seinen detaillierten, wohlformulierten und präzisen Erklärungen über Ortega y Gasset und den Unterschied zwischen Ästhetik und Moral in der Kunst solche Absichten lauern könnten. Nie hätte sie sich vorgestellt, daß ein junger Mann sich in diesem liberalen Zeitalter, in diesem freien Land auf diese Weise einem Mädchen nähern konnte, im Stil vergangener Generationen, noch bevor er versucht hatte, sie auch nur zu berühren. Und weil sie nicht wußte, was sie sagen sollte, lachte sie. Schatz sagte: »Sie lachen, aber wenn ich ein Ziel anvisiere, erreiche ich es für gewöhnlich.« Wie kann er es wagen! empörte sie sich in ihrem Inneren. Und daß er sich nicht schämt, mich wie ein »Ziel« in Angriff zu nehmen! Und woher hat er diese Selbstsicherheit?

»Er hatte ein Selbstvertrauen, das schon nicht mehr normal war!« sagte sie. »Er blieb hartnäckig, ausdauernd. Er hatte eine ›Mission‹, wie man bei der Armee so schön sagt. Wenn ich ihn mied, so rührte ihn das überhaupt nicht. Als ich mich weigerte, nachdrücklich weigerte, mich mit ihm zu treffen, war er nicht beleidigt. Er fuhr fort, um mich zu werben, als ob meine Weigerung nur ein Lippenbekenntnis gewesen wäre. Als ob er meine Wünsche besser kennen würde als ich selbst. Und auf diesen langen Spaziergängen, auf den ›Pfaden der Akademie‹, bewies er mir mit seinem rhetorischen Talent, daß er auch besser als ich wisse, was gut für mich sei. Er hat eine außergewöhnliche Überzeugungskraft! Er... er überzeugte mich davon, daß ich ihn liebte!« Sie vergrub ihr Lachen an meiner Brust.

»Ich werde mich an ihm rächen für alles, was er dir angetan hat!« sagte ich.

»Ja? Wie?«

»Ich werde eine Satire über ihn schreiben!«

»Ist er das wert?« lachte sie.

»Warum nicht? Hat nicht Voltaire eine Satire über Leibniz geschrieben?«

»Aber Leibniz war ein großer Mann!«

»Gut, dann schreibe ich eben eine Minisatire...«

»Er wird eine Parabel darin sehen, eine Allegorie...«

»Das ist mir egal. Du wirst das Land Israel sein. Er... der fremde, grausame Eroberer. Der Eroberer, der das wunderschöne Land vergewaltigt und mißhandelt...«

Wir lachten. Wir liebten uns.

Als ich meinen Kopf hob, sah ich das Doppel unseres Bildes im Spiegel gegenüber: ein Liebespaar, das nichts trennen konnte, nicht einmal eine Parabel.

Mein Liebster hatt' einen Weinberg

Wir verließen mit Nuriel die Siedlung – meine Mutter blieb zu Hause, sie hatte ein bißchen Kopfweh – und bogen in die Schotterstraße ein, die ostwärts führte, Richtung Bat Schlomo. Naomi, wie in die Tage ihrer Kindheit zurückversetzt, flatterte wie ein Schmetterling zwischen den Gräsern und Büschen hin und her, pflückte eine Blume hier, eine Ranke dort und brachte sie mir zum Bewundern und Riechen. Um mir etwas von der einheimischen Natur beizubringen, erklärte sie mir den Unterschied zwischen Heide und Buschland, zwischen Buschland und Hain, zwischen Hain und Wald. Und das hier, das einen so durchdringenden Pfefferminzgeruch ausströmt, wenn man die Blätter zerreibt, ist eine Mastix-Terebinthe. Und das hier mit dem haarigen und klebrigen Stengel und den winzigen gelblichen Blüten heißt Klebrige Elecampane. Und das da mit den dunklen gezähnten Blättern, das so scharf und frisch riecht, ist –

Ich war wie ein Tourist aus der Stadt inmitten dieser überreich sprießenden Flora; und Naomi, die das spürte, wackelte mit dem Stengel einer Raute oder Zistrose vor meiner Nase und sagte: »Du als Schriftsteller mußt die Namen der Pflanzen kennen! Von jeder einzelnen! Die Par-ti-ku-la-ri-tät in der Literatur, sie ist das Wichtigste daran, oder?« Sie lachte und schüttelte den Blütenstaub über meiner Nase aus.

Salbei. Levkoje. Kugeldistel. Syrischer Stachelbärenklau. Haarige Cassia. Erdbeerbaum. Weißdorn. Thymian …

Nicht einmal Nuriel, der hier aufgewachsen war, wußte alle diese Namen. Naomi sagte, daß sie in ihrer Kindheit in Ein Charod Wildblumen gesammelt und getrocknet habe. Bis heute habe sie dieses Herbarium aufbewahrt. Plötzlich bemerkte sie eine Blume, die zwischen Steinen hervorlugte: »Goldenes Bilsenkraut!« – und sie sprang ins Gebüsch. Nuriel, der von weitem einen jungen Araber sah, der am Hügel drei Ziegen hütete, rief ihm etwas auf arabisch zu und stieg in seine Richtung hinauf. Ich folgte Naomi ins Buschland oder meinetwegen in den Hain, und sie kam mir entgegen; in der Hand hielt sie eine klebrige und haarige Pflanze mit goldenen, trichterförmigen Blüten und violetten Staubgefäßen. Während sie auf die verschiedenen Teile der Pflanze deutete, erklärte sie mir, wie ein Insekt zum Nektar gelangt, der tief unten am Grunde des Kelches verborgen ist: Es wird von der Purpurfarbe des Rachens angelockt und dringt ins Innere ein…

»Machst du dir Sorgen?« flüsterte sie.

»Nein, warum?«

»Ich dachte nur…«

Ich sah Traurigkeit und Beunruhigung in ihren Augen.

»Wird das gutgehen?« Sie blickte mir bittend in die Augen.

»Es wird gutgehen!« ermutigte ich sie.

»Mit uns beiden?«

Ich sah Nuriel auf der Spitze des Hügels, er winkte dem jungen Araber.

Ich schlang meine Arme um ihren Hals und küßte sie.

Wir erreichten den Weinberg am Fuß des Hügels. Nuriel, nun der Aufsicht meiner Mutter entronnen, frei, über das zu reden, wonach ihm der Sinn stand, erzählte uns die Geschichte dieses alten Weinbergs, den sein Vater 1887 angelegt hatte – in dem Jahr, in dem der bekannte Philanthrop Baron Rothschild seinen ersten Besuch in Zichron Ya'akov machte.

Ich gebe das Wesentliche seiner Erzählung wieder, da sie nicht ohne Bedeutung ist für die jüdische Siedlungsgeschichte dieses Ortes:

Zwölf Jahre nach der ersten Pflanzung geriet der Weinanbau in eine große Krise. Der Baron, der den Wein zu Preisen gekauft hatte, die höher als die Marktpreise in Frankreich lagen, um die Weinbauern zu unterstützen, übertrug die Kontrolle über die Weinberge der Jüdischen Kolonisationsgesellschaft, die den Weinbauern die Hälfte von dem zahlte, was er ihnen gezahlt hatte. Viele gruben ihre Weinberge um, aber nicht so Nuriels Vater, der den alten Trinkspruch zitierte: »Von den Tagen Noahs bis heute hat es siebzig Helden gegeben, die unsterblich sind!« Und weil er glaubte, daß der Glanz des Weines nie vergehen könne, arbeitete er drei Jahre lang mit Verlust und verbesserte seinen Weinberg, indem er der Vinifera-Sorte die Labrusca-Traube hinzufügte, die mehr trägt und widerstandsfähiger ist, und machte danach wieder guten Gewinn. Im Jahre 1910, als Nuriel seinem Vater in spätem Alter geboren wurde, befiel den Weinberg eine Phylloxera-Plage, die in Frankreich schon einmal über die Hälfte der Weinberge vernichtet hatte und fast den ganzen Weinberg des Vaters vertilgte. Aber er gab nicht auf. Er erhielt von Aharonsons Farm und von der deutschen Kolonie in Haifa Ableger einer amerikanischen Weinrebe, die gegen Rebläuse immun war, pflanzte sie anstelle der befallenen Weinstöcke und veredelte sie mit einer Rebsorte vom Rhein – einer durchsichtigen, dünnhäutigen, fast kernlosen, bläulich überhauchten Traube. Der Wein wurde exzellent und erzielte nicht nur hohe Preise, sondern auch allgemeine Anerkennung. Als Nuriel herangewachsen war und in den Besitz des Weinberges kam, nachdem sein Vater gestorben war und seine zwei älteren Brüder die Siedlung verlassen hatten, riß er die Weinstöcke heraus, die alt geworden waren und nicht mehr so gut trugen, und pflanzte an ihrer Stelle andere, die er nicht am Stock kultivierte, sondern an Spalieren hochzog: die Weinranken werden auf Eisendrähte aufgezogen, die zwischen Pfosten gespannt sind – wir sahen sie vor uns…

Naomi wandte kein Auge von ihm, während er sprach, sie sog seine Worte förmlich auf. Ob sie sich so dafür interessierte? fragte ich mich. Ob sie so viel von diesen Dingen versteht, von Rebsorten und von diesen Seuchen? Vielleicht ist sie von seinem Aussehen fasziniert? Oder von seiner Artikulation, seinem etwas antiquierten Hebräisch, von den arabisch klingenden Gutturallauten? – Jedenfalls beflügelte ihn ihr glänzender Blick, er war wie ein Schauspieler, der spürt, daß er sein Publikum erobert hat.

»Wenn dieser junge Mann ein Fünkchen Verstand in seinem Schädel hätte« – er deutete auf mich, wandte sich an Naomi –, »würde er seine Feder in ein Winzermesser umschmieden, die Bücher im Stich lassen und hierherkommen, um sich um diesen Weinberg und seine Kultivierung zu kümmern! Was hat er von den Büchern? Bücher werden gelesen und fallen auseinander, der Weinstock erneuert sich Jahr für Jahr, spendet Wein zur Erbauung des menschlichen Herzens!«

»Und was würden Sie tun?« fragte Naomi.

»Ich würde zur Ruhe kommen und er an sein Erbe!« lachte Nuriel. »Gratis kriegt er es! Ohne Gegenleistung! Hier, nimm! Es gehört dir!« Er umschloß mit einer Geste den ganzen Weinberg, der sich zu Füßen des Hügels erstreckte. »Sogar auf deinen Namen würde ich ihn überschreiben lassen!«

Millionen! dachte ich, Millionen!

»Asfur bilyad, walla aschra 'ala schagara!« zitierte er ein arabisches Sprichwort, und er übersetzte: »Ein Vogel in der Hand ist besser als zehn auf dem Baum!«

Ein gesichertes Einkommen fürs ganze Leben! Millionen! sagte ich mir. Seine Söhne hatten die Landwirtschaft schon seit langem aufgegeben, der eine war Bauunternehmer in Haifa, der andere Bankdirektor in Binyamina, die Tochter war mit einem Rechtsanwalt in Netanya verheiratet, und jetzt war er meiner Mutter zuliebe bereit, mir seinen Weinberg zu überschreiben!

Der Haken bei der Sache – ich müßte von früh bis spät zwischen diesen Spalieren herumrennen...

»Ich verpachte ihn!« sagte ich. Es war ein Geistesblitz.

»O nein, mein Freund! Nein und nochmals nein! Eine

Bedingung: daß du dich selber darum kümmerst! Ich werde dir die Sache beibringen, und du wirst hier sein, in Zichron, und die Arbeit beaufsichtigen, das Schneiden, das Düngen und die Weinlese – alles!«

»Das ist das Ende der Bücher!« rief ich.

»Es fällt ihm also wirklich schwer, sich von ihnen zu trennen!« sagte er lachend. »Gut, wenn das so ist, kommt in die Kelterei!« Er zog uns mit sich.

Was in der Kelterei geschah, daran erinnere ich mich nur noch undeutlich. Am Anfang – dieses Stadium ist mir noch klar im Gedächtnis – zeigte uns Nuriel die Lastwagen, die die Traubenlast abluden, indem sie die Behälter in Auffanggruben kippten. Danach zeigte er uns, wie diese Ladungen gepreßt, zerquetscht und weggeschwemmt werden, dann die Separieranlage, die die Früchte von den Stengeln trennt. Von dort führte er uns die »Via Dolorosa« der Trauben entlang – wie er den langen Gang mit seinen vielen Stationen bezeichnete –, von der Separieranlage zu den Kontrollanlagen und von dort zu den Fermentierungsfässern, wo gefiltert und gemischt wird...

Als wir in den dämmrigen Keller hinuntergingen, wo die Fässer aus Eichenholz lagerten, wurden wir von einem beleibten, rotgesichtigen Mann namens Ezra begleitet – offensichtlich einer der Aufseher in der Kelterei –, und an jeder Station der »Via Dolorosa« bot er mir becherweise »Probeschlucke« an, damit ich mir eine Meinung zu den verschiedenen Weinen bilden konnte und damit ich den Unterschied zwischen Claret und Sauternes schmecken würde, zwischen Sauvignon blanc und Cabernet Sauvignon, Bourgogne und Côtes du Rhône, Alicante und Malaga, Portwein und Madeira...

Die Kelterei und alles, was darin war – die Fässer, Bottiche, Flaschen, Krüge –, drehte sich wie ein Rad in meinem Kopf. Durch einen warmen, genußvollen Nebel sah ich die verwischten Gesichter von Naomi, Nuriel, dem Aufseher – lachten sie? Oder bildete ich mir das nur ein? –, die sich auch im Kreis drehten und zu schweben schienen.

Als wir zurückkehrten ans Tageslicht – die Sonne stach mir in die Augen –, stützten mich Nuriel und Naomi zu beiden Seiten, und so wurde ich – freischwebend sozusagen – von der Kelterei zum Haus geschleppt, das im Westen der Siedlung lag.

»Was hast du da auf französisch deklamiert?« fragte Naomi lachend, als ich nach zwei Stunden tiefen Schlafs erwachte.

Ich versuchte, mich zu erinnern. Hatten sich meine Schleusen geöffnet, als der Wein einströmte? Hatte ich Verse aus *Gargantua* zum besten gegeben?

»Was habe ich gesagt?«

»Das Französische habe ich nicht verstanden, aber als wir hinaufgingen, hast du die Verse in hebräisch herausgesprudelt, sehr komische… ›Von Becher zu Becher wird der Wein immer nässer…‹ ›Wenn meine Sünden sich färben rot wie Wein, werden meine Bücher alle nicht mehr sein…‹«

Ja, das war aus dem Saufgelage in Grandgousiers Herberge. Jetzt erinnerte ich mich an die Verse. Ich deklamierte:

> So ward Jacques Cœur ein reicher Mann,
> so wird aus Brachholz hoher Tann,
> so erobert Bacchus Indien,
> und die Philosophie Melindien…

»Und du, mein geliebter Ritter, hast dich von einem Satiriker in einen Satyr verwandelt«, sagte Naomi lachend und küßte mich.

An den Leser

Nach der Lektüre der zwei vorangegangenen Kapitel wird der gelehrte Leser, dessen Augen im Buch zwischen und unter den Zeilen hin- und herschießen, gewiß sagen, daß der Autor, schildernd die dörfliche Idylle am Fuße des Karmels, das frische und heitere Leben, grün wie die Weinranken und rot wie der Wein, uns die Vorzüge des einfachen Lebens derer, die die Erde pflügen und den Weinberg bestellen, demonstrieren will – gegenüber dem Leben in der Großstadt, wo im Schmutz gewühlt wird und man den Wald vor lauter Bäumen nicht sieht; er will uns ein Beispiel vorzeigen, das man betrachten und sich zu Herzen nehmen sollte. Und dieser Leser wird bemerken, daß das Idyll – nicht zufällig! – gegen Ende der Geschichte erscheint, wie bei Voltaire, der Candide am Ende all seiner Versuchungen ausschickt, um zusammen mit seiner Kunigunde den Garten zu bestellen.

Falsch. Denn ungleich jenem Tel Aviver Schriftsteller und Herausgeber, der meiner ersten Geschichte Pate stand und den diverse gelehrte Leser den Verfechtern des »Zurück zur Natur« zurechneten, hat unser Verfasser hier keinerlei solche Ambitionen. Er erkennt in der »Natur« weder Vorbild noch Vollkommenheit, noch betrachtet er die Großstadt als ein Wespennest der Korruption, und er ist kein Lehrer, der Vorschriften macht oder Rat erteilt.

Und auch du, lieber Leser guten Glaubens, schließe nicht voreilig aus den vorangegangenen Kapiteln, daß der Autor dir eine Lektion erteilen möchte über Sitten und Gebräuche der Welt. Als ob die Dreiecksaffäre, deren eine Seite Naomi bildet, bewiese, daß das Böse seine Strafe und das Gute seine Belohnung erhält! Auch solche didaktischen Absichten liegen dem Autor fern. Er ist kein Gerechter in seinen eigenen Augen, und sein Widersacher hat keine Hörner ... Was weiß der Leser denn schon über ihn? Alles, was er weiß, ist unvollständig, zweidimensionales Wissen reicht aus, um einen flachen Charakter zu schaffen, nicht aber einen wirklichen Charakter!

Und weiß man denn, ob der Lohn tatsächlich ein Lohn und die Strafe tatsächlich eine Strafe ist? Und woher rührt die Sicherheit, daß die glückliche Fügung im Leben des Schriftstellers ein Gewinn für ihn ist? Vielleicht wird sie ihn vom Pfad seiner Bestimmung abirren lassen? Vielleicht wird sie seinen Sinn vom Schreiben – Zweck und Zentrum seines Daseins – ab- und auf die Vergnügungen der Liebe hinlenken, bis seine Rechte, gefangen in der Umarmung, des Schreibens vergißt? Und jetzt wird der Kritiker vielleicht erst wirklich die Oberhand gewinnen – denn von nun an werden ihm alle Stunden des Tages und der Nacht zum Schreibmaschineschreiben zur Verfügung stehen, und er wird seine Wut nicht mehr an die Nichtigkeiten des Hauswesens und an die Sünden der Hausfrau verschwenden müssen, sondern wird sich voll und ganz den großen Geisteskriegen widmen können!

Der Naphtakarren

Ich erwache um acht Uhr morgens – und Naomi ist nicht da. Ob sie ohne mich zum Essen hinuntergegangen ist? Ob sie in der Morgendämmerung aufgestanden ist, um im Wald herumzuwandern?

Ich stehe auf, und durchs Fenster sehe ich sie den Pfad entlanggehen, der durch Busch- und Heideland von Westen her auf das Haus zuführt. Sie bleibt stehen, betrachtet das Meer, steht einen langen Augenblick so da –

Woran denkt sie?

Dann geht sie langsam weiter, bricht einen Zweig von

einem Strauch – eine Mastix-Terebinthe? –, bleibt wieder stehen, wendet ihren Blick nach Norden –

Bereut sie es?

Am Nachmittag gehen wir in der Umgebung der Siedlung spazieren. Wir kommen nach Ramat Hanadiv, der Begräbnisstätte des Barons, einem großen, schönen, gepflegten Park. Hunderte verschiedener Pflanzen wachsen hier, und steinerne Veranden und kleine Wasserbecken verleihen ihm herrschaftliches Flair. Als wir den gepflasterten Weg entlanggehen, zwischen den Blumenbeeten, fliegt ein Vogel aus einer Baumkrone auf. Naomi bleibt stehen, sagt: »Eine Drossel«, sieht ihm eine Weile nach und bleibt stumm.

Wenn Naomi schweigt, was denkt sie dann?

Plagt sie ihr Gewissen, weil sie ihr Heim verlassen hat? Tut es ihr leid um ihren Ehemann, den sie so plötzlich, mitten in der Nacht, verlassen hat, ohne eine Spur zu hinterlassen? Sorgt sie sich um ihn? Sechs Jahre werden nicht über Nacht einfach Vergangenheit! Und vielleicht gerade jetzt, fern von ihm, entdeckt sie, daß –

Als sie mich umschlingt, sich in meine Arme schmiegt, kommt es mir vor, als ob sie das nicht nur aus Liebe tun würde, sondern auch aus Angst.

Ich sage zu ihr: »Naomi, wenn du meinst…«

»Sag nichts!« Sie legt mir die Hand auf den Mund.

Und in der Dunkelheit, im Zimmer, sagt sie mir, daß schon damals… damals schon, als sie die Wäsche auf dem Dach aufhängte und als wir nebeneinander knieten und die Hasen beobachteten… Schon damals…

Aber mit einemmal, am Morgen oder in der Abenddämmerung verschwindet sie. Keiner weiß, wohin sie gegangen ist. Zwei Stunden vergehen, und sie kommt zurück, mit einem Strauß wilder Blumen in der Hand.

Ob sie ihn vermißt?

Eine Hebräerin… Verheiratet. Kanntest du den Mann, der dich zum Weibe genommen hat? Liebtest du ihn? Erkanntest du ihn?

Ich bin neugierig, sehr neugierig darauf, zu erfahren, wie ihr Leben mit Schatz war. Sechs Jahre! Es können nicht nur sechs Jahre lang Zank und Streit gewesen sein!

Wir folgen dem Weg nach Schfeya. Durchqueren einen dichten Hain. Strahlen der Nachmittagssonne, tanzend zwischen den Zweigen der Eichen, werfen ein Netzmuster über ihr Gesicht. Ich wage es und frage: »Und hattet ihr keine schönen Stunden? Stunden der Gnade?«

Sie wendet mir ihr lächelndes Gesicht zu, Streifen von Licht und Schatten, Schatten und Licht.

Nach zwölf Schritten sagt sie: »Natürlich hatten wir die!«

Und fügt nichts hinzu.

Ich warte. Keine Bemerkung. An nichts rühren.

Wir erreichen eine Lichtung – ein Ring kohlegeschwärzter Steine, ein Haufen Asche, Reste eines Lagerfeuers –, und sie sagt: »Die schönsten Stunden waren, wenn er mir vorlas, Passagen aus irgendeinem unbekannten Werk, von dem er begeistert war, wenn er seine Begeisterung mit mir teilte, wenn er Gedichte vorlas, die er übersetzte, zu seinem Privatvergnügen, nicht zur Veröffentlichung. Blake, Hölderlin, schottische Balladen ...«

Ich spüre einen Stich in meinem Herzen. Sehe die beiden einander gegenübersitzen, am Abend, er mit glühendem Gesicht – »intellektuelle Verzückung« –, ihre glänzenden Augen, während sie ihm lauscht... »Er kann Deutsch?« frage ich mit schwankender Stimme, kaum hörbar.

»Hat er sich selbst beigebracht«, sagt sie. »Sogar Griechisch hat er gelernt. Er hat ein paar Elegien übersetzt. Theognis?«

Ein Universalgelehrter! sagte ich mir. Vielleicht übersetzt er auch Rabelais?

»Manchmal tut es mir leid um ihn«, sagt sie.

Und zehn Schritte weiter: »Er hat gelitten. Von Kindheit auf.«

Gelitten? Ich wundere mich.

Ich frage nicht. Keine Bemerkung. An nichts rühren.

Sie setzt sich auf einen Stein, und ich setze mich neben sie. Mit einem dürren Zweig ritzt sie Buchstaben in den Sand: N, A, P, H, T..., und hastig verwischt sie sie, löscht sie aus.

»Stell dir vor, bis zur Hochzeit hat er mir verheimlicht, daß sein Vater mit einem Naphtakarren herumgefahren ist«, sagt sie. »Es war übrigens eine überstürzte Zeremonie. Ziemlich armselig. Ein Dutzend Leute vielleicht, im Hof des Rabbinatsgebäudes.«

Ich spitze meine Ohren. Warte.

»Leben seine Eltern noch?« frage ich.

»Sein Vater. Seine Mutter starb, als er vierzehn oder fünfzehn war.«

»Ein Petroleumhändler? Heute noch?«

»Heute noch. Naphtali redet nicht mit ihm. Hat jede Verbindung mit ihm abgebrochen.«

»Streit?«

»Wegen des Naphtakarrens. Er hat verlangt, daß er ihn verkauft und irgendein kleines Geschäft aufmacht. Er wollte nicht. Verkauft weiter sein Petroleum. Hat das Pferd durch einen Motor ersetzt.« Sie wirft mir ein belustigtes Lächeln zu.

Ich breche in Lachen aus: »Deswegen redet er nicht mit ihm?«

»Er ist ein bösartiger Mensch!« Sie steht auf und schüttelt den Sand von ihren Händen. »Glaub mir, sehr bösartig!«

Auf dem Weg nach Schfeya, zwischen Hainen und Weinbergen, während Naomi von Zeit zu Zeit irgendwelche Bemerkungen über einen Strauch oder einen Vogel macht, verfasse ich die Geschichte »Der Naphtakarren«.

Die Geschichte handelt von Naphtali Schatz' Kindheit und Jugend.

Nicht »Naphtali« nannten ihn die Kinder aus der Nachbarschaft – ein armes Viertel im Süden der Stadt –, sondern »Naphti«, nach dem Naphtakarren seines Vaters. Dieser Karren und das weiße, ausgemergelte Pferd, das sein Vater durch die Straßen führt, während er mit einer Glocke klingelt und aus dem Faß Petroleum in die Eimer und Krüge der Hausfrauen gießt – erfüllt ihn mit großer Bitterkeit. In der Schule schämt er sich dafür, zu Hause leidet er. Der Petroleumgeruch entströmt den Händen und Kleidern seines Vaters, es scheint ihm, daß auch er nach Petroleum riecht, und dazu kommt der Geruch von Pferdeäpfeln und Mist aus dem Pferdestall im Hof. Nachts, wenn aus dem Schlafzimmer das naphtadunstgeschwängerte Schnarchen seines Vaters und die schwächlichen Seufzer seiner Mutter – einer kränklichen und demütigen Frau – zu hören sind, schließt er sich in der niedrigen Küche ein, macht seine Hausaufgaben, lernt und lernt.

Die Kinder in der Schule mögen ihn nicht. Er hat ein sauertöpfisches, verschlossenes Gesicht, stechende Augen, die niemals lachen. Er beteiligt sich nicht an Spielen. In den Pausen bleibt er für sich. Sondert sich ab. Der Klassenbeste. Einmal – war es in der sechsten oder siebten Klasse? – meldet er einen Schüler, der den Prüfungsbogen für Geometrie aus dem Lehrerzimmer entwendet hat. In der Pause fallen sie über ihn her, werfen ihn zu Boden, reiten auf seinem Rücken, fast erstickt er. Als er aufsteht, weint er nicht, sagt kein Wort, beschwert sich auch nicht beim Lehrer oder Direktor, behält es für sich. Eines Tages wird er sich an ihnen rächen, an ihnen allen.

Die Not, der Trotz, der Groll – sie formen seinen Charakter. Seine ganze Freizeit widmet er dem Lesen. Er liest – schon mit zehn oder zwölf! – Bücher über Elektronik, Kybernetik, Astrophysik, die Relativitätstheorie! Der Traum vom Ruhm erhellt die Finsternis seines Herzens: Wissenschaftler wird er werden! Ein weltberühmter Wissenschaftler. Er wird eine Methode zur elektronischen Geschwindigkeitsmessung erfinden, die die Welt staunen lassen wird. Seinen ersten Verdienst als Wissenschaftler – gelobt er sich – wird er seinem Vater geben, damit er den Naphtakarren loswird. Er wird ihm einen Laden für Baumaterial oder Haushaltsgeräte kaufen und muß sich nicht mehr für ihn schämen.

Als er fünfzehn ist, ein hervorragender Schüler an der Mittelschule (der Spitzname »Naphti« ist ihm auch dorthin gefolgt), stirbt seine Mutter an einer unheilbaren Krankheit.

Und dann –

Dann tritt eine Wendung ein.

Seine Tante –

Ja, seine Tante, die Schwester seines Vaters, die im Zentrum der Stadt wohnt (Scheinkinstraße? Nachmanistraße?), nimmt ihn unter ihre Fittiche. Er kommt zum Mittagessen zu ihr und bleibt häufig dort, um seine Hausaufgaben zu machen, bis zum Abend. Dort, in der stillen Wohnung, die vor Sauberkeit glänzt, in der kein Naphta und kein Geruch nach Pferdepisse die Luft verpesten, entdeckt er eine neue Welt: Es gibt dort eine große Bibliothek mit langen Reihen von Büchern – Philosophie, Geschichte, Soziologie, Politik, Biographien. Der Mann seiner Tante, ein magerer Mensch mit runzligem Gesicht, ist ihm ein unerschöpflicher Quell an Wissen (früher Bauarbeiter, heute Angestellter bei der Krankenkasse oder beim Arbeiterbund), er öffnet ihm die Pforten zu Kant, Hegel, Marx und Engels, Lenin...

Ist er ein Kommunist, dieser Onkel?

Ja. Ein glühender Kommunist, fanatisch, bitter. Naphtali jedoch fühlt sich nicht zu Marx oder Lenin hingezogen, sondern zu Bakunin! Die Gestalt dieses Adligen, der sich von Religion und Staat lossagte, verhaftet wurde, zum Tode verurteilt, verbannt, von Land zu Land irrte, an der Spitze von Aufständen stand, einen Bund zur Weltrevolution gründete – das entflammt seine Phantasie! Wie Bakunin und wie sein Schüler Netschajew, so wird auch er eines

Tages einen revolutionären Katechismus verfassen, einen Leitfaden für den Untergrund, eine Anleitung für Revolutionäre, um an die Macht zu kommen! Hier!

Er beendet die Schule mit Auszeichnung und wird eingezogen. Das erste Jahr, die Grundausbildung und die Monate bei der Infanterie, ist für ihn ein Jahr schrecklicher Qualen, an Leib und Seele. Man mißhandelt ihn. Erniedrigt ihn. Sein dünner Körper, seine langfingrigen, zarten Hände halten keiner Belastungsprobe stand. Beim Marschieren schleppt er sich kraftlos hinterher, versagt beim Zielschießen, wird häufig bestraft. Er kann die Roheit der Soldaten nicht ertragen, die unverschämte Anmaßung der Offiziere, die Fesseln der Disziplin schneiden in sein Fleisch. Am Ende dieses Jahres sind seine Offiziere davon überzeugt, daß er sowieso zu keinem Kampfeinsatz taugen wird, und überstellen ihn dem Ausbildungskommando im Hauptquartier. Er soll sich um die Informationsbroschüren kümmern.

Die erste Broschüre, die er herausgeben soll, trägt den Titel: »Ölquellen im Nahen Osten«.

Am Abend, nach den ermüdenden und langweiligen Arbeitstagen im Hauptquartier (Stumpfsinn! Stumpfsinn ringsherum! Weibliche Armeebedienstete mit Miniröcken und Spatzenhirnen, Offiziere, arrogant, ehrgeizig und hohl), kehrt er nach Hause zu seinem Vater zurück. Wieder schlägt ihm der Petroleumgeruch in den Zimmern entgegen. Aber dort verfaßt er nun sein erstes literarisches Werk –

Der Titel des Aufsatzes –

Der Titel des Aufsatzes lautet »Bakunin in Schlüsselburg«.

Ja, »Bakunin in Schlüsselburg«, halb Erzählung, halb Essay.

Ein Werk über Bakunins Gedanken und Geisteshaltung während seines Gefängnisaufenthaltes in Schlüsselburg; eine Art Tagebuch, das auch das falsche Geständnis enthält, das Bakunin schrieb, nachdem ihm Zar Nikolaus I. angeboten hatte, ihn aus dem Gefängnis zu entlassen, wenn er seine Verbrechen gestehen, seine Überzeugungen öffentlich widerrufen und seine Kenntnisse über die revolutionären Organisationen in Europa preisgeben würde. Eine dichtgedrängte Schrift mit dichtgedrängten Gedanken, langen Sätzen, wenigen Satzzeichen.

Das Heft – etwa hundert Seiten – verbirgt er in einer Schublade. Beschließt, es eines Tages, wenn er die erste Zelle der revolutionären Organisation gegründet hat, zu veröffentlichen.

Nach Beendigung des Militärdienstes nimmt er sein Studium an der Universität auf: Hauptfach Philosophie, Nebenfach Vergleichende Literaturwissenschaft.

Im ersten Semester (sein Vater zieht weiterhin glockenschwingend mit dem Naphtakarren durch die Straßen) verfaßt er die »Richtlinien des israelischen Anarchistenbunds« – eine fünfseitige Broschüre, kategorisch, aggressiv, in wütend sarkastischem Stil geschrieben, die zum Sturz der herrschenden korrupten, oligarchisch-theokratischen Ordnung aufruft und zur Errichtung einer internationalen Gesellschaft, als Teil einer mediterranen Föderation, in der alle natürlichen Ressourcen – vor allem die Ölquellen – in Gemeineigentum übergehen sollen. Die Broschüre, die er auf eigene Kosten in einer kleinen Druckerei im Handelszentrum hat drucken lassen, deren Besitzer ein guter Freund seines Onkels ist, wird in einigen hundert Exemplaren unter die Studenten verteilt.

Die bittere Enttäuschung: Keiner wendet sich ihm zu. Keiner argumentiert mit ihm. Keine einzige Stimme, kein Echo. Er ist allein, bleibt ganz allein mit seinen kühnen Ideen. Ein Prophet in einer Generation, die nicht darauf vorbereitet wurde, seine Botschaft zu empfangen.

Im dritten Studienjahr gibt er die Beschäftigung mit gesellschaftlichen und politischen Themen gänzlich auf und widmet sich ausschließlich der Literatur. Wenn es ihm nicht gelungen ist, die Fundamente der Gesellschaft zu zerschmettern, wird er die Mauern ihrer obersten Etage zertrümmern – die Konventionen der Literatur! Er verschlingt zwei bis drei Bücher täglich, entdeckt mit Vergnügen Denker, die sich mit Ästhetik und Poesie befaßt haben und nur wenigen bekannt sind, wie Quintilianus aus dem ersten Jahrhundert, Longinus aus dem zweiten oder dritten, Antonio Mintorno aus dem sechzehnten Jahrhundert, Nicola Boaglio aus dem siebzehnten und Thomas Peacock aus dem neunzehnten Jahrhundert. Schon jetzt schweben ihm – noch nebelhaft, jedoch zunehmend Form annehmend – die Ideen vor Augen, die er später klar und bestechend in *Gegen die Allegorie* ausarbeiten wird.

Als dieses Buch, sein erstes, erscheint, löst er ein altes Gelübde ein: Das Honorar legt er zu seinen Ersparnissen und übergibt die ansehnliche Summe – einige hundert Pfund – seinem Vater, damit er seinen Naphtakarren und sein Pferd verkaufen und einen kleinen Elektroladen eröffnen kann.

Der Vater nimmt das Geld, verkauft den Karren und das Pferd und kauft sich dafür einen motorisierten Naphtakarren. Er läutet weiterhin mit seiner Glocke in den Straßen der Stadt und gießt die klare, ölige, stinkende Flüssigkeit in die Eimer und Kannen der Hausfrauen.

»Dann bleib bei deinem Naphtakarren«, sagt Naphtali zu seinem Vater auf dem Weg zur Tür. Und als er hinausgeht, beschließt er, nie mehr einen Fuß über die Schwelle dieses Hauses zu setzen…

Was für ein Unfug, sage ich zu mir, als wir Schfeya erreichen, diese so weitverbreitete Tendenz, den schlechten Charakter eines Menschen zu erklären, als ob er das Ergebnis einer »schweren Kindheit« wäre! Armut, Benachteiligung… Auch Kain und Abel hatten eine schwere Kindheit, auch Iwan und ebenso Aljoscha wuchsen im Hause Fjodor Karamasows auf! Solche und solche bringt der steinige Boden der Armut hervor, Gerechte und

Schlechte, Heilige und Schurken, Genies und Narren! Gutes ist gut, und Schlechtes ist schlecht! So ist das! Gene! Du wirst sie nicht ändern! Und Schatz ist ein »bösartiger Mensch«, wie Naomi sagte!

»Hat er nie eine Geschichte geschrieben?« fragte ich.

»Nein, ich glaube nicht. Oder vielleicht doch? Vielleicht hat er eine geschrieben und sie mir nicht gezeigt...«

»Er könnte eine schöne Geschichte geschrieben haben, über seine Kindheit, über den Naphtakarren seines Vaters...«

»Er?« rief sie. »Über sich selbst? Sich entblößen?!«

»›Der Naphtakarren‹ wäre ein guter Name für eine Geschichte«, sagte ich.

»Niemals. Und außerdem... Er fürchtet sich schrecklich vor dem Kritiker Naphtali Schatz.«

»Er will kein Naphta ins Feuer gießen...«

»Und du wirst die Geschichte interpretieren! Ihr werdet die Rollen tauschen...«

»Wir tauschen sie gerade«, sagte ich.

Letztes Kapitel

Acht Tage genossen wir die Freuden der Liebe – im Haus, im Weinberg und unter jedem grünenden Baum, und am neunten beschlossen wir, mit Hilfe und Ermutigung unserer großzügigen Gastgeber, bis Ende des Sommers in ihrem Haus zu bleiben. Naomi hatte Nuriel und meine Mutter ins Herz geschlossen, und das galt auch umgekehrt. Ihre Flucht mit mir vor ihrem Ehemann – Nuriel nannte sie *chatf*, arabisch »Entführung«, und bei meiner Mutter weckte sie Assoziationen aus der griechischen Mythologie – hatte ihrer beider Billigung gefunden. Nuriel, der seine Reden mit arabischen und jiddischen Sprüchen zu würzen pflegte, sagte: *»Min chafar chufratin la'achihi waqa'a fiha«*, was heißt: Wer anderen eine Grube gräbt, fällt selbst hinein. Stundenlang saßen wir um den Tisch auf der Veranda, nippten an vorzüglichen Weinen, schauten auf die Fischteiche und das Meer hinunter und gaben Geschichten zum besten. Nuriel Jakobson erzählte von seinen Heldentaten, von seiner Jugend, von seinen Zusammenstößen mit den Arabern in der Gegend, Beduinen, Räubern und Banditen; meine Mutter erzählte von den Tagen ihrer Jugendzeit in Czernowitz, als sie davon träumte, eine Schauspielerin und Sängerin zu sein; und ich erzählte, was mir in Lyon begegnet war – der Stadt, in der Rabelais einige Jahre als Arzt im Dienst des Kardinals Jean du Bellay gelebt hatte –, von meinen Diskussionen mit Jesuitenpatres in der Altstadt und von den wilden Festen, die wir Studenten auf unseren nächtlichen Streifzügen in die Regionen des Beaujolais veranstalteten.

Am Morgen des neunten Tages beschlossen wir – im Viererrat –, daß ich in die Stadt zurückfahren, Naomi ein paar Kleider und Sachen sowie ihren Fotoapparat mitbringen sollte – ich sollte das alles aus ihrer Wohnung schmuggeln –, und außerdem sollte ich meine Bücher holen, die für den Fortgang meiner Übersetzungsarbeit erforderlich waren, meine Notizen und ebenso die dreiundzwanzig Seiten meines angefangenen Romans. Also für einen längeren Aufenthalt gerüstet, sollte ich dann an diese friedliche Stätte zurückkehren. Und was die Hasen anging –

»Wo ist das Problem?« sagte Nuriel. »Ich werde Abed morgen früh mit dem Lastwagen losschicken, er soll sie holen, mitsamt den Käfigen, und er kann dich auch mitnehmen und die Koffer... Sie werden das beste Leben hier haben! Wir werden ihnen Beaujolais zu trinken geben, wenn du möchtest!«

Abed, aus dem arabischen Dorf Faradis, war der Vorarbeiter im Weinberg.

Und am Nachmittag, mit Naomis Schlüsselbund in der Tasche, fuhr ich nach Tel Aviv.

Gleich am Hofeingang traf ich Ben-Ze'ev, der eben hinausgehen wollte.

»Sie waren ein paar Tage nicht da, wenn ich mich nicht irre«, sagte er.

»Ja«, sagte ich, »ich war bei meiner Mutter in Zichron Ya'akov.«

»Und auch der Professor ist nicht da«, sagte er. »Sein Briefkasten quillt über, und daraus habe ich geschlossen, daß er und seine Frau verreist sind...«

»Ja?« Ich warf einen Blick auf den Briefkasten. Aus dem Schlitz ragten Zeitungen und die Kanten großer Umschläge. Merkwürdig! Äußerst merkwürdig! dachte ich, Hat er sich auf die Suche nach ihr gemacht?

»Ein Gerechter verläßt das Haus, und mit ihm gehen Glanz und Ruhm«, scherzte Ben-Ze'ev. »Wirklich, das Haus ist ganz verödet. Die Bschizovskis sind in die Schweiz gefahren, Frau Porat, habe ich gehört, wurde ins Krankenhaus gebracht...«

»Ins Krankenhaus?!« rief ich. Das bleiche Gesicht Chedvas und ihre Hand auf der Brust, wenn sie mühsam Atem holte, stiegen vor mir auf. »Herzschwäche. Das hat mir Viktoria gesagt. Sie besucht sie täglich. Sie ist eine große Gerechte, Viktoria. Nun gut, hoffen wir, daß wir gesund bleiben und es uns gutgeht...« Damit verabschiedete er sich von mir.

Ich nahm die Briefe aus meinem Briefkasten und ging hinauf. Im Treppenhaus herrschte die Stille eines leeren Hauses. Schatz ist also weg! dachte ich mit ungläubigem Erstaunen. War nicht imstande, die Beleidigung zu verkraften, den Schlag. Verletzter Stolz! Und vielleicht kam er einfach allein nicht zurecht mit nur einer Hand und hatte sich vorübergehend bei Verwandten einquartiert?

Oder vielleicht liegt er im Bett, und niemand im Haus weiß davon?

Ich betrat meine Wohnung, legte die Briefe auf den Tisch und ging wie in den Tagen des Zermürbungskrieges zum Telefon, um seine Nummer zu wählen. Das Läuten verhallte im leeren Raum. Etwa fünf Minuten lang lauschte ich dem kurzen rhythmischen Schrillen.

Plötzlich kam mir der Gedanke: Vielleicht ist er tot. Hat sich umgebracht. Nachdem ihn seine Frau verlassen hatte – durchgebrannt mit dem Feind! –, legte er sich hin, nahm Gift und stand nicht wieder auf. Trank Naphta. »Denn was blieb ihm, dem Mann der Dunkelheit, der noch immer ruft: Mein Weib! Mein Weib?«

Ich ging in den vierten Stock hinauf, sperrte die Türe mit Naomis Schlüssel auf und eilte ins Schlafzimmer.

Die Bettlaken waren zerwühlt, und auf dem Kissen lag, nachlässig hingeworfen, der Schlafanzug. Über die Stuhllehne waren zwei Paar Hosen geworfen worden, und auf dem Sessel lag ein Unterhemd. Auf der Kommode neben dem Bett – Münzen, zerknüllte Autobusfahrscheine und ein paar Quittungen. Die Tür des Kleiderschranks stand offen.

Auf dem Sessel im Wohnzimmer ein blauer Herrenbademantel und zu seinen Füßen – die Samthausschuhe. Die Seiten einer alten Mittagszeitung ausgebreitet auf dem runden, niedrigen Tisch. Papierservietten auf dem Boden. Ein gebrauchtes, zerknittertes Taschentuch im Bücherregal zwischen den ordentlichen Bücherreihen.

In der Küche, in einem Korb auf dem Tisch, ein schimmliger Brotring inmitten verstreuter Brösel; Gemüsereste und ein Joghurt, das grünlich geworden war. Auf dem Herd ein Topf mit angebranntem Boden. Der Wasserhahn tropfte vehement, in schnellem Rhythmus, vor sich hin. In einer Ecke zwei tote Kakerlaken, auf dem Rücken.

Aha, eine Wohnung, deren Eigentümer sie fluchtartig verlassen hat! Alle Zeichen deuten auf einen überstürzten Aufbruch hin.

Vielleicht beabsichtigte er, sie damit zu strafen? dachte

ich. Vielleicht ist er weggegangen, damit sie bei ihrer Rückkehr die Wohnung so vorfindet, und er, er ist nicht mehr da?

Ich ging zu Schatz' Arbeitsecke hinüber, um zu sehen, ob er vielleicht irgendeine Nachricht für Naomi auf seinem Schreibtisch hinterlassen hatte, ob er erwartete, daß sie zurückkam.

Die Schreibmaschine war mit einem grauen Leichenhemd zugedeckt. Auf einer Seite stapelten sich Bücher. Auf der anderen Seite, neben Bakunins Bild, lagen ein paar Blätter Papier, mit Schreibmaschine beschrieben, und von dort sprang mir der alarmierende Titel ins Auge: »Naomis Ende«. Ich beugte mich darüber und las:

Naomis Ende

»... Und sie kroch auf allen vieren
und ihre Stimme war wie die eines Viehs, gottverflucht!«
(Micha Josef Berdyczewski, »Kalonymos und Naomi«)

Ihr zerrissenes Hemd kotbesudelt entblößten Unterleibs und ihre Lenden geschwollen und frische blaue Striemen von Peitschenzungen und Besenstilschlägen kriecht sie auf allen vieren auf dem Boden des schmutzigen Stalls Scham entblößt und gereizt wie eine brennende Wunde hinüber zum Haufen von Kartoffelschalen im verdreckten Trog grunzend Kalonymos Kalonymos ihre Stimme ausgedörrt von Hunger dunkle Erinnerung eines wilden Feldes gestirnt mit Blaudisteln rücklings unter sieben Sonnen im Tal des Glanzes flackert auf im Dämmer ihres schadhaften Gehirns stellt ihre Ohren auf hört scheltendes Gemecker eines Viehs ein Vieh staubleckend die Füße seines höckerigen Meisters unterwürfig leckend wälzt sich in buhlerischer Feuchtigkeit spreizt weit die Beine jedem der sie stößt erst gestern abend sproß dein Haar Brüste bereit Lippen rosa mich bittend ihnen Wollust zu schenken gib-gib und wieder rasselt sie Kalonymos Kalonymos verborgen in seinem schimmelfauligen Zimmer ekelerregende Schreibfeder im leeren Raum verflucht verflucht liegt auf dem verschissenen Boden wartet auf jemand der sie aus der Einzelhaft ihrer gebrochenen Seele rettet irrt auf allen vieren zur Ecke des düsteren Stalls winselnd Kalonymos Kalonymos wühlt mit fünf Fingern in dem schleimigen Schalenhaufen stopft Schalen in den vollen Mund kaut Schalen spuckt züngelnd Schalen schluckt Schalen in die gewundenen Därme hinunter aufgebläht der gemästete Bauch rülpsend Kalonymos Kalonymos sitzt jenseits der Wand ruhig an seinem kernenden Tisch seine Verblödung glänzt in seiner Männlichkeit buhlerischer Erguß geschmähte Sklavin Tier in seinem Blut Vieh in seinem Blut Schalen einer Hure Schalen einer Seele Schmach und Schande das Ende Vernichtung im Fluch

Ich stand verstört und aufgewühlt vor dieser Seite und konnte meine Augen nicht davon lösen.

Ein Gedanke tauchte in meinem Kopf auf: Schatz ist wahnsinnig geworden.

Ja, er ist wahnsinnig geworden. Durch Naomis Flucht hat er den Verstand verloren. Die schreckliche Wut, die Eifersucht, die Ohnmacht.

Ja, er ist wahnsinnig geworden. Irrt durch die Straßen mit zerrauftem Haar, Speichel tropft von seinen Lippen, sein Mund spuckt Flüche aus.

Oder vielleicht hat er sich in eine schwarze Katze verwandelt. Eine streunende Katze.

Oder in eine Mücke, die zwischen den Leuten umherschwirrt, durch ihre Nasenlöcher eindringt und sie ins Gehirn sticht.

Ich stand da, verstört und aufgewühlt.

Dann machte ich mich daran, Naomis Anweisungen auszuführen, anhand einer Liste, die sie mir gegeben hatte:

Ich holte den Koffer aus dem Wandschrank im Bad.

Ich nahm vier Kleider, zwei Röcke, drei Blusen, einen Pullover, Unterwäsche und Socken aus dem Kleiderschrank.

Zwei Paar Schuhe aus dem Garderobenschrank. Eine Ledertasche.

Den Fotoapparat aus der Kommode.

Das Herbarium aus einem Bücherregal.

Kosmetika aus dem Badeschränkchen.

Katz und Maus von Günter Grass.

Ein Päckchen Briefe und Fotos. Das Päckchen befand sich in einem versperrten Fach im oberen Teil des Schranks auf dem Küchenbalkon. Der Schlüssel dafür lag ganz hinten in der Schublade der Kommode neben ihrem Bett unter einem alten Scheckheft.

Ich packte alles in den Koffer.

Ich warf noch einmal einen prüfenden Blick auf die ganze Wohnung. Schatz ist wahnsinnig geworden, sagte ich mir.

Ich nahm den Koffer und ging. Auf dem Weg hinunter streifte mein Blick die Wohnungstür des Seemanns, und ein Schauder überlief mich.

Etwa eine Viertelstunde danach ging ich aufs Dach hinauf, um nachzusehen, wie es den Hasen ging.

Ein grauenhaftes Schauspiel bot sich meinen Augen.

Alle zwölf Hasen waren tot.

Amelia, Amira, Adina, Alisa, Afra, Agatha, Zebulon und die fünf Jungen – alle lagen sie leblos in ihren Käfigen.

Sie waren eingeschrumpft und lagen auf dem Rücken, auf der Seite, auf dem Bauch, eine mit ausgestreckten, aneinandergelegten Läufen, eine andere mit nach oben gespreizten Läufen, erstarrt, eine mit strohbedecktem Kopf und eine andere mit bloßem Hals, und die Jungen um ihre Mutter herum. Aufgedunsen, mit steifem Fell, hängenden Ohren.

Und die Augen! die Pupillen wie zu Saphiren versteinert! Wie Perlen!

Er hat sie vergiftet! Diese Worte entfuhren meinem Munde. Er hat sie vergiftet, der Schuft! Das war seine Rache!

Die Futtertröge waren leer. Die Trinkbehälter trocken.

Ich floh. Ich rannte zwei Stockwerke hinunter und klingelte an Viktorias Tür.

Nichts rührte sich.

Ich ging wieder in meine Wohnung hinauf und sank in den Sessel. Die Schreckensszene stand mir immer noch vor Augen. Die Rache eines Sadisten! Seine Wut an unschuldigen, hilflosen Tieren auszulassen, die keinem Menschen etwas Böses getan hatten!

Ich sah ihn im Geiste vor mir, wie er aus seiner Wohnung trat, eine Giftflasche in der Hand zum Dach hinaufging, die mörderische Flüssigkeit – Petroleum? Nein, Petroleum hätte sie nicht umgebracht – in ihre Trinkbehälter goß, wie ein Dieb hinausschlüpfte, in seine Wohnung zurückkehrte, seine Aktenmappe nahm und das Haus verließ –

Wann war das? Am Tag unserer Abreise? Am nächsten Tag?

Ich sah die Hasen, wie sie zappelten, sich in anhaltenden Todesqualen wanden, winselnd, fiepend –

Und keiner der Nachbarn hatte etwas gehört? Etwas gesehen? Bis heute nichts bemerkt? Wo war Viktoria?

Ich stand auf und rief in Zichron Ya'akov an. Verlangte Naomi.

»Alle Hasen sind tot«, teilte ich ihr mit. »Er hat sie vergiftet.«

»Was?!!!«

»Er hat sie vergiftet. Tot. Alle.«

Schweigen.

»Wo ist er?«

»Nicht da. Hat das Haus verlassen. Schon vor Tagen. Euer Briefkasten ist voll. Seit Tagen.«

»Ich glaube es nicht! Ich...«

»Das ist seine Rache!«

»Er ist wahnsinnig geworden!«

»Offensichtlich.«

»Willst du, daß ich komme?«

»Nein. Ich komme morgen zurück. Mit dem Autobus. Richte Nuriel aus, daß er Abed nicht zu schicken braucht.«

»Beängstigend.«

»Ja.«

Ich ging wie ein Tiger im Käfig auf und ab. Der Durst nach Rache brannte in mir.

Mörder!

»Vous mourez de peur, vos autres les Zoiles!« klang es in meinen Ohren, Zeilen aus *Gargantua und Pantagruel.* »Émulatuers et envieux; allez-vous pendre, et vous mesmes choisissez arbres pour pandages, la hart ne faudra mie!... Iceux périront, plus ne viendront en main, plus ne seront leuz ne veuz. Telle estoit leur destinée et là fut leur fin prédestinée.«

Als ich mich etwas beruhigt hatte, ging ich zum Tisch, um die Post aus dem Briefkasten durchzusehen. Zwischen Rechnungen, Mahnungen, Einladungen, Prospekten und Kontoauszügen war ein Umschlag ohne Briefmarke. Ich öffnete ihn und erkannte die runde Handschrift Viktorias. Auf eine Seite rosafarbenen Papiers waren folgende Zeilen geschrieben:

Sehr verehrter Herr Keren!

Wie ein Dieb sind Sie gegangen,
haben sich nicht nur an N. vergangen,
dessen Frau geraubt, unerlaubt,
sondern auch mich geschädigt, an Seele und Haupt!

Die Hasen haben Sie mir gelassen,
schreiben mir Zettel, nicht zu fassen,
als wäre ich 'ne Küchenmagd,
der man seine Befehle sagt.

Ich bin nicht intelligent wie Sie,
und die Jungfrau aus Ein Charod erreiche ich nie,
aber eines vergessen Sie besser nicht:
Ich bin eine Frau mit Gesicht!

O nein, du ruhmreicher Schreiberling!
Reit du nur auf den Flügeln des Kamels dahin!
Du hast vielleicht den Weg gefunden,
dich zu rächen an deinem Feind, dem Kritiker N.,
jedoch deine Nachbarin von unten
erledigst du auf die Art niemals mehr!

Gezeichnet mit wütendem Schmerz –
Viktoria Azolai.

Ich ließ das Blatt sinken, völlig fassungslos.

Sie?!

Hat den Hasen das Futter vorenthalten? Die ganzen acht Tage? Hat sie verhungern lassen?

Sie hatte es übers Herz gebracht, so etwas zu tun? Hatte gewußt, daß sie dort oben Hunger litten, ihre Qualen stündlich schlimmer wurden, daß sie in Agonie lagen – und hatte dabei ruhig in ihrer Wohnung sitzen können?

Sie, die Barmherzige? Die »Gerechte«?

Sie, die ihnen Essensreste brachte und ihnen Schlaflieder vorsäuselte?

So sehr war sie von Eifersucht zerfressen?

Nicht er ist der Mörder? Sie?!

Der Abend kam. Ich machte kein Licht. Ich saß da und dachte über das Schicksal der Hasen nach, die auf dem Schlachtfeld eines törichten Literaturkrieges ihr Leben gelassen hatten. Wenn Schatz sich nicht in diesem Haus niedergelassen hätte, hätte Viktoria nicht eifersüchtig sein müssen, hätte mein Freund Michael ihm keinen körperlichen Schaden zugefügt, er wäre nicht ins Krankenhaus gekommen, Naomi wäre nicht vor seiner Wut zu mir geflohen, wir beide hätten die Stadt nicht verlassen – und die Hasen wären noch lange, lange am Leben geblieben, hätten Junge geboren, eine dritte und eine vierte Generation.

Tränen stiegen mir in die Augen, als ich mich an die vielen schönen Augenblicke erinnerte, die ich mit ihnen verbracht hatte, Augenblicke ruhiger Besinnung, wenn ich sie beobachtete, mit ihren empfindsamen, zitternden Schnurrhaaren, ihren fleischigen Mäulern, ihren aufgestellten, durchscheinenden rosa Löffelohren, in denen die Adern wie haarfeines Blätterwerk aussahen. Ich erinnerte mich, wie sie im Zickzack über das Stroh hoppelten, vor ihren Futtertrögen mümmelten oder mich anstarrten mit Augen, die wie Juwelen glitzerten, mit einem Ausdruck von Unschuld und Dankbarkeit. Der Magen drehte sich mir um, als ich mich an Agathas Schwangerschaft erinnerte, wie ihr hübscher Bauch angeschwollen war und der Ausdruck von Behagen ihrem anmutigen Gesicht zusätzliche Schönheit verlieh, und an die zarten, kuscheligen Jungen, die an ihrem schimmernden Bauch lagen und an ihren Zitzen nuckelten, und Zebulon mit seiner noblen Seele, wie er sich so elegant und gewandt mit Amelia oder Afra paarte, wenn sein schlankes, anmutiges Glied in sie glitt, unbeirrbar, unanfechtbar –

Ach, sinnlose Opfer einer wütenden Literaturfehde oder wildgewordener weiblicher Eifersucht! Leid ist es mir um euch, Amira, Adina, Alisa, leid tut es mir um dich Zebulon, ihr wart mir eine große Freude, wunderbar war eure Liebe zu mir –

Es war still im Haus. Kein Laut war zu hören. Keine Stimme, keine Schreibmaschine, keine Schritte auf der Treppe. Als wäre das Haus ausgestorben. Und während ich dieser Stille lauschte, stieg in mir der unheimliche Gedanke auf, daß ich dadurch, daß ich über die Bewohner des Hauses geschrieben hatte, sie sozusagen getötet hatte. Sie hatten zu leben aufgehört und waren zu Namen, Wörtern, Buchstaben geworden wie die Blumen, die Naomi pflückte und bestimmte und in ihr Herbarium preßte. Sogar ich selbst –

Als ich das Licht anmachte, erschrak ich beim Anblick zweier Kakerlaken, die auf dem Boden herumliefen. Ich trat nach ihnen, wollte sie zerquetschen, verfehlte sie jedoch. Sie rannten im Zickzack auf die Küche zu, entkamen meinen Fersen und versteckten sich unter dem Schrank. Während ich noch nach dem Besen suchte, um sie aus ihrem Versteck zu jagen, tauchte eine dritte auf, aus der Kühlschranknische. Ich stampfte mit aller Kraft mit meinem Fuß auf, hier und hier, dort und dort, und verfehlte sie wieder. Wie berauscht ergriff sie die Flucht in Richtung Wohnungstür und entschlüpfte durch den Türspalt. Ich öffnete die Tür, setzte ihr nach bis zum Treppenabsatz, und mit einem vernichtenden Tritt meines Absatzes zerquetschte ich sie, so daß ihre Eingeweide über die Fliesen spritzten.

Im gleichen Augenblick öffnete sich die Tür gegenüber, und Heinz erschien.

»Bei Ihnen auch?« sagte er.

»Ich verstehe das nicht, wie auf einmal...«

»Das kommt von dort!« er deutete nach oben, zu Schatz' Wohnung. »Der Herr Professor ist verreist und hat seinen ganzen Dreck dagelassen. Man muß seine Wohnung aufbrechen und sie desinfizieren!«

Auf einer der Stufen, die vom vierten Stock abwärts führen, lagerte eine fette Kakerlake. Vor unseren Augen kroch sie in eine Ecke und erstarrte dort.

Heinz sprang wutschnaubend auf sie drauf und zerquetschte sie mit dem Absatz

»Schweinerei!« zischte er.

Und als er wieder herunterkam, sagte er, wenn Schatz morgen nicht zurückkomme, werde er die Stadtverwaltung anrufen, damit jemand komme und seine Wohnung ausräuchere. »Es ist mir ganz egal, und wenn sie ihm alle Bücher anzünden!« sagte er.

Zu später Stunde saß ich am Schreibtisch. Ich zog die dreiundzwanzig Seiten des Buches, das ich vor einigen Monaten zu schreiben begonnen hatte, aus der Schublade; das Ultimus Liber hatte es werden sollen, Handlung und Interpretation der Handlung in einem, und ich legte es vor mich hin. Ich saß da und las, was ich geschrieben hatte – zweiundzwanzigeinhalb Seiten, die von den ersten fünf Minuten der Familienzusammenkunft am Sederabend erzählen –, und ich war zufrieden damit. Der letzte Satz, der unvermittelt abbrach, lautete:

»Der Salon war wie ein erleuchteter Palast, und Licht flutete in seine Augen, doch als er sie neben dem gedeckten Pessachtisch erblickte, unter dem Kupfervogelleuchter, tödliche Blässe auf ihrem Gesicht –«

Ich nahm meinen Stift und fügte hinzu:

»machte er eine Verbeugung, hielt ihr den Strauß blutroter Mohnblüten hin, und als sein Blick über die zweiundzwanzig glänzenden Silber- und Porzellangedecke schweifte, fragte er, mit einem traurigen Lächeln: Und wo ist der Becher für den Propheten Elias?«

22. Juni 1982

Anmerkungen

Seite 8 *in der Form des Schlußbuchstabens seines Namens*: Der letzte Buchstabe des Namens Schatz, das *zade sofit,* hat im Hebräischen die Form Y.

Seite 10 *wie ein Baum am Ufer*: Paraphrase nach Psalm 1,3: »Der ist wie ein an Wasserläufen gepflanzter Baum… dessen Blätter nicht welken.«

Seite 35 *Mischna und Midraschim*: Kommentare zur Bibel.
Haskala: Die ostjüdische Aufklärung.
Haggada: Erzählender Teil des Talmuds.

Seite 37 *Immanuel der Römer*: Immanuel ben Salomo Romi (1261–1330), Bibelkommentator und eigentlicher Schöpfer des weltlichen Gedichts in hebräischer Sprache.

Seite 41 *Bialik*: Chaim Nachman (1873–1934), neuhebräischer Dichter, Kritiker und Publizist.

Seite 61 *Bar Mizva*: Das Fest der Reife für ca. dreizehnjährige jüdische Knaben.

Seite 65 *Toldot Ya'akov Yosef*: Erstes literarisches Produkt des Chassidismus (1780).
Ba'al Schem Tov: Begründer des Chassidismus, einer religiösen Bewegung im Ostjudentum des 18. Jahrhunderts.

Seite 66 *Hagana*: Jüdische Untergrundbewegung in Palästina während der britischen Mandatszeit.

Seite 104 *Traktat der Schäden…Traktat der Frauen*: Seder Nesikin und Seder Naschim: Zwei Talmudtraktate.

Seite 112 *Weil du dein Hoffen…*: Paraphrase nach Psalm 55, 23: »Wirf dein Anliegen auf den Herrn, der wird dich versorgen und wird den Gerechten in Ewigkeit nicht wanken lassen.«

Seite 116 *Rambam*: Abkürzung für Rabbi Moses ben Maimon (1135–1204), der bedeutendste jüdische Philosoph und Kodifikator des Mittelalters.

Seite 117 *Yeschiva*: Höhere Schule für das Talmudstudium.
Mesusa: In Türpfosten und -schwellen eingelassene Bibelsprüche.

Seite 134 *Führer durch die Irrwege der Zeit*: Anspielung auf Maimonides' berühmtestes Werk, *Führer der Irrenden*.

Seite 140 *Ba'al Peor*: Herr des Bergers Peor-Götze.

Seite 166 *Zum Garten der Nü-hüsse...*: Anspielung auf Hoheslied 6, 11.

Seite 169 *Mosche Zacuto*: (1620–1697), Dichter und Kabbalist.
der unverschlossene Garten...: Anspielung auf Hoheslied 4, 12.

Seite 180 *denn der Mann...*: Sprüche 7, 19.

Seite 182 *Buzina...*: »Kerze, Kerze, wenn wir nicht gefürchtet hätten...« (aramäisch).

Seite 186 *auf den Palmbaum steigen...*: Anspielung auf Hoheslied 7, 9.

Seite 224 *Ha'Ari*: Isaak Luria (1534–1572), Kabbalist und Dichter.

Seite 227 *Kebsweib zu Gibea*: Die Geschichte steht in Richter 19 und 20.

Seite 231 *Dizengoff-Exhibitionisten*: Die Dizengoffstraße ist die Flanierstraße Tel Avivs.

Seite 237 *Wer die Nase...*: Sprüche 30, 33.

Seite 258 *Denn in ihrem Zorn...*: Genesis 49, 6.

Seite 267 *Ob einem Manne...*: Da der Autor ausdrücklich eine »freie und ungeschliffene Übersetzung« vorlegt, wurde in diesem Kapitel nicht nach einer deutschen Ausgabe von *Gargantua und Pantagruel* zitiert, sondern aus dem Hebräischen übersetzt.

Seite 312 *Jüdische Kolonisationsgesellschaft*: Ende des 19. Jahrhunderts in Frankreich zur Unterstützung jüdischer Siedler in Rußland und Argentinien gegründet, nach dem Ersten Weltkrieg von Baron Edmond de Rothschild auf Palästina ausgerichtet.

Seite 313 *Ich würde zur Ruhe kommen...*: Anspielung auf Deuteronomium 12, 9: »Denn ihr seid bisher noch nicht zur Ruhe und zu dem Erbteil gekommen...«

Inhalt

Ein überflüssiges Vorwort 5
Auftakt im Treppenhaus 8
In memoriam Dr. Klausner 14
Wer hoch hinauf will, muß unten anfangen 22
Hasen 27
Die Hebraisierung Rabelais' 32
Ein kurzer Lebenslauf 38
Die Frau auf dem Dach 50
Das fliegende Kamel mit dem Goldhöcker 59
Kirschen aus Nachbars Garten 76
Die Hausgemeinschaft 90
Intermezzo 102
Mein Leben mit Lili (1) 104
Die Eigentümerversammlung 116
Mein Freund Michael 128
An den Leser 142
Eine Frau allein 144
Die Geschichte mit der schwarzen Katze 155
Eine unverhoffte Unterhaltung 160
Unter den Fittichen der Nachbarin 167
Ein Briefgedicht 181
Traum 182
Mein Leben mit Lili (2) 183
Yvette 197
Zermürbungskrieg 202
Ballade von der leeren Wohnung 214
Heinz schreit 216
Naomi zahlt 217
Ultimus Liber 220
Ein schreckliches Ereignis 227

Ein überraschender Besuch 241
Schlangen und Skorpione 249
Schadenersatz 256
An den Leser 264
Intermezzo 264
Ob einem Manne die Heyrath anzurathen sey... 267
Chedvas Sohn 271
Mitteilung 288
»Die Entführung« 290
Mein Liebster hatt' einen Weinberg 310
An den Leser 316
Der Naphtakarren 317
Letztes Kapitel 326

Anmerkungen 339

Ephraim Kishon im dtv

Foto: Isolde Ohlbaum

Nicht so laut vor Jericho

Kishon kämpft mit den Tücken der Bürokratie, sieht die väterliche Autorität durch seinen Sohn Amir erschüttert, berichtet über seine Schwierigkeiten mit Waschmaschinen, Freunden, Kontaktlinsen und der großen Hitze von Tel Aviv.
dtv 989

Der Blaumilchkanal

Satirische Sketche und Szenen, die alle ihre Uraufführung in der »Grünen Zwiebel«, Kishons eigener Kleinkunstbühne, erlebten. »Er mockiert sich über die Zustände im heutigen Israel derart, daß man dortselbst am liebsten einwandern möchte. So etwas hat es lange nicht gegeben: einen unmittelbar positiven Satiriker.« (Süddeutsche Zeitung)
dtv 993

Salomos Urteil – zweite Instanz

In dieser Sammlung nimmt der unerschöpfliche Einfallsreichtum Kishons schier globale Ausmaße an: Da verständigen sich Nixon und Kossygin zu früher Stunde über das rote Telefon und werden Maos »rotgoldene Worte« mit vollem Erfolg auf israelische Verhältnisse angewandt. Der Leser erhält unter anderem Gelegenheit, in Spanien einen Stierkampf aus Kishonscher Sicht zu erleben oder mit ihm in der Schweiz in Lebensgefahr zu geraten.
dtv 1038

Es bleibt in der Familie

Vom Kleinkrieg mit den entfernten Verwandten und den allzu nahen Nachbarn, von Familienfeiern und -katastrophen, von Einbrechern, Wettervorhersagen, Nächstenliebe und Krankenbesuchen, vom technischen Fortschritt und den Schwierigkeiten, sich komplizierte Straßennamen zu merken.
dtv 10440

Bekenntnisse eines perfekten Ehemanns

Kishons gesammelte Erfahrungen, Erkenntnisse und Erlebnisse aus 25 Ehejahren. Ein heiter-satirisches Trostbuch für alle »Leidensgenossen« vom besten aller Ehemänner. Dieser Sammelband seiner besten Geschichten über »sie« und »ihn« ist das Ergebnis seiner »retrospektiven Selbstanalyse«.
dtv 10496